KB006238

그들의
시간

그들의 시간

초판 1쇄 찍은 날 | 2014년 10월 24일
초판 1쇄 펴낸 날 | 2014년 10월 30일

지은이 | 황유나
펴낸이 | 예경원

편집 | 유경화

펴낸곳 | 예원북스
등록번호 | 제396-2012-000132호
등록일자 | 2012. 7. 25
YRN | 제1-0084호

주소 | 경기도 고양시 일산동구 무궁화로 8-28 삼성메르헨하우스 712호 (우) 410-837
전화 | 031-819-9431 팩스 | 031-817-9432
http://cafe.naver.com/yewonromance
E-mail | yewonbooks@naver.com

ISBN 979-11-5630-164-6 03810

그들의
시간

YEWONBOOKS ROMANCE STORY

황유나 장편 소설

C · O · N · T · E · N · T · S

프롤로그

TBC Hot FM 라디오 부스 안, 큐 사인을 기다리는 세 남자의 얼굴에는 긴장감이 가득했다. 헤드폰 너머로 성우들의 목소리가 담긴 광고가 흘러나왔지만 귀담아듣는 이는 아무도 없었다.

ON AIR 창에 초록불이 들어오고, 3부를 알리는 시그널 음악이 흘러나오자 더 굳어진 표정으로 디제이의 얼굴만 바라봤다. 그런 모습이 귀여워 보였는지 웃음을 가득 담은 연기자 출신의 여성 디제이가 그들을 향해 주먹을 불끈 쥐어 보이며 입모양으로 파이팅을 외쳐 보였다.

"오늘 초대 손님은 데뷔 후 가장 바쁜 시간들을 보내고 계신 분들이죠. 그룹 원데이입니다!"

원데이는 김영탁, 최승재 그리고 서현으로 구성된 남성 밴드로 3년 전 데뷔 때부터 꾸준한 인기를 구가하고 있었다. 데뷔한 지

15일 만에 앨범 타이틀곡인 '12월의 그대는' 이 음악방송 1위를 차지하는 기염을 토했고, 데뷔앨범에 수록된 전 곡이 가장 오랫동안 음원차트 상위를 차지하며 음원차트 역사에 새로운 기록을 남기기도 했다.

얼마 전에는 네 번째 앨범의 타이틀곡 뮤직비디오 티저 영상이 발표 5분 만에 조회수 1000만 건을 돌파하며 또다시 가요계는 원데이 바람으로 술렁이고 있었다.

"안녕하세요. 원데이입니다."

세 남자의 힘찬 목소리가 라디오 부스 안을 가득 메웠다. 이 프로그램의 디제이는 그들을 만나자마자 유혹이라도 하려는 듯 노골적인 호감을 감추지 않았고, 자신들이 맡고 있는 프로는 내팽개치고 몰려온 나이 어린 여자 작가들은 곧 숨이 넘어가기 직전인 양 까악대며 황홀한 표정으로 라디오 부스 안을 주목하고 있었다.

"세 분, 정말 뵙고 싶었어요. 얼마 전 발표한 네 번째 앨범이 엄청난 인기를 얻고 있던데요. 우선 축하드립니다."

"감사합니다."

"음악 방송에만 출연하시고 다른 방송은 거의 안 하시던데 무슨 이유가 있어요?"

음악 방송 외의 방송 출연을 워낙 자제하는 터라 라디오 방송 출연 또한 처음이었다. 세 사람 모두 어색함을 감추지 못하고 머뭇거리자 디제이가 가장 가까이 앉아 있는 영탁을 향해 눈웃음을 지어 보이며 편하게 얘기하라는 듯 손짓을 해 보였다. 작게 한숨을 내쉰 영탁이 마이크 가까이로 다가갔다.

"아니요. 일부러 그런 건 아니에요. 그동안은 보여 드릴 음악을 준비하느라 시간이 나질 않았어요. 기회도 없었고요."

"그렇다면 앞으로 기회가 생긴다면 얼마든지 출연할 의사가 있다는 말씀이시네요?"

글쎄, 승재라면 모를까 현이 그다지 달가워할 일은 아닐 테지만······.

"당연하죠. 승재는 몇 주 후부터 뮤지컬에 출연하기로 되어 있어요. 앞으로 원데이의 많은 모습들을 다양한 곳에서 보실 수 있으실 거예요."

말을 마친 영탁이 괜찮겠냐는 듯 바라보자 현이 싱긋 웃으며 어깨를 으쓱였다. 노래를 만들고 부르는 것 외에는 아무 관심이 없는 현이었다. 하지만 그가 늘 중심을 잡아주었기에 현재의 원데이가 있을 수 있었으므로 무엇이든 간에 그의 결정이 우선이었다.

"어머, 너무나 반가운 소식이네요."

디제이는 정말 반가웠는지 박수까지 치며 좋아했다. 우리 프로에도 자주자주 나오시는 거예요. 꼭이요, 라며 새끼손가락까지 펴 보이며 무언의 약속을 강요해 영탁은 입가에 억지웃음을 지으며 고개를 끄덕여야 했다.

몇 평 되지 않는 라디오 부스 안은 디제이의 인기를 증명하듯 선물 받은 여러 가지 물건들로 가득 차 있었다. 그녀의 생방송이 있는 날이면 간식이 배달되어 오곤 했는데, 오늘은 원데이의 팬들까지 도시락을 준비해 돌린 터라 라디오 부스 안이 더 활기차 보였다.

"궁금했던 게 하나 있는데요. 그룹 이름이 원데이잖아요. 특별한 의미가 있나요?"

영탁이 이번에는 네가 말하라며 승재를 향해 눈짓을 하자 금방이라도 쓰러질 것 같은 창백한 얼굴로 헤드폰을 고쳐 쓰며 승재가 마이크 앞에 다가갔다.

"단어 그대로예요, 단 하루. 우리에게 주어진 단 하루요. 어제와 오늘이 같을 수 없듯이, 오늘이 또 내일과 같을 수 없잖아요. 그렇게 매일 다른, 단 하루를 살아가자는 의미로 지었어요. 현이가요."

"어머나. 그렇게 멋진 뜻이 있었네요. 너무 멋져요."

디제이와 작가들의 한결같은 반응에 조금씩 긴장을 덜어낸 멤버들이 시간이 지날수록 조금 전보다 가벼워진 마음으로 질문에 응답하며 이야기를 이어나갔다.

디제이가 올라오고 있는 사연들을 읽는 사이 영탁이 조심스레 현의 발을 툭툭 쳤다. 왜 그러냐는 듯 현이 눈을 크게 떠 보이자 허리를 세우지 못한 채 힘들어하는 승재를 가리켰다. 승재가 왜 그러는지 알고 있는 영탁은 소리가 새어나갈까 싶어 터져 나오려는 웃음을 참아냈고, 현 또한 고개를 절레절레 흔들며 피식 웃었다.

"어머, 승재 씨 어디 불편하세요?"

노래가 나가고 있는 사이 결국 테이블에 쓰러진 승재를 발견한 작가들이 부스 안으로 우르르 몰려 들어왔다. 쓰러진 승재를 애처롭게 바라보며 쓰다듬고 싶은 듯 그녀들의 손이 움찔거렸다.

"어제 술을 너무 많이 마셔서 그래요."

영탁이 별거 아니라며 승재의 머리를 헝클어뜨렸다. 어머, 얼마나 마셨는데요. 약 사올까요? 아파서 어쩌면 좋아요. 오늘 방송 그

만해야 하는 거 아니에요? 라며 안타까움을 듬뿍 담은 목소리들이
시끄럽게 여기저기에서 터져 나왔다.

"아휴, 시끄러. 다들 안 나가니?"

라디오 부스 안에서는 역시 디제이가 왕. 정신없이 몰려들어 왁
자지껄한 작가들을 한 번에 일갈한 디제이가 영탁에게 바짝 붙으
며 물었다.

"얼마나 마셨길래요?"

"소주 4병?"

"몇 병?"

영탁의 목소리가 너무 덤덤해 잘못 들은 건 아닌가 싶었는지 디
제이가 다시 한 번 물었다. 그러자 영탁이 4병이요 하며 입꼬리를
끌어 올렸다.

"에에?"

영탁이 어깨를 으쓱해 보이자 승재가 고개를 힘겹게 들어 보이
며 쓴웃음으로 그녀들의 걱정스런 시선을 받아냈다.

"무슨 날이었어요? 왜 그렇게 많이 마셨어?"

이제는 틈이 만들어지지 않을 만큼 바짝 붙어 앉은 디제이가 영
탁을 향해 몸을 기울이자 한껏 부풀어 있는 그녀의 젖무덤이 눈에
들어왔다. 놀란 영탁이 뒤로 물러나며 살짝 찡그렸지만 디제이는
그런 영탁의 표정을 눈치채지 못하고 가슴을 살짝 흔들어 보이기
까지 했다. 당황한 영탁은 난감함에 시선을 슬쩍 틀어 테이블 어
딘가를 바라보며 대답을 이어나갔다.

"무, 무슨 날은 아니었고요. 승재가 현이 이겨보겠다고요."

"현이 씨는 얼마나 마시는데?"

마이크가 꺼지기를 기다렸었는지 조금 전부터는 말이 슬쩍 짧아진 디제이가 헤드폰을 쓴 채 음악을 듣고 있는 현을 돌아보았다. 하지만 음악 소리 때문에 듣지 못한 그가 반응을 보이지 않자 영탁이 조용히 손가락 다섯 개를 쫙 펼쳐 보였다. 안 그래도 큰 눈을 더 크게 뜨며 놀라움을 나타내던 그녀가 피디의 사인이 들어오자 작가들을 향해 빨리 나가라며 손을 휘저었다. 아쉬워하며 작가들이 서둘러 부스 안을 나갔고 승재가 힘겨운 몸을 일으키고는 멤버들에게 괜찮다는 미소를 보이며 헤드폰을 썼다.

곱상하게 생겨 술은 입에도 대지 못할 것 같은 현을 신기한 듯 뚫어져라 바라보던 디제이가 노래가 끝나자마자 호들갑을 떨며 멘트를 이어나갔다.

"방금 제가 엄청난 사실을 영탁 씨한테 들었는데요, 이거 청취자 여러분께 얘기해도 괜찮아요?"

디제이의 시선은 현을 향해 있었지만 영탁이 괜찮다는 듯 고개를 끄덕였다.

"원데이의 주량이 엄청나네요. 소주 네다섯 병은 거뜬하신 거죠? 세 분 다 술을 그렇게 좋아하세요?"

"네, 현이가 합류하기 전까지 저희가 무명시절이 좀 있었잖아요. 그래서 늘 술하고 살았어요. 셋 다 엄청 좋아해요. 그중에 현이가 제일 잘 마시는데 한 번도 취한 걸 본 적이 없어요. 똑같이 마셔도 현이만 멀쩡하죠. 제가 아까 다섯 병이라고 말씀드렸는데 그 이상을 마셔본 적이 없는 거지 못 마셔서 안 마신 건 아닐 거예요."

"세상에나, 현이 씨 그렇게 안 보이는데 엄청나네요."

영탁과 승재가 처음부터 현과 잘 지냈던 건 아니었다. 연습생으로 오랜 시간을 보낸 그들과 달리 어느 날 갑자기 합류하여 그룹 이름까지 바꿔 버렸던 그를 단번에 고운 시선으로 볼 수는 없었다. 하지만 시간이 흐를수록 현이 가지고 있는 됨됨이와 실력이 그런 생각들을 뒤엎었다. 경제적으로 여유롭지 못했던 자신들을 배려해, 표 나지 않게 도와주려던 마음도 고마웠다. 그렇게 그들은 늘 함께였다.

"방송 출연을 잘 안 하는 세 분이라 사적인 일들에 목말라 있던 팬분들의 댓글이 엄청나게 올라오고 있어요. 다들 주량에 깜짝 놀라는데요? 혹시 술 때문에 일어난 일화 같은 거 있으세요?"

당사자들만이 기억하는 추억들이 떠오르는지 갑작스레 멤버들은 웃느라 정신이 없었다. 마이크 가까이에 다가가지도 않았던 현이 이제는 아예 잘생긴 얼굴을 손바닥에 묻고는 끄윽끄윽 웃어댔다.

"방송용 아닌데 해도 돼요?"

"방송용이 아니라 하시니 무슨 이야기들인지 더 궁금해지는데요?"

디제이가 눈빛을 반짝이며 세 사람의 입에서 나올 이야기에 기대감을 비쳤다.

"남들 발 담그라고 한 물에 앉아서 밤새 반신욕한 거?"

승재가 운을 떼자 영탁과 현은 그 얘기는 너무 약하다며 키득거렸다.

"그럼 반포? 청담?"

다시 승재가 그들이 기억할 만한 단어를 내뱉자 영탁이 푸하하

웃으며 이야기를 풀어냈다.

"일 년 전쯤인가? 8시에 만취 상태로 자동차 뚜껑 위에 매달려 고성방가를 내지르며 대로변을 달렸었어요. 문제는 뚜껑이 열리는 차도 아니고 공연할 때 짐 싣고 다니는 소형 봉고차였다는 거죠. 그 위에서 균형 잡느라 얼마나 힘들었는지. 크크크크."

"어머, 웬일이야. 강남에서요? 안 걸렸어요?"

어쩐지 웃기기보다 걱정이 앞서는 디제이가 웬일이야, 웬일이야를 연발했다.

"걸렸죠. 근데 그분들도 이렇게 놀고 싶다는 표정이던데요? 쿡쿡쿡."

분명 어이없어 하며 세 사람을 바라본 게 분명할 텐데 그들은 자신들의 방식대로 해석하고 기억하고 있는 모양이었다. 만취한 사람들의 기억은 늘 그렇듯 정확성이 떨어진다.

"운전은 누가 하구요?"

"매니저 형이요. 저희 때문에 고생 많이 하셨어요."

그래도 양심은 있었던 모양인지 죄송함을 내비치는 말소리가 촉촉했다.

"초저녁부터 얼마나 마셨길래 8시에 그렇게 만취가 되는 거예요?"

디제이가 건네는 말이 이해가 안 가는지 고개를 갸우뚱하며 잠시 뜸을 들이던 영탁은, 승재가 공팔 시인데 하며 웃음을 터뜨리자 그제야 박장대소를 하며 답을 했다.

"저녁 8시가 아니고 아침 8시인데요? 출근하시는 분들과 아침 인사 제대로 나눴죠."

여러 가지 일화가 떠오르는지 방송 중이라는 것도 잊은 채 깔깔거리고 웃는 통에 디제이는 세 사람을 진정시키느라 애를 먹어야 했다. 그들의 이야기에 목말라 있던 청취자들의 끊이지 않는 질문 공세로 시간은 금세 지나갔다.

다음 스케줄을 위해 이동하는 멤버들에게 구 실장이 다가왔다. 늘 친형처럼 그들을 보살피는 그의 얼굴에는 첫 라디오 방송을 성공적으로 마친 그들을 향한 대견함이 스며 있었다.

"오늘로 너희들 신비주의는 끝이다. 뭐 자랑이라고 그런 얘기를 다 떠들어대냐?"

흐뭇함 가득한 목소리로 장난스레 영탁의 배를 툭 치며 핀잔인 양 말했다.

"재밌잖아요. 쿡쿡."

여전히 라디오 방송의 여운이 남아 있는 듯 영탁의 목소리에는 즐거움이 가득했다. 영탁뿐만이 아니라 처음으로 노래가 아닌 가벼운 이야기들로 자신들을 보여줬다는 게 신기한지 그들의 얼굴에는 미소가 만연했다.

"재미는 있었는지 실시간 검색어에 '원데이 주량', '원데이 고성방가', '원데이 폭주족', '원데이 반신욕' 이런 게 떴더라."

"푸하하하!"

영탁과 승재, 그리고 현은 구 실장이 건네는 청취자 반응들에 대해 들으며 웃음을 멈추지 못한 채 차에 올랐다. 시동을 건 후 안전벨트를 매려던 구 실장이 갑작스레 생각이 난 듯 스케줄을 적어놓은 다이어리 사이에서 악보 하나를 꺼냈다. 아직 편곡이 되지 않은, 원음으로만 되어 있는 간단한 악보였다.

"이거 뭐예요?"

구 실장이 건넨 악보를 받아 든 영탁이 의아한 눈으로 악보를 훑으며 물었다.

"작곡자 지망생이 메일로 악보를 보냈는데 들어보니 너희랑 분위기가 잘 맞을 것 같아서 한번 가지고 와봤어. 이제까지는 너희가 작사, 작곡 한 곡들로만 앨범을 만들었지만 다음 앨범은 다른 사람 곡 받아서 한번 불러보는 것도 괜찮잖아."

고개를 끄덕이던 영탁이 현에게 건네며 물었다.

"어떨 것 같아?"

"글쎄⋯⋯."

악보에서 눈을 떼지 못하고 한참을 들여다보던 현의 입가에 슬쩍 미소가 지어졌다. 그러나 그뿐, 별다른 말 없이 시트 포켓에 악보를 꽂아두고는 몸을 시트에 기대었다.

멤버들과 함께 하는 활동이 즐겁지 않은 건 아니지만 낯선 사람들과의 만남은 영 익숙해지지 않는다. 아직 스케줄이 끝나지 않았건만 그의 얼굴에는 어느새 피곤함이 가득 차 있었다.

"얘기했었지? 내일부터는 규영이가 운전할 거야. 내일 특히 스케줄 많으니까 오늘 정글뮤직 끝내면 바로 들어가. 어제처럼 술 푸지 말고."

"알았어요."

"야! 서현!"

현이 구 실장이 부르는 소리에 느릿하게 고개를 들어 바라봤다.

"너는 어째 오늘 한마디도 안 하더라. 웃음소리는 들리는데 말

소리는 도대체가 안 들려요. 다음부터는 웃지만 말고 입 좀 떼라."

현이 피식 웃는 걸 룸미러로 본 구 실장이 더 이상 아무 말도 하지 않고 운전에 집중했다.

사실, 구 실장이 현에게 뭔가를 바라는 건 아니었다. 방송용 가수는 절대 하지 않겠다던 서현을 어르고 달래 앨범을 만들게 하고 이렇게 성공시킨 건 다 현이 덕분이었으니. 영탁과 승재를 있게 하는 것도 현이고, 원데이의 미래도 전부 현에게 있다는 걸 부정하는 사람은 아무도 없었다.

"아까 그 디제이 어우, 진짜 민망해서."

디제이와 제일 먼 자리에 앉아 있었던 승재는 영탁이 민망해하던 이유에 대해 알지 못하고 고개를 갸웃거렸다.

"왜? 가까이서 보니 실물이 훨씬 예쁘던데?"

방송국에서 가수 외에는 배우들과 마주칠 일이 많지 않은 까닭에 어쩌다 한 번씩 다른 분야의 연예인들을 보는 건 그저 신기한 일이었다.

"내가 아무리 혈기 왕성한 남자지만 대놓고 그러면 무섭단 말이야."

영탁은 디제이가 보내오던 은밀한 눈빛이 생각만 해도 오싹한지 부르르 몸을 떨며 자신이 봤던 그녀의 행동을 떠올렸다.

"내가 오늘 컨디션만 좋았어도. 아깝다."

영탁의 이야기를 들은 승재가 진심으로 아깝다는 표정을 지으며 손바닥을 주먹으로 내리쳤다. 그런 승재를 보며 피식 웃은 현이 재킷 주머니에서 mp3를 꺼내어 엉켜 있는 이어폰 줄을 풀어냈다.

즐겁고 행복하기만 한 세 사람은 그들에게 주어진 시간이 그토록 짧을 거라고는 상상조차 하지 못했다. 지금처럼 열심히 한다면 지금보다 훨씬 나은 삶이 그들 앞에 있을 거라 확신하며 부푼 기대를 안고 있을 뿐이었다.

그들에게 남은 마지막 하루가 그렇게 저물어갔다.

어둠을 뚫은 햇빛이 방 안에 스며들었다. 아래층에서 들려오는 소리에 눈을 떴지만 은무는 내려가고 싶지 않았다. 그녀가 나타난들 반가워할 리 만무했고, 없다고 해서 그녀의 존재 따위에 신경을 쓸 사람들이 아니었다. 조용히 침대에서 일어나 잠옷을 벗어 던져 두고, 정리해 두었던 커다란 트렁크 안에서 티셔츠와 청바지를 꺼내 입었다.

은무가 고개를 틀어 거울에 비친 제 모습을 바라보았다. 이제 막 소녀티를 벗어던진 얼굴은 햇빛을 받은 적이 없었던 듯 말갛게 피어 있었고, 두 눈은 웃음을 알지 못하는 듯 무심했다. 아래층에서 들려오는 웃음소리를 들으며 눈을 길게 감았다 떴다. 어서 이곳을 떠나고 싶었다.

흐트러진 머리카락을 손가락으로 대충 빗어 한데 모아 묶으며 은무가 창가로 다가섰다.

늘 그렇듯 겨울, 덴버의 아침은 온통 눈으로 가득 덮여 있었다. 태어나 이제껏 한 번도 벗어난 적이 없던 동네를 눈으로 훑었다. 눈 쌓인 지붕이 햇빛을 받아 아름답게 반짝였다. 하지만 은무에게는 전혀 아름답게 보이지 않았다. 떠나면 한참 동안 보지 못할 풍경들을 매섭게 바라보며 은무는 한참을 그렇게 서 있었다.

높은 계단을 타고 올라오는 웃음소리에도 아무런 반응을 보이지 않던 은무가 누군가 쿵쾅쿵쾅 눌러대는 피아노 소리에 버럭 신경질을 내며 돌아섰다. 좀처럼 끝나지 않을 것 같은 소음에 한숨을 내쉬며 결국 트렁크를 질질 끌어 방 안을 빠져나와 계단 난간에 섰다.

섬세하게 그려놓은 듯한 그녀의 눈썹이 쓰윽 올라가며 불쾌함이 가득한 얼굴로 아래층 어딘가를 내려다보았다. 이종 사촌 하나가 자신의 피아노 위에 과자를 잔뜩 올려놓은 채 손가락을 튕기며 장난질을 치고 있는 모습이 눈에 들어왔다. 사촌의 어미인 그녀의 이모는 그런 아이가 기특하다는 듯 머리를 쓰다듬으며 아이를 향해 환한 미소를 보여주고 있었고 아이는 더 신이 나는지 좀 전보다 더 세게 건반을 두드리기 시작했다.

익숙한 공간을 점령한 낯선 이들의 모습을 지켜보던 은무가 천천히 계단을 따라 내려왔다. 힐끔거리는 시선이 따라붙었지만 모른 척 지나치며 피아노를 향해 걸어갔다. 피아노 위에 앉아 있던 아이가 의기양양하게 고개를 치켜드는 모습을 보고는 더 이상 참을 수 없어 피아노 뚜껑을 확 닫았다. 깜짝 놀라 벌떡 일어나는 아이에게 바짝 다가간 은무가 아이에게만 들리도록 속삭였다.

"내가 없는 동안 다른 건 다 네 거지만 이 피아노만은 아니야. 이걸 건드리면 가만 안 둘 테니 명심해."

음산한 그녀의 목소리에 새파랗게 질려 울음을 터뜨리는 아이를 쏘아본 후 아련하게 엄마의 피아노를 쓰다듬은 은무가 한 발자국씩 앞으로 내딛기 시작했다.

"은무, 이제 가는 거니?"

그녀의 손에 쥐어진 트렁크를 보며 이모는 후련함을 그대로 내비쳤다. 갑작스럽게 혼자가 된 은무를 돌봐주겠다는 명목으로 그녀의 집에 쳐들어온 이모는 처음부터 이걸 바라고 있었는지도 모른다. 이틀 전, 은무가 한국으로 가겠다는 말을 전했을 때, 이모는 깊이 묻지도 않고 잘되었다고만 했었다. 그때는 잘 몰랐는데 지금 이모의 표정을 보니 왜 잘되었다고 했는지 이유를 알 것 같았다.

하지만 은무 또한 부모님이 계시지 않는 이곳에 어차피 더 이상 머물 생각이 아니었으므로 이모를 원망하지는 않았다.

한국으로 보낸 이메일에 대한 답장을 받은 건 불과 4일 전이었다. 그녀가 이메일로 보낸 악보를 본 기획사에서는 은무의 한국 방문을 추진했고, 그녀는 생각보다 훨씬 빨리 이곳을 떠날 수 있게 되었다. 더 좋은 곳을 알아볼 겨를도 없이 떠나야 했지만 그녀에게는 다른 걸 생각할 여유 같은 건 없었다.

"안녕히 계세요."

"그래, 잘 가렴."

이모에게 고개를 숙여 보인 후 은무가 현관문 밖으로 나왔다. 이모의 가족들이 내지르는 환호 소리가 문밖으로 새어 나왔다. 먹먹함이 몰려왔지만 돌아보지 않았다. 한번 결정한 걸 번복할 만큼 멍청하지도 않았고 미련을 떨고 싶지도 않았다.

주머니 속에서 기획사 전화번호가 적힌 수첩을 꺼내 든 은무가 희미한 미소를 지어 보이며 공항으로 가기 위해 바쁜 걸음을 움직였다.

16시간의 비행시간 동안 한숨도 자지 못해 뻑뻑한 눈을 비비며 공항 밖으로 나온 은무가 이제 막 흩날리기 시작하는 눈송이를 바라봤다. 하얗게 쌓여 버린 눈을 피해 난생처음 한국 땅을 밟았는데 오자마자 눈이 내리는 걸 뭐라고 이야기해야 하나. 설상가상? 엎친 데 덮친 격? 가는 날이 장날?

　기쁨이 담긴 것도 슬픔이 담긴 것도, 기억 같은 건 그 무엇도 반갑지 않았다. 무언가를 생각나게 하는 건 어떤 것이 되었든 그녀에게 환영받지 못할 것들이었다. 특히나 눈 따위는 정말 반갑지 않았다.

　머물기로 한 곳으로 가기 위해 리무진 정거장을 두리번거리던 은무는 한참이나 헤맨 후에야 간신히 리무진 버스에 올라탈 수 있었다. 인터넷에서 최대한 자세하게 내려야 할 곳과 갈아타야 할 버스 등에 대해 알아본 후 세세하게 적어왔지만 여기저기를 바라봐도 낯선 곳뿐이라 태연한 척하려 해도 괜스레 움츠러들었다.

　미국에 비하면 턱도 없이 작은 땅덩어리라더니 비행기에서 내린 지 세 시간 만에 홍대라는 곳에 도착했다. 기획사에서 머물 곳이 있냐고 물었을 때 무작정 있다고 대답한 후 음악 하는 사람들이 제일 많이 모인다는 곳을 찾았다. 인터넷은 단번에 홍대를 알려주었고 자리가 난 하숙집까지 찾아주었다.

　그러나 인터넷에서는 분명 공항에서 1시간 30분이면 도착이라고 했건만 눈 때문인지 두 배 가까운 시간이 걸렸다. 바닥난 체력이 한계에 부딪친 듯 몸이 무거웠다.

　"여기가 맞나?"

―하숙 프린세스.

나무대문에 앙증맞게 달려 있는 간판과 전화번호를 확인한 은무가 삐끄덕 나무대문을 밀고 들어갔다.

"아악! 오빠, 안 돼!"

대문에 들어서자마자 집 안에서 여학생의 비명 소리가 들려왔다. 놀란 은무의 얼굴이 긴장감으로 바짝 굳었다. 다시 나갈까, 들어가 볼까 고민하는 사이 현관문을 밀치고 뛰어나오는 여학생과 눈이 마주쳤다. 여학생은 울고 있었는지 눈물 콧물 범벅이 된 얼굴로 은무를 향해 손을 내밀며 무어라 말했다. 하지만 은무가 그 손을 잡기도 전, 여학생은 그대로 쓰러졌다. 당혹스러움에 어찌할 바를 몰라 버둥대기도 잠시, 안으로 뛰어 들어가 다른 누군가가 있는지를 확인했지만 집 안에는 아무도 보이지 않았다.

'전화! 전화를 찾아야 해.'

두리번거리는 은무의 시야에 빨간색 입술 모양의 전화기와 인터넷 뉴스 기사가 떠 있는 노트북이 들어왔다.

―원데이 이동 중 교통사고. 매니저 졸음운전이 원인. 과도한 스케줄…….

은무는 노트북 기사의 큰 글자들을 스치듯 읽으며 응급전화 번호를 떠올렸다.

'한국은 뭐랬더라? 미국은 911. 한국은…… 한국은…… 뭐지? 아! 119.'

신속하게 버튼을 누르고 신호가 가기를 기다렸다.

[무엇을 도와드릴까요.]

순간, 은무는 미국이나 한국이나 긴급전화를 받는 사람의 멘트는 똑같구나 하는 생각이 스쳤다. 언어는 다르지만 똑같았던 멘트. 은무가 주머니에서 수첩을 꺼내어 주소를 확인했다.

"여기, 서울 마포구 서교동 3**—** 하숙 프린세스예요. 사람이 쓰러졌어요. 얼른 와주세요."

[환자는 옆에 있습니까?]

"아니요. 밖에요. 지금 눈 쌓인 마당에 쓰러져 있다고요. 얼른요. 얼른!"

수화기를 집어 던지고 은무가 다시 마당으로 뛰어나갔다. 좁은 마당에 널브러진 여학생의 얼굴색이 좀 전보다 파리해지는 것 같았다. 도저히 안 되겠다는 생각이 들어 양손을 여학생 겨드랑이에 끼고 질질 끌어당기며 겨우 신발장 가까이까지 옮겼다. 겉옷을 벗어 덮어주고 고개를 숙여 여학생의 숨소리를 확인했다. 비교적 숨소리는 안정적인 것 같았다.

멀리서 들리던 응급차의 사이렌 소리가 점점 가까이 들려왔다. 잠시 후, 들것을 들고 구급대원들이 뛰어 들어오자 은무의 입에서 안도의 한숨이 흘러나왔다.

"어떻게 된 겁니까?"

구급대원의 물음에 은무가 고개를 흔들었다.

"저도 모르겠어요. 제가 대문에 들어서자마자 뛰어나오더니 제 앞에서 쓰러졌어요."

구급대원이 여학생에게 외상이 있는지 살피며 동공의 상태를 확인했다. 이마에 송골송골 맺힌 땀방울을 닦으며 여학생을 보기 위해 은무가 고개를 기울였다.

"으으 으으."

들것에 옮겨 이동하려는 순간 정신이 돌아오는지 여학생의 입에서 희미한 신음 소리가 들려왔다.

"환자분! 환자분! 정신이 드세요!"

"잠시일…… 병…… 원…… 으로 가…… 야 돼요."

"잠실병원이요? 지병이 있으십니까? 그 병원에서 진료 받으세요?"

"아…… 니…… 요. 원…… 데이…… 흐흑흐흑."

원데이? 깨어나자마자 뭐라는 거야. 은무는 알 수 없는 말을 중얼거리는 여학생의 얼굴을 뚫어져라 바라봤다. 눈물범벅이 된 얼굴이지만 참 예쁜 얼굴이었다. 조금씩 흐느끼던 울음소리가 점차 커지더니 정신이 조금 돌아왔는지 결국에는 통곡을 하며 들것에서 막무가내로 내려와 엉금엉금 대문을 향해 기어가기 시작했다.

"환자분! 환자분! 우선 병원으로 가시는 게 좋을 것 같아요. 대체 왜 이러시는 거예요!"

당황한 구급대원들이 기어가는 여학생을 일으키려고 애를 썼지만 웬 힘이 그리도 센지 웬만해서는 잡을 수 없을 것 같았다.

"놔요! 흐흐흐흑. 얼른 잠실병원으로 가야 해요. 사고났대요. 원데이 오빠들 사고났대요. 아아아앙!"

상황을 지켜보던 은무가 슬며시 내팽개쳐 두었던 트렁크의 손잡이를 잡아당겼다. 보아하니 정신도 차린 것 같고 구급대원이 왔으니 어떻게든 해결도 해줄 테고, 무엇보다 은무는 심신이 너무나 고달팠다. 한국에 도착하자마자 보고 싶지 않은 눈이 내리더니만 하숙집 대문에 들어서서는 응급상황이라니.

"이봐요! 환자분! 환자분!"

현관에 들어서려는 순간, 다급한 구급대원의 목소리가 들려와 고개를 돌려 대문 쪽을 바라본 은무가 얼굴을 찡그렸다. 다시 정신을 잃었는지 들것에 실려 대문 밖으로 나가는 여학생의 모습이 눈에 들어왔기 때문이었다.

"저기요! 같이 동행해 주셔야겠어요. 환자분의 신원 확인해야 하니까요."

나가려던 구급 대원 하나가 급하게 은무에게 손짓을 했다.

"저도 오늘 처음 본 사람인데요?"

"네에? 그래도 우선 같이 가주세요. 어서요!"

정신을 차릴 수 없게 하는 구급대원의 호들갑에 은무가 트렁크를 현관문 안으로 밀어 넣으며 무겁게 발걸음을 내딛었다.

"나는…… 나는……."

내 자신 하나 돌보지 못할 만큼 힘든 상황에 이런 일에 휘말리는 것 따위, 정말 짜증스럽다고요.

> * 태어난 모든 것들은
> 기약조차 없는 이별을 준비하고 있어야 한다.
> ―그라시안

1. 되돌아온 시간

5년 후.

　어젯밤 늦은 시간에 책을 펼쳐 드는 게 아니었다. 이른 저녁을 먹고, 간만에 입고 나가야 하는 까만색 정장을 꺼내 다림질한 후, 지루함을 견디고자 책을 펼쳐 들었던 그때 그냥 티비를 틀었어야 했는지도 모른다. 반드시 12시에는 책을 덮고 잠자리에 들어야 한다는 생각으로 첫 장을 펼쳐 들었으나 책장을 덮었을 때 은무의 시야에 들어온 시계의 작은 바늘은 이미 숫자 4를 벗어나 있었다. 서둘러 잠을 청해보았지만 금방까지 읽었던 책 내용이 머릿속에 떠다니는데 쉽게 잠이 올 리 없었다.

　그렇게 괴로워하다 언제 잠이 들었는지, 알람 소리도 듣지 못하고 잠에 빠져 있던 그녀가 쏟아져 들어오는 햇빛에 눈을 찡그리며 눈을 떴을 때는 11시가 훌쩍 넘어가 있었다. 일단 책을 보기 시작하면 마지막 장을 덮은 후에야 정신을 차리는 그녀였다. 그걸 알면서도 우매한 짓을 저지른 자신을 향해 나지막하게 욕지거리를 뇌까리며 현관에 섰다.

무심코 운동화에 발을 끼워 넣던 은무가 자신의 옷차림을 훑고는 한숨을 내쉬었다. 정신없던 와중에도 오늘 프로필 촬영이 있다는 사실은 잊지 않았던 모양인지 까만색의 세미 정장을 갖춰 입은 자신의 모습을 보며 신발장에서 하이힐을 꺼내 신었다. 그러나 하이힐을 신는 순간부터 불편함을 느낀 그녀의 입에서는 연신 불평불만이 뿜어져 나왔다.

"참, 대표님 별나기도 하지. 직원들 프로필 사진까지 왜 찍는다고 이 난리야. 나 같은 계약직 직원 사진을 도대체 뭐에 쓴다고! 이러면 A급 스타들이 다 오기라도 한데? 욕심도 작작 부려야지 정말!"

두꺼운 뿔테 안경을 쓸어 올리며 현관문을 열어 재끼는 그녀의 손이 무척이나 다급했다.

"아휴……."

현관문이 닫히고 엘리베이터 내림 버튼을 누르려는 순간 한 층 아래에 있던 엘리베이터가 내려가고 말았다. 사람을 태우고 내려간 건지, 아니라면 1층에서 탄 사람이 몇 층까지 가는 건지. 찰나의 순간 동안 어떻게 내려가는 게 빠를지 고민을 끝낸 은무가 계단을 뛰어 내려가기 시작했다. 이렇게 뛰어 내려가다가 하이힐 신은 발이 삐끗이라도 한다면 절대 보고 싶지 않은 119 구급대원들을 또 마주해야 했다. 머릿속에서는 조심해야 한다는 경고등이 반짝거리고 있었지만 은무의 두 다리는 두 계단씩 성큼성큼 내려가길 주저하지 않았다.

무사히 계단을 내려왔을 때, 차가운 바람이 은무의 뺨을 스쳐 지나갔다. 문득, 오래전 공항에서 맞았던 싸늘한 기운이 떠올라 애써 아무렇지 않은 듯 어깨를 으쓱해 보였다.

출근과 등교 시간을 훌쩍 넘긴, 정오에 가까워지고 있는 시간인지라 아파트 단지는 고요했다. 그 고요함을 깨뜨리는 은무의 걸음 소리가 따닥 따닥 따닥 크게 울렸다. 이상하게 똑같이 하이힐을 신어도 다른 사람보다 자신의 구두 굽 소리가 더 크게 들리는 것 같아 항상 조심스러웠던 그녀였지만 오늘은 그런 걸 신경 쓸 겨를이 없었다.

"후……."

운전석에 앉아 가빠진 숨을 가다듬으며 시동을 걸고 안전벨트를 채우려던 은무의 시선이 자신의 하이힐에 닿았다. 뭔가가 생각난 듯 눈빛을 반짝인 그녀가 하이힐을 한 짝씩 벗어 보조석 밑에 던져 놓고는 몸을 틀어 뒷좌석에 있는 종이가방에서 운동화를 꺼냈다. 아직 한 번도 신지 않았던 운동화였던 듯 한가득 채워져 있는 구겨진 종이를 꺼내고 달랑거리는 상표를 힘껏 잡아당겼다. 하지만 나일론 끈이 그녀의 여린 힘 따위에 끊어질 리가 없었다. 손에 쥐어진 상표 쪼가리를 집어 던지고, 정리되지 않은 끈을 무시한 채 운동화로 빠르게 갈아 신었다. 까만 정장에 빨간 운동화를 신은 우스꽝스런 모습이지만 혼자 운전하고 가는데 무슨 상관이랴.

"어서 출발하자. 머리가 나쁘면 평생 고생이지. 운동화 신고 하이힐을 들고 뛰었으면 좋았잖아…….”

뒤늦게 위태롭게 계단을 뛰어 내려온 자신이 한심해진 은무가 한숨을 내쉬며 중얼거렸다. 안전벨트를 채우고 라디오를 켰다.

—TBC Hot FM 행복한 방송 밝은 미래 TBC가 잠시 후 12시를 알려 드립니다. 뚜뚜뚜 뚜—

열두 시를 알리는 아나운서의 음성 뒤로 유경이 진행하는 ‘한낮의 애창곡’ 시그널 음악이 흘러나왔다.

“유경아, 나 큰일 났다.”

날씨 이야기로 오프닝 인사를 하는 유경을 향해 위로를 바라는 듯 혼잣말을 내뱉고는 액셀을 힘껏 밟으며 빠르게 도로로 진입했다.

—오늘은 그룹 원데이의 멤버 김영탁 씨 사망 5주기가 되는 날이에요. 원데이의 음악을 들으며 힘들었던 대학생활을 버텼던 저에게는 참으로 아프고 힘든 날이기도 합니다. 오늘은 그룹 원데이 특집으로 그들이 활동했던 짧지만 아름다웠던 그 시절로 돌아가 보도록 할게요. 첫 곡은 원데이의 데뷔곡인 ‘12월의 그대는’ 입니다.

“오늘이 그날이지. 이유경이 울다 쓰러져 119로 실려 갔던 날. 내가 한국에 온 지도 벌써 5년이나 지났네…….”

한국에 들어온 날 그녀의 운명이 바뀐 것처럼, 늦잠으로 인해 또 한 번 자신의 운명이 어찌 바뀌게 될는지 모른 채 은무는 회사를 향해 전속력으로 달려야 했다.

현은 구 실장, 아니, 이제는 부장이 되어 있는 구 부장과 점심이나 먹으려고 들른 길이나.

사람들의 눈을 피해 구 부장의 사무실로 들어갔지만 안타깝게도 구 부장은 자리에 없었다. 하는 수 없이 돌아가려던 그가 오래전 구 부장이 혼자 생각할 일들이 생기거나 남들 눈을 피해 이야기를 나누어야 할 때 늘 이용하던 지하의 빈방을 떠올렸다. 혹시 그곳에서 기다리면 구 부장이 올지도 모른다는 생각이 들어 찾아갔지만 바람과는 달리 이미 그 공간은 쓸모없는 악기들과 기물들이 쌓여 있는 창고로 변해 있었다.

그냥 나갈까 하던 현은 파티션 너머에 꽤 쓸모 있게 정돈되어 있는 공간이 있는 걸 발견했다. 혹시나 하는 마음이 들어 둘러보았지만 아무리 섬세하더라도 남자인 구 부장이 만들어놓은 공간은 아닌 듯했다.

오래된 건반 하나와 자그마한 이인용 소파, 소파 옆 간이 테이블에 놓여진 커피메이커. 그리고 건반 위에 아무렇게나 쌓아놓은 파일들이 전부였지만 매일 쓸고 닦은 듯 깨끗해 보였다.

주인 없는 방에 몰래 들어와 있는 기분을 지울 수 없어 돌아서려던 그가 건반 모서리에 작게 새겨진 글자를 보고는 멈춰 섰다.

S.H.

오래전 현이 새겨놓았던 그의 이름 약자였다.

이럴 줄 알았으면 오지 않는 건데…….

쓰라린 가슴 위에 손을 얹고는 현이 의자에 털썩 앉았다. 아프게 흔들리는 눈빛으로 건반을 훑던 현이 조심스레 건반 위에 손을 놓았다. 건반 하나하나가 빠짐없이 소리가 나오는 걸 보면 그냥 버려두지는 않았던 듯했다. 현이 그 건반을 사용하던 때에도 꽤 낡은 건반이었는데 5년이 흐른 지금은 겉으로 보기에도 그때보다 훨씬 낡아 있었다. 더 좋은 건반으로 교체해 주었는데도 불구하고 그 건반만으로 작업을 했던 건 괜한 오기였다. 오래된 것을 더 좋아하던 쓸데없는 고집.

현의 시선이 건반 위에 있는 파일들로 옮겨갔다. 잠시 머뭇거리던 그가 파일 하나를 집어 넘기기 시작했다. 대충 휘갈기듯 적어 놓은 음표들을 보는 그의 눈이 날카롭게 빛났고, 뭔가 알 수 없는 기대감으로 가슴이 쿵쿵거리기까지 했다. 거의 마지막 장을 넘겼을 때, 낯익은 음표들이 적혀 있는 악보를 발견했다. 딱 한 번 연주했을 뿐이지만 잊을 수 없던 음표들.

'채은무.'

악보 끝자락에 작게 쓰여 있는 이름이 이 악보의 주인인 듯했다. 현은 파일 안에서 악보를 꺼내어 동그랗게 말고는 주머니에 넣었다. 금세 다시 돌려주면 될 거라고 가볍게 생각한 후 멤버들과 늘 가던 옥상으로 가기 위해 계단으로 향했다.

30분을 달려 JJ 엔터테인먼트 건물에 도착한 은무가 지하에 위치한 자신의 방으로 들어가기 위해 주변을 살폈다. 지금쯤이면 지하 식당에서 점심식사를 마친 직원들이 각자의 자리로 이동할 시간이었기에 그 무리에 섞여 자연스럽게 들어가면 이제 출근하는 것처럼 보지 않을 터였다. 기둥 뒤에 숨어 상황을 살피던 은무가 한 무리의 사람들이 엘리베이터를 향해 다가가는 것을 발견하고는 회심의 미소를 지었다. 눈치를 살피다 슬금슬금 무리와의 거리를 좁혀갔다.

이제 원래 그 무리의 하나였던 것처럼 여유로운 걸음걸이로 바짝 붙어 서기만 하면 지금 당장 구 부장이 온다 해도 문제가 없다. 출퇴근 카드 기록이 남아 있긴 하지만 카드를 두고 와서 찍지 못했다, 라고 불쌍한 얼굴로 호소하면 구 부장도 별수 없이 넘어가게 되어 있었다. 매일 밥만 축내는 식충이라며 은무를 무시하는 구 부장의 잔소리를 듣지 않기 위해 은무가 주위를 살피고 또 살폈다.

무리의 뒷줄에 붙어 엘리베이터로 향하는 사람들 사이에 섞여 있던 은무에게 익숙한 목소리가 들려왔다. 마케팅팀의 최영준이었다.

"조만간 해결 못하면 잘리는 건 시간문제야."

현재 최영준이 처한 상황에 대해 누구보다 잘 알고 있는 은무는 쯧, 하며 낮게 혀를 찼다. 해체된 그룹 원데이의 서현 계약 연장이 몇 년 동안 이루어지지 않고 있기 때문일 터였다.

"오늘이 원데이 해체된 지 몇 년째 되는 날이라고 아침부터 여기저기서 난리던데 서현 그 자식은 코빼기도 안 보이네. 이번에도 여러 군데서 헛물켠 모양이야. 뭐 집에서 나와야 말이라도 붙여보지. 집에 몰래 들어가는 것 말고는 방법이 있겠어?"

같은 팀 직원의 얘기를 듣던 최영준의 얼굴이 눈에 띄게 굳었다. 개집에 갇혔던 악몽이 떠오르는 모양이었다.

지하 창고 방에 하루 종일 틀어 박혀 있는 계약직 직원이긴 했지만 그녀가 모르는 회사일은 거의 없었다. 드러나지 않는 존재감 때문에 의도하지 않아도 일반 직원들과 배우, 가수들의 개인사를 알게 되는 경우가 많았는데 그중 최영준의 비밀도 포함되어 있었다.

최영준이 서현을 만나기 위해 그의 집에 몰래 들어갔다가 개집에 갇혔던 일은 은무와 최영준의 모친만이 알고 있는 사실이었다. 은무가 입술을 삐딱하게 올려 세우며 이른 새벽, 회사 화단 끝에 쪼그리고 앉아 그의 모친과 통화를 하며 통곡을 하던 최영준의 모습을 떠올렸다. 단정한 외모에 매력이 넘치는 최영준의 이면에 그런 모습이 있다는 것 또한 아무도 모르는 일일 터였다.

위층으로 올라가는 엘리베이터를 지나 복도 끝에 위치한, 스튜디오라 불리기도 뭣한 창고 같은 곳으로 은무가 들어섰다. 환기가 잘 되지 않는 곳이라 밤새 갇혀 있던 매캐한 공기가 폐부를 찔러왔다. 한동안 잔기침을 달고 살아야 했던 은무가 사비를 들여 장만해 놓은 공기청정기가 금세 빨간 불빛을 내비치며 윙 하는 소리를 냈다.

은무의 눈에 테이블에 올려진 구 부장의 다이어리가 들어왔다. 아마도 어제저녁 급하게 나가며 두고 간 모양이었다.

—대표님. 잠실 주경기장. 9시.

라고 오늘 날짜에 표시되어 있는 걸 보니 JJ 엔터테인먼트 창립기념 콘서트가 열리게 될 잠실 주경기장 시찰이 계획되어 있는 듯했다. 그렇다면 지각을 한 걸 들키지 않을 확률이 99%였다.

무사히 방으로 들어오자 괜한 허탈감이 몰려들며 위태롭게 계단을 뛰어 내려왔던 게 무슨 소용이었나 싶기도 했다.

"에이, 기운 빠져."

자신을 향한, 아무도 듣지 않을 말을 내뱉고 건반 앞에 앉았다.

전원을 켜며 스치듯 건반을 건드리자 손끝에 소리가 닿았다. 괜스레 찡해오는 코끝이 무거운 안경 때문인 양 거칠게 쓸어 올리며 힘주어 건반을 눌렀다.

지난 5년 동안, 아니, 그보다 훨씬 전부터 이 자리에 있었을 건반에게서 위로를 얻는다. 수십 개의 악보가 꽂혀 있는 파일 하나를 집어 들었다. 흐뭇한 얼굴로 한 장 한 장 넘기는 손길에, 곡에 대한 애정이 듬뿍 담겨 있었다.

거의 마지막을 넘겼을 때 은무가 의아한 듯 눈을 동그랗게 떴다. 음표 가득한 종이가 들어 있어야 할 자리가 휑하니 비어 있었기 때문이었다. 분명 빠짐없이 들어 있어야 할 파일이었기에 혹시 바닥에 떨어뜨린 건 아닌지 이리저리 살펴보기 시작했다.

"이상하다. 어디로 갔지? 떨어뜨렸나?"

한참이 지나도록 악보에 대한 미련을 버리지 못한 은무는 프로필 사진을 찍으러 가야 한다는 것도 잊은 채 좁은 스튜디오 안을 샅샅이 살폈다. 악보를 찾지 못한다 할지라도 선율은 그녀의 머릿속에 저장되어 있었기에 얼마든지 악보로 옮길 수는 있었다. 하지만 어디로 사라졌는지 알지 못하는 악보를 찾지 못한 채 그대로 있을 수는 없는 일이었다.

파티션 너머, 쓰지 않는 각종 장비들이 어지럽게 쌓인 곳까지 찾아봤지만 악보는커녕 메모지 한 장도 나오질 않았다. 먼지를 새하얗게 뒤집어쓴 은무가 한숨을 내뱉으며 털썩 주저앉았다. 자신이 만든 곡 중, 세상에 나올 뻔했던 유일한 곡이라 은무에게는 제일 아픈 손가락과 같은 곡이었다.

"야! 뭐 하냐?"

쿵쿵거리는 발소리가 들린다 했더니만 어김없이 구 부장이었다.

"노크 좀 하시라고요."

매일 말하지만 절대로 들어주지 않을 걸 알기에 은무가 힘없이 내뱉었다. 그나마 회사에서 은무의 입을 열게 하는 유일한 사람이 구 부장이었으므로 아닌 척하면서도 그가 늘 반가웠다.

엊그제 마흔세 번째 생일을 맞이한 구동숙 부장으로 말할 것 같으면 JJ 엔터테인먼트를 이끄는 5인의 인물 중 하나로 육중한 생김새와는 달리 감수성이 무척이나 풍부한 노총각이었다. 그러한 감성으로 한눈에 은무를 알아보고 한국으로 오게 한 장본인이기도 했다.

"매일 하는 말 지겹지도 않냐? 근데 너 뭐 했냐? 꼬라지가 왜 그래?"

"아! 혹시 부장님이 제 악보 가지고 가셨어요?"

"무슨 악보? 그 종이 쪼가리 가지고 가서 뭐 하게?"

구 부장이 아니라면 그 누구도 들어오지 않을 공간이었기에 혹시나 하고 물었지만 역시나였다. 매번 손으로 작업을 하는 그녀를 향해 미개인이라고 타박을 하던 그였다. 컴퓨터로 옮겨지지 않은 악보를 가지고 갔을 리가 만무했다.

그래도 종이 쪼가리라니. 은무가 안경 너머로 눈을 흘기자 구 부장이 흠흠 헛기침을 내뱉으며 파일을 스르륵 넘겼다.

"그러니까 컴퓨터로 작업 좀 하라고. 밥값은 해야 할 거 아냐. 내가 언제까지 내 비서로 월급 요청을 해야 하냐? 나나 되니까 계약직 비서라고 해도 그냥 믿는 거지 너 어디서도 어림없는 일이야."

"안다고요. 매일 하시는 말씀 지겹지도 않으세요?"

구 부장과의 대화는 늘 그렇듯 다람쥐 쳇바퀴다.

"너 프로필 사진은 찍으러 다녀왔지?"

"헉! 지, 지금 갈게요. 깜박했어요."

"안 찍었어! 이 식충이! 계약직 한 사람도 빠짐없이 찍으라고 했다니까! 대표님이 신신당부를 하셨구먼. 내가 못산다, 못살아. 네 사진 안 들어가면 이제 월급 청구도 못해! 아이고, 머리야!"

구 부장의 얼굴이 순식간에 험악하게 일그러지는 걸 본 은무가 허둥지둥 밖으로 뛰쳐나갔다.

"지금 가요!"

사진을 찍고 있을 6층 스튜디오로 가기 위해 엘리베이터를 올라탔을 때 구 부장이 은무를 부르는 소리가 들렸으나 똑같은 잔소리를 늘어놓을까 싶어 엘리베이터 닫힘 버튼을 급히 눌렀다.

"야! 너……."

다행히 바로 코앞에서 엘리베이터 문은 닫혔고 은무는 한숨을 내쉬었다. 엘리베이터 벽에 붙은 거울로 얼굴을 확인하고는 화들짝 놀라 콧등과 머리에 하얗게 묻어 있는 먼지를 털어냈다. 어깨까지 오는 머리카락을 손으로 빗어 내리고 먼지가 묻은 안경을 벗어 옷자락으로 닦아내며 다시 한 번 거울을 바라보던 은무가 거울 속에서 기억하고 싶지 않은 인영을 발견하고는 고개를 흔들며 급히 안경을 썼다.

엘리베이터 문이 열리고 한발을 내딛던 그녀가 자신의 발에 꿰여진 빨간 운동화를 보고는 인상을 썼다. 급하게 차에서 내리며 하이힐로 갈아 신지 않은 모양이었다. 그리 놀랍지도 않은 자신의 덤벙거림에 고개를 흔들었지만 어차피 허리 위로만 찍을 사진이니 괜찮을 거라고 애써 위로하며 스튜디오 문을 열었다.

"어떻게 오셨어요?"

은무에게는 너무나 익숙한 홍보팀 직원 미림 씨였다. 당연하겠지만 그녀는 은무가 누구인지 모르는 듯했다.

"직원 프로필 사진 찍으려고 왔는데요."

"어머, 마무리했는데. 근데 직원이세요?"

"네. 채은무라고 해요."

미림은 한 번도 본 적 없는 은무를 요리조리 살피며 JJ의 직원이 맞는지 살폈다. 은무의 목에 걸려 있는 직원 카드를 확인하고는 그제야 경계심을 풀며 미림이 웃어 보였다.

"아, 그렇군요. 근데 어쩌죠? 급한 거라고, 점심시간 내에 끝내고 마무리하라고 하셔서 벌써 다 찍고 정리하는 중이거든요."

알았다는 듯 은무가 고개를 끄덕여 보이자 되레 미림이 미안해 어쩔 줄 몰라 했다.

"조금만 빨리 오시지. 이걸 어떡하죠?"

"할 수 없죠 뭐. 그럼, 수고하세요."

은무가 고개를 까딱이며 돌아서자 미림이 급히 그녀의 옷자락을 잡았다.

"저기요! 계약직이라도 빠짐없이 다 찍어야 한다고 하셨거든요. 아직 찍지 못한 사람이 있는지 확인도 하지 않고 마무리한 제 잘못이 크네요. 잘 찍지는 못하는데 제가 찍어볼게요. 어떻게든 넘기기만 하면 되니까요."

"네에?"

"어서 서보세요."

미림은 책임감이 무척이나 투철한 직원인 것 같았다. 늦게 온 자신의 잘못이 큰데도 전혀 책망하는 기색 없이 방법을 찾아내는 그녀를 보니 새삼 구 부장의 안목이 놀라웠다.

미림이 은무를 하얀 벽 앞에 세우고는 자신의 핸드백에서 소형 디지털 카메라를 꺼냈다.

"그걸로 찍는다구요?"

"할 수 없잖아요. 작가님은 내려가셨고 벌써 사진 편집해서 넘기는 중일지도 모른단 말이에요. 급하니까 어서요."

"그럼 어디에 앉아요?"

증명사진을 찍을 때처럼 앉을 의자를 찾아 두리번거리던 은무가 구석에 놓여 있는 의자를 발견하고는 들고 오려 움직이자 미림이 손사래를 쳤다.

"앉아서 찍는 사진 아니에요. 대표님이 생동감 있는 프로필 사진을 원한다고 하셔서 모두들 서서 찍으셨어요. 자유로운 포즈로요."

뭔가 꺼림칙한 느낌을 지울 수 없었지만 미림이 시키는 대로 하는 수밖에 방법이 없을 것 같았다. 사진을 찍지 않고 내려갔을 때 감내해야 하는 구 부장의 잔소리를 듣는 것보단 이렇게라도 찍는 게 훨씬 나을 테니.

은무가 어색한 표정을 지우지 못한 채 어정쩡한 차렷 자세로 서자 미림이 쿡쿡 웃으며 셔터를 눌렀다.

"저기요, 차렷 자세보다는 차라리 브이라도 하는 게 낫겠어요."

"미림 씨는 어떤 포즈로 찍었는데요?"

미림은 은무가 자신의 이름을 불렀다는 사실은 인지하지 못한 채 자신이 취했던 포즈를 보여주느라 여념이 없었다. 사진이 대부분 잘 나와서 작가님이 결정하는 데 고민 좀 하실 거라며 배시시 웃어 보이기까지 했다.

풉.

미림이 지어내는 요상한 포즈들을 보던 은무는 웃음을 참기 힘들어 고개를 숙였다. 미림은 은무가 쑥스러워 그러는 모양이라고 판단했는지 이런 포즈는 아무나 하는 게 아니라며 그냥 브이나 하라며 재촉했다.

브이 하나에 월급이 달려 있는데 해야지. 암, 하고말고.

은무는 여권 사진을 찍을 때처럼 무표정한 얼굴로 양손에 브이를 만들어 보였고, 미림은 대단한 사진작가라도 되는 양 진지한 표정으로 끊임없이 카메라 셔터를 눌러댔다.

여러 장의 사진을 찍은 미림이 얼른 가져다줘야 한다며 쌩하니 스튜디오 밖으로 사라졌다. 순식간에 일어난 일에 어안이 벙벙해진 은무는 미림이 사라진 문을 멍하니 바라보다 퍼뜩 정신을 차리고는 발길을 돌렸다. 어쨌거나 찍었으니 구 부장에게 할 말이 생겼고 그걸로 된 거다.

복도를 걸어가며 화려한 인테리어로 꾸며진 스튜디오를 힐끔힐끔 보는 은무의 눈빛에는 부러움이 전혀 담겨 있지 않았다. 은무가 지내는 지하 공간과는 비교가 되지 않는 최신식 장비들이 즐비했지만 그녀가 가까이하기에는 너무 먼 당신들이었다.

컴퓨터로 작업을 해보기 위해 시도를 하지 않았던 건 아니었다.

구 부장의 잔소리에 여러 번 해보려 했었지만, 이상하게도 컴퓨터로 작업을 하려 들면 떠오르던 악상들이 새하얗게 변하여 물방울처럼 방울방울 터져 버리는 터라 그녀로서도 어쩔 수가 없었다.

또다시 엘리베이터 안에 있는 거울을 마주하기가 힘들어진 은무가 계단이 있는 곳을 향해 걸어갔다. 복도 벽에는 JJ 엔터테인먼트의 소속 연예인들의 사진들이 즐비하게 걸려 있었다. 지하에서 벗어날 일이 없었던 은무는 모두 다 처음 보는 사진들이었다.

비상문 가까이 다다랐을 때 낡은 액자 하나를 발견하고는 은무가 걸음을 멈췄다. '그들의 시간, 원데이'라고 쓰인 글자와 세 남자의 얼굴이 눈에 들어왔다.

'원데이가 이 사람들이구나.'

유경에게 수도 없이 들어온 그룹 이름이었지만 그들의 얼굴을 본 건 처음이었다. 워낙 유경을 힘들게 한 그룹이었기에 그들에 대해 궁금했던 적도, 알고 싶었던 적도 없었다. 다만 최영준을 개집에 넣었던 사람이 누구인지는 무척 궁금했다.

"누가 서현일까? 기타? 드럼? 아니면 건반?"

사진을 꼼꼼히 바라보다 이내 흥미를 잃어버린 그녀가 계단으로 내려가기 위해 비상문을 열었다.

"어?"

이제 막 모퉁이를 지나 계단을 내려가는 사람이 있었다. 모자를 쓰고 있어 얼굴을 정확히 보지는 못했지만 한 번도 본 적이 없는 사람임에는 분명했다. 뒤에 누군가가 따라 내려가고 있다는 기척조차 느끼지 못하는지 몇 계단 위에서 내려오는 은무를 전혀 의식하지 않고 있었다.

은무가 궁금해하는 사이 남자와의 간격은 점점 벌어졌다. 긴 다리로 두 계단씩 성큼성큼 내려가는 남자를 바짝 따라잡기에는, 작지 않은 은무의 키로도 역부족이었다. 지하까지 내려가 주차장으로 나가는 모퉁이를 돌기 직전 남자의 주머니에 삐쭉 솟아나 있는 무언가가 눈에 들어왔다. 은무는 누군지 알아내지 못했다는 아쉬움에 주머니에 들어 있던 둥글게 말린 종이가 좀 전까지 찾아 헤매던 악보라는 걸 깨닫지 못했다.

오후 내내 살고 싶지 않다며 문자를 보내오는 유경을 달래주기 위해 은무는 유경의 아파트로 향했다. 아마 오늘부터 며칠은 유경의 집에서 지내야 할 것 같았다. 매해 울다 지쳐 쓰러지는 유경을 보살펴 줄 이가 자신밖에 없다는 걸 알기 때문이었다.

유경의 집 앞에 다다른 은무가 도어록 비밀번호를 누르고 손잡이를 잡아당겼지만 현관문은 열리지 않았다. 아무래도 보조키까지 잠근 모양이었다. 은무가 휴대폰을 꺼내 유경의 단축번호를 눌렀다.

[응.]

"나 현관 앞이야. 문 열어."

현관문을 여는 유경의 몰골은 은무가 상상했던 것보다 훨씬 심각한 상태였다. 이 상태로 라디오는 어떻게 마무리했는지 신기할 따름이었다.

"보조키는 왜 잠갔어?"

"너 올 것 같아서."

"나 올 것 같은데 왜?"

유경이 울 것 같은 얼굴로 한숨을 내쉬더니 휙 뒤돌아섰다.

"너 들어왔을 때 통곡하고 있으면 창피하잖아."

하, 유경의 말에 말문이 막혔다. 유경을 처음 만난 그 순간부터 매해 유경이 통곡하는 모습을 보아온 은무로선 어이가 없을 따름이었다. 새삼 그게 왜 창피한 건지.

유경이 냉장고를 열어 소주를 꺼내는 모습을 보고 은무가 식탁에 앉았다. 안 그래도 술 생각이 나던 하루였는데 차라리 잘되었구나 싶었다.

"안주는?"

"안주? 아무것도 없는데. 뭐 시킬까?"

은무가 냉장고를 열어 확인했지만 정말 소주 외에는 그 어떤 것도 없었다. 도대체 밥은 먹고 사는 건지.

"김치도 없어?"

"응. 냄새 나서 안 사다놨어."

유경다웠다. 화려한 연예인의 모습 그대로 살고 싶어 하던 유경은 바람대로 그렇게 살고 있었다. 서양화를 전공하던 그녀가 어느 날 모델이 되기로 결심했다며 대회에 나가더니 당당히 3등에 입상했고, 그로부터 얼마 후에는 각종 패션쇼 무대에 오르며 모델로서의 입지를 다져 나가기 시작했다.

우연한 기회로 예능 프로에 출연했던 유경은 단박에 자신의 이름을 실시간 검색어에 올리는 쾌거를 이루었고, 명쾌한 그녀의 입담을 눈여겨본 방송사 피디들은 그녀를 섭외하기 위해 끊임없이 연락을 취하고 있었다.

큰 키와 늘씬한 몸매, 서구적으로 보이는 마스크가 한몫을 하기도 했지만 방송에 대한 그녀의 열정은 타의 추종을 불허했다. 결국 그렇게 소원하던 라디오 디제이까지 맡게 된 지 어언 6개월. 유경이 진행하는 프로는 높은 청취율을 보이며 굳건히 자리를 잡아가고 있었다.

은무가 한국에 도착했던 날, 유경이 그토록 사랑해 마지않던 원데이의 사고가 일어났고 유경은 오래도록 정상적인 생활을 하지 못했다. 지방에 계신 유경의 부모님은 그녀의 그러한 사정을 알지 못했고 유경 또한 알리고 싶어 하지 않았다. 미술공부에 매진하기를 바라는 부모님에게 괜한 핀잔을 받을 것이 분명하다는 것이 그 이유였다.

저처럼 부모를 잃은 것도 아니면서 죽을 것처럼 아파하는 유경을 은무 역시 처음부터 좋게 보았던 건 아니었다.

처음에는 식사조차 제대로 하지 못하는 유경을 돌봐줄 사람이 아무도 없어, 하는 수 없이 그녀의 곁을 지켰다. 어쨌든 자신이 힘들었을 때에는 그녀의 이모라도 곁에 있었으니 그나마 다행이었는지도 모른다는 생각이 들기도 했다.

얼마간의 시간이 지나고 유경이 조금씩 마음의 안정을 찾게 되었을 때 은무는 깨달았다. 유경 덕분에 낯선 한국 생활을 너무나 쉽게 적응하고 있었다는 사실을. 자신은 유경의 곁을 지키고만 있었을 뿐, 무얼 하든 유경이 옆에 없었다면 하지 못했을 것들이었다. 유경이 덕분에 이곳은 낯선 곳이 되지 않았고, 유경이 덕분에 그녀의 시간도 빠르게 흘러갔다.

그렇게 두 사람은 말 없는 위로로 지금껏 서로의 곁을 지켰다.

유경이 조그마한 책자 하나를 펼쳐 놓고 무엇을 시킬지 고민하는 모습을 바라보던 은무가 조용히 베란다 문을 열고 밖으로 나갔다. 차가운 바람에 어깨가 움츠러들었지만 무거운 머릿속이 시원해지는 느낌이 들어 금방 들어가고 싶지 않았다.

한국에 온 지 5년이 되는 날이었다. 유경이 외에는 한국에 있는 그 무엇에도 정을 주지 못했고, 부모님 그늘에서 지내던 때와는 다르게 늘 없는 듯 조용히 지냈다.

막무가내로 쳐들어온 이모와 이모의 가족들을 막지 않았던 건 은무의 의도가 다분히 담겨 있었다. 당분간은 돌아가지 못할 명분을 만들어놓아야 했기에 그녀로서는 차라리 잘된 일인지도 몰랐다.

은무의 이모는 믿을 만한 사람이 되지 못했다. 은무의 엄마가 살아 계셨던 동안에도 몇 번 만나지 않았지만 만날 때마다 좋은 인상을 남겨준 적이 없는 사람이었다. 그래서 혹시라도 그녀의 명의로 되어 있는 집을 함부로 임대 놓을 수 없도록 변호사인 아빠 친구분께 부탁해 두었고, 이모가 눈치채지 못하도록 종종 그쪽 상황을 전해 받았다.

그러나 아직은 미국으로 돌아갈 자신이 없었다. 은무의 한숨이 길게 늘어졌다.

"은무야."

유경이 베란다를 똑똑 두드리며 그녀를 불렀다. 방금 배달되어 왔는지 식탁 위에는 김이 모락모락 나는 곱창볶음이 놓여 있었다.

"이유경. 나 이거 못 먹잖아."

"곱창 빼고 야채만 먹어. 소주 마실 건데 치킨은 그렇잖아. 족발, 보쌈은 당기질 않는단 말야."

2년 전까지만 해도 같은 하숙집에서 생활했던 터라 식성이며, 습관, 생활 패턴까지 잘 알고 있는 사이였다. 그런데도 불구하고 유경이 자신이 먹지 못하는 곱창볶음을 주문해 놓은 걸 보며 은무가 불만 가득한 얼굴로 소주를 잔에 따랐다. 유경이 모른 척 잔을 내밀자 은무의 입이 더 크게 부풀어 올랐다.

"너 오늘 내 방송 들었어?"

"차에서 잠깐."

"차에서? 그 시간에 왜 차에 있었어? 지각했어?"

"응. 책 보다 늦게 잤어."

유경이 알 만하다는 얼굴로 은무를 걱정스레 바라보았다. 온갖 책들로 가득 찼던 하숙집 그녀의 방을 떠올리자 머리가 다 지끈거렸다. 책을 펴고 두어 줄만 읽어도 잠이 오는 자신과 다르게 책을 읽기 시작하면 끼니도 거른 채 몰두하던 은무가 참으로 신기할 따름이었다.

"부장님한테 안 깨졌니?"

"나 늦은 거 몰라."

다행이라는 건지, 한심하다는 건지 고개를 절레절레 흔들던 유경이 소주잔을 입에 갖다 댔다.

"으윽. 쓰다."

쓰기는. 은무가 단숨에 소주잔을 입에 털어 넣자 유경이 야채를 골라 은무의 입에 넣어주었다.

"여하튼 채은무 술 하나는 기똥차게 잘 마셔. 맞다. 너 내 운동화 갖고 왔지? 지난번에 사놓고 네 차에 놓고 내린 거."

"신고 왔는데?"

은무가 턱짓으로 현관을 가리키자 운동화 끈이 다 꿰어지지도
않은 채 널브러져 있는 운동화가 유경의 눈에 들어왔다.

"야! 내 건데 왜 네가 개시해!"

"오늘 그럴 일이 좀 있었어. 그러게 왜 놓고 내려."

유경이 한정판으로 나온 운동화라며 한껏 들떠 자랑하던 모습
이 떠올라 잠시 미안한 생각이 들었다. 신은 티 내지 말고 박스에
도로 넣어 가지고 올 것.

"채은무, 나 오늘 엄청 슬프단 말이야. 위로는 못해줄 망정."

유경이 통곡을 시작하려는지 이마에 주름을 깊게 잡으며 소주
를 입에 털어 넣었다. 죽은 사람은 안타깝지만 매해 이렇게 슬퍼
하는 유경을 보는 건 유쾌한 일이 아니었다. 펑펑 우는 유경을 보
며 은무는 소주잔을 또 한 번 기울였다. 유경의 울음이 그칠 때까
지 마시려면 아무래도 소주를 더 사와야 할 것 같았다.

> *떠날 때가 되었으니, 이제 각자의 길을 가자.
> 나는 죽기 위해서, 당신들은 살기 위해서.
> 어느 편이 더 좋은지는 오직 신만이 알 뿐이다.
> ―소크라테스

2. 멈춰진 시간을 돌리다

몇 시간째 피아노 앞에서 떠나질 못하고 있었다.

결국 구 부장을 만나지 못하고 영탁이가 있는 납골당에 혼자 다녀온 현은 집으로 들어가자마자 주머니 속에 넣어두었던 악보를 꺼내 들었다. 사고가 일어나지 않았다면, 어쩌면 세상에 나왔을지도 모르는 곡이구나 하는 생각이 들자 왠지 모를 안쓰러움이 밀려왔다. 편곡이 되어 있지 않은 원음이었지만 R&B 스타일의 느리지도 빠르지도 않은 음이 고요함과 발랄함을 모두 느끼게 하는 곡이었다. 이 곡을 발표했다면 당시 모던락만을 고집하던 원데이에게 새로운 도전이 되었을지도 몰랐다.

"어디 갔었냐?"

피아노 앞에 앉아 있던 현이 고개를 돌려 자신을 향해 느린 걸음을 떼어 다가오는 남자를 보고는 얼굴을 찡그렸다.

서현의 하나밖에 없는 형, 서훈이었다. 어머니의 성격과 외모를 닮은 현과는 달리 그의 형 훈은 아버지를 꼭 닮아 있었다. 가끔 이렇듯 당황스럽게 하는 모습까지도 그랬다. 현관문 열리는 소리도 듣지 못했는데 어느새 피아노 방까지 들어온 건지.

"어떻게 들어왔어."

"열려 있던데? 뭐가 급해서 문이 제대로 닫힌 줄도 몰랐냐."

그럴 리 없다. 지난번에 훈이 다녀간 후부터 자석열쇠가 보이지 않더니만 몰래 가지고 간 모양이었다. 내일 당장 도어록을 새로 바꿔 달아야겠다고 생각하며 다시 악보로 시선을 옮겼다. 벌써 손에 익은 듯 그의 손끝에서 곡은 자연스럽게 연주되고 있었다.

"무슨 곡이야? 곡 썼어?"

현이 한마디 대꾸도 없이 똑같은 곡을 반복해서 연주하자 머쓱해진 훈이 거실로 향했다. 한 달 만에 만난 동생이 그사이 더 마른 듯 보여 마음이 좋지 않았다. 생각 같아서는 본가에 불러들여 제대로 먹이고 싶었지만 사실 훈도 집 밥을 먹는 건 드문 일인지라 일찌감치 포기한 상태였다.

"서현, 옷도 안 갈아입고 언제까지 그러고 있을 거야. 밥이나 시켜 먹자."

소파에 앉아 있던 훈이 피아노가 있는 방을 향해 큰소리로 외쳤으나 현에게서는 아무런 대답도 들리지 않았다.

"서현, 형 배고프다아."

훈이 최대한 불쌍하게 보이도록 말끝을 늘인 후 방 쪽을 힐끔거렸다. 역시나 그의 착한 동생 현이 연주를 멈췄는지 피아노 소리가 들리지 않았다. 어릴 때부터 쭉 써먹던 방법인데 이렇듯 먹히는 걸 보면 현은 그에게 여전히 착한 동생이었다.

"여태 저녁 안 먹었어?"

싫은 티가 역력한 얼굴로 방에서 나오는 현을 바라보던 그의 입꼬리가 길게 늘어졌다.

"너랑 먹으려고 아까 왔었는데 없어서 기다리다가 갔었지."

사실 현이 걱정되어 들른 참이었다. 영탁이가 있는 납골당에 갔을 거란 생각에 잠시 기다리려 했으나 회사에서 급한 연락이 와 돌아가야 했다. 하지만 회사에서도 내내 신경이 쓰여 일이 손에 잡히지 않아 제대로 마무리 짓지 못한 채 다시 현을 찾았다.

"근데 뭐 하러 다시 왔어. 밥이나 먹지."

"너랑 밥 먹으려고."

현이 고개를 흔들며 주방으로 걸어가자 훈이 잽싸게 일어나 현을 붙잡았다.

"그냥 시켜 먹자. 아니면 나가서 먹을까?"

절대로 나가서 먹는 데 동의하지 않을 걸 알면서도 현을 세상 밖으로 꺼내고 싶은 훈은 초조하게 그의 대답을 기다렸다.

"싫어."

역시나.

5년 전 사고 이후, 현은 모든 세상과 단절한 채 살고 있었다. 텔레비전도 보지 않았고 라디오도 듣지 않았으며 흔한 인터넷조차도 하지 않았다. 가끔 혼자 산에 가는 것 외에는 외출도 하지 않았고, 그저 집 안에서 음악을 듣고 피아노를 치고 운동을 하는 게 다인 갑갑한 삶을 살았다. 살아 있어도 살아 있는 게 아닌 것 같은 현이 죽은 영탁이만큼 늘 안타까웠고 가슴 아팠다.

"즉석밥 있으니까 있는 거 꺼내 먹으면 돼. 엊그제 아주머니가 반찬 보내주신 거 있어."

"아, 그랬어? 아주머니가 가끔 반찬도 보내주시고 그래?"

의아한 듯 묻자 오히려 현이 더 의아한 듯 훈을 빤히 바라봤다.

"집에서 지내는 거 맞아?"

"어? 지내긴 지내지."

"차라리 나처럼 아예 나와. 괜히 아주머니 힘들게 하지 말고."

대꾸도 없이 식탁 위에 놓인 반찬들을 손가락으로 집어 먹던 훈이 전자레인지에서 데워진 밥공기를 내려놓자마자 무서운 기세로 먹기 시작했다. 누가 봤다면 사나흘은 족히 굶었다고 생각할 것 같았다.

"굶고 다녀?"

"아니. 아주머니 음식 오랜만에 먹으니 맛있어서."

"집에서 밥 안 먹어?"

"어? 그렇지 뭐."

현은 왜냐고 묻지 않았다. 자신과 같은 이유일 테니.

훈이 먹는 모습을 물끄러미 보던 현이 느리게 숟가락질을 시작했다. 밥맛이 있을 리가 없었다. 형이 아니었다면 아주머니가 보내준 반찬들은 며칠이고 꺼내지지 못한 상태로 썩어갈지도 모를 일이었다.

서훈, 서현 형제는 몇 년 전 아버지와 재혼한 새어머니를 한 번도 어머니라 부른 적이 없었다. 아버지와 나이 차이가 많이 나는 데다 훈과는 겨우 18살밖에 차이가 나지 않았기에 도저히 어머니라는 말이 나오지 않았다. 꽤 유명한 한식 연구가인 그들의 새어머니는 다방면으로 재주가 많은 분이었다. 그런 분이 성격 사납고 보수적인 데다 일밖에 모르는 아버지와 재혼을 한 이유를 납득할 수 없었다. 기회가 된다면 꼭 한번 물어보고 싶은데, 아마도 그들 형제는 평생 묻지 못할 게 뻔했다.

"괜찮냐? 술이나 한잔할래?"

괜찮냐고 묻는 훈을 물끄러미 바라보았다. 당연히 자신은 괜찮았다. 이렇게 살아 있는데 그거보다 괜찮은 일이 뭐가 있을까.

"다 먹었으면 가지?"

"구 부장이 며칠 전 회사에 왔었어. 너 휴대폰 좀 만들어주라고."

현이라는 매개체가 아니라면 절대 만날 일이 없는 구 부장과 훈이었다. 그런 구 부장이 회사에 찾아온 걸 보면 연락이 되지 않는 현 때문에 어지간히도 애가 탔던 모양이라고 훈은 생각했다.

가라는 현의 말을 싹 무시한 채 남은 반찬들을 젓가락으로 지분거리며 슬쩍 눈치를 보았다. 휴대폰이 없으니 이렇게 찾아오지 않는 한 연락이 되지 않아 이래저래 불편했던 터라 이번 기회에 어떻게든 휴대폰을 만들게 할 생각이었다.

"뭘 만들어줘. 내가 애야?"

애는 아니어도 훈의 눈에는 딱 5년 전 그때의 모습에서 멈춰 버린 것 같아 여전히 스무 살 초반의 현으로만 느껴졌다. 벌써 서른에 가까운 나이인데도 우물가에 내놓은 아이 같은 건 왜인지.

"갈 거야. JJ에."

현의 얼굴이 매일 가던 곳에 간다는 것처럼 아무렇지도 않아 잘못 들은 건 줄 알았다.

"진짜?"

"진짜."

이 무슨 뜬금없는 이야기인지 훈이 영문을 몰라 눈을 크게 떴다. JJ로 가겠다 함은 다시 활동을 시작하겠다는 얘기와 같기에 훈의 가슴이 저도 모르게 두근거렸다. 진짜라고 대답하는 현의 얼굴에 어쩐지 생기가 도는 것 같아 보이기까지 했다.

"아버지는 형이 맡아줘."

아버지는 현이 연예인인 걸 그리 탐탁지 않게 생각했다. 한 번씩 그런 현을 못마땅해하며 핀잔을 놓을 때마다 훈은 아버지를 설득했고, 어차피 현의 고집을 이기지 못하는 아버지는 못 이기는 척 넘어가고는 했었다. 이번에도 활동을 시작한다고 하면 아버지는 싫은 소리부터 할 것이 분명했다.

"아버지? 아버지를 왜 나한테 맡아달래. 아주머니가 맡고 계시니 이번에는 아주머니한테 부탁해."

이렇게 말은 했지만 또다시 아버지를 설득하는 건 훈이 될 게 뻔했다. 그걸 알기에 현은 어깨만 으쓱일 뿐 더 이상 이야기하지 않았다.

현이 식탁에서 일어나 반찬을 냉장고에 넣는 모습을 보던 훈이 슬쩍 일어나 피아노가 있는 방으로 건너갔다. 현의 갑작스런 결정에는 분명 조금 전까지 연주하던 그 곡이 한몫했을 거란 생각 때문이었다. 무엇보다 영탁이 세상을 뜬 오늘, 그런 결정을 했다는 게 더 놀라웠다. 피아노 위에 올려진 악보를 집어 들었으나 음악에는 영 젬병인 훈이 보기엔 그저 콩나물 대가리 수천 개에 지나지 않는 그림일 뿐, 어떤 해답도 찾을 수 없었다.

"채은무?"

악보의 주인이 현이 아니라 채은무라는 사람인 것 같았다. 은무? 남자인가?

이리저리 돌려 보기도 하고 뒤집어 보기도 하며 뭔가를 찾아내려고 악보를 팔랑거리고 있기를 한참. 어느새 성큼성큼 다가온 현이 휙 낚아채 가며 버럭 소리쳤다.

"이제 그만 좀 가라고!"

여전히 착하다고 했던 말 취소다. 더럽게 까칠한 자식!

"너는 왜 오늘도 그러고 있어?"

"악보 정말 못 봤어요? 아, 진짜. CCTV 있었으면 좋았을 텐데."

벌써 며칠째 구석구석을 찾아다니고 있는 은무를 한심스러운 눈빛으로 노려보던 구 부장이 파티션 너머를 보고는 눈을 동그랗게 떴다. 아무렇게나 쌓여 있던 장비들이 금방이라도 작업할 수 있을 것처럼 정리가 되어 있었다. 사실 새로운 장비들이 자꾸 생겨나 방치되어 있던 거지 망가졌던 건 아니었던 터라 조금만 손보면 다 쓸 수 있는 것들이었다.

"저 장비들 쓸 줄은 알아?"

구 부장이 눈빛을 반짝이며 은무에게 물었다.

"아니요."

끄응. 그럼 그렇지. 악보도 손으로 적는 아이인데.

"그럼 저건 왜 저렇게 정리해 놨어?"

은무가 귀찮다는 듯 손을 휘휘 저었다. 악보를 찾을 때까지는 그 어떤 고난도 불사하겠다는 의지가 보이는 듯해 버럭하려던 구 부장이 슬쩍 한발 물러났다. 대화가 될 때까지 기다려 보려는 심산으로, 소파에 앉아 들고 내려온 인사관리카드를 펼쳐 들었다. 새로 결성될 5인조 여자 아이돌 그룹의 데뷔를 위해 정예의 스태프를 구성해야 했다.

"부장님 방에 가서 하세요."

당장 나가지 않으면 시위라도 하겠다는 듯 양 허리에 손을 척 올린 은무가 구 부장 앞에 섰다.

"난 여기가 좋아."

"여기는 제 공간이에요."

"원래는 내 공간이었어. 여기서 이루어진 역사가 얼마나 많은 줄 알아?"

은무가 노골적으로 싫은 내색을 보이면서도 곁눈질로는 은근슬쩍 카드를 훔쳐보고 있다는 걸 아는 구 부장이 피식 웃음을 흘렸다. 모든 것에 무심한 듯 보여도 궁금한 게 있기는 있는 모양이었다.

그러나 이내 관심을 거둔 은무가 바닥에 쪼그려 앉았다.

"부장님, 저 소파 밑 다시 봐야 하는데 좀 일어나세요."

"아까 봤잖아!"

절대로 스스로 일어나지는 않을 거란 판단에 은무가 무조건 머리를 구 부장의 다리 사이로 밀어 넣었다. 이 정도면 일어나겠지.

몸을 좀 더 넣으니 구 부장의 왼쪽 다리가 은무의 어깨 위로 올라가 요상한 자세가 되었지만 구 부장은 절대 꿈쩍도 하지 않는다.

똑똑.

이런 게 노크 소리구나. 노크 소리? 깜짝 놀란 은무가 몸을 빼내고자 바르작거리는 사이, 이내 문 열리는 소리가 들리고 가벼운 발걸음 소리마저 점점 가깝게 들려왔다.

"서현?"

구 부장이 은무의 어깨를 밀치며 벌떡 일어나는 바람에 쪼그리고 있던 그녀의 몸이 기우뚱하고 기울어졌다. 누군가가 이 방에 노크를 하고 들어온 것도 처음이었지만 구 부장이 아닌 누군가가 문을 연 것도 처음 있는 일이었다. 감격에 겨워 기뻐하는 것도 잠깐, 누구라고?

"형."

"진짜 현이네. 이게 얼마 만이야. 나 지하에 있는 줄은 어찌 알고 왔냐."

은무는 당황스러움에 일어날 생각도 하지 못하고 쪼그린 상태로 두 사람의 대화를 엿들었다.

서현이란다. JJ 엔터테인먼트의 최대의 난적인 서현이 제 발로 직접 찾아온 건 실로 어마어마한 일이었다. 그런 역사적인 현장에 자신이 있다는 것이 참으로 감격스러워야 할 일일 텐데, 은무는 그저 최영준을 개집에 넣었던 서현이란 사람이 궁금할 따름이었다.

고개를 모로 돌려 눈만 빼꼼이 치켜뜬 은무가 서현의 얼굴을 보고자 애썼지만 구 부장의 몸집에 가려져 보이는 거라고는 그의 손에 들린 종이 쪼가리뿐이었다.

"올라가자. 대표님이 너 온 거 보시면 진짜 좋아하실 거야. 점심은 먹은 거야? 도대체 어떻게 지냈어. 내가 며칠 전에 훈이 만난 건 알아? 대체 연락이 돼야지. 내가 너 때문에 10년은 더 늙었을 거야. 어디 좀 보자. 살이 좀 빠졌나? 그래도 우리 현이 잘생긴 건 여전하네. 하하하하."

두 사람이 엘리베이터에 타기 직전까지 우렁찬 구 부장의 목소리가 지하에 쩌렁쩌렁하게 울렸다. 남자가 어쩜 저렇게 말이 많을까. 아주 틈을 안 주네, 틈을 안 줘.

은무가 쭈그리고 있던 몸을 일으키며 바닥에 털썩 주저앉았다. 서현이고 뭐고 제발 내 악보나 찾아달라고.

구 부장과 함께 엘리베이터에서 내리는 현의 모습을 발견한 기획팀 직원이 놀라움을 감추지 못하고 입을 크게 벌렸다.

재빨리 사무실로 달려간 기획팀 직원에 의해 서현이 JJ에 왔다는 소식은 빠르게 회사 내로 퍼져 갔다. 그들은 이게 무슨 일인가 어안이 벙벙한 상태로 앞으로 보여질 현의 행보에 대해 떠들어댔다.

그중에는 여자 아이돌 그룹 기획을 맡고 있는 기획팀 직원과 연습생들의 안무를 담당하는 매니저도 있었다. 한창 연습 중인 연습생들을 뒤로한 채 두 사람은 현에 관한 이야기로 수다 삼매경에 빠졌다.

"솔로로 나와야 하겠죠?"

"솔로로도 충분히 승산이 있지. 비주얼 막강하고 노래 실력 출중하니."

"근데 그룹 활동하던 사람이 솔로로 나오면 성공할 확률이 좀 희박하지 않아요?"

"그것도 나름이지만 서현 정도면 문제없어."

"그렇지만 이제 나이가 너무 많잖아요. 이십대 후반인데 요즘 애들한테 먹힐까요?"

"그래도 서현인데?"

"그죠? 서현인데……. 그나저나 저 꼬맹이들 데뷔, 뒤로 미뤄야겠는데요."

오전 내내 구슬땀을 흘리며 춤 연습을 하고 있는 다섯 명의 어린 천사들을 측은하게 바라보며 두 사람이 쯧쯧, 혀를 차 올렸다. 좀 전까지 이제 곧 데뷔라고 좋아했는데 당분간은 물 건너간 거지. 모든 인력이 서현에게로 동원될 게 불 보듯 뻔한 일 아니겠는가.

"근데 진짜 활동 다시 하려고 온 거 맞을까? 우리 괜히 헛물켜는 거 아냐?"

"설마……."

모든 직원들의 이목이 대표 이사실이 있는 10층에 쏠려 있었지만 지하에 있는 은무만은 관심이 없는 듯 빈 스튜디오를 뒤집고 또 뒤집었다.

JJ 건물에서 가장 전망이 좋은 10층에 자리하고 있는 대표 이사실은 냉기가 뚝뚝 떨어지는 냉동고 같은 분위기에 휩싸여 있었다. 언뜻 보기에는 사람 좋아 보이는 얼굴을 하고 있는 강창환 대표였지만 말 많고 굴곡 많은 연예기획사를 오랜 세월 이끌어온 수장답게 분위기 하나만으로도 그는 상대를 압도했다. 그러나 그런 강 대표 앞에서도 서현은 전혀 기가 죽어 보이지 않는다. 살얼음판 위에 서 있는 듯, 아슬아슬한 분위기에 구 부장은 쉽사리 입을 떼지 못했다.

"뭘 어쩌겠다고?"

"방송에 나가고 싶은 생각 없어요. 음악만 하겠습니다."

구 부장에게서 현과 함께 올라가고 있다는 연락을 받고 그 몇 분 동안 머릿속으로 아주 많은 계획들을 세웠던 강 대표였다.

"후……."

무슨 생각인지 짐작조차 할 수 없는 고요한 눈동자가 강 대표를 응시하고 있었다. 그나마 영탁을 잃은 후 몇 년간 보아왔던 불안한 눈동자가 아니라 처음 서현이라는 보석을 발견했을 때의 그 눈동자로 돌아와 있음에 안도의 한숨이 흘러나왔다.

"도대체 왜?"

"저 원래 방송 활동 같은 거 하고 싶지 않아 했던 거 대표님이나 형이 더 잘 알고 있으시잖아요."

당연히 알고 있다. 현은 단순히 음악만을 하고 싶어 했다. 여러 가지 악기들을 자유자재로 연주하는 그의 재주와 뛰어난 가창력, 화려한 마스크를 대중에게 보여주지 않는 건 음악 하는 사람으로서의 자만이라고 어르고 달랬던 게 몇 년이었다. 끝끝내 승낙을 받아내고도 혼자는 절대 활동하지 않겠다던 그를 무명 그룹에 합류시키고, 현의 음악 색과 어울리지 않는 멤버를 쳐내 원데이라는 그룹을 만들게 했다. 결국 그들만의 독특한 색을 만들어 그야말로 정상에 올려놓고야 말았던 그때가 떠올라 강 대표는 쓴웃음을 지었다.

현을 아끼는 사람이기 이전에 어쩔 수 없는 사업가인 강 대표가 현을 천천히 훑었다. 질투나는 큰 키에 그의 모친을 그대로 닮아 빛이 나는 외모가 예전 그대로인, 한마디로 여전히 잘난 서현이었다.

미인박명이라는 말을 증명이라도 하듯 일찍 세상을 떠난 현의 모친은 강 대표가 젊었던 시절 몰래 흠모하던 여인이었다. 자신보다 6살이나 많았던 큰누나의 친구였는데, 군대에 있는 동안 결혼했다는 소식을 듣고 혼자서 얼마나 울었었는지 모른다. 후에, 서현이 그녀의 아들이라는 사실과 그녀가 이미 이 세상 사람이 아니라는 소식까지 들었을 때의 충격은 이루 말할 수 없었고, 사람의 인연이라는 게 참으로 희한하다 싶었다. 현이라는 보석이 자신의 눈에 띄었던 것도, 그런 그가 잊을 수 없는 첫사랑의 아들이라는 것도 누군가 개입하지 않고서야 쉽게 일어날 수 있는 일이겠는가.

5년 전에는 예쁘고 곱기만 했던 얼굴선이 이제는 제법 굵어져 진득한 남자의 아름다움이 묻어 나왔다. 안 그래도 작은 얼굴에 더욱더 날카로워진 턱 선이 남자다운 굵은 목을 부각시켜 흡사 살아 있는 마네킹을 보고 있는 것 같은 착각을 일으키게 했다.

포기할 수 없는 외모였다. 남자인 자신이 봐도 이렇게 가슴이 설레는데 남자다운 아름다움에 미치고 마는 여자들에게는 두말할 필요도 없이, 한마디로 먹히는 외모였다. 일단은 현이 집 밖으로 나왔다는 것만으로 만족해야 했다. 그다음은 시간을 두고 천천히 해결해 나가면 되는 거다.

"알았다. 대신, 매일 회사에 나오는 거야. 할 일이 없어도 무조건 나와서 운동도 하고 노래 연습도 하고 배울 게 있으면 배우고. 그 정도는 하는 거다."

강 대표가 더 이상은 양보할 수 없다는 듯 강한 어조로 말을 하자 현이 고개를 끄덕였다.

"그리고 사람 하나 옆에 두자."

"저 필요……."

"필요 없을 줄은 아는데 네가 언제 다시 집 안에 틀어박힐지 모르는 일이라 그건 나도 양보 못하겠다. 대신 네가 골라. 누구 매니저든 네가 원하면 빼줄게. 구 부장!"

살얼음판 같은 분위기에 숨도 제대로 못 쉬고 있던 구 부장이 자신을 부르는 소리에 깜짝 놀라 정신을 차리고 강 대표를 바라봤다.

"이번에 만든 직원 프로필 갖고 오라고 해."

강 대표가 뭔가 대단한 걸 만든 양 의기양양한 표정으로 서현을 바라봤다.

"A급 아이들 스카웃할 때 쓰려고 내가 심혈을 기울여서 만들라고 지시한 거야."

구 부장이 인터폰을 눌러 지시하자 예쁘장한 비서 하나가 금세 태블릿 PC를 들고 들어왔다. 대표가 건네주라는 듯 고갯짓을 해 보이니 비서가 수줍게 태블릿 PC를 현에게 건넸다. 여비서는 현을 가까운 곳에서 봤다는 설렘 때문인지 벌게진 얼굴로 잠시 뜸을 들였다. 하지만 이내 이 방에서 자신의 할 일은 더 이상 없다는 걸 인지하고는 아쉬움이 묻어나는 손길로 손잡이를 잡아당겨 느릿하게 문을 빠져나갔다. 문이 닫히는 순간까지 현에게서 시선을 거두지 못하던 여비서는 결국 구 부장의 부릅뜬 눈과 마주친 후에야 마지못해 문을 닫아야 했다.

"스타일리스트, 관리 매니저, 실장, 팀장 뭐 상관없어. 일반 사무직 직원이라도 괜찮으니까 마음에 드는 사람 보이면 말만 해."

현이 귀찮다는 기색을 감추지 않고 검지를 움직여 사진을 넘기기 시작했다. 대표에서부터 홍보, 광고, 경영을 담당하고 있는 임직원들과 일반 직원들, 그리고 많은 매니저 팀 매니저들의 생동감 넘치는 사진들이 펼쳐지고 있었다.

그리고 제일 마지막, 어느 부서에도 소속되어 있지 않은, 기존의 사진보다 현저히 떨어지는 화질의 사진 하나가 눈에 들어왔다. 어떻게든 어필하고자 각양각색의 포즈들을 보이던 다른 사진들과는 다르게, 검은 정장 차림에다 웃음기 하나 없는 어둡고 칙칙한 얼굴로 억지로 만든 게 확연해 보이는 어색한 브이질을 한 사진이었다.

그나마 바짝 붙인 두 다리를 지탱해 주고 있는 빨간 운동화가 주요 컨셉인 양 보여 현은 웃음이 터져 나왔다. 요즘은 운동화 매듭을 이렇게 짓나? 대충 모아 헐겁게 묶어놓은 덜렁덜렁거리는 운동화 끈을 보는 현의 눈매가 곱게 휘어져 있었다. 가벼운 마음으로 결정을 짓고는 자세한 인물 정보를 보고자 사진을 클릭하던 현의 눈동자가 불현듯 흔들렸다.

'채은무.'

이름만 보고 제멋대로 남자일 거라 생각했었다. 이 사진의 여자가 밝고 따뜻한 선율을 만들어낸 사람이라는 게 현은 믿어지지 않았다. 같은 이름의 사람이 또 있는 건지도 모른다.

"채은무."

현의 결정을 기다리는 동안 강 대표와 콘서트에 관한 사안들을 논의하던 구 부장이 현의 입에서 흘러나오는 이름을 듣고는 눈을 동그랗게 떴다.

"채은무?"

"채은무가 이 사람 말고 또 있어요?"

현이 바라보고 있던 사진에 눈길을 준 구 부장은 프로필 사진을 미처 확인하지 못했던 것에 대해 통탄을 금하지 않을 수 없었다. 이 조악한 사진이 대체 무어란 말인가.

"아니, 없는데……."

"그래요?"

고개를 끄덕인 현은 사진에서 눈을 떼지 못한 채 골똘히 무언가를 생각하는 듯했다. 그런 현을 지켜보던 구 부장은 불안한 심정으로 제발 은무를 지목하지 않기만을 바라고 또 바랐다. 은무는 누군가를 보조할 만한 인물이 절대 아니었다. 제 몸도 제대로 돌보지 못해 그의 신경을 늘 쓰이게 하는 인사가 아니던가 말이다.

"그럼 채은무 씨로 결정하죠."

헉.

놀라움으로 구 부장의 입이 크게 벌어졌다.

그 아가씨 이름이 채은무였던가? 놀라는 구 부장을 보며 강 대표가 누군가를 떠올렸다. 오래전부터 구 부장이 데리고 있는 작곡가라는 아가씨를 강 대표도 본 적이 있었다. 처음에는 혹시나 그 아가씨에게 마음이 있어서 옆에 두고 있는 게 아닌가 했지만 오랫동안 구 부장이 짝사랑을 하고 있던 여인이 누군지 알게 된 후로 그런 생각은 하지 않았다. 구 부장이 아무 이유 없이 데리고 있을 리는 없을 테고 뭔가가 있구나 싶어 두고 보는 중이었는데, 현이가 지목했다. 뭔가 있기는 진짜 있는 모양이다.

"그래, 채은무란 말이지. 구 부장, 채은무 씨 당장 올라오라고 하지."

"저기 대표님, 채은무 씨는……."

"그래, 알아 알아. 자네가 무슨 생각을 하는지 다 아니까 어서 데려와. 현이랑 인사시켜야지."

"저기, 채은무 씨는……."

"어허!"

본래의 사람 좋아 보이는 인상으로 돌아와 있던 강 대표의 눈이 또다시 치켜떠지려는 찰나 구 부장의 엉덩이가 굼뜨게 소파에서 떨어졌다. 한숨을 내쉬는 구 부장을 부채질이라도 하려는 듯 현이 따라 일어났다.

"제가 내려갈게요. 그럼 대표님, 내일 뵙겠습니다."

현이 예의 바르게 허리를 굽혀 인사를 하자 강 대표가 눈가에 주름을 잔뜩 잡으며 환하게 웃어주었다. 계산 빠른 강 대표의 머릿속에는 서현으로 인한 파급 효과가 얼마나 될 것인가에 대한 기대로 가득 차 있었다.

"은무야."

움찔. 구 부장이 부르는 자신의 이름을 듣고는 팔에 오소소 돋아나는 소름을 문질렀다. 일 년에 한 번쯤? 구 부장이 저렇게 이름을 부를 때마다 자신에게 득이 되었던 적이 한 번도 없었음을 피부가 먼저 알아챈 모양이었다. 듣지 못했던 것마냥 꿈쩍도 않고 서류 더미에 코를 더 깊게 박았다.

"이건 네가 왜 보고 있냐."

이마에 콩 하고 알밤을 먹인 구 부장이 콘서트 관련 기획 서류를 훅하니 집어가 버렸다.

아무렇게나 쌓아놓은 장비 더미 속 한쪽을 파티션으로 막아놓은, 좁은 공간 안에서 자그마한 머리 하나가 불쑥 올라왔다. 뾰루퉁 입을 내놓고는 연신 이마를 문지르는 모습이 불쌍한 강아지 같다.

"아, 왜 때려요! 보면 좀 어때서요!"

그녀의 퉁명스런 대꾸에 구 부장의 호소 짙은 목소리가 들려왔다.

"어이구. 쟤가 저런 애다. 너 정말 저런 애랑 일해야겠어?"

누구에게 하는 이야기지? 구 부장 말고 누군가가 이 방에 들어와 있는 모양이었다. 불길한 일이 생길 것만 같은 예감에 고개가 굳어버린 듯 움직이지 않았다.

"열심히 일하고 있던 모양인데요, 뭐."

구 부장의 걸걸한 목소리와는 비교가 되지 않는 높고 청명하게 울리는 목소리가 방 안에 내려앉았다. 조금 전 구 부장과 함께 나갔던 사람이 다시 내려온 모양이었다. 그렇다면 저 사람은 서현이다. 근데 좀 전에 뭐라고 했지? 저런 애랑 일할 거냐고?

"야! 사람이 온 걸 알았으면 일어나서 인사를 하는 게 예의다!"

은무가 그제야 입술을 삐죽이며 일어나 현과 마주했다. 콧잔등에 걸쳐 있던 안경을 밀어 올린 그녀가 현의 얼굴 가까이로 제 얼굴을 들이밀었다.

"야야! 너 너무 노골적인 거 아니냐! 뭘 그렇게 금방 들이대고 그러냐."

어쩌면 여자들은 그렇게 다 똑같으냐며, 조금 전 대표님 비서도 현이를 보고는 눈이 돌아가 방에서 나갈 생각을 안 하더라 어쩌더라 구시렁구시렁, 구 부장의 입은 잠시도 쉬지를 않았다.

"안녕하세요, 채은무 씨. 서현이라고 합니다."

그녀의 노골적인 시선을 받아내던 현이 어색함을 지우고자 애써 웃으며 인사를 하자 은무가 그제야 고개를 까딱여 보이며 한마디를 던졌다.

"사진빨이었네요."

이 여자가 대체 뭐라는 거지? 사진빨?

"야! 너 뭐라는 거야!"

은무의 말에 소스라치듯 놀란 구 부장이 펄쩍 뛰며 소리쳤다. 어디 그런 망발이 있느냐며 또 한 번 그의 입에서 나오는 방언들을 들은 은무가 검지를 귀에 넣어 비비적거렸다. 한마디로 너는 짖어라, 나는 안 듣는다. 뭐 그런 거?

채은무라는 여자가 장난꾸러기 같은 표정으로 자신을 바라보고 있다. 흘러내릴 듯 위태롭게 걸쳐 있는 뿔테 안경이 그녀의 얼굴을 반쯤이나 가리고 있어 안경 벗은 얼굴은 어떨지 궁금해지기도 했다.

은무의 행동을 바라보던 현에게서 피식 웃음이 흘러나왔다. 자신의 손에 들린 이 악보를 쓴 이가 저 여자가 정말 맞는다면 자신도 한마디 해줄 수 있을 것 같았다.

"이 곡 쓴 채은무 씨 좀 불러내 주시죠. 다중이 씨."

그의 손에 들려 있던 종이 쪼가리가 팔랑거리며 제 손에 떨어졌다.

헉.

은무가 코에 걸쳐 있던 안경을 거칠게 밀어 올리고는 종이를 펼쳐 들었다. 종이 쪼가리인 줄 알았더니 악보다. 그것도 며칠을 애타게 찾아 헤매었던 악보. 어흑, 내 악보.

애틋하게 악보를 훑던 은무가 고개를 옆으로 홱 젖히고는 그를 향해 눈을 치켜떴다. 그녀의 매서운 눈길에 구 부장이 이내 움찔거리며 한 발자국 물러났지만 현은 그저 어깨만 으쓱거릴 뿐이었다.

"왜 내 악보가 그쪽한테 있는 거예요?"

"지난번에 들렀다가 잠깐 빌려갔었어요. 잘 봤어요."

빌려갔다고? 주인에게 말도 없이 빌려가는 경우가 어디 있단 말인가.

"그럴 땐 빌려간 게 아니라 훔쳐갔다고 하는 거거든요!"

이를 갈 듯 나직하게 읊조리는 은무의 목소리에 현이 피식 웃음을 지었다. 열 내는 사람 앞에서 저렇게 웃는다는 건 조롱 아냐?

"그런데 정말 이 곡 직접 쓴 거 맞아요? 이 곡 쓴 사람으로 안 보이는데……."

뭐야? 기분이 더욱더 나빠진 은무는 금방이라도 한 대 칠 기세로 주먹에 힘을 넣었다. 보다 못한 구 부장이 은무를 막아섰다.

"무사히 잘 가지고 왔으면 된 거잖아. 뭘 그런 걸 가지고 그렇게 화를 내. 어차피 파일 정리도 안 하고 막 늘어놓고 그랬으면서."

"내가 언제요!"

기어이 은무의 목청이 터져 나왔다. 구 부장이 지끈거리는 머리를 부여잡고 현을 돌아봤다.

"너 진짜 쟤한테 매니저 일 맡길 거냐? 정녕 그래야겠냐?"

"재밌겠는데요, 뭐."

"이 사람이 나한테 뭘 맡긴다고요?"

사태의 심각성을 깨닫지 못한 건지 원래 성격이 저렇게 여유만만인 건지, 전혀 문제가 안 된다는 듯 웃음을 머금은 얼굴로 현이 은무에게 손을 내밀었다.

"잘 부탁해요, 은무 씨."

은무의 동그랗게 뜬 눈을 바라보던 현의 미소가 짙어진다.

홍보팀 사무실이 있는 4층 엘리베이터에서 내리는 구 부장의 모습은 흡사 꿀단지를 빼앗긴 곰처럼 보였다.

"내가 홍보팀 이 자식들을 가만히 안 둔다. 가만히 안 둬!"

입으로는 금방이라도 부셔 버릴 듯 이빨을 내보이며 거칠게 욕을 해댔지만 어쩐지 걸어가는 뒷모습은 신나게 소풍 가는 아기 곰마냥 뒤뚱뒤뚱했다.

"누구야! 이런 사진을 찍어서 넘긴 게 대체 어떤 놈이야!"

홍보팀 직원들의 시선이 한꺼번에 구 부장에게 쏠렸다. 평소에는 순한 양 같은 사람이 한번 화가 나면 어떠한지 아는 직원들은, 영문을 몰라 섣불리 나서지도 못하고 구 부장이 말하는 사진이 무엇인기에 촉각을 곤두세웠다. 그가 탁 하고 태블릿 PC를 내려놓자 하나둘씩 그의 주변으로 몰려들었다. 사진을 확인한 홍보부 직원들은 이내 이렇게 될 줄 알았다는 표정을 지으며 슬금슬금 그의 시선을 회피하기 시작했다.

"부장님, 죄송해요."

이 목소리는?

구 부장을 둘러싸고 있던 직원들이 홍해가 갈라지듯 스르륵 갈라지고 어느새 그의 앞에 꿈처럼 홍미림이 나타났다. 가녀린 어깨에 풍성하게 내려앉은 웨이브 진 머리카락이 그의 눈앞에서 구름처럼 몽실거렸다. 구 부장이 선 곳까지 어느새 다가온 미림이 고개를 숙여 보이자 머리카락에 가려져 있던 하얀 목덜미가 드러났다. 그런 미림의 모습에 정신이 혼미해진 구 부장이 꿀꺽 하고 침을 삼켰다. 그런데 미림이 왜 울상을 짓고 있지? 여기는 어디? 나는 누구?

모든 사고가 정지되어 버린 구 부장이 눈동자를 데굴데굴 굴리며 어디를 바라봐야 할지 몰라 허둥댔다.

"그게 채은무 씨가 너무 늦게 올라오는 바람에 제가……."

미림의 입에서 흘러나오는 소리들이 그의 귀에 닿으며 부드러운 솜사탕처럼 녹아내린다. 그의 사고 회로는 이미 뇌사 상태가 되어 어떤 말도 인지하지 못했다.

"정말 죄송해요. 구 부장님이 이렇게 화를 내실 줄 알았으면 나서지 않는 건데. 흑흑흑."

미림이 제 앞에 다가선 순간 그의 시간이 정지되었듯, 매우 사납게 일그러진 그의 표정도 지워지지 않은 채 그대로였다. 그 때문에 미림의 눈에는 여전히 화가 나 씩씩거리고 있는 구 부장이 있을 뿐이었다.

겁을 잔뜩 집어 먹은 미림의 눈에서 결국 닭똥 같은 눈물이 떨어졌다. 미림의 눈에서 떨어지는 눈물을 본 순간, 구 부장은 가슴이 쪼개지는 고통을 느껴야 했다. 어찌 저 고운 얼굴에서 눈물이 떨어진단 말인가.

"돼…… 돼…… 됐어. 앞으로 잘하면 되지 뭐."

더 이상 고통의 늪에서 허우적거릴 수 없었던 구 부장이 그녀를 두고 획 돌아서고는 홍보팀 문을 박차고 나갔다. 그녀의 눈물을 닦아주며 위로를 하던 홍보팀의 남자 직원 하나가 믿어지지 않는 광경을 목격한 듯 두 눈을 비벼댔다.

"저, 저기. 다들 봤지?"

"뭘?"

"구 부장 엉덩이에서 살랑살랑대던 강아지 꼬리 같은 거. 아니, 곰 꼬리인가?"

구 부장이 어깨를 축 늘어뜨리고 들어오자 그럴 줄 알았다며 은무가 낮게 혀를 찼다. 그러게 올라가지 마시라고 몇 번을 말렸는데 괜히 욱해서는 뛰어 올라가더니만 저 꼴이 대체 뭐냔 말이다.

구 부장의 최대의 약점, 그건 바로 홍보팀의 홍미림이었다. 재작년 미림이 JJ에 입사를 한 순간부터 구 부장의 짝사랑이 시작되었다. 천천히 조금씩 커져 가던 마음의 크기가 미림에게 애인이 생겼다는 이야기를 들은 후 걷잡을 수 없이 커졌고, 종래에는 시름시름 앓기까지 했다.

그의 시선이 미림에게 향하고 있다는 걸 눈치챈 은무는, 그날부터 구 부장의 약점을 쥐고 흔들었다. 그렇다고 자주 써먹을 수 있는 카드는 절대 아니었다. 왜냐하면 구 부장은, 그래도 구 부장이었기 때문이었다.

때때로 구 부장이 안쓰러운 날에는 미림에 대한 소식을 전달해주기도 했다. 가령, 미림이 지금 옥상에서 커피를 마시고 있더라라든가, 오늘 미림의 의상이 죽이게 멋지더라 라든가, 미림이 제일 좋아하는 음료수는 써니텐 파인애플 맛인 것 같더라 라든가.

그런데 대체 미림이 뭐라고 했기에 저러는 거지? 궁금해진 은무가 슬쩍 눈치를 살피며 구 부장의 곁에 쪼그리고 앉았다.

"해결하고 오셨어요?"

"그, 그럼. 해결하고 왔어. 다시 보니 사진이 딱 너처럼 나왔더라고. 누가 봐도 딱 너야. 그래서 그냥 두기로 했어."

그럼 그렇지. 사진을 찍은 직원이 미림이라는 걸 알게 되자 아무 말도 못하고 내려온 게 분명했다.

"그러게 제가 괜찮다고 그랬잖아요. 사진이 뭐 대수라고."

"너는 왜 미림이가 찍었다는 얘기를 안 한 거야! 괜히 늦게 올라가서 이 사단을 만들고 말이야. 너 때문에 미림이가, 미림이가……."

미림이 뭘 어쨌다는 거야. 왜 말을 하다 마는지. 기다려도 구 부장의 입에서는 아무런 얘기가 흘러나오지 않았고 늘어지는 한숨 소리만이 계속되었다. 고개를 내저으며 안타까운 시선으로 구 부장을 바라보던 은무가 지금 자신이 구 부장을 안타깝게 생각해야 할 때가 아님을 깨달았다.

대체 왜? 자신이 사진빨 씨의 매니저가 되어야 하는지 그녀는 도통 이해를 할 수가 없었다. 구 부장의 이야기로는 대표님이 이미 허락하셨고, 은무가 하지 않겠다고 하면 서현이란 사람은 다시 제집에서 나오지 않을 확률이 500%가 될 거라며 반드시 해야만 하는 일이라고 했다. 서현이 제집에서 나오든 말든 자신과는 아무 상관이 없노라고 외치던 은무는 구 부장의 한마디에 입을 다물어야 했다.

"짐 싸!"

이대로 짐을 쌀 수는 없는 노릇이다. 아직은 부모님과의 기억을 반갑게 떠올릴 용기가 나질 않는다. 돌아가고 싶지 않았다.

당분간 어떤 활동도 하지 않을 테니 그저 집에서 데리고 나오고, 데려다 주고, 밥 먹을 때 같이 먹어주면 된다고 했으나 그건 은무에게는 절대 불가능한 일이었다.

"부장님, 부장님이 알고 계시는 저란 사람은 어떤 사람인가요?"

은무가 제법 당차게 물어오자 상대하고 싶지 않다는 듯 구 부장이 슬쩍 은무에게서 몸을 틀었다. 구 부장의 시선을 집요하게 따라가며 계속 눈빛을 보내자 포기한 구 부장이 한숨을 내쉬었다. 은무가 질문을 한 의도를 이미 파악하고 있단 뜻이리라.

"넌 낯선 이와 차를 함께 타고 다니는 것도, 밥을 먹는 것도, 시간을 맞춰 데리고 다니는 것도 불가능한 아이지."

그제야 은무가 잘 아시네 하며 구 부장의 어깨를 툭 치고는 헤헤 하고 웃어 보였다.

저런저런. 이게 헤헤 하고 웃을 이야기인 거냐? 구 부장이 은무를 한심하게 바라보며 이 사태를 어찌 수습해야 할는지 곰곰이 생각했다. 자신은 이미 5년 전 원데이를 보조하던 매니저 구동숙이 아니었다. JJ를 이끄는 인재 중의 인재로, 잠자는 시간을 제외하고는 항상 머릿속에 소속 배우들과 가수들의 브랜드 가치를 높이기 위해 어찌해야 할 것인가를 고민하는 구. 부.장.이었다. 몸이 열두 개여도 모자란 바쁜 일상을 보내는 판국에 은무 대신 현의 매니저를 할 수는 없는 상황이었다. 분명, 서현 성격에 자신이 결정한 일에 태클을 걸거나 번복할 일이 생긴다면 아예 없던 일로 만들어 버릴 게 분명했다. 방법은 서현이 은무를 데리고 다니게 하는 것밖에 없는데, 이게 무슨 방법이냐고.

"은무야."

"그렇게 부르지 마세요."

은무가 팔에 솟아오르는 소름을 탁탁 털어내며 돌아서자 이번에는 구 부장이 집요하게 은무의 시선을 따라왔다. 꿈뻑꿈뻑거리는 구 부장의 눈과 마주친 은무가 제 머리를 거칠게 헝클어뜨렸다.

"아, 진짜! 저 못해요. 정말 못해요. 저 여기 왜 오라고 하셨어요? 노래 만들라고 그러신 거잖아요. 매니저 같은 거 꿈에도 생각해 본 적 없어요. 아니, 왜 대표님은 세자빈 간택하는 것도 아니고 이렇게 막무가내로 뽑기를 시키고 그러시는 거래요? 왜요!"

"야! 입은 삐뚤어졌어도 말은 바로 하랬다고. 내가 너 노래 만들라고 오라고 했긴 했다만 너! 여태껏 뭘 하기는 했냐! 밥만 축내는 식충이 노릇만 했지 네가 대체 한 게 뭐가 있냐고!"

아, 저 레퍼토리 또 등장이다.

구 부장과의 입씨름에 지친 은무가 현이 돌려주고 간 악보를 펼쳤다. 악보를 훔쳐간 범인이 제 발로 나타나 곡 쓴 이를 앞에 두고도 불러달라 하더니만, 도저히 이런 곡을 쓴 사람으로 보이지 않는다며 한참을 신기해하다가 돌아갔다. 잘 부탁한다는 무서운 말을 남기고.

현이 이런 곡을 쓴 사람으로 보이지 않는다는 말을 했을 때 은무는 화가 나는 척했지만 사실 마음 귀퉁이가 너무나 아팠다. 그는 알고 있었다. 그때의 자신과 지금의 자신은 다른 마음을 가진 사람이라는 것을.

구 부장의 시선을 피해 돌아선 은무의 눈빛이 처연히 가라앉았다.

서현이 살고 있다는 곳은 아파트가 빼곡히 들어서 있는 서울 외곽의 신도시였다. 서울과의 거리가 비교적 가깝고, 교통이 좋다는 이유로 갑작스레 급부상한 곳이었는데 그중에서도 제법 비싼 값을 자랑하는 전원주택 단지라고 했다.

구 부장이 일러준 주소를 내비게이션에 입력하고, 출근시간과 겹쳐 꽉 막혀 버린 도로를 간신히 빠져나와 서울 외곽에 위치한 그의 동네에 도착했다. 전원주택 단지라 하길래 미국에서 살았던 그런 동네를 떠올렸었다. 하지만 도착해 보니 골목골목마다 집들이 다닥다닥 붙어 있어 아파트를 한 층씩 늘어놓은 것 같은 똑같이 생긴 주택이었다.

'레스트힐'이라고 커다란 바위에 새겨져 있는 단지까지 오긴 왔는데 올바른 번지수가 아니었던 모양이었다. 내비게이션 언니는 '목적지 근처입니다.'라는 말을 전해준 후 단지를 한 바퀴 돌 때까지 침묵을 지켰다. 결국 차에서 내린 은무가 단지 입구에 조형물과 함께 설치되어 있는 조성도를 보며 주소를 확인했다.

"여기구나. 하나, 둘, 셋, 넷, 다섯. 다섯 번째 골목에서 하나, 둘, 셋, 넷, 다섯, 여섯 번째 집."

손으로 하나하나 짚어가며 세어본 후 은무가 오르막을 걷기 시작했다.

"그냥 아파트에 살았음 좀 좋아. 아, 힘들어. 눈 올 것 같은데……."

눈이 오려는지 어두컴컴한 하늘 끝에 시린 바람이 몰아치고 있었다. 때맞춰 은무의 주머니 안에서도 하루 종일 끝나지 않을 것 같은 휴대폰 진동이 또 한 번 몰아쳤다.

꼭두새벽부터 구 부장에게서는 전화가 끊이질 않았다. 계속되는 휴대폰 소리에 진절머리가 날 지경이라 차에 올라타서는 진동으로 바꾸어 바지 주머니에 넣어버렸다. 그랬더니만 5분마다 한 번씩 부르르거리는 통에 주머니가 닿아 있는 허벅지에 경련이 일 지경이었다.

"운전하는데 왜 자꾸 전화세요!"

[어디야? 도착했어?]

두리번두리번, 지나온 골목수를 세어가며 걷던 은무의 발걸음이 멈춰졌다. 이 골목 여섯 번째 집이니 올라가면 될 터.

"아직이요."

[왜 아직도 아직이야!]

귀청 떨어지겠네. 은무가 휴대폰을 귀에서 멀리 떨어뜨리고 휴대폰이 구 부장인 양 한참을 노려보았다. 볼륨을 높이지도 않았고 한 뼘 통화로 전환시키지도 않았건만 멀리 떨어뜨린 휴대폰에서는 여전히 구 부장의 잔소리가 끊이질 않고 들려왔다.

"이제 거의 다 온 것 같아요. 끊어요."

은무가 휴대폰을 거꾸로 들어 무전기처럼 입에 대고는 빠르게 말을 하고 종료 버튼을 눌렀다. 아예 휴대폰을 꺼버릴까 싶었지만 그랬다간 거품 물고 쓰러진 구 부장을 마주할 수도 있을 것 같아 꾹 참았다.

다섯 번째 집을 지나쳤으니 여기인가 보다. 은무가 고개를 들어 나지막한 울타리 너머를 살펴보다가 깜짝 놀라 뒤로 물러섰다.

"왔어요?"

현관문 난간에 걸터앉아 있던 현이 은무를 보고는 울타리 가까이로 다가왔다. 언제부터 앉아 있었던 건지 코끝이 빨갛게 물들어 있었다.

이어폰을 빼내어 돌돌 말아 주머니에 넣고는 현이 대문 밖으로 나왔다. 차가 어디 있느냐고 묻지도 않고 단지 입구 쪽으로 내려 가는 현을 보며 은무도 터덜터덜 그의 뒤를 따랐다.

"왜 그냥 지나쳐 갔어요?"

바닥만 보고 걷던 은무가 갑작스레 뒤를 돌아보는 현의 가슴팍에 얼굴을 찧을 뻔하고는 정신을 바짝 차렸다.

"언제요?"

훅, 끼쳐 오던 후레쉬한 향기가 은무의 근처를 맴돌았다. 무슨 향기가 겨울 공기보다 더 차갑담.

"좀 전에요."

은무가 도착해 주택 단지를 한 바퀴 돌때 그녀의 차를 본 모양이었다. 봤으면 좀 나와서 부를 것이지, 왜 그냥 지나치게 해서 이

고생을 시키고 그러느냐고 울퉁불퉁한 말들이 튀어나오려는 걸 간신히 참아냈다. 구 부장 앞이었더라면 하고도 남았을 테지만 코 끝이 빨개지도록 밖에 있었던 사람에게 차마 그럴 수는 없었다.

"많이 기다렸겠네요."

"한 시간쯤?"

전혀 미안함이 담겨 있지 않은 말투로 툭 던진 말에 현 또한 아무렇지도 않은 듯, 한 시간이라고 답했다.

"부르려고 했는데 운전할 때 속도 좀 내는가 봐요. 이 길을 쌩하니 지나가던데요?"

현이 팔을 내두르며 쌩하니 지나간 모양을 흉내 내보였다. 뭘 얼마나 빨리 갔다고. 머쓱해진 은무가 현을 앞질러 걸어갔다.

"눈 오기 전에 얼른 가죠."

아주 가끔씩 구 부장의 심부름으로 외부에 나갈 때마다 날아오는 위반 딱지 때문에 귀에 딱지가 앉도록 잔소리를 들어왔던 은무는 혹시나 그녀의 운전에 대해 고자질할까 봐 신경이 쓰였다. 이래서 누굴 태우고 다니고 싶지 않은 거였는데.

"항상 그런 건 아니에요. 걱정하지 마세요."

끄덕끄덕. 그가 선심이라도 쓰듯 크게 고갯짓을 해 보인다. 왠지 얄미워 보여 은무가 입술을 삐죽였다.

"제가 자동차 문을 열어주고 뭐, 그런 걸 해줘야 하는 건 아니죠?"

운전석에 올라타려던 은무가 현을 돌아보며 정말 그런 걸 원한다면 때려치우고 말겠다는 표정으로 묻자 현이 피식 웃으며 차 문을 잡아당겼다.

처음 회사에서 내어준 차는 스타크래프트 밴이었다. 연약한 몸으로 저런 큰 차를 어찌 몰고 다니느냐며 은무는 펄쩍 뛰었고, 구 부장은 서현 정도면 이 정도는 되어야 한다며 흐뭇해했다.

그러나 결국, 연예인이라고 광고하며 다니고 싶지 않다는 현의 의사를 존중하여 중형의 승용차로 교체되었다.

조수석 문을 열어젖히는 현을 보며 은무가 눈을 크게 떴다.

"뒷좌석에 앉죠?"

"싫은데요."

옆에 있음 신경 쓰여 운전하기 불편할 것 같아 그런 건데 단박에 싫단다. 생긴 건 참 안 그런데 보기보다 자기주장이 뚜렷한 사람이었다. 매니저 문제도 그렇고 차도 그렇고 싫으면 돌리고 뭐 하고 할 것도 없이 싫다고 말했다. 더 겪어봐야 알겠지만 구 부장이나 유경이처럼 은무가 편안히 대할 수 있는 부류의 사람은 아닌 것 같았다.

"신경 쓰여요?"

눈치도 빨라요.

대답을 바라는 질문이 아닌 것 같아 은무도 대답하지 않았다.

"그냥 빨리 타요. 눈 오는 날 운전하는 거 별로니까."

웅얼거리는 은무의 목소리가 그의 곁을 맴돌다 사라진다.

습관처럼 라디오를 누르고 현을 설핏 보았다. 별다른 말이 없는 걸 보니 라디오는 싫지 않은 모양이다.

은무가 동네를 빠져나가 도로에 진입하자 눈발이 좀 더 거세지기 시작했다. 다행히도 출근시간을 조금 벗어나 복잡했던 도로가 한산해져 있었다. 하지만 조금만 지체해도 내리는 눈으로 인해 도로는 금방 엉망이 되어버릴 게 분명했다. 조금 더 속도를 내어볼까 하던 은무가 구 부장의 부릅뜬 눈을 떠올리며 속도를 줄였다.

"지금도 빨라요."

일반 도로임을 감안한다면 70km의 속도가 좀 빠른 건 사실이었지만, 나른한 듯 시트에 몸을 파묻은 채 앉아 있던 사람이 속도를 신경 쓰고 있었다는 게 좀 놀라웠다. 속도에 많이 민감한 사람인가? 알면 알수록 점점 더 모르겠는 사람이었다.

"첫날이니 봐준다. 내일부터는 제시간에 딱 와야 해. 이것도 훈련이다 생각해. 앞으로 얼마나 바빠질지 모르는데 시간 못 지키면 끝장이야."

도착하기로 했던 시간보다 무려 한 시간이나 늦어진 은무를 보며 구 부장이 선심이라도 쓴다는 듯 잔소리를 일절로 끝내줬지만, '얼마나 바빠질지'라는 말이 신경을 잡아끌었다. 활동 안 한다더니 당장 무슨 일이라도 일어나는 건 아닌지 초조해지기까지 했다. 그런 거라면 복잡한 일에 휘말리기 전에 발을 빼는 게 상책인데.

"당장 스케줄 없다면서요."

"말이 그렇다는 거야, 말. 언제가 될지 모르지만 미리미리 적응해 두는 게 좋잖아. 꼭두새벽부터 너 때문에 긴장했더니 점심도 먹기 전에 뻗게 생겼다. 나 외부 나간다."

언제가 될지 모른다라. 아무리 생각해도 맡지 말았어야 하는 일에 말려든 것 같은 불길한 예감이 몰려왔다.

대표 이사실에 올라갔던 현이 금방 지하로 내려왔다. 이제 좀 조용히 혼자 있고 싶었건만 볼 것도 없는 지하에는 왜 또 내려온 건지. 은무의 볼이 금세 부풀어 올랐다. 그런 은무를 보던 현이 눈썹을 들어 올리며 장난스런 표정을 지었다.

"대표님이 저 여기서 작업하라고 하세요. 장비들도 꽤 쓸 만한 것 같다고 하니 잘되었다고 하시네요."

갈수록 태산이라더니 이런 경우를 두고 하는 말인가 보다. 데리러 가고, 데려다 주고, 밥만 같이 먹어주면 된다더니만!

"장비요? 쓸 만한 거 하나도 없어요. 이거, 저거 또 저거 다 망가진 거예요. 제가 며칠 전에 대충 정리를 해서 그럴싸해 보이는 거지 작업할 만한 건 없어요."

은무가 파티션 너머를 양팔로 가리며 금방이라도 확인하러 넘어올 것 같은 현을 막았다. 하지만 그녀의 간절한 바람을 무시한 채 현은 은무를 슬쩍 밀어내며 지난번과는 다르게 깔끔하게 정리되어 있는 곳을 둘러보았다. 컴퓨터로 작업을 하지 않는다던 은무의 공간에는 여전히 건반밖에 없었지만 파티션 너머에는 여러 대의 컴퓨터와 신디사이저가 있었다. 가만 보니 사용하기 좋게 배치되어 있는 것들이 은무에게 선택된 장비들인 것 같았다. 현이 녹음이 가능할 것 같은 공간으로 침입을 감행했다.

"시퀀서는요?"

현이 은근슬쩍 전자녹음 장비에 대해 물으며 그녀가 어떤 수준인지를 알아내려 했다.

"맥용 큐베이스도 있고 에프엘스튜디오도 있어요."

오호, 녹음작업도 직접 할 줄 안다 이거지?

"근데 오디오 카드 빼고는 다 엉망이에요."

현이 슬쩍 장비들의 모델을 확인하며 상태들을 살폈다. 은무의 말이 맞는 것 같았다.

"살펴보나 마나예요. 손을 본다면 모를까 조금씩 모자라요."

은무의 불퉁거리는 목소리를 듣던 현의 표정이 조금씩 놀라움으로 바뀌었다.

"당장 손봐달라고 해볼까요?"

현이 눈빛을 빛내며 앞으로 다가오자 아차 싶었는지 은무가 입술을 깨물며 제자리로 돌아가 앉았다. 어쩌자고 여태껏 구 부장에게는 잘 속여왔던 걸 이 사람 앞에서는 이렇게 줄줄 얘기하고 있는지 모르겠다. 왜 갑자기 아는 척이 하고 싶어졌는지.

은무가 굳은 표정으로 돌아서는 걸 본 현은 오늘은 여기까지만 해야겠다는 생각이 들었다. 급할 이유가 자신에게도 은무에게도 없으니, 서두를 필요가 없었다.

하지만 이상하리만치 고프다 못해 아파지고 있는 배는 급히 해결을 해야 할 것 같았다. 집에 있으면 하루 종일 아무것도 먹지 않아도 소식이 없더니만 이상한 일이었다.

"점심 먹어야죠?"

뭔가를 열심히 적고 있던 그녀가 코에 걸린 안경을 올리지도 않은 채 눈만 들어 현을 바라봤다. 사실 은무도 너무 일찍 일어나는 바람에 아무것도 먹지 못했던 터라 현이 빨리 나가주기만을 바라고 있었다. 숨겨두었던 빵을 꺼내 먹고 싶은 걸 참느라 괜히 안 하던 낙서까지 하고 있던 중이었다.

"얼른 가서 드세요."

"은무 씨는요?"

"……"

"밥 안 먹어요?"

점심을 해결해 주고자 하는 아무런 기미가 보이지 않자 문 앞에 서 있던 현이 은무의 손을 잡아 일으켰다.

"왜, 왜 이래요!"

"밥 같이 먹어주라고 했다면서요."

은무가 현에게 붙잡힌 손을 빼내고자 힘을 썼지만 어찌나 세게 붙잡았는지 좀처럼 떨어지질 않았다. 점점 손목이 아파오려는 것 같아 인상을 찌푸리자 눈치 빠른 현이 슬며시 손에서 힘을 빼주었 다.

"내 점심 해결해 줘야죠."

"나 직원 식당에서 밥 안 먹어봤어요."

은무가 아픈 손목을 주무르며 혼잣말하듯 중얼거렸다.

"나도 직원 식당 가서 밥 먹을 생각 없어요. 그런 데 가는 거 싫 어요."

"싫은 게 아니라 자신 없는 거 아니에요?"

피식.

그렇다는 건지 아니라는 건지. 대답하기조차 싫을 때는 웃음으 로 때우는 게 특기인가 보다. 숨겨두었던 빵 봉지를 꺼내 든 은무 가 소파에 털썩 앉았다.

"나 빵 먹어요?"

"먹든가요."

은무가 모카빵을 뚝 떼어 봉지 위에 놓자 현이 은무 옆에 앉아 빵을 들어 한입 크게 베어 물었다.

"물 어디 있어요?"

목이 메는지 현이 물병을 찾아 두리번거렸다. 종이컵 하나를 꺼내어 내려두었던 커피를 따라주던 은무가 못마땅한지 현을 향해 살짝 눈을 흘겼다. 현이 모른 척 싱긋 웃고는 뜨거운 커피를 호호 마시며 다시 빵을 베어 물었다. 은무가 조그맣게 떼어낸 빵을 먹는 동안, 잘라 놓아준 빵을 다 먹어버린 현이 봉지 속에 들어 있는 빵을 힐끔거렸다. 은무가 입술을 삐죽거리고서는 빵을 또 크게 떼어주자 현이 활짝 웃었다. 무슨 남자가 저렇게 예쁘게 웃는담.

밥 먹었어야 하는 거 아닌가? 하는 생각이 잠시 스쳤다. 커피가 담긴 종이컵을 입에 대며 슬쩍 현을 올려다보았다. 한 손에는 커다란 빵 덩어리를 들고 또 다른 한 손에는 기하학무늬가 촌스럽게 그려져 있는 종이컵을 들고 있는 모습이 CF의 한 장면을 보고 있는 것만 같다.

저렇게 잘 먹는데 뭐. 부장님한테 밥도 안 주더라 고자질하면 죽는다!

작곡가와 가수가 아닌, 매니저와 가수로 맺어져 버린 두 사람의 시간들은 이제부터 시작이었다.

> * 우리가 진정으로 소유하는 것은 시간뿐이다.
> 가진 것이 달리 아무것도 없는 이에게도 시간은 있다.
> ─발타사르 그라시안

3. 그녀는 짐덩어리?

서현이 JJ 엔터테인먼트와 재계약을 하며 연예계에 복귀했다는 소식이 한반도를 강타했다. 각종 TV 연예 프로그램과 인터넷 매체에서 인터뷰 요청이 쇄도했지만 JJ에서는 그 어떤 인터뷰에도 응하지 않았다. 더 심각한 건 JJ 직원들조차도 서현이 처음 회사에 왔던 날 이후로는 아무도 그를 본 사람이 없다는 거였다.

기자들이 지나가는 직원들을 붙잡아 아무리 캐내려 해봐도 그들의 입에서 나오는 말은 한결같게도 본 적이 없다, 아는 것도 없다 뿐이었다. 그럼에도 불구하고 몇몇 기자들은 혹시나 하는 마음으로 회사 앞을 떠나지 못하고 하루 종일 서성였다.

며칠간 007 작전을 방불케 하며 지하 스튜디오로 출근을 하던 현에게서 오늘은 회사로 가지 않겠다는 연락이 왔다고 했다. 현의 집으로 가기 위해 바삐 움직이던 은무가 구 부장의 반가운 연락에 오늘은 조용하게 하루를 보낼 수 있겠구나 싶어 콧노래를 부르기 시작했다.

첫날보다는 적은 숫자였지만 여전히 기자들이 이른 아침부터 회사 앞을 서성거리고 있었다. 도대체 서현이 뭐길래 이 난리인 건지 은무로서는 도저히 이해가 가지 않았다.

며칠 현을 가까이서 본 바로 은무가 생각하는 서현은 그랬다. 보통 사람보다 조금 더 키가 크고, 보통 사람보다 조금 더 잘생겼고, 보통 사람보다 조금 더 노래를 잘하는 정도? 그러나 인정하지 않으려 해도 인정할 수밖에 없는 것이 있었다. 그 조금 더, 라는 것으로 인해 현이 보통 사람과 얼마나 큰 차이를 보이고 있는가를 말이다.

주말 동안 집에서 푹 쉬었던 데다가, 현이 나오지 않는다는 생각에 몸도 마음도 가볍게 출근한 은무가 스튜디오 문을 열었다. 평소대로 커피를 내리고, 악보를 정리하고, 건반을 닦은 후 의자에 앉으려던 그녀가 파티션 너머를 바라봤다. 스튜디오라 하기에 뭣했던 창고 같은 공간이 싹 바뀌어 있었다. 주말 동안 빼곡히 쌓여 있던 낡은 장비들이 빠지고 새로운 장비들이 채워졌다.

"이게 다 뭐야?"

현이 출근하고 딱 일주일 만의 변화였다. 모든 기기들은 은무도 처음 보는 최신식 장비인데다가 함부로 만지기도 겁나는 고가의 제품들이었다.

"대단하구만."

한참을 바라보기만 하던 은무가 파티션 너머로 슬쩍 발을 디밀었다. 뭐가 뭔지 몰라 우두커니 서 있던 그녀가 건반만 있고 음원이 없는 기기인 마스터 건반 앞에 앉았다. 마스터 건반과 연결된 컴퓨터 전원을 켜고 건반 위에 손을 올려두었다.

한참 동안 미동도 없이 앉아 있던 은무의 손가락이 건반 위를 움직이기 시작했다. 피아노와는 확연히 다른 터치감이었지만 그동안 생각해 왔던 것들을 옮겨 넣고 컴퓨터에 내장되어 있는 가상 악기를 이용하여 편곡도 시도해 보았다. 되지 않을 것 같았던 작업이 조금 진행되자 은무의 입꼬리가 슬쩍 올라갔다.

역시 비싼 건 다른 건가? 은무는 좋은 장비 덕분이라 생각했다.

"뭐 하냐?"

등 뒤에서 들려오는 구 부장의 목소리에 은무가 깜짝 놀라 벌떡 일어섰다.

"노크 좀 하세요."

아무래도 녹음기를 갖다 놓고 재생시켜야 할 모양이었다.

"거기에는 왜 앉아 있었어? 왜? 편곡해 보려고?"

"해볼까 했는데 부장님 때문에 김샜어요."

은무가 서둘러 컴퓨터 창을 내리고 전원을 껐다. 그러나 컴퓨터에 꽂혀 있는 USB로 은무가 작업하던 파일이 녹음되고 있었다는 사실을 은무는 알지 못했다.

"쳇, 핑계가 좋다. 내가 김새는 김에 더 새는 얘기 하나 할까 하는데?"

구 부장의 콧구멍이 신이 난 듯 벌렁거리는 걸 보니 예감이 좋지 않았다. 심술 가득해 보이는 저 두툼한 입술은 도대체 무슨 말을 내뱉으려고 하는 것일까.

"너 현이한테 다녀와야겠다."

왜, 슬픈 예감은 틀린 적이 없는지. 간만에 좋았던 기분이 빠르게 곤두박질쳤다. 심박 수가 빨라지며 뜨거운 콧김이 뿜어져 나올 것처럼 열기가 은무의 얼굴에 확 몰렸다.

"가지 말라면서요!"

"안 가도 될 줄 알았지. 근데 불안해서 안 되겠어. 가서 현이 상태 좀 보고 와. 기자들 때문에 그냥 집에 있겠다고는 했는데 아무래도 심경의 변화가 있는 것 같아."

"심경의 변화요? 하는 일도 없는데 심경의 변화는 무슨."

말도 안 되는 소리라며 은무가 한껏 비웃음을 담아 한마디를 던졌다.

"넌 하는 거 있고?"

내 이 말 할 줄 알았지. 은무가 코에 걸려 있던 안경을 밀어 올린 후, 윗입술을 비틀어 올리며 구 부장을 향해 턱을 바짝 치켜세웠다.

"너 왜 이래. 뭐, 뭐 하는 거야?"

이제까지는 구 부장의 핀잔에 아무런 대꾸도 할 수 없을 만큼 하릴없이 시간을 보냈던 게 사실이지만 이제는 상황이 달랐다. 원했던 바는 아니지만 어쨌든 지금은 채 매니저 아니겠는가.

"부장님, 그렇게 말씀하시면 저 정말 섭섭합니다. 저, 하느라 하고 있는 거 아시잖아요? 나가서 밥 한 끼 못 사먹는 서현 씨 때문에! 매일 도시락 사다 나르죠, 고귀한 몸 다칠세라 모셔오고 모시러 가고 있죠. 더 이상 뭘! 뭘 해야 하는 게 있는 건데요?"

점점 은무의 턱은 하늘을 향해 치솟았고 구 부장의 턱은 무릎까지 떨어질 기세로 처절하게 내려앉고 있었다.

채은무 승!

"그럼 저! 채 매니저, 임무 수행하러 다녀오겠습니다. 턱 주워 올리시죠, 부장님!"

은무가 위풍당당하게 스튜디오를 빠져나가자 헛웃음을 흘리던 구 부장이 갑자기 크게 웃어대기 시작했다.

"결국은 저가 현이한테 가고 있다는 걸 알긴 아는 거야? 큭큭큭 큭."

은무가 운전석에 올라타 안전띠를 매고는, 한 방 먹였다는 기쁨으로 힘차게 액셀을 밟았다. 그녀가 탄 차가 건물을 빠져나가자 그 뒤로 승용차 하나가 뒤를 따랐으나 기쁨에 도취되어 있던 은무는 눈치채지 못했다.

기자들이 서현의 집까지 찾아오면서 갑작스레 너무 많은 차량들이 주변을 배회하자 안전을 위하여 단지 내 자체적으로 차량과 외부인들을 통제하기 시작했다. 그 때문에 집 앞까지 올라오지 못한 기자들이 보통 때보다 더 이른 시간에 단지 입구에 몰려와 현이 나오기만을 기다리고 있었다.

아직은 어떤 계획도 잡혀 있지 않은 상황인지라 현은 섣불리 언론에 노출되는 걸 원하지 않았다. 그러나 이미 언론에는 확인되지 않은 내용의 추측성 기사들과 자신도 알지 못하는 스케줄들이 올라오고 있었다.

정보를 흘린 놈이 누구냐며 강 대표가 길길이 날뛰었지만 현은 알고 있었다. 그 정보를 흘린 놈이 바로 강 대표라는 것을.

강 대표는 뼛속까지 사업가 기질을 타고난 사람이었다. 자신의 아버지와 외모나 성격 면에서는 판이하게 달랐으나 어딘가 모르게 비슷한 구석을 많이 갖고 있어, 현에게는 강 대표의 사업 스타일이 익숙할 수밖에 없었다.

두 사람의 스타일을 한마디로 정리하자면 그랬다. 한 개를 주고 두 개를 갖게 될 바에야, 다섯 개를 주고 무슨 수를 써서라도 열한 개를 얻어냈다. 그렇다면 분명 지금 강 대표의 머릿속에서는 황망히 지나가 버린 5년을 채우기 위한 계획들이 진행되고 있을 터였다. 표면적으로는 현이 원하는 대로 해주고 있는 듯 보이지만 그 속셈마저도 잡힐 듯 훤히 보였다.

제법 높은 곳에 위치하고 있는 현의 집 베란다에서는 단지 앞 입구로 들어오는 차량들을 작게나마 확인할 수 있었는데, 그가 조금 전부터 단지 입구 쪽을 보며 눈을 떼지 못하고 있었다. 단지 입구로 익숙한 검은색 세단이 들어왔기 때문이었다. 입구를 통과하려는 은무와 경비 간의 실랑이가 있는 듯 작은 머리 하나가 운전석 차창 밖으로 삐죽 나와 있었다. 멀리서 보아도 불퉁거리는 그녀의 목소리가 들리는 듯해 현이 저도 모르게 웃음을 내뱉었다.

실랑이가 길어지는 게 아무래도 경비실로 연락을 해야 할 것 같아 자리를 뜨려는 찰나, 승용차 한 대가 은무가 탄 차 뒤로 바짝 붙어 섰다. 차에서 내린 누군가가 급하게 그녀에게 다가가자 재빨리 차창을 닫는 게 보인다.

기자인 듯 보이는 사람이 운전석 옆 차창을 두드리며 끈질기게 대화를 시도하고 있었다. 쉽게 포기할 것같이 보이지 않자 현이 초조한지 손가락으로 베란다 창을 톡톡 두드렸다. 잠시 고민하던 그가 재빠르게 점퍼를 입고 모자를 푹 눌러쓴 채 밖으로 나갔다.

경비실 가까이 가니 좀 전보다 많은 기자들이 은무의 차를 둘러싸고 있었고, 오도 가도 할 수 없는 은무는 애꿎은 손톱만 물어뜯고 있었다. 은무가 저 때문에 곤란한 지경에 처한 게 살짝 미안했다.

"서현이다!"

누군가 경비실 앞에 서 있는 서현을 발견하고는 크게 외쳤다. 현이 긴 숨을 내쉬며 은무의 차 가까이로 다가가 기자들 사이를 비집고 서자, 카메라 셔터가 터지는 소리가 여기저기에서 들리기 시작했다.

"서현 씨, NBD 종합연예정보의 최고승 기잡니다. 앞으로의 활동 계획에 대해 말씀해 주십시오!"

"인터넷 뉴스 오마이갓의 이선택 기잡니다. 재계약을 하신 걸로 알고 있는데 원데이의 다른 멤버 최승재 씨도 함께 하시는 겁니까?"

벌떼같이 달려드는 기자들을 보며 은무의 입이 커다랗게 벌어졌다. 차창을 배꼼이 내린 은무가 눈짓으로 왜 나왔느냐며 난리였다. 현이 좌석을 옮기라고 고갯짓을 해 보이자 그녀가 힘들게 기어를 타넘으며 보조석으로 건너갔다. 눈치는 빨라가지고.

그녀가 보조석으로 자리를 옮기자마자 현이 운전석에 올라타 능숙한 운전 솜씨로 뒤에 서 있던 차를 피해 빠르게 동네를 빠져나갔다. 간신히 마주한 서현을 놓치지 않으려는 듯 서둘러 차에 올라탄 기자들이 따라왔지만 그들이 탄 차는 이미 기자들의 시야에서 멀어진 후였다.

은무는 안심이 되지 않는 듯 고개를 뒤로 젖히고는 따라오는 차가 있는지 살폈다.

도대체 어찌 된 건지 아무리 생각해도 알 수가 없었다. 단지로 들어가려는 걸 막던 경비 아저씨에게 별다른 말을 한 것도 아니었다. 그저 중요한 일이 있으니 들어가게 해달라고만 했을 뿐 현에 관한 건 입도 벙긋거리지 않았다.

그런데 별안간 기자 하나가 다가오더니 현을 찾아온 거냐며, 현과 인터뷰를 하게 해달라고 매달렸다. 안 그래도 건수 하나 잡은 듯 몰려든 기자들을 향해 서현이 나타나 불난 데 기름을 부어버리고 만 격이었다.

"괜찮아요?"

누가 누구에게 괜찮냐고 묻는 건지. 괜찮냐 묻는 그의 눈빛이 따뜻했다. 하지만 잘못 본 거라 생각하고 잔상에 남아 있던 따뜻함을 털어냈다.

"지금 안 괜찮은 사람은 제가 아니라 서현 씨거든요?"

피식. 또 저렇게 웃는다. 활짝 웃진 않지만 그의 웃음에는 가식이 느껴지지 않았다. 의미를 알 수 없는 그의 웃음이 불편해서 시선을 피해 주위를 둘러보았다.

"도대체 왜 나온 거예요? 어디 가려고요?"

지금 가고 있는 방향이 회사 쪽이 아닌 걸 보면 다른 곳에 볼일이 있었던 듯싶어 묻자 그가 고개를 흔들었다.

"은무 씨 온 거 보고 나온 거예요. 누가 따라오는 거 몰랐어요?"

은무의 눈이 동그랗게 뜨인다. 전혀 알아채지 못했던 일에 오소소 소름이 돋기까지 했다.

"따라왔다고요?"

차가 신호에 걸리자 현이 고개를 돌려 은무를 바라봤다.

어쩌면 그날, 훈에게 JJ로 가겠다고 했던 건 충동적인 결정이었는지도 모른다. 영탁을 잃은 과거에서 이제는 벗어나야 한다고 생각하면서도 좀처럼 벗어나지 못했던 현을 건져 낸 건, 우습게도 사고가 나기 전 딱 한 번 연주했던 악보였다. 이 음악이라면 다시 시작할 수 있지 않을까 하는 마음으로 찾아갔고, 현은 자신과 비슷해 보이는 은무를 보았다. 그녀는 모든 것에 의욕이 없는 듯 기민하지 못한 움직임이었지만 눈빛만은 형형했다. 억지로 찍힌 듯, 뚱해 보이는 프로필 사진에서도 그 눈빛만은 읽을 수 있었다.

잃어버린 나를 찾기 위한 첫 발걸음에 동지가 있었으면 좋겠다는, 조금은 장난스런 마음으로 은무에게 매니저를 맡겼다. 매니저 일을 한 번도 해보지 않았다는 그녀에게 크게 무언가를 바라지는 않았다. 사사건건 간섭하고 재촉하는 매니저들보다는 하는 대로 지켜보고 따라와 줄 사람이면 충분하다 생각했다.

그런데 지금 보니 그녀는 동지가 아니라 그가 끌고, 이고 가야 하는 무거운 짐이 될 것 같다. 누가 따라오는지조차 알아채지 못할 만큼 둔하다면 이 바닥에서는 금세 모든 걸 털리고 말 거란 걸 알기 때문이었다. 보호를 받아야 할 사람은 자신이건만 때마다 은무를 보호해야 할 것 같은 불길한 생각이 든다.

"아까 그 기자 나 따라온 거예요? 어디서부터요? 어떻게 알고요?"

"회사에서 나오는 거 따라왔겠죠. 혹시 몰라 따라 나왔는데 방향이 우리 집 쪽이라 쭉 따라온 게 아닐까요?"

곰곰이 생각을 하는 듯 입을 뾰족하게 세우고 이마에 주름이 생길 만큼 찡그린 그녀의 얼굴이 심술난 오리 같아 보인다.

"에이, 몰라요. 어쨌든 앞으로는 조심할게요. 현이 씨도 인터뷰 제대로 해주고 그럴 거 아니면 갑자기 튀어나오고 그러지 말아요. 나 간 떨어지는 줄 알았잖아요."

낮게 고개를 끄덕거리는 걸 보며 은무가 차창을 바라봤다. 새삼이 사람의 존재가 멀게 느껴졌다. 무엇 때문에 기자들은 그 수고를 마다하지 않는 걸까? 보기에는 그저 우리와 똑같은 사람 같은데 이 사람에게 무엇을 바라고 그렇게 허망한 시간들을 버린 건지.

버려두고 도망 온 기자들은 어찌 되었을지 궁금해진다. 허탕 친 기분, 잔뜩 기대했다가 어그러졌을 때의 절망감. 그런 것들 때문에 술 한잔 기울일지도 모르지.

매서웠던 추위가 조금은 사그라진 듯, 움츠리지 않고 한산한 거리를 걷고 있는 사람들이 차창을 스쳐 지나갔다.

"근데 지금 어디 가요?"

"글쎄요. 집도, 회사도 안 될 것 같고. 어디로 갈까요? 가고 싶은 데 있어요?"

"우리 집이요."

그냥 회사로 가자고 할 줄 알았더니만 숨도 안 쉬고 우리 집이라고 말한다. 혼자라면 숨을 데야 많을 테니. 그래, 버리고 가자.

"집이 어딘데요?"

"그냥 어디 길가에 차 좀 세워봐요. 내가 운전할게요."

차를 갓길에 세우자 은무가 얼른 내려 운전석 문을 열었다. 현이 모자를 고쳐 쓰고서는 느리게 내려 보조석으로 걸어가자 그녀가 잽싸게 운전석에 올라탔다.

"당분간 내 휴대폰 가지고 다녀요. 나는 집 아니면 회사밖에 갈데가 없는 사람이니까 연락할 일 있음 거기 저장되어 있는 집, 회사로 전화하면 돼요. 이제 구 부장님한테 연락하지 말고 나한테 직접 연락해 줘요. 알겠죠?"

은무가 한 손으로는 핸들을 잡고 또 다른 한 손으로 휴대폰을 내밀었다. 단지 내에 있는 공중전화를 사용하여 구 부장에게 연락을 해왔던 그는 휴대폰의 필요성을 그다지 느끼지 못했다. 갖고 있어봐야 별 소용이 없을 것 같은데.

한참이 지나도 현이 휴대폰을 멀거니 바라보고만 있자 얼른 받으라는 듯 은무가 흔들어댔다. 현은 마지못해 휴대폰을 받아 들고도 이걸 어째야 하나 하는 표정이었다.

"참, 무슨 심경의 변화 같은 거 있어요?"

은무가 차창에 왼팔을 올리고 머리를 비스듬하게 기대고는 제법 심각하게 물어왔다. 심경의 변화? 있기야 있지. 자각하지 못했던 짐덩어리에 대한 고찰 정도?

"그런 거 없죠? 구 부장님은 쓸데없는 소리를 하며 가보라고 하잖아요. 에잇. 괜히 왔어. 어쨌든 만약, 심경의 변화 같은 거 생기면 매니저인 나에게 먼저 말해줘요."

"매니접니까?"

이 무슨 섭섭한 말씀이실까?

"저보고 매니저 하라고 하신 분이 그쪽인 줄로 알고 있습니다만?"

은무가 뾰로통하게 되묻자 현이 고개를 끄덕였다. 심경의 변화가 생기면 말해주겠다는 건지, 매니저 하라고 한 사람이 자신이 맞는다는 걸 인정하는 건지. 현과의 대화는 도통 한 번에 풀어지는 게 없었다.

아파트 가까이에 다다라 은무가 드나드는 사람이 적은 한적한 곳에 차를 세우고는 내리려고 하자 현이 그녀의 손을 붙잡았다.

"정말 그냥 들어가는 거예요?"

"그럼요?"

돌봐야 할 연예인을 두고 먼저 집에 들어가는 매니저가 또 있을까? 현이 고개를 절레절레 저으며 차에서 내려섰다. 버리고 가려고 했던 건 나였으니 버리고 가자.

"꼭 나한테 먼저 전화하는 거예요. 알았죠?"

매니저 흉내 내기는.

대답 없이 차에 올라탄 현이 사라져 버리자 머쓱해진 은무가 터덜터덜 걸음을 옮겼다. 뭔가 개운치 않은 느낌이 뒷목을 잡아끌었으나 애써 모른 척하며 아파트 단지를 향해 걸었다.

오랜만에 승재가 운영하는 홍대의 라이브카페에 들른 현은, 카운터에 앉아 있는 승재에게 눈인사를 건네고는 그의 사무실로 들어갔다.

넓지 않은 사무실 안에는 그동안 승재가 공연했던 각종 뮤지컬 포스터와 공연 사진들이 붙어 있었다. 화려하게 분장하고, 멋들어진 포즈를 한 승재의 모습을 보는 현의 입가에 미소가 걸렸다.

"어쩐 일이야? 여기까지 다 나오고."

금방 따라 들어온 승재가 현의 어깨를 툭 치며 맥주 한 병을 건네고는 소파로 다가갔다. 현의 시선이 절뚝거리는 승재의 다리에 닿았다. 전보다 많이 나아진 듯 보였지만 여전히 승재의 그런 모습을 보는 건 마음을 쓰라리게 했다.

"인터넷으로 네 소식 들었어. 잘했어, 현아."

승재는 정말 잘 결정했다며 너라면 뭐든 잘할 수 있을 거라고 격려했다. 그런 승재를 현이 말없이 바라봤다. 사고가 났을 때 영탁과 함께 차 밖으로 튕겨져 나가 다리를 크게 다쳤던 승재는 8번이 넘는 수술을 하고도 온전히 걷지 못하게 되었다. 하지만 워낙 낙천적인 성격 탓에 금방 털고 일어나 크고 작은 뮤지컬 무대에 서기 시작했고, 얼마 전에는 라이브카페를 열어 공연도 하며 제법 괜찮은 사업가가 되어 있었다.

"나 네 걱정 많이 했어. 네가 그대로 모든 걸 다 포기할까 봐 겁도 났고."

멀쩡한 자신을 걱정했다는 승재를 이해할 수 없었다. 원망스럽지는 않았을까? 항상 물어보고 싶었지만 입에서만 맴돌 뿐, 자신에게는 그럴 만한 용기가 없었다.

"그나마 내가 이런 다리로 공연도 하고 뮤지컬 배우로 자리를 잡을 수 있었던 건 다 네 덕이다. 원데이 아니었으면 소극장을 전전하는 무명 배우로 평생 살아야 했겠지."

"원데이가 아니었다면 네 다리는 그렇게 되지도 않았어."

현이 입을 열어 자신 덕에 잘살고 있다는 승재의 말을 뒤집었다.

"원데이가 아니었으면 넌 네 가장 친한 친구를 잃지도 않았을 테고."

현은 사고가 났던 순간이 떠올라 눈을 감았다. 같이 앉아 있던 자리에 혼자만 덩그러니 남아 있었던 순간, 그의 세상은 까맣게 변해 버렸다.

"너 무슨 말을 하는 거야. 영탁이가 그렇게 떠나긴 했지만 원 없이 노래하고, 원 없이 하고 싶은 거 하며 살았던 건 원데이 덕분이야. 아니, 원데이를 만든 네 덕분이야."

현이 고개를 저으며 강하게 부정하려 하자 승재가 그의 손을 잡았다.

"너 여태 그런 생각 하며 살았던 거냐? 그래서 그렇게 숨어 지냈던 거야?"

승재가 나무라듯 목소리를 높였다. 현이 맥주병을 들어 한 모금 마시고는 처연하게 웃었다. 차마 울지 못해 내뱉는, 울음과 같은 웃음이 멈추질 않고 흘러나왔다.

"너 다시 활동하는 모습 보게 된다면 영탁이도 분명 기뻐할 거야."

어릴 적 노래가 부르고 싶다며 무작정 서울로 올라왔던 승재는, 가수 시켜주겠다고 돈을 요구한 기획사에 의해 사기를 당한 후, 지낼 곳이 없어 공원 벤치에서 노숙을 하며 노가다 판을 전전하기도 했었다. 그랬던 승재가 현을 만나 음악다운 음악을 할 수 있게 되었고, 비록 지금은 세상에 없지만 영탁이 같은 좋은 친구도 만나게 되었다. 그렇기에 자신에게 원데이와 현은, 아프지만 소중한 추억일 수밖에 없었다.

"이런 말 이제 와서 소용없는 거 알지만 그날 규영이 형 말고 동숙이 형이 운전했더라면 사고는 없었겠지?"

승재가 혼잣말하듯 내뱉고는 남아 있던 맥주를 입안에 털어 넣었다. 시간을 돌릴 수 있다면 그들에게 남아 있던 단 하루, 그날로 돌아가고 싶었다.

"훈이 형이랑 동숙이 형이 고생 많이 했겠다. 너 다시 나오게 하려고."

현이 낮게 웃으며 맥주병을 집어 들었다. 늘 자신을 밖으로 나오게 하고 싶어 했던 그들이었지만 자신이 이렇게 나올 수 있었던 건 정작 그들 때문이 아니다.

"사고 나기 전에 동숙이 형이 보여줬던 악보 혹시 기억나?"

"악보?"

승재와 달리 현은 선명하게 기억하고 있었다. 피곤함으로 나른했던 그날, 동숙이 건네준 악보를 눈으로 읽었을 뿐이었지만 작곡자가 무척 행복한 순간에 곡을 썼는가 보다라는 생각을 했다.

딱 한 번 연주를 했던 것뿐이지만 그는 가끔씩 음표를 머릿속에 그렸고 가끔씩 흥얼거리기도 했다. 악보 전부를 기억하지 못하는 게 무척이나 아쉬울 정도로 그에게 강한 잔상을 남겼던 악보였다.

"아, 기억난다. 네가 그날 저녁에 키보드로 연주하는 거 영탁이가 동영상으로 찍어서 우리 팬클럽 홈페이지에 올리기도 했었잖아. 저작권에 문제가 될까 봐 금방 내리기는 했지만. 사고 나면서 그 동영상이 들어 있는 휴대폰, 어떻게 되었는지도 모르겠다……."

동영상을 촬영하고 있는 줄은 몰랐다. 그 동영상 안에 영탁이의 모습과 목소리가 들어 있지는 않을까. 영탁이가 많이 그리웠다.

"그런데 그 악보가 왜?"

"그 곡을 작곡한 작곡자를 만났어."

"와, 인연이네. 어떻게 만났어? 넌 그 악보를 기억하고 있었던 거야?"

내내 잊지 못하던 악보를 5년이라는 시간이 흐른 뒤 다시 보게 되었고 악보의 주인인 채은무를 만났다. 이렇게 얽히게 된 것도 인연이라면 인연이겠지. 그런데 왜 그녀는 악보를 썼을 행복했던 그때의 그녀로 보이지 않는 걸까.

머릿속을 헤집는 은무 때문에 딴생각에 빠져 있는 현에게 승재가 맥주병을 들이밀었다.

"오랜만에 한번 마셔볼까? 오늘은 기필코 너를 이기고야 만다, 내가. 자, 건배!"

승재가 환하게 웃으며 현에게 건배를 청했다. 가슴에 얹혀 있는 무게가 어쩐지 더 무거워지는 것 같아 현은 차마 따라 웃을 수 없었다.

오늘은 기필코 이기고야 말겠다던 승재는 맥주 네 병과 소주 두 병을 마시고는 소파에 쓰러졌다. 오랜만에 마셔서 그런지 현도 은근히 취기가 올라왔다.

"아, 매니저가 있었지. 채.은.무. 매니저."

주머니를 뒤적거려 휴대폰을 꺼내 들었다. 슬쩍 옆으로 움직여 잠금 장치를 해제시키자 반짝거리는 각종 어플이 눈에 들어왔다. 휴대폰의 배경 사진으로는 어디인지 알 수 없는 곳의 멋진 설경이 펼쳐져 있었다. 은무가 가르쳐 준 대로 연락처에서 집을 찾아 눌렀다.

[여보세요? 현이 씨?]

금방 잠에서 깬 듯 은무의 잠긴 목소리가 낮게 흘러나왔다.

"은무 씨. 후, 나 좀 데리러 와요."

현이 일부러 거친 숨을 내쉬며 취했음을 알렸다.

[술 마셨어요?]

데리러 오라는 말에 은무의 목소리가 뾰족하게 올라왔다.

"네. 좀 마셨어요. 여기가 어디냐면……."

[잠깐, 근데 내가 왜 데리러 가야 하는데요? 이 밤에 내가 왜요?]

이럴 줄 알았지. 동숙이 형이 절대 안 된다며 던진 한마디가 생각났다.

'네가 데리고 다녀야 할지도 몰라. 짐덩어리처럼.'

이 짐덩어리!

"매니저잖아요."

[매니저는 잠도 안 자요?]

오기가 생긴 현은 무슨 수를 써서라도 그녀를 오게 해야겠다는 집념이 생기기 시작했다. 숨겨두었던 악마 근성이 고개를 치켜드는 순간이었다.

"그래서 안 온다고요?"

[당연하죠. 내가 대리 기사도 아니고!]

소리도 지른다 이거지.

"알았어요. 그럼 내일 회사에서 봐요. 아참, 깜박할 뻔했네. 나 생각을 바꿨어요. 내일부터 있는 스케줄, 없는 스케줄 다 잡아줘요. 닥치는 대로 다요."

[에에? 갑자기 왜요?]

"생각을 바꿨다고 했잖아요. 아, 이런 걸 심경의 변화라고 하나? 어쨌든 그렇게 알고 일 진행해 줘요. 그럼 끊어요."

[이봐요. 현이 씨! 얘기 좀 해요. 거기 어디예요!]

은무가 다급하게 자신을 부르자 현의 입꼬리가 스윽 올라갔다. 서현 승!

❖

무척 오랜만에, 홍대에 온 것 같았다. 하숙집에서 나와 JJ와 가까운 곳에 아파트를 얻어 살게 된 후로 처음이었다.

택시에서 내려 현이 일러준 곳에 도착하고서야 정신을 차린 은무가 뭔가 당해도 단단히 당한 것 같은 기분에 한숨을 내쉬었다. 어쩌다 이 밤에 이곳까지 온 것인지, 서현이란 사람을 절대 만만히 볼 게 아니었다.

카페 문을 열자 여린 음색의 여가수가 부르는 오래된 팝송이 흘러나왔다. 어릴 때 엄마가 흥얼거리던 노래였던 게 생각나 잠시 멈칫했지만 웬일인지 떠오르는 추억에 가슴을 베인 것 같은 아픔이 느껴지지는 않았다. 그저 별거 아닌 오래된 기억 하나를 끄집어낸 것처럼 덤덤할 뿐이었다. 그런 자신의 변화를 눈치채지 못한 은무가 현을 찾기 위해 주변을 둘러보았다. 제법 손님들이 들어차 있는 이런 곳에 현이 있다는 게 좀 신기했다.

"저 죄송한데 전화 한 통만 쓸 수 있을까요?"

서빙을 하던 웨이터에게 부탁을 하니 은무를 계산대로 이끌었다. 계산대에 놓인 전화로 제 휴대폰 번호를 누른 후 신호가 가는 동안 열심히 카페 안을 살폈지만 이 구석 저 구석을 보아도 현은 보이지 않았다.

[여보세요.]

"서현 씨? 나 왔는데, 어디 있어요?"

[왔어요? 주방으로 가는 길목에 문이 하나 있을 거예요. 거기로 들어오면 돼요.]

역시나, 이렇게 사람 많은 곳에 있을 리가 없었다. 한편으론, 누구든 편하게 앉아 있을 수 있는 저곳에 자유로이 앉아 있을 수 없는 그가 안타깝기도 했다. 연예인은 아무나 하는 게 아니었다.

똑똑.

은무가 가볍게 두드린 후 문을 열었다. 룸 같은 곳인 줄 알았는데 그냥 사무실이어서 잠시 당황스러웠다. 룸에도 편히 앉아 있을 수 없는 처지인 건가? 그래도 제법 비싸 보이는 소파에 앉아 있다는 게 다행스러운 건 왜인지.

소파 가까이로 간 은무가 맞은편 소파에 널브러져 있는 남자를 힐긋 바라보고는 눈을 감고 있는 현을 흔들었다.

"어떻게 된 거예요?"

느릿하게 눈을 뜬 현이 은무와 눈이 마주치자 그녀의 손을 잡아 끌어 옆에 앉혔다. 힘을 주지 않고 서 있던 그녀가 쉽게 끌려오자 왠지 승리를 확정 지은 기분이 들어 웃음이 나왔다.

"뭐 하는 거예요? 도대체 얼마나 마신 거예요? 저 사람은 누군데요?"

쉽게 끌려왔으나 절대 그냥 넘어가지 않을 그녀의 입에서는 쉴 새 없이 질문들이 쏟아져 나왔다.

그녀에게서 나는 차가운 바람 냄새가 답답했던 공기를 시원하게 해주는 느낌이 들었다. 술이 확 깨는 것 같아 고개를 돌려 은무를 바라봤다. 뭔가 달라진 느낌의 그녀가 자신을 응시하고 있었다. 뭐지?

"술 취한 건 아니죠? 우선 여기서 나가요. 가면서 얘기해요."

"안경."

"안경? 아!"

손을 눈가로 가져가 더듬거린 그녀가 인상을 쓰며 한숨을 내쉬었다. 아마도 안경을 쓰지 않고 나왔다는 사실조차 모르고 있었던 모양이었다. 안경 너머로 보이던 눈동자가 무척 새카맣더니만 지금 보니 동그란 눈매가 꽤나 예뻐 보였다. 술 때문인가? 빨갛게 달아오른 얼굴이 새삼 예쁜 것 같다. 잔뜩 찌푸리고 있는데도.

"급하게 나오느라 잊었나 봐요. 지금 그게 중요한 게 아니고요. 일어날 수는 있는 거죠?"

고개를 끄덕이는 현을 보고는 맞은편에 쓰러져 있는 남자를 바라보았다. 한심하단 눈빛으로 한참을 바라보던 그녀가 테이블을 돌아 다가가 남자의 어깨를 흔들었다.

"이보세요. 정신 좀 차려보세요. 집이 어디예요?"

은무가 하는 양을 지켜보던 현이 피식 웃으며 일어나 소파에 걸쳐 두었던 점퍼를 주워 들고는 승재에게 다가갔다.

"승재야, 간다."

들을 리 없는 승재에게 인사를 고한 현이 그녀의 손을 잡고는 사무실 밖으로 나갔다. 엉겁결에 끌려 나가면서도, 닫히는 문 사이로 보이는 남자를 은무가 걱정스런 눈으로 바라봤다.

"저렇게 두고 가도 되는 거예요?"

그녀의 물음에 답하지 않은 현이 급한 걸음으로 웨이터에게 다가가 잠시 무어라 얘기를 했다. 웨이터가 알았다는 듯 고개를 끄덕인 후 허리를 숙여 인사를 해 보였다. 웨이터의 어깨를 가볍게 두드리고는 모자를 고쳐 쓴 현이 입구로 나가자 은무가 그 뒤를 따랐다.

차가운 밤공기에 은무가 저도 모르게 코트 자락을 꽉 여미며 부르르 떨었다. 앞서 가던 현이 뒤를 돌아보았다.

"왜요?"

다가온 현이 들고 있던 점퍼를 은무의 어깨에 둘러주었다.

"나 괜찮아요. 서현 씨 입어요."

점퍼를 끌어 내리려 하자 현이 그녀의 어깨를 살며시 잡았다 놓았다.

"그냥 있어요."

폭신거리는 커다란 점퍼가 은무의 몸을 감싸 안았다. 낮에 급하게 뛰어나왔던 모양인지 현도 얇은 니트 하나만 입은 상태라 무척이나 추워 보였다. 혹여 감기라도 걸릴세라 차가 주차되어 있는 쪽으로 서둘러 걸음을 옮기던 은무는 앞서 가는 그의 뒷모습이 추워 보여 자꾸 눈길이 갔다.

두 사람은 현의 집 앞까지 도착하는 내내 아무 말도 하지 않았다. 은무가 현의 집 앞에 차를 세우고는 이야기를 꺼내볼 요량으로 몸을 틀어 그를 향해 앉았다. 술을 마신 탓인지 평소 나른해 보이던 모습에서 조금 더 흐트러져 있었지만 그의 표정은 어느 때보다 진지해 보였다.

"왜 심경의 변화가 생긴 거예요? 솔직히 난 자신 없어요. 하고 싶지도 않고요."

이럴 때는 직구를 날리는 게 상책이다. 아쉬운 사람이 우물 파는 거 아니겠는가.

컴컴한 창밖 어딘가를 응시하며 아무 말도 하지 않는 현을 보고 있노라니 초조함이 몰려왔다. 원래 말이 별로 없는 사람이라고 구 부장이 넌지시 전해주었지만, 그동안 곧잘 대답도 해주고 이것저 것 묻기도 했던 터라 지금의 현은 낯설기만 했다.

"그냥 매니저 바꿔달라고 하는 게 어때요? 나보다는 잘 통하는 남자 매니저가 나을 거예요."

말을 내뱉고 보니 왠지 허탈한 기분이 든다. 다시 구 부장에게 아무런 대꾸도 할 수 없는 식충이가 되고 싶지는 않다는 생각이 들자 씁쓸해지기도 했다.

"그러고 싶어요? 그러고 싶으면 그렇게 해요."

한참 동안 내보내지 않아 탁해진 그의 목소리가 은무의 가슴에 툭하고 떨어졌다. 너무 쉽게 그렇게 하라는 걸 보니 그동안 퍽이 나 그의 마음에 들지 않았던 건가 싶어 실망감마저 들었다. 알 수 없는 게 사람 마음이라더니, 하지 말라고 하니 청개구리가 되고 싶어졌다.

"그렇게 쉽게 그러라고 할 건 또 뭐예요. 기운 빠지게."

풉. 정말 다루기 쉬운 여자다. 어쩌면 이렇게 자신의 생각에서 한 치의 오차도 없을까. 현이 고개를 돌려 은무를 바라보았다. 말 간 피부와 새까만 눈동자, 항상 무거운 뿔테 안경을 받치고 있던 오똑한 코, 온화하게 보이는 살짝 올라간 입꼬리가 차근차근 현의 눈 안에 담겼다.

"그럼, 그냥 계속하는 걸로 알고 있을게요."

은무가 멍한 얼굴로 고개를 끄덕여 보였다. 살짝 벌어진 그녀의 입술에서 시선이 떨어지지 않자 점점 당황스러운 기분이 들었다. 술을 너무 오랜만에 마신 탓인가 보네.

"내일 봐요."

서둘러 차에서 내린 현이 뒤도 돌아보지 않고 급히 발걸음을 옮겼다.

잠깐이지만 손끝에 닿았던 그녀의 시린 손가락과 손안에 모두 들어올 정도로 앙상했던 그녀의 어깨가 떠오른다. 별거 아닌 가벼운 터치에도 두근거리는 심장 소리가 거슬렸다.

은무를 만난 지 겨우 일주일이었다. 악보의 주인이 그녀이기 때문일까? 그녀가 악보의 주인이기 때문일까. 술 탓이라고 하기에 자신의 주량은 너무나 셌다. 혼란스러운 마음에 도통 잠이 오지 않았다.

띠링띠링.

바지 주머니에 넣어두었던 휴대폰이 울렸다. 은무가 집에 들어왔다고 연락한 걸지도 모른다는 생각에 표시된 발신자 이름을 확인하지도 않고 통화 버튼을 눌러 전화를 받았다.

"여보세요?"

[……저기, 채은무 씨 전화 아닌가요?]

그녀가 아니었다.

"맞는데 지금 없어요."

왠지 실망스런 기분에 저도 모르게 목소리가 뻐딱하게 흘러나왔다.

[저기, 죄송한데 전화 받으시는 분은 누구세요?]

"죄송하지만 내일 다시 전화 주세요."

[아, 네. 늦었는데 실례…….]

상대의 이야기를 끝까지 듣지도 않은 채 종료 버튼을 눌렀다.

"후……."

채은무가 신경 쓰인다.

"제대로 걸려들었어. 얼씨구나, 했어야지 뭐? 기운 빠지게? 내가 미쳐."

집으로 돌아온 후에도 은무의 한숨 섞인 중얼거림은 멈추질 않았다. 현이 너무나 쉽게 그렇게 하라고 했을 때 들었던 서운함의 정체가 무엇이었는지 당최 알 수가 없다.

"왜 그랬니? 채은무, 네가 원하는 게 뭔데?"

뭘 원하는 걸까, 난.

돌려주지 못한 현의 점퍼가 소파에 아무렇게나 내팽개쳐 있는 걸 발견하고는 의자에 걸쳐 두려고 집어 들었다.

탁.

점퍼 주머니 안에서 은빛의 mp3가 은무의 발등 위로 떨어졌다. 이어폰이 꽂혀 있는 걸 보니 늘 귀에 꽂고 다니던 그 mp3가 맞는 것 같았다. 다시 주머니에 넣으려던 은무의 눈이 순간 호기심으로 반짝였다. mp3를 요리조리 돌려보다 기어코 이어폰을 귀에 하나씩 꽂고는 재생 버튼을 눌렀다. mp3의 디지털 창에 'Paly'라고 쓰인 글자가 반짝이고, 곧이어 '채은무'라는 글자가 옆으로 지나가기 시작했다.

"채은무? 왜 내 이름이 있지?"

알 수 없는 기대감으로 가슴이 두근거렸다.

음악이 계속될수록 가슴이 아프게 떨려왔다. 결국에는 다리에 힘이 풀려 의자를 붙잡아 의지를 해야 할 정도로 온몸에 기운이 빠져나갔다. 오래전 은무가 만들었던 곡이 이어폰을 통해 그녀에게 전해졌다. 아름다운 악기들이 입혀졌으나 분명 제 곡이 맞았다. 그러나 그녀는, 한 번도 이 곡을 편곡한 적이 없었다.

철없이 맑고 밝기만 했던 그 시절의 자신과, 유난히 눈이 많이 내리는 덴버의 겨울 어느 날, 마당에 소복이 쌓였던 눈을 치워내며 즐거이 노래를 부르던 부모님의 모습이 떠올랐다. 부모님이 돌아가신 후 한 번도 떠오르지 않았던 행복한 모습에 절로 미소가 지어졌다.

귓가에 흐르는 음악이 중반을 향하고, 피아노에 앉아 행복한 마음을 담은 음표들을 오선지에 적어 넣던 자신의 모습까지 떠오르자 그녀의 눈에 금세 눈물이 차올랐다. 기억 속에서 꺼내지지 않았던 자신을 떠올리며 미소를 짓던 그녀의 볼 위로 눈물이 또르륵 흘러내렸다. 한국에 온 후로 한 번도 흘리지 않았던 눈물이 주체할 수 없을 만큼 흘러내리고 있었지만 그녀는 어느 때보다 환하게 웃었다. 어둠에 휩싸여 있던 그녀의 추억들이 조금씩 제자리로 돌아오고 있었다.

이른 새벽, 갑작스런 비상소집에 불려 나온 JJ 엔터테인먼트 홍보팀은 조금 전 올라온 기사를 내리느라 진땀을 빼는 중이었다. 도대체 이 기사의 사진 속 여자, 아니, 엉덩이의 주인은 누구란 말인가?

"지금 추측 기사를 내보낸 기자에게 경고 메일 보내고 처리하도록 지시해 두었어요. 일찍 발견해서 블로그나 SNS로 퍼져 나가는 건 막을 수 있었습니다."

구 부장이 강 대표에게 머리를 조아린 채 수습되고 있는 상황에 대해 보고를 했다. 활동을 제대로 시작해 보기도 전에 스캔들에 먼저 휘말릴 수는 없었다. 이렇게라도 막을 수 있었던 게 천만다행이었지만 강 대표에게서 떨어질 불호령은 두려웠다.

"채은무라고?"

"네."

강 대표가 사진 속 엉덩이의 주인공이 채은무라는 사실에 헛웃음을 지었다. 도대체 이 우스꽝스런 포즈로 차에서 무얼 하고 있었던 건지. 현은 또 무얼 하고 있었던 거고.

"제가 보기에는 운전석에 있던 은무가 현이를 운전석에 태우기 위해 보조석으로 넘어가려고 했던 것 같아요. 보시다시피 차 주위로 기자들이 빽 둘러 있으니 내리기가 쉽지 않았는가 봐요."

"왜 간 거야?"

구 부장이 잠시 머뭇거리다가 머리를 긁적이며 사실을 고했다.

"제가 가보라고 했어요. 은무가 아직 매니저 일을 하는 데 익숙하지 않아서 현이 가까이에 늘 있는 게 좋을 것 같아가지고……."

"구 부장."

비상사태에 새벽 단잠을 뿌리치고 뛰어나온 강 대표의 잠긴 목소리가 조용한 이사실에 내려앉았다.

"네, 대표님."

"동숙아."

"네, 형."

"채은무 뭐냐?"

갑작스런 강 대표의 질문에 구 부장의 표정이 좀 전보다 담담해졌다. 이제껏 이 핑계 저 핑계를 대가며 은무를 회사에 묶어두고 있었던 이유를 이제 털어놓아야 할 것 같았다.

"그러니까…… 오래전 뮤지션 발탁하러 줄리어드에 갔던 거 기억하시죠?"

"기억하지. 그때 한보라도 영입했던 거고."

한보라는 팝페라 가수로 활동 중인 JJ 소속 연예인이었다.

"그때 은무를 만났어요. 동아리에서 여는 조그만 음악회였는데 피아노 전공인 은무가 독주를 하더라고요. 지금은 좀 어둡고 괴팍해 보이는 아가씨지만 그때만 해도 지금보다 더 어렸고 참 밝은 아가씨였어요. 좀 알아보니 여러 대회에서 수상 경력도 꽤 있는 천재 피아니스트더라고요. 그래서 우리 회사와는 인연이 없을 것 같아 그냥 별다른 애기 없이 명함 한 장을 건넸거든요. 그런데 얼마 후 은무한테서 메일이 하나 왔어요. 피아노 악보였는데 원데이 다음 앨범에 넣으면 좋을 것 같아 제가 한국으로 불러들였어요. 원데이가 그렇게 되는 바람에 곡은 그대로 묻혔지만."

뭔가 있을 줄 짐작은 했지만 그런 대단한 아가씨일 줄은 몰랐던 강 대표의 눈빛이 예리하게 빛났다.

"근데 왜 정식 소속 작곡가로 올리지도 않고 그렇게 숨겨두고 있는 건데?"

구 부장의 표정이 처연해지며 금방이라도 울 것 같은 얼굴로 기사에 올라온 사진을 응시했다.

"무슨 일이 있었는지 모르겠지만 모든 일에 의욕이 없는 상태예요. 저도 자세하게 알고 있는 건 아니라서 말씀드리긴 어렵고요, 힘든 사정이 있었던 것 같아요. 대표님께는 죄송하지만 조금 더 기다려 주고 싶어요. 여하튼 보석은 보석일 테니까요."

뭔가 확신하고 있는 듯 단호하게 내뱉는 구 부장의 말에 강 대표가 알겠다며 끄덕거렸다.

"대신."

강 대표가 예의 그 날카로운 눈빛으로 구 부장을 응시하며 한마디를 던졌다.

"앞으로 이런 사진은 절대 용납 못해. 이게 뭐냐, 엉덩이만. 다른 구설수 올라가지 않도록 은무도 잘 보호하고."

"네."

구 부장의 대답을 들은 강 대표가 혼잣말처럼 중얼거렸다.

"현이가 기자들 득실거리는 곳에 아무 이유도 없이 나섰을 리가 없는데……."

밤사이 연습생들에게 별다른 문제가 없었는지 점검하고, 현에 관한 기사가 잘 마무리되고 있는지를 확인하느라 오전 시간을 다 보낸 구 부장이 점심시간이 다 되어서야 자신의 사무실로 돌아왔다. 털썩 소파에 주저앉은 후 곰곰이 강 대표가 한 말을 곱씹어보기 시작했다.

'현이가 기자들 득실거리는 곳에 아무 이유도 없이 나섰을 리가 없는데……'

강 대표의 말은 절대 틀리지 않았다. 뭔지 알 것 같지만 절대 그럴 리 없을 것 같은 예상 답안은 미련 없이 털어두고, 다른 이유가 무엇이었을지 생각해 보았다. 두 사람에 대해 누구보다 잘 알고 있는 그였지만 어찌 생각해 보면 그게 전부는 아니지 않을까 싶기도 했다. 두 사람 모두 문드러질 대로 문드러진 가슴속을 속 시원히 보여준 적이 없었으니까.

그렇다면 묘하게 비슷한 두 사람은 그런 서로를 알아봤던 걸까?

「오늘 거기 상황은 어때요?」

은무가 자신의 휴대폰으로 문자를 보내놓고 스튜디오를 서성거리기 시작했다. 밤새 울어 퉁퉁 부어버린 눈자위를 한 손으로 꾹꾹 누르며 언제쯤 답이 오는지 몰라 손에 쥐어진 전화기만 바라보았다. 잠시 후 문자가 온 듯 전화기에 커다란 편지 봉투 모양이 반짝거렸다.

「별로. 회사로 가고 있는 중이니까 오지 말아요. 휴대폰 배터리 없어서 이제 꺼질 것 같아요.」

충전기도, 여분의 배터리도 주지 않았던 게 생각나 은무가 메마른 입술을 깨물었다. 소파에 잘 접어둔 그의 점퍼를 바라보던 은무가 mp3를 꺼낼까 말까 고민을 했다.

현에게 이 곡을 왜 편곡했는지 물어봐야 했다. 완성된 건 아니었지만 어떻게 자신이 작곡할 때 구상했던 대로 편곡이 이루어졌는지도 너무나 궁금했다. 한 번도 이 곡에 대해 얘기를 나눈 적이 없었는데.

마스터 건반 전원을 켜고 건반 앞에 앉았다. 어젯밤 들었던 곡이 귀에서 맴돌았지만 혹여 그 곡을 망치게 될까 두려워 건반 위에 올려둔 손가락이 갈피를 잡지 못하고 서성거렸다.

악보를 가지고 간 이유에 대해 현에게 묻지 않았던 사실이 떠올랐다. 갑작스럽게 맡게 된 매니저 일 때문에 악보에 대해 까맣게 잊고 있었던 자신이 너무나 한심했다.

한참을 망설이던 그녀가 조심스레 건반 하나를 누르고는 파도가 일렁이듯 오르락내리락거리는 감정들을 조절하기 위해 긴 숨을 내뱉었다. 이윽고 그녀의 손가락이 건반 위에서 춤을 추는 것처럼 아름답게 움직이기 시작했다. 그때의 시간으로 돌아간 듯 그녀의 표정이 점점 행복으로 젖어들었다.

곧이어 지금 현재의 마음 상태를 나타내듯 어둡고 침울한 곡이 이어졌다. 이내 은무의 표정도 슬픔으로 가득 찼고 끝내 건반 위에 놓여 있던 손가락이 움직임을 멈췄다. 울렁거리는 가슴을 진정시키려는 듯 은무가 눈을 감은 채 긴 숨을 몰아 내쉬었다.

똑똑.

그가 왔다. 은무가 건반에서 일어나 문을 열고 들어오는 현을 바라봤다. 검은 후드 티에 야구모자까지 푹 눌러쓴 그가 가볍게 눈인사를 해왔다.

"왔어요?"

"기자들 더 많아졌네요."

"그래요? 참, 그분들 지치지도 않는가 보네. 아, 대표님이 찾으세요. 도착하는 대로 올라오라고. 그리고 저기……."

은무가 더 할 말이 있는 듯 머뭇거리자 현이 궁금함을 담은 눈빛으로 그녀를 바라봤다.

"아니에요. 어서 올라가 봐요."

은무가 말을 잇지 못하고 돌아섰다. 너무나 궁금했지만 악보를 가지고 간 이유도, 편곡을 한 이유도 차마 물을 수가 없었다. 물어서 그의 대답을 들은 후에, 곡을 만들 때처럼 왜 행복하지 않은 거냐고 도리어 물어온다면 봇물처럼 터져 버릴 기억들을 감당하지 못할 자신을 알기 때문이었다. 이대로 내색하지 않는다면 아무도 모를 테니 모른 척하는 게 나을지도 모른다.

"다녀올게요."

스튜디오를 빠져나온 현이 은무가 있는 스튜디오를 돌아봤다.

조금 전, 급한 마음에 스튜디오 문을 벌컥 열었던 현은 건반 앞에 앉아 있는 은무를 보았다. 방해하지 않기 위해 다시 문을 닫은 후 꼭 닫히지 않은 문틈 사이로 흘러나오는 그녀의 연주를 들었다. 놀랍게도 자신이 편곡해 녹음했던 그대로 은무가 연주하고 있었다. 이내 자신이 그녀에게 주었던 점퍼 주머니에 mp3가 들어 있었다는 걸 기억해 냈다. 은무의 곡이긴 하나 편곡은 자신이 했기에 들은 대로 연주하고 있다는 사실에 놀라지 않을 수 없었다.

그리고 이어진 두 번째 곡. 머리를 한 대 세게 맞은 것 같은 충격이 강타했다.

오랜 시간 동안 활동을 쉰 탓에 생긴, 전신에 퍼진 나태함이라는 독이 그를 뒤덮고 있었다는 걸 깨닫는다.

그녀가 내게 보내는 메시지였던가? 정신 좀 차리라고?

채은무, 그녀에 대해 알고 싶다.

❖

주차장을 빠져나와 하얗게 눈이 쌓인 도로에 진입한 차가 움직임을 멈췄다. 뒤를 이어 주차장을 빠져나오던 차가 거세게 경적 소리를 울려댔지만 차는 고장이라도 난 듯 움직일 줄을 몰랐다.

차에 오르자마자 시트에 몸을 기댄 채 눈을 감았던 현이 경적 소리에 느리게 눈을 떴다.

"왜 그래요? 고장이에요?"

은무에게선 아무 대답도 들려오지 않는다. 몸을 일으켜 은무를 바라보았다. 그녀의 시선은 정면을 향해 있었지만 메마른 눈동자는 갈 곳을 잃은 듯 불안해 보였다. 핸들을 어찌나 꽉 쥐고 있는지, 은무의 양손이 새하얗게 변해 버린 걸 본 현이 안전벨트를 풀고는 차에서 내렸다.

"서현이에요. 차가 고장인 것 같아요. 죄송합니다."

뒤따르던 차의 운전자를 향해 현이 고개를 숙이자 알았다는 듯 끄덕이며 아슬아슬하게 차 옆을 비껴갔다. 운전석에 앉은 은무의 얼굴을 한참 동안 바라보던 현이 다시 차에 올랐다.

"은무 씨."

은무가 고개를 돌려 현을 바라봤다. 핸들을 쥐고 있던 손을 내려 맞잡고는 미안함을 담은 얼굴로 입술을 달싹였다.

"미안해요."

미안하다는 말과 함께 큰 숨을 내쉰 은무가 차를 출발시켰다. 다시 핸들을 쥔 그녀의 손이 위태로워 보인다.

은무가 왜 그러는지 이유를 알 수 없었지만 어렴풋이 갑작스레 내린 눈 때문일지도 모른다는 생각이 들었다. 은무에게 도대체 무슨 일이 있었던 걸까.

눈이 쌓여 엉망이 되어버린 도로 탓에 출발한 지 두 시간이 되어서야 현의 집 앞에 도착했다. 잠이 들었던 건지 현은 오는 내내 아무 말도 하지 않았다. 미동도 없던 그가 조용히 눈을 떴다.

"내일은 내가 알아서 갈 테니까 회사에서 봐요."

"일이 있어서 그러는 거 아니면 늦지 않게 올 테니까 기다려요."

"알았어요, 그럼."

차에서 내려서던 현이 다시 차 문을 활짝 열고 고개를 들이밀었다.

"운전 되게 못하는 거 알고 있죠?"

"누가요? 내가요?"

은무의 이마에 송골송골 맺혀 있는 땀방울이 보인다. 모른 척 고개를 돌리고 한껏 인상을 써 보였다.

"그럼 나겠어요?"

빈정거리는 현의 목소리에 반듯했던 은무의 이마가 구겨진다. 일부러 더 세게 차 문을 닫는 현이 돌아섰다. 어쩌면 따라 내릴지도 모른다고 생각했던 그녀는 그가 집 안으로 들어올 때까지 그대로 차 안에 있었다. 입고 있던 재킷을 벗어 소파 위에 던져 두었을 때 그제야 집 앞을 떠나는지 차 소리가 들려왔다. 풀썩 소리가 나도록 소파에 주저앉고는 마른세수를 하며 한숨을 내뱉었다.

은무의 눈빛이 자신을 닮아 있어 차마 무슨 일이냐고 묻지도 못했다. 괜한 핀잔으로 그런 마음을 감추었지만 자꾸만 신경이 쓰였다.

자신의 아픔은 모든 사람들이 알고 있기에 감추고 싶어도 감추어지지 않았다. 모른 척해주었으면 했지만 대부분의 사람들은 섣부른 위로로 그의 상처를 더 헤집었다. 은무 역시 그런 거라면 묻지 않는 게 나을 것 같아 묻지 않았다. 누군가 아픔을 대신해 줄수 있는 상처가 아니라면 헤집지 않는 것이 나을 테니까.

다시 눈이 내리기 시작했다.

'눈 오는 날 운전하는 거 별로니까.'

은무의 목소리가 귓가를 맴돈다. 돌려주지 못한 은무의 휴대폰을 만지작거리던 현이 일어섰다. 점퍼 주머니 속에 있던 mp3를 꺼내어 귀에 꽂고 집 안을 서성였다. 은무를 떠올리면 생각나던 시린손끝과 앙상한 어깨에 이제는 그녀의 메마른 눈동자가 더해졌다. 그럴 리 없는데 차가운 바람이 가슴속 깊은 곳까지 불어온다.

커튼을 열어 그녀가 가고 없을 창밖을 바라보았다. 갑작스레 내린 눈이 반갑지 않은 듯 눈삽을 든 경비 아저씨의 발걸음이 무거워 보였다. 아저씨의 무거운 걸음을 따라간 시선 끝, 까만색 승용차가 라이트를 켠 채 서 있었다. 거칠게 점퍼를 낚아챈 현이 밖으로 뛰어나갔다.

똑똑.

"은무 씨."

차창을 두드리는 소리에 은무가 눈을 떴다. 창을 내린 그녀가 눈을 동그랗게 뜨고는 몸을 틀어 뒷좌석을 바라봤다.

"왜 나왔어요? 뭐 놓고 내렸어요?"

"여기서 밤샐 생각이에요?"

"아, 그게……."

"내려요."

"네?"

"내리라고요."

은무가 차에서 내려서자 현이 운전석에 올라탔다.

"타요."

현이 옆 좌석을 향해 고갯짓을 한다. 왜 그러는지 눈치챈 은무가 고개를 흔들었다.

"잠깐 쉬다 가려고 했어요. 눈 좀 그치면 가려고……."

"아니면 우리 집에 들어갈래요?"

단호한 현의 표정에 은무가 느린 걸음을 떼어 보닛을 돌아 보조석 문을 열었다. 안전벨트를 매는 은무를 기다리며 현이 라디오를 켰다. 어색한 분위기가 싫어 라디오 볼륨을 조금 더 높이고 일부러 큰 목소리를 냈다.

"운전 잘하는 법에 대해 내가 한 수 가르쳐 줄 테니 잘 배워둬요!"

은무가 입술을 삐죽인다.

"눈길에 운전 잘해봤자지."

"은무 씨보다는 나을걸요."

피식 웃는 그녀의 눈빛이 좀 전보다 편안해 보였다. 다행이라는 생각이 든다.

이른 퇴근을 했는데도 짧은 겨울 해 탓에 금세 어둑해졌다. 그다지 춥지 않은 날씨 덕분에 다행스럽게도 도로 위의 눈은 얼기전에 녹고 있었다.

힐끔, 차창에 코를 박고 있는 은무를 보았다. 라디오에서 흘러나오는 노래에 맞춰 고개를 까딱거릴 때마다 은은한 갈색빛이 도는 머리카락이 어깨에서 찰랑거렸다. 시선을 느꼈는지 은무가 고개를 돌렸다. 얼굴을 가리고 있는 안경이 남의 안경처럼 어색하고 불필요해 보인다.

"그 안경, 액세서리예요?"

"뭐, 그런 셈이죠."

"프로필 사진도 그렇고. 은무 씨 감각 참 별로예요. 그죠?"

"허!"

어이가 없다는 듯 은무의 콧방귀가 거세게 터져 나왔다.

"눈치도 없고, 운전도 별로, 연예인을 빛나게 해줄 감각도 별로."

"허! 미안하지만 아무리 그래 봤자 이제 어쩔 수 없어요. 서현 씨가 날 선택했고 이젠 물릴 수 없으니까."

"누가 물린데요? 그냥 그렇다는 거지."

물릴 생각 같은 거, 절대 없다. 채은무가 걱정돼서 옆에 없음 내가 안 될 것 같으니까.

> * 무미건조한 단조로움에 할애할 시간은 없다.
> 일할 시간과 사랑할 시간을 빼고 나면 다른 것을 할 시간은 없다!
> —가브리엘 "코코" 샤넬

4. 질투하는 남자

　요즘 JJ 엔터테인먼트 직원들의 초이슈는 단연코 서현과 그의 그림자 채은무였다. 구 부장이 홍보실에서 난리를 피운 후 은무를 그저 구 부장이 아끼는 개인 비서쯤으로 알고 있던 사람들은 그녀가 서현의 매니저라는 것에 놀라움을 금치 못했고, 그녀에게 매니저를 부탁한 사람이 서현이라는 사실에 또 한 번 놀랄 수밖에 없었다. 유령 같던 두 사람은 휘트니 센터에서, 녹음실에서 심심찮게 목격되기 시작했고 늘 회사 내의 뜨거운 감자였다.

　1월 최고의 한파가 시작된 어느 날, 점심을 먹으러 사내 식당에 온 사람들의 시선이 한곳으로 집중되었다. 구석진 자리에 앉아 있어도 저절로 눈에 띌 수밖에 없는 두 사람은 쏟아지는 시선에도 아랑곳하지 않고 오로지 밥에만 열중했다.

　"웬일이래? 식당에서 밥을 다 먹고."

"그러게. 밖이 너무 추워서?"

수군거리는 사람들의 시선을 조용히 받아내던 은무가 더 이상 못 참겠다는 듯 수저를 내려놓으며 찌릿하고 현을 노려보았다.

"그러게 그냥 먹으라고 했잖아요!"

"누가 1인분만 사오래요?"

"나는 안 먹어도 된다고요!"

"혼자 먹고 싶지 않아요. 그리고 이 일 하려면 체력은 필수란 거 몰라요?"

내려놓은 수저를 집어 은무에게 건네준 현이 어서 먹으라며 손 짓을 해 보이고는 다시 식사를 이어나갔다. 그도 사람들의 시선이 불편하기는 마찬가지였지만 자꾸 식사를 거르는 은무를 위해서는 어쩔 수 없었다.

매번 1인분의 음식만 포장해 와 그의 점심식사를 챙긴 후, 스튜디오에 혼자만 남겨두고 쌩하니 나가 버리는 그녀가 야속하기도 했고 도통 음식을 먹지 않는 것 같아 걱정이 되기도 해 불편함을 무릅쓰고 사내 식당에서 점심을 해결하기로 결정을 했다. 밖으로 나가는 것보다는 훨씬 나을 테니까.

서두르지 않고 제 양을 다 먹을 수 있도록 은무의 속도에 맞춰 식사를 하며 그녀가 알아채지 못하도록 자연스럽게 물 컵이나 냅킨 등을 가까이에 밀어주었다. 최대한 태연하게 식사를 하는 것처럼 보이느라 식사를 마칠 때까지 현은 극도의 긴장 상태를 유지해야만 했다. 둘의 관계를 모르는 사람이 가까이에서 이 광경을 보았다면 현을 매니저라 생각했을 터였다.

두 사람이 식사를 마치고 식당을 벗어나자 수군거림은 어느새 웅성거림으로 바뀌어 있었다. 마케팅팀의 최영준과 그의 동료가 커피를 홀짝거리며 두 사람이 나간 출입구를 흘깃거렸다.

"5년이나 되었다는데 왜 본 기억이 없지?"

"나는 가끔 본 적이 있는 것도 같아. 그런데 방송사 관계자나 디렉터쯤 되는 줄 알았지 우리 회사에 매일 상주하는 직원인 줄은 생각도 못했다."

당연히 최영준은 본 적이 있다. 아니, 많았다. 그래도 한때는 은무의 관심을 받던 그가 아니겠는가.

"근데 왜 서현은 저 여자한테 매니저를 맡긴 거래? 구 부장이 시킨 거 아냐?"

"대표님 비서 말로는 구 부장이 안 된다고 펄쩍 뛰고 난리가 났었대. 근데 서현이 채은무 아니면 안 하겠다고 버티니까 대표님이 나중에는 구 부장 멱살까지 잡았다더라. 내놓으라고. 난리도 아니었대."

이래서 말은 갈수록 보태어지고 봉송은 갈수록 덜어진다라고 하는 건가?

"구 부장이 뺏기기 싫었는가 보네."

"그렇게 일을 잘하나?"

두 사람은 차마 입으로 꺼내지 못하고 도대체 무슨 일일까 하는 표정이었다.

"둘이 앉아 있는 거 보니까 참, 그림은 예쁘더라. 채은무도 보통 인물은 아닌 것 같지?"

"매니저 하기에는 좀 아까운 인물이긴 하네."

현에 대한 관심이 은무에게로 옮겨가고 그녀에 대해 이러쿵저러쿵을 늘어놓는 사람들 머리 위로 그림자 하나가 크게 드리워졌다.

"채은무한테 신경 끄시고 어서 가서 일들이나 하시지!"

어느새 식당에 들어온 구 부장이 험악한 얼굴을 하며 으르렁대자 직원들이 서둘러 식당 밖으로 나갔다. 그 무리의 틈에서 미림을 발견한 구 부장의 표정이 순식간에 마시마로처럼 변하는 걸 본 사람은 아무도 없었다.

셋이 하던 활동을 혼자서 해야 한다는 것은 어쩔 수 없이 마음에 부담이 될 수밖에 없었다. 가뜩이나 음악 방송 외에는 활동이 전무했던 터라 더욱더 그랬다. 구 부장과 현, 그리고 은무는 무엇을 먼저 시작해야 할지에 대해 고민하는 중이었다. 현은 좀 늦더라도 정식 앨범을 발표하길 원했고 구 부장은 급한 대로 싱글 앨범을 발표하자고 고집을 부렸다. 하지만 은무의 생각은 달랐다.

"이번에 소천섭씨 출연하는 '질투하는 남자' 드라마 촬영 들어갔어요?"

"아직. 왜? 너도 소천섭 좋아하냐?"

은무가 뜬금없이 요즘 남자 배우들 중에서 제일 핫하다는 소천섭 이야기를 꺼내자 구 부장이 핀잔을 주었다. '소천섭 싫어하는 여자도 있나' 라고 중얼거리는 은무를 보자 현의 표정이 미미하게 구겨졌다.

"소천섭이 누군데요?"

"그동안 티비 안 봤어요? 어떻게 소천섭을 몰라요?"

은무는 현이 소천섭을 모른다는 사실에 놀라 할 말을 잃었지만 구 부장은 그런 그가 익숙한 듯 친절하게 설명을 했다.

"있어, 요즘 여자들이 제일 좋아하는 배우야. JJ 소속."

"JJ 소속이면 뭐 해. 회사에는 오지를 않는데."

JJ 소속이기는 하지만 워낙 바쁜 터라 회사로 나오는 일이 드물어 은무는 한 번도 소천섭을 직접 본 적이 없었다.

"근데 소천섭은 왜?"

그녀는 얼마 전 드라마 제작 발표회를 다녀온 소천섭의 매니저가 구 부장과 나누던 대화를 떠올렸다. 노래 실력도 꽤 출중한 소천섭이, 출연하기로 한 드라마의 OST를 부르기로 결정되었다고 했다. 시청률 보증 수표라는 소천섭이 출연하는 드라마라면 OST 또한 주목을 받을 게 뻔했다.

"OST 어때요?"

"OST?"

드라마 한 편당 10개 이상의 OST가 수록되기에 현에게도 아직 기회가 있을 듯싶었다.

"지금 서현 씨가 바로 할 만한 건 OST밖에 없어요. 부장님 말대로 싱글앨범 발표하면 티비 출연은 불가피해요. 그런데 서현 씨가 그런 거 당장 할 수 있겠어요? 드라마가 잘 안 돼도 OST는 잘되는 경우 있잖아요. 소천섭씨가 출연하는 드라마니 안 될 리도 없겠지만 어쨌든 위험 부담도 적고, 현이 씨한테도 부담 없고."

구 부장이 얼른 상황을 정리해 보기 시작했다. 소천섭의 소속사인 JJ에서 제의한다면 드라마 측에서 거절할 이유도 없거니와 서현이 드라마 OST를 부른다고 하면 당연히 그 드라마에도 엄청난 영향을 미칠 게 분명했다.

"OST가 웬만한 가수 음원보다 더 많이 팔리기도 하잖아요. OST는 어느 상황에 깔려도 부담 없이 들을 수 있어요. 오랜만에 활동을 시작하는 서현 씨는 특히 대중들에게 쉽게 각인될 수 있어야 해요."

구 부장이 내켜하지 않는다고 생각한 은무가 부연 설명을 하며 설득하려 했다. 하지만 이미 구 부장은 은무의 생각에 동의를 한 후였다. 자신이 생각해도 이보다 더 좋을 순 없을 것 같았다.

구 부장은 내심 은무가 제법이라는 생각이 들었다. 매일 생각 없이 왔다 갔다 하는 줄만 알았는데 서당 개 3년이면 풍월을 읊는다더니. 꽤 좋은 의견을 내놓은 그녀가 대견스럽기까지 했다.

"이제 밥값 좀 하네. 허허."

으이구 그 노무 밥값 타령. 진지하게 설명을 하던 그녀의 표정이 순식간에 일그러진다.

"현이 씨 생각은 어때요?"

구 부장을 보며 삐죽이던 은무가 아직 그녀의 의견에 아무 말이 없는 현을 향해 물었다. 쉽게 결정할 수 없는지 생각에 잠긴 얼굴이었다.

"소천섭이란 사람. 좋아해요?"

"에에?"

OST로 시작하는 거 괜찮겠냐고 물었는데 뜬금없이 소천섭을 좋아하냐고 묻는다. 이제껏 입 아프게 한참을 떠들었건만 하나도 듣지 않은 모양이었다.

"OST 할 거예요? 말 거예요? 별로예요?"

"해볼게요."

왠지 마지못해 해보겠다는 듯 성의 없는 대답을 툭 던지며 현이 스튜디오를 나갔다. 그런 그를 바라보던 은무가 혈압이 오르는지 주먹을 쥐고는 뒷목을 툭툭 치기 시작했다.

"내가 어쩌다 팔자에도 없는 매니저를 하게 되었는지 알다가도 모르겠어요!"

라고 구 부장을 향해 버럭거리는 것도 잊지 않았다.

'인기는 한순간'이란 말은 서현이란 사람에게는 통하지 않는 말인 듯 활동을 다시 시작했다는 소식이 전해지자마자 잠자고 있던 원데이의 오랜 팬들이 움직이기 시작했다. 물론, 그 중심에는 모델이자 라디오 디제이인 이유경이 있었다.

흩어졌던 팬들을 모으기 위해 비공개로 닫아두었던 인터넷 카페 문을 열어 회원 수를 늘리고, 각종 포털 사이트마다 블로그를 개설, 매일 서현의 이야기가 담긴 글들을 게시판에 올리기 시작했다. 회원들에게 각종 이벤트 선물을 걸어 서현의 이름이 실시간 검색어 10위권 밖으로 나가지 않도록 밤새워 검색란에 〈서현〉을 써 넣게 하기도 했다.

매일이 행복하기만 한 유경이 JJ 엔터테인먼트 사옥 앞을 서성거리고 있었다. 두어 번 은무를 만나기 위해 들른 곳이었지만 올 때마다 원데이에 대한 미련으로 며칠을 우울함 속에서 지내야 했기에 급한 일이 아니면 오지 않았던 곳이었다.

어쩌면 은무를 통해 서현의 근황을 전해 들을지도 모른다는 생각에 바쁜 시간을 쪼갰다. 복귀를 했다고는 하지만 인터넷, 방송, JJ 관련 직원 등 그 어디에서도 그의 소식을 들을 수 없어 유경은 참으로 답답했다.

유경의 연락을 받고 회사 밖으로 나온 은무가 짙은 색 까만 선글라스에, 히잡을 연상케 하는 검은 머플러를 두르고 있는 유경을 발견하고는 인상을 썼다. 저러고 다니면 사람들 눈에 더 잘 띌 뿐, 얼굴만 가린다고 그녀의 우월한 유전자를 몰라 볼 리 없었다. 은무가 서둘러 유경을 근처 커피숍의 으슥한 테이블로 데리고 갔다. 의도하지 않게 늘 누군가를 숨기고 있다는 사실을 깨달은 그녀가 못마땅한 얼굴로 유경을 바라봤다.

"웬일이야. 안 바빠?"

"바쁘지. 너무너무 바쁘지. 내가 요즘 몸이 열 개라도 부족할 지경이거든."

"드라마라도 찍는 거야?"

바쁘다면서도 왠지 신이 난 것 같은 유경의 표정에 그녀가 새로운 일을 시작하는가 보다 싶었다.

"아니. 드라마는 아무나 하니?"

"그럼?"

"너 회사에서 서현 오빠 봤어?"

"아!"

유경이를 잊고 있었다니. 원데이에 관한 일이라면 물불을 가리지 않는 유경이인데, 분명 서현의 매니저가 되었다고 말하면 난리가 날 터였다.

"못 봤어? 하기야 맨날 지하에만 있으니 무슨 소식을 듣겠니. 좀 알아봐. 오빠 뭐 준비하고 있는지. 궁금해 죽겠어."

유경이 태블릿 PC를 꺼내어 은무 앞으로 밀더니만 화면 속 어딘가를 가리켰다.

"이번에 들어온 카페 회원인데 닉네임이 '밥 짓는 서나' 거든. 근데 이 아줌마 되게 웃긴다."

현의 사진이 배경으로 깔린 걸 보니 서현의 팬 카페인 듯했다. 모르긴 몰라도 유경이 관리하는 팬 카페가 이것 하나만 있는 건 아닐 것 같았다. 전에는 이런 데에 관심도 없었던 그녀였지만 서현의 매니저인 이상 팬의 이야기를 귀담아들을 필요가 있을 것 같아 귀를 쫑긋 세웠다.

"오빠 소식이 하도 없으니까 이젠 이런 아줌마까지 나타나 이상한 소리를 다하네. 이거 봐. 이 아줌마가 쓴 글이야. 자기가 오빠를 위해 반찬을 만들어서 갖다줬대. 얼마 전에 만났는데 살이 엄청 빠졌더래나? 그래서 이번에는 신경을 더 써서 만들었다고. 나 참 기가 막혀서. 옛날에도 서현 오빠는 팬한테 선물 같은 거 조차 안 받던 사람이야. 이런 거짓말을 자꾸 하는데 확 강퇴시킬까?"

강퇴시킨다고? 그랬다가 그 회원이 악의를 품고 서현에 대한 비방을 한다면 어쩌란 말인가? 최대한 표시나지 않게 유경의 생각을 바꿔놓아야 했다.

"그 아줌마 꿈인가 보지. 야! 꿈도 못 꾸냐? 그만큼 좋아하나 본데 뭐."

"그런가? 근데 회원들이 이 아줌마 싫어해. 거짓말을 어지간히 해야지."

유경이 카페에 새로 올라온 게시글을 확인하는 걸 슬쩍 훔쳐보며 현에 대한 팬들의 반응을 살폈다. 은무는 자신도 모르는 새 서

현의 진짜 매니저가 되어가고 있었다.

"아, 맞다. 서현 오빠 매니저를 이상한 여자가 맡았다더라. 라디오 국 피디님이 일이 있어서 JJ 오셨다가 현이 오빠랑 같이 있는 여자를 봤대. 그래서 물어봤더니 서현 오빠 매니저라고 하더래. 너 봤어? 그 여자 누구야?"

끄응.

"그게 유경아……."

띠링띠링.

유경에게 뭐라 얘기를 꺼내야 할지 난감해하던 은무에게 기적처럼 휴대폰 벨소리가 울렸다.

"여보세요?"

[은무 씨, 어디예요?]

현이 운동을 하고 있어 알리지 않고 밖으로 나왔는데 끝이 난 모양이었다. 요즘 들어 의외의 모습을 현에게서 발견하고 있었다. 오랫동안 칩거 생활을 했던 터라 하는 일 없이 빈둥빈둥하는 것이 일상일 듯 보였으나 꽤나 계획적으로 생활하고 있었다. 하루도 운동을 빼먹는 걸 본 적이 없었고, 은근히 그녀에게도 운동을 하라 압력을 넣었다. 허나 은무는 노 땡큐로 일관했다.

"잠깐 밖이요. 들어갈 거예요."

[네.]

휴대폰 종료 버튼을 누르는 그녀를 바라보는 유경의 눈초리가 반짝 빛이 났다.

"남자 목소리다?"

녹음실에서 통화가 잘 안 들려 볼륨을 크게 해놓았더니만 조용한 커피숍이라 말소리가 다 새어 나온 것 같았다.

"누구야? 지난번에도 밤에 전화했더니 네 전화를 어떤 남자가 받더니만. 너 요즘 누구 만나? 연애해?"

"구, 구 부장이야."

"구 부장님? 무슨 구 부장님이야. 내가 구 부장님 목소리를 몰라?"

식은땀이 흐르는 등줄기가 서늘해졌다. 그냥 현의 매니저라는 이상한 여자가 나다, 하고 말하면 되는데 입이 통 떨어지질 않았다. 오늘은 안 된다. 이 사람 많은 자리에서 이유경의 실체를 보일 순 없지 않은가? 은무는 입술을 말아 입안으로 넣고는 고개를 흔들었다.

구 부장이 급히 찾아 들어가 봐야 한다는 말을 남기고 서둘러 자리를 뜨는 은무를 보며 유경은 의심의 눈초리를 지우지 않았다. 남자가 생긴 게 분명해. 배신자!

앉아 있는 자리가 가시방석인 양 들썩들썩 어쩔 줄을 모르는 은무를 보던 현의 눈빛이 점점 짙어졌다. 무슨 생각을 하는지 들고 있던 안경다리를 질겅질겅 씹으며 눈을 질끈 감기도 하고, 머리를 세차게 흔들기도 했으며, 어깨를 축 늘어뜨리고 한숨을 내쉬기도 했다. 이럴 땐 그냥 묻는 게 제일 좋은데 현에게는 익숙한 일이 아니었다. 자신과 무관한 일에는 그다지 신경을 쓰지 않던 게 서현이란 사람이었다. 말수도 많지 않은데다가 세상일에는 늘 관심이 없는 듯 보이던 현을 좋지 않게 보는 사람들도 있었다.

"야! 정신 사납게 아까부터 왜 그러고 있어!"

드디어 구 부장이 그의 가려운 곳을 긁어주려는 듯 물었으나 은무의 입은 도통 열릴 생각이 없어 보였다.

"쟤 왜 저러냐. 아까 나갈 때부터 저러고 있더니만 여태 저러고 있네."

현이 은무에게서 시선을 거두지 못한 채 고개를 흔들었다. 구부장이 그녀의 머리에 콩 하고 꿀밤을 먹이자 꽤나 아픈지 손바닥으로 열심히 문지르며 눈을 흘겼다. 하지만 그뿐, 은무는 또다시 생각에 빠진 듯했다.

"현아, 대표님이 잠깐 보자고 하신다. 올라가자."

불안해 보이는 은무를 혼자 두고 나오는 게 내키지 않았지만 구부장의 재촉에 스튜디오를 나와야 했다.

스튜디오를 빠져나와 엘리베이터를 타기 위해 앞서 걷던 현이 구 부장을 돌아봤다. 주먹이 저렇게나 큰데!

"형, 앞으로 장난이라도 은무 씨한테 꿀밤 같은 거 먹이고 그러지 마세요. 은무 씨 이제 제 매니저예요. 보기 안 좋아요."

현이 짐짓 단호한 표정으로 대답을 종용하자 놀란 구 부장이 고개를 잘게 끄덕였다.

"……어, 알았어. 내가 생각이 짧았다."

"형 주먹, 애기 머리만 한 거 알죠?"

현의 애기에 자신의 주먹을 내려다본 구 부장이 흠칫 놀랐다. 크기야 크지만 주먹으로 때리진 않았기에 억울한 마음도 슬쩍 들었다.

"주먹으로 때리진 않았지. 그냥 요렇게 콩 하고……."

"형!"

구 부장이 은무에게 꿀밤을 주었을 때처럼 손 모양을 만들어 허공에 때리는 시늉을 해 보이자 현이 구 부장의 말을 막으며 목소리를 높였다.

"알았어."

구 부장의 눈꼬리가 축 처졌다.

"드라마 음악 감독이 윤태진이어서 좀 쉽게 가겠구나 했는데 연출이 보통이 아니에요. 어우, 진짜. 너무 깐깐해요."

드라마 제작 지원팀의 팀장 한기수의 목소리에 짜증이 가득했다. 얼토당토하지 않은 조건을 걸었다는 게 그 이유였다.

"처음에 현이에게 네 곡을 부탁한다는 거예요. 그래서 감사하다 그랬죠. 그런데 그중 한 곡은 드라마 중반부에 직접 출연해서 라이브로 부르는 장면을 찍어야 한대요. 드라마 전개상 꼭 필요한 거라면서요."

잠자코 듣고 있던 현의 눈이 커다랗게 뜨였다. 드라마 출연이라니. 티비 인터뷰도 마다하는 마당에 드라마 출연이 가당키나 하단 말인가.

"그런 말이 어디 있어? OST 가수가 왜 드라마에 필요해?"

구 부장이 말도 안 되는 소리라며 펄쩍 뛰었다.

"여자 주인공이 드라마에서 엄청 좋아하는 가수가 하나 있어요. 그 가수 때문에 소천섭이 질투를 하게 되고, 결국에는 자기가 여자 주인공을 얼마나 사랑하는지 알게 된다나 어쩐다나."

소천섭! 이름을 처음 들었을 때부터 마음에 안 들더니만! 현은 소천섭의 이름을 거론하며 눈빛을 빛내던 은무를 떠올리자 은근히 기분이 나빠졌다.

"그러니까 그걸 왜 OST 가수가 하느냐고. 다른 가수 투입시키면 되지."

"구 부장, 현이가 여러모로 적당하니 그런 거 아니겠어."

구 부장이 못마땅한 듯 소리치자 강 대표가 그런 그를 제지했다. 강 대표는 내심 예기치 않았던 이러한 상황들이 만족스러운 듯했다. 비주얼로는 소천섭과 견주어 전혀 손색이 없는 서현이었다. 두 사람 모두 한솥밥을 먹는 JJ 소속이므로 강 대표는 이 기회를 놓칠 수 없었다.

"현이 생각은 어떠냐. 드라마에 출연해 대사를 치는 것도 아니고, 뮤직 비디오 찍듯이 노래만 부르면 될 것 같은데."

한번 만나본 적도 없는 배우이건만 신경이 쓰인다. 그가 가수가 아니기에 라이벌 의식을 느껴 그런 거라 생각할 수도 없다. 현은 이상한 감정에 휘말리고 있는 자신을 이해할 수가 없었다.

뻔히 드러나는 강 대표의 수를 모르지도 않았다. 이번 일을 계기로 더한 것을 요구할는지도 모르는 일이었다. 그렇다면 하지 않겠다고 말하는 게 맞을 텐데.

"그렇게 할게요."

그는 어느새 하겠다는 의사를 표명하고 있었다. 놀란 구 부장의 입이 벌어질 대로 벌어졌다.

"하겠다고? 네가 왜?"

"어허! 하겠다는데 왜는 무슨 왜야!"

구 부장의 반응에 혹여 현이 마음을 바꾸지는 않을까 싶어 강 대표가 노기를 담아 소리 질렀다. 만약 계속해서 구 부장이 반대한다면 가만두지 않겠노라 협박의 눈빛도 강하게 보냈다. 그런 강 대표의 심중을 읽은 구 부장이 머리를 거칠게 헝클어뜨렸다.

스케줄이 잡힌 것에 대해 짜증을 부릴 줄 알았던 은무가 반색을 표했다. 조금 전까지 큰 고민에 빠져 있는 듯 보였던 그녀가 드라마 촬영일이 언제냐며 신이 나 묻기까지 했다. 소천섭을 꽤나 좋아하는 것 같단 생각이 들자 현의 기분은 점점 바닥으로 내려앉았다.

그녀의 시선을 저에게로 돌려놓고 싶다. 그런데 도대체 왜 그런 거지?

드라마 외주 제작사 OST 관계자와의 미팅을 끝내고 집으로 가기 위해 주차장으로 내려왔다. 어느새 차에 오른 은무는 이미 운전석에 앉아 있었다. 집에 꿀단지라도 숨겨둔 건지 퇴근 때가 되면 부리나케 움직이는 은무가 너무 웃겨 현의 입술 끝이 올라갔다.

"어이, 서현."

차에 오르려던 현이 고개를 들어 자신을 부르고 있는 남자를 바라보고는 작게 미간을 좁혔다. 운전석에 앉아 있던 은무가 차창 밖으로 고개를 빼고 남자를 살폈다.

"평생 네 얼굴 안 봐도 될 줄 알았더니만 이 바닥에 붙어 있으니 다시 보네."

"오랜만이다, 정진수."

"5년 만인가?"

그다지 오래 마주하고 싶지는 않았기에 그만 가보겠다는 뉘앙

스를 담아 열어두었던 차 문을 더 세게 잡아당겼다.

"원데이의 왕자, 서현 컴백! 여전히 너는 세상을 시끄럽게 해. 짜증나게 말이지."

현의 입매가 비틀렸다. 여전한 건 너잖아.

이야기를 엿들으려는 듯 은무의 몸이 차창 밖으로 반쯤은 나와 있었다. 저러다가 떨어지지.

"일 보고 가라."

움직일 줄 모르는 정진수를 두고 현이 차에 올라탔다.

"가요."

가자는 현의 말에도 은무의 시선은 정진수에게서 벗어나지 않았다. 노려보는 것 같기도 하고, 좀 더 자세히 보려고 하는 것 같기도 하고.

"그만 가자고요."

현이 다시 한 번 힘주어 내뱉자 그제야 은무가 반듯하게 앉았다. 시동을 걸어두었던 차는 이내 출발해 주차장을 벗어났다.

"드라마에도 가끔 단역으로 나오는 것 같던데 원래 가수 맞죠?"

정진수에 대해 묻고 있는 것 같아 현이 고개를 끄덕였다.

"서현을 싫어하는 사람도 있었다니."

은무가 혼잣말처럼 내뱉고는 진심으로 놀라운 일이라는 듯 고개를 내저었다. 그도 그럴 것이 서현이라는 사람은 어딜 가나 환호의 대상이었기에 정진수와 같은 반응은 적응이 되질 않았다.

"서현 씨를 왜 싫어하는 거예요? 싸웠어요?"

결국 궁금함을 이기지 못한 은무가 물었다. 현은 가만히 고개를 흔들었다.

"그런데 왜 저래요?"

이유를 말하자면 한두 가지가 아닐 테지만 가장 큰 이유라면 오래도록 함께 연습해 온 멤버를 빼앗겼기 때문일 터. 믿었던 멤버들의 배신을 견뎌내기란 쉽지 않았을 테니.

그러나 정진수에게 원망의 대상이 되어 있는 현은 차라리 이런 반응이 반가웠다. 멀쩡히 살아 있다는 것만으로도 그동안 죄를 짓는 것 같았으니까.

"뭐가요? 저 친구 나름 반가움의 표시예요."

"짜증난다는 게 반가움의 표시라고요? 설마요."

무슨 그런 농담을 하냐며 은무가 입가를 실룩였다.

"가수가 비주얼이 저게 뭐야? 저 사람 요즘 댄스곡 안 불러요? 아, 그런 거 모르죠?"

실제로 전혀 알지 못했기에 현은 그저 어깨만 으쓱였다.

만약 진수까지 원데이에 합류했더라면 무슨 일이 어떻게 일어났을지 모른다는, 수만 번도 더 했던 생각이 또다시 현의 가슴을 짓눌렀다.

"속도, 너무 빨라요."

괜스레 은무에게 타박을 놓으며 현이 눈을 감았다.

드라마 '질투하는 남자'의 촬영이 시작되면서 현의 녹음 작업도 시작되었다. 드라마의 오프닝 곡을 포함한 총 네 곡의 노래로 OST에 참여 하게 되었는데, 그중 극 중반에 출연해 부르기로 한 곡을 제외한 나머지 곡의 녹음 작업이 순조롭게 진행 중이었다. 공백기가 있었음이 무색할 정도로, 곡의 느낌을 살리며 그만의 장점을 어필하는 가창력은 여전했고, 드라마 음악 감독인 태진이 요구하는 바를 십분 살려 모두를 만족케 했다.

현의 녹음 작업이 오전부터 오후 늦게까지 이어져 피곤함을 이기지 못한 은무가 소파에 앉아 연신 하품을 내뿜으며 내려오는 눈꺼풀과 사투를 벌이고 있었다. 모두들 작업에 몰두하고 있는데 매니저라는 사람이 혼자 쓰러져 잘 수는 없는 노릇이기에 기를 쓰며 버티는 중이었다.

부스에서 헤드폰을 벗어낸 현이 스튜디오에 있던 은무에게 다가왔다.

"은무 씨, 차에 먼저 가서 기다려요. 금방 내려갈게요."

"아직 안 끝났잖아요."

방금 전 잠시 쉬었다 하자며 녹음실 밖으로 나가는 프로듀서의 말을 들었던 터라 작업이 끝나지 않았음에도 내려가 있으라는 그의 말에 고개를 갸우뚱거렸다.

"오늘 그만하자고 하려고요. 목이 좀……."

현이 목을 손으로 감싸고는 불편한 듯 헛기침을 하자 그런 그를 바라보는 은무의 표정에 걱정이 서렸다. 날씨도 추운데다가 한참 쉬었던 목을 요 며칠 연습과 녹음으로 혹사시켜서 그렇구나 싶었다.

"갑자기 무리해서 그런가 보다. 따뜻한 물 가지고 올게요."

물을 가지러 나가려 하는 은무의 팔목을 붙잡은 현이 고개를 흔들었다. 그의 손이 닿은 팔에 따뜻한 온기가 느껴지자 괜스레 기분이 이상해져 슬쩍 팔을 빼내었다. 불쑥불쑥 이러는 게 도통 적응이 되질 않는다.

프로듀서에게 직접 얘기해야 하는 거 아닌가 싶은 생각에 문을 바라보며 망설이자 현이 은무의 코트를 집어 그녀의 어깨에 둘러주었다.

"얼른 가서 차 안에 히터 좀 틀어놔 줘요."

현이 스튜디오 문 쪽으로 그녀의 등을 가볍게 밀었다. 그제야 못 이기는 척 은무가 발걸음을 옮겼다.

"그럼 잘 얘기하고 와요. 괜히 무리 가면 안 되니까 오늘 그만하는 게 낫겠어요."

끄덕이는 현을 보며 주섬주섬 짐을 챙겨 들고 주차장으로 내려왔다. 차가 꽉 들어차 있던 주차장이 텅텅 비어 있었다. 9시를 조금 넘긴 시간이건만 왜 이리 눈꺼풀이 천근만근인 건지. 크게 하는 일 없이 구 부장의 잔심부름 정도만 하던 그녀였기에 짜여진 시간에 맞춰 생활한다는 것 자체만으로도 체력을 고갈시키는 듯했다.

운전석에 앉아 시트에 고개를 젖히고선 다리를 쭉 펴려던 그녀가 얼굴을 잔뜩 찡그렸다.

"아, 불편해."

어찌할까, 잠시 고민을 하고는 이내 차 문을 열고 밖으로 나와 보조석으로 옮겨가 앉았다. 내려오면 바꿔주면 될 터이니 잠시라도 다리를 쭉 펴고 싶었다. 다시금 시트에 몸을 파묻고는 눈을 감았다. 잠깐만 눈만 감고 있자…….

얼마나 시간이 지난 걸까? 시끄럽게 울리는 차 경적 소리에 눈을 뜬 은무가 떠지지 않는 눈을 비비며 일어나 앉았다.

"아직도 안 내려온 건가?"

"이제 집에 가서 자요."

"엄마 깜짝이야!"

운전석 핸들에 가슴을 기댄 채 팔을 괴고 있던 현을 보고 놀란 그녀가 고개를 돌려 컴컴해 또렷이 보이지 않는 차창 밖을 내다보았다. 아무리 둘러보아도 지하 주차장은 아닌 것 같은 주변 모습에 그녀의 동공이 작게 흔들렸다. 곧 시야에 뭔가 익숙한 풍경이 들어오자 은무가 손으로 입을 막으며 놀라움을 삼켰다.

"어, 어떻게 된 거예요?"

"보시다시피."

입가에 잔잔한 웃음을 매단 현이 별일 아니라는 듯 이야기하자 은무는 더욱더 어리둥절할 뿐이었다. 분명 잠깐 눈만 감고 있었던 것뿐이었는데 그가 차에 탄 것도, 30분 가까이 달려 집 앞까지 온 것도 몰랐다니. 더군다나 이곳은 현의 집 앞이 아니라 자신의 집 앞이므로 직접 운전해서 집으로 가겠다는 의미였다.

"깨우지 그랬어요."

미안함이 담긴 은무의 목소리에 현의 미소가 좀 더 진해졌다.

"어서 들어가요. 내일 아침에 도착하면 전화할게요."

고개를 끄덕이며 차에서 내린 은무가 들어가지 못하고 머뭇거리자 현이 어서 들어가라는 듯 손짓을 해 보였다. 쭈뼛쭈뼛 뒤를 돌아보며 아파트 현관에 들어서자 불빛을 반짝이며 금세 차는 사라졌다. 집까지 가려면 30분 가까이를 또 운전해 가야 했기에 그에게 너무나 미안했다. 하루 종일 녹음하느라 고생한 사람인데.

집으로 올라와 코트를 벗어 걸던 은무는 협탁에 놓인 시계를 보고 또 한 번 깜짝 놀라고 말았다. 주차장에 9시쯤 내려온 걸로 기억하는데 벌써 시간이 새벽 1시를 넘어가고 있었다.

"웬일이니. 도대체 몇 시간을 잔 거야."

티셔츠를 벗으려 한쪽 팔만 뺀 어정쩡한 상태로 침대 위에 걸터앉아 있던 은무가 골똘히 생각에 잠겼다. 녹음실에서 나오는 하품을 참지 못하고 입을 크게 벌릴 때마다 부스 안에 있던 그와 번번이 눈이 마주쳐 민망했던 순간들이 떠올랐다. 그때마다 자신을 바라보던 눈빛은 질책이 아닌 안쓰러움이었다. 도대체 왜지?

다음날, 녹음실로 향한 은무는 전날 진행하던 녹음 작업이 모두 끝이 났고, 새로운 곡의 녹음이 시작되는 걸 보고서야 어젯밤 그가 주차장에 바로 내려오지 않았다는 걸 알았다.

"어제 컨디션 별로라면서 다 끝낸 거예요?"

"하다 보니 그렇게 됐어요."

현이 대수롭지 않은 일처럼 말해 은무도 더 이상은 물어볼 수가 없었다. 작업 중인 스태프 누군가를 붙잡고 물어봐도 될 일이지만 매니저라는 사람이 어찌 모를 수가 있느냐고 할까 봐 그러지도 못했다.

"이거 덮어요."

어디선가 무릎 담요를 하나 들고 온 현이 그녀의 무릎 위에 놓아주고는 부스 안으로 들어갔다. 장비들이 더운 바람에 고장이 나는 일이 잦아지자 온풍기를 켜지 않은 채로 믹싱 작업을 하는 중이었다. 안 그래도 추워서 자꾸 어깨가 움츠러들고 있던 터라 폭신한 담요 한 장이 너무나 반가웠다. 은무가 입모양으로 '고마워요'라고 말하자 현은 별거 아니라는 듯 어깨 짓을 해 보인다.

여느 때처럼 점심시간이 되어 구내식당으로 간 두 사람이 식판을 들고 빈자리를 찾아가 앉았다. 이제는 익숙해질 대로 익숙해져 직원들 중 누구도 두 사람을 의식하지 않았다. 그렇다고 섣불리 말을 붙이는 사람도 없었기에 불편함은 전혀 없었다.

"이거 좋아하죠?"

현이 은무에게 메추리알 장조림을 덜어주며 물었다. 그러고 보니 부탁한 적이 없는데도 번번이 그녀가 좋아하는 반찬들을 더 갖다주기도 하고 덜어주기도 했다.

"나 신경 쓰지 말아요. 내가 알아서 먹어요."

"내가 신경 쓰는 것 같아요?"

이렇게 대놓고 물으니 그렇다는 대답이 나오질 않는다. 표나게 그러는 것도 아닌데 너무 예민해 보이는 것 같기도 해 무안해졌다. 대답을 기어코 들을 생각인지 현의 시선은 그녀에게서 떨어지질 않는다.

"그런 말이 아니라……. 그냥 식사나 계속하세요."

결국 은무가 먼저 그의 시선을 피해 식판으로 고개를 숙였다. 정수리가 뜨거운 게 그의 시선은 아직 자신에게 머무르고 있는 모양이었다. 메추리알 하나가 목구멍을 막고 있는지 답답해져 와 기침이 터져 나왔다. 어느새 코앞에 내밀어진 물 컵. 이러다 결국 체하고 말지, 싶다.

시간이 가면 갈수록 단순히 매너가 몸에 배어 있어 그런 거라 생각하고 무심코 넘겼던 현의 행동들이 자꾸 신경이 쓰였다. 대부분 사소한 것들이었지만 관심도 배려도 은무는 전혀 반갑지 않았다.

언젠가부터 현의 시선 또한 늘 그녀를 좇고 있었다. 그는 그런 시선을 딱히 숨기려 하지도 않았다. 의식하지 않으려 해도 자꾸 의식하게 되자 은무는 불안한 마음이 앞섰다. 그의 행동이 불편하고 거북해지기 시작한다면 더 이상 지금과 같은 편안한 관계를 맺기 힘들 것 같다는 생각에서였다.

아직 이렇다 할 스케줄들이 없긴 했지만 그와 함께 움직이는 일이 힘들지 않았고 어느 땐 즐겁기까지 했다. 이런 기분들을 잃고 싶지 않았다. 그와 불편해진다면 절대 맘 편히 할 수 없는 일이었다.

"후…… 차라리 착각하고 있는 거라고 말해준다면 좋을 텐데."

혼자 있는 시간이 좀처럼 나지 않아 떠오르는 악상들을 적을 시간조차 없던 은무가 현이 10층에 가고 없는 틈을 타 건반 앞에 앉았다.

녹음 작업을 하던 몇 주 동안 그의 목소리를 들을 때마다 떠오르던 것들을 건반에 옮기기 시작했다. 평소 말할 때와 달리 노래를 부를 때는 조금 더 굵고 낮은 소리를 내는 그의 목소리가 귓가를 맴돌았다.

열중하느라 누군가 들어오는 소리를 듣지 못했던 은무가 바로 뒤에서 느껴지는 기척에 고개를 돌렸다. 드라마 OST 전체 프로듀서를 맡고 있는 태진이었다.

"그 곡 뭐예요?"

은무가 연주하던 곡을 들었는지 관심을 보이며 바짝 다가왔다.

반갑지 않은 모양인지 은무의 얼굴이 금세 구겨졌다.

"아무것도 아니에요."

모처럼 혼자 있는 시간을 방해하자 짜증이 난 은무가 일부러 퉁명스럽게 답하는데도 눈치 없는 태진은 악보가 궁금한지 건반을 향해 고개를 내밀었다.

"악보 없네. 다시 한 번 쳐봐요."

"싫은데요."

그녀가 냉기를 내뿜으며 단박에 싫다고 말하자 그제야 심상치 않은 분위기를 감지한 듯 태진이 어색하게 웃었다. 좀 특이한 여자라는 생각은 했었는데 지금 보니 많이 이상했다.

"왜 오셨는데요?"

"상의할 게 좀 있어서요. 제일 중요한 네 번째 곡이요. 현이 생각은 어떤지 들어보려고요."

태진이 내미는 USB를 컴퓨터에 꽂은 후 은무가 헤드폰을 썼다. 방금 건반을 치는 분위기로 봐선 보통 수준은 넘을 것 같았던 터라 태진은 그녀의 행동을 가만히 지켜봤다.

아주 느린 템포의 음률로 되어 있는 반주에 클라리넷이 입혀져 있어 고즈넉한 느낌이 드는 곡이었다. 나쁘지 않았지만 현에게는 맞지 않는 곡이라는 생각이 들었다. 더군다나 드라마에 출연해 라이브로 불러야 하는 곡이라면 듣는 귀를 한 번에 사로잡을 수 있어야 했다. 그런데 이 곡은 그저 좋다는 감상평밖에는 얻지 못할 듯했다. 현의 가창력으로도 커버가 되지 않을 만큼 너무 서정적이었다.

헤드폰을 태진에게 건네며 은무가 고개를 흔들었다.

"서현 씨에겐 안 어울리네요."

"그렇죠? 제 생각도 그래요. 차라리 천섭 씨가 부르는 게 나을까요?"

"아니요. 세진 씨가 부르는 게 나을 것 같아요. 편곡이…… 아무튼 그러네요."

"그래요?"

태진이 헤드폰을 머리에 썼다. 은무의 말을 듣고 들어보니 여주인공인 세진의 분위기와 어울리는 곡이 맞았다. 은무를 바라보는 태진의 눈에 놀라움이 가득 담겼다. 처음부터 매니저로 보이지는 않던 여자였다.

"은무 씨 뭐 하는 사람이에요?"

"저, 서현 씨 매니저인 거 모르세요?"

"매니저 맞아요?"

"거참, 왜들 이러실까! 나같이 완벽한 매니저가 어디 있다고!"

아니, 그런 뜻이 아닌데. 웃음기 하나 없는 얼굴로 은무가 정색을 하니 정말 화가 난 것같이 보여 태진이 머리를 긁적였다.

하루 종일 녹음과 연습에 시달린 사람이라고 보이지 않는 쌩쌩한 얼굴로 현이 스튜디오 문을 열었다. 그러나 이내 냉랭하고 어색한 분위기를 감지하고는 태진을 향해 무슨 일인지 말하라는 듯 눈을 크게 떠 보였다.

태진이 은무의 눈치를 보며 어깨를 으쓱해 보인다. 그러니까, 화를 낼 타이밍은 절대 아니었단 말이지.

기다리고 있었다며 헤드폰을 건네는 태진을 무시하고 현이 은무 곁에 섰다.

"무슨 일 있어요?"

"일은 무슨. 음악부터 들어봐요. 들어보고 얘기해요."

귀찮다는 듯 헤드폰을 들고 선 태진을 가리키고는 그녀가 돌아섰다.

채은무가 신경 쓰인다. 불안하고 초조했다. 강 대표를 만나 매듭지어지지 못했던 세부 계약 사항에 대해 논의한 후 내려오는 길이었다. 강 대표가 생각보다 순순히 자신이 내세운 조건들에 제약을 두지 않아 한결 가벼워진 마음으로 스튜디오 문을 열었다.

외부 사람들이 거의 오지 않는 지하 스튜디오에 자신이 아닌 다른 사람과 함께 있는 은무를 보는 건 유쾌한 일이 아니었다. 더군다나 뭔가를 들킨 것 같은 어색한 분위기는 뭐란 말인가. 한 번도 느껴보지 못한 감정들이 너무나 급작스럽게 자신에게 들이닥치고 있어 현은 당황스러웠다. 도무지 알 수 없는 감정들을 만들어낸 이가 은무라는 사실 또한 그러했다. 사춘기 어린애도 아니고 왜 이리 기분이 널을 뛴단 말인가.

떨떠름한 기분을 안고 현이 헤드폰을 받아 들었다. 음악이 흐르는 동안 현은 별다른 표정의 변화가 없었다.

"OST 네 번째 곡이래요."

"은무 씨 생각은 어때요?"

"이 곡은 아니에요."

"이 곡은 아니래요."

은무의 대답이 끝나자마자 그녀의 대답을 전하는 현을 보며 태진은 벌어지는 입을 다물지 못했다. 서현이라는 사람은 누군가의 의견을 저렇게 쉽게 받아들이는 사람이 절대 아니었다. 음악에 대한 자존심도 무척 센데다가 괜한 똥고집도 어마어마했다. 드라마 음악 감독을 하기 전부터 보아왔던 현인지라 태진은 그런 그가 신기하기만 했다.

활동을 쉬는 동안 성격도 바뀐 거니? 변해도 너무 변했구나, 서현.

"그래, 나도 그렇게 생각한다고. 근데 내가 아까 들어올 때 들었던 그 곡, 뭔지 안 가르쳐 줄 거예요?"

정신을 차린 태진의 시선이 은무를 향하자 현의 눈썹이 삐딱하게 올라갔다. 거슬린다. 자신이 모르는 은무의 무언가가 있다는 것이.

은무가 대답 없이 제 할 일을 하자 태진은 다시 듣기 전에는 돌아갈 생각이 없는지 끝내 소파에 털썩 앉았다.

"무슨 곡?"

현이 팔을 붙들며 묻자 그녀가 얼굴을 구기며 그의 팔을 떼어냈다.

"아무것도 아니에요. 그냥 쳐본 건데 들어오다 괜히 들어서는."

마스터 건반을 켠 현이 USB에 저장된 음악을 재생시키자 은무가 펄쩍 뛰었다.

"뭐 하는 거예요! 빨리 꺼요!"

"왜 숨겨요. 이렇게 좋은 곡들을."

태진이 놀라운 듯 두 눈을 껌벅였다.

그동안 은무가 즉흥적으로 연주했던 곡들이 차례대로 흘러나오자 난감해진 그녀가 입술을 깨물었다.

구 부장이 별다른 이유 없이 은무를 데리고 있었을 리가 없었다. 지난번 그녀 몰래 엿들었던 곡 외에도 꽤 여러 곡들이 녹음되어 있었다. 조금은 막연했던 은무의 실체가 확연히 드러나는 순간이었다.

화려하지만 평화롭고 황홀한 음악에 태진의 눈이 스르르 감겼다. 두근거리는 가슴을 진정시킬 수가 없던 태진이 눈을 뜨고 현을 바라봤다.

"지금 이, 이 곡들 뭐야?"

현의 시선이 은무에게 고정되어 있는 걸 본 태진은 이 곡들의 작곡자가 은무라는 걸 눈치챘다. 난감한 듯 한숨을 내쉬고 있는 은무를 향해 태진이 돌진했다.

"은무 씨!"

덥석 은무의 손을 잡는 태진에게 다가간 현이 그의 손을 잡아뗐다.

"손 놓고 얘기해요."

"아, 미, 미안. 내가 너무 흥분이 돼서."

못마땅한 기색을 드러내며 현이 태진을 노려봤다.

"마지막 그 곡, OST로 쓰면 안 될까? 부탁이야. 딱 내가 생각하던 그런 테마라서 그래. 은무 씨, 응?"

좀 오버스러운 태진의 반응에 당황한 은무가 도와달라는 듯 현을 바라봤다. 그런데 이 남자, 더 가관이다.

"나한테 어울리는 곡이네요."

현의 목소리를 떠올리며 연주했던 곡이기에 그런 게 당연했지만, 도와주지는 않고 보태고 있다니.

"즉흥적으로 옮긴 거라 감독님이 그런 반응을 보이실 곡은 아니라고 보는데요. 그리고 현이 씨한테만 어울리면 안 되죠. 드라마 OST인데. 이 곡은 그 드라마랑 안 어울려요!"

현에게서 아무런 도움을 받지 못할 거란 판단에 은무는 목소리에 화를 실어 내뱉었다.

"무슨 소리야? 안 어울리긴 왜 안 어울려. 완전 딱인데. 여주인공 가슴에 확 꽂히겠구먼. 다듬고 말고 할 것도 없어. 이대로가 딱이야. 진짜 환상이다."

수다쟁이가 여기 또 있었네. 구 부장 못지않은 수다스러움에 그녀가 고개를 절레절레 흔들었다.

"감독님, 아까 그거 그냥 해요. 이미 정해진 걸 왜 바꾸려고 그래요?"

"은무 씨도 안 어울린다고 했잖아. 자기가 그래 놓고 왜 그걸로 그냥 하라고 그래."

도리어 태진이 어이가 없다는 반응이었다. 가만히 있었으면 될 것을 공연히 일을 크게 만든 게 한심스러웠다. 그녀는 자신이 연주한 곡을 누가 듣는다는 것 자체가 거북스러웠다. 그런데 하물며 이 곡을 OST에 참여시키겠다니 당황스러울 수밖에 없었다.

허락해 줄 때까지 이 자리를 벗어나지 않겠다며 태진은 커피메이커에서 커피 한잔을 따라 들고는 소파에 나른히 몸을 기대었다.

"하!"

은무가 그런 태진을 향해 찌릿한 시선을 계속 보내봤지만 그는 아랑곳하지 않고 커피만 홀짝거릴 뿐이었다. 현도 그의 행동이 못마땅하긴 마찬가지였지만 곡에 대해서는 태진과 같은 생각이었기에 입을 다물었다.

"후…… 생각 좀 해볼게요."

이 상황을 어서 벗어나고 싶은 생각에 은무가 한숨을 내쉬며 태진을 향해 말했다. 놓치면 큰일 날 것처럼 번뜩이는 눈빛으로 벌떡 일어선 태진이 그녀에게 다가섰다.

"나 급한 거 알지? 결정된 걸로 알고 간다?"

태진이 스튜디오를 나가자 은무가 지끈거리는 머리를 누르며 소파에 주저앉았다. 일이 왜 이렇게 돌아가는지 모를 일이었다. 컴퓨터 앞에 앉으면 텅 비어버리던 머릿속이 요즘 들어 바람난 처녀마냥 팔랑댄다 했더니만 이런 일이 벌어지고 마는구나 싶었다.

한숨을 내쉬는 은무 옆에 현이 다가와 앉았다. 태진이 흥분한 게 당연했다. 자신의 가슴도 이렇게 뛰고 있는데 절박한 태진은 더 그럴 수밖에 없을 터였다.

"편곡 배운 적 있어요?"

"아뇨."

"원곡 악보는요?"

"없어요. 아까 얘기했잖아요. 즉흥적으로 악보 없이 해본 거예요."

"은무 씨…… 천재였네요."

자신을 천재라 일컫는 현의 목소리가 살짝 떨리는 것 같다. 어린 시절, '이 아이는 천재예요'라고 내뱉던 수많은 지도 교수들의 영혼 없는 목소리와는 확연히 달랐다. 현의 목소리에는 정말 그렇게 생각하고 있다는 진심이 담겨 있었다.

"태진 형 제안 괜찮은 것 같아요. 좋은 기회가 될 수도 있을 거예요."

현이 괜찮다 하면 정말 괜찮지 않을까? 하는 생각이 머릿속을 가득 메웠다. 자신과 똑같은 느낌으로 곡을 해석하고 편곡을 했던 현이었다. 그의 이야기라면······.

"마무리, 해볼게요. 그때 다시 들어봐 줘요."

현이 눈을 접어 웃으며 고개를 끄덕였다. 나오는 한숨을 집어삼키며 은무가 다시 건반 앞에 앉았다. 해도 되는 건지 아직 완전한 판단이 서질 않는다.

소식을 들은 구 부장이 급하게 지하 스튜디오로 찾아왔다. 여자 아이돌 그룹의 정식 데뷔가 며칠 남지 않아 무척이나 바빴다. 혹여 자신이 신경을 쓰지 못하는 사이 은무가 사고를 치는 건 아닌지 늘 노심초사하던 구 부장이었다.

"정말이야? 정말 은무가 쓴 곡이라고?"

현이 입가에 흐뭇한 미소를 지으며 구 부장에게 물 한잔을 건넸다. 얼마나 급하게 뛰어 들어왔는지 와이셔츠 자락이 삐죽 빠져나와 있었다.

"태진 형이 오케이했어요. 노랫말은 썼던 거 그대로 쓰기로 했고."

스튜디오에 은무가 보이지 않자 헤드폰을 쓰려던 현을 붙들었다.

"은무는?"

"친구가 왔나 봐요. 잠깐 다녀온다고요."

은무를 찾아온 친구라면 딱 한 사람밖에 없었다.

"이유경이 왔나 보네. 어쨌든 잘된 일이라고, 잘했다고 전해줘. 은무, 시작했으니 앞으로 어마어마할 거야. 기대된다."

구 부장의 목소리에 설렘이 잔뜩 서려 있었다. 간절히 기다려왔던 일인만큼 기대감도 감추지 않았다.

"형, 은무 씨요……."

현이 선뜻 말을 꺼내지 못하자 구 부장이 다 안다는 듯 고개를 끄덕였다. 그가 묻고 싶은 게 뭔지 알지만 정확히 알지 못하는 일을 이러쿵저러쿵 얘기할 수는 없는 일이었다. 그저 현의 어깨를 두드릴 수밖에는 없었다. 은무가 자신에게도, 현에게도 털어놓는 날이 언젠가는 올 거라 믿었다.

거의 오는 일이 없던 유경이 회사로 찾아오는 일이 잦아졌다. 현에 관하여 묻기 위해 왔다는 걸 알기에 은무가 뾰족한 얼굴로 유경과 마주 앉았다. 하지만 많이 바쁜지 지난번보다 까칠해진 유경의 얼굴에는 마음이 쓰였다.

"너 왜 이렇게 전화를 안 받아?"

"바빠."

그녀가 눈길을 피하며 퉁명스럽게 대답하자 유경의 눈이 가늘어졌다. 뭔가 있기는 있는 모양이라 생각한 유경이 어떤 미끼를 던질까 머리를 굴리기 시작했다. 은근히 단순한 은무의 성격을 이미 꿰차고 있는 유경은 단번에 이실직고하게 만들 그 무언가가 있을 거라 생각했다.

"너 안 바빠? 할 말 없으면 나 들어간다."

일어나 나가려는 은무를 재빨리 붙들어두고는 그녀의 손에 들린 휴대폰을 낚아챘다.

"뭐 하는 거야!"

"너 남자 생긴 게 분명해. 그러지 않고서야 네가 나한테 이렇게 소홀할 리가 없어."

정말 섭섭하다는 듯 유경이 흐느낌을 담아 얘기하자 슬쩍 미안해진 은무가 자리에 앉았다. 휴대폰 실컷 봐라. 아무것도 없을 테니.

통화 목록과 문자 내용을 샅샅이 살펴보던 유경은 같은 날 주고받은 문자 한 건에서 뭔가 냄새가 나는 듯했다. 상황 어떠냐니까, 오지 말고 있으라고? 발신자와 수신자를 반대로 알고 있는 유경은 혹시나 은무에게 무슨 일이 일어났던 건 아닌지 갑작스레 걱정이 되기 시작했다.

"이거 무슨 문자야? 너 무슨 일 있었어?"

"에잇. 이리 줘. 아무 일도 아냐."

생각지도 못했던 문자 한 통이 튀어나오자 놀란 은무가 휴대폰을 빼앗아 들었다. 잊고 있었던 터라 난감할 따름이었다.

"너 정말 섭섭하게 이럴 거야? 자꾸 비밀이나 만들고."

"그런 거 아니라니까."

유경이 서운함을 감추지 않고 몰아붙이기 시작했다. 전에는 그녀의 라디오를 들으며 문자로 신청곡을 넣기도 하고, 라디오 홈페이지 게시판에 이런저런 이야기들을 올리기도 했는데 매니저 일을 맡고부터는 전혀 신경을 쓰지 못하고 있었다. 유경이 서운할 만했다.

이제는 정말 털어놓아야겠다는 생각에 고개를 드는 순간 무엇을 본 건지 유경의 눈이 크게 뜨였다. 은무가 불길함에 느릿하게 고개를 돌렸다.

"은무 씨."

자신을 부르는 목소리에 눈을 질끈 감았다 뜬 은무가 서둘러 유경을 바라봤다. 유경의 흔들리는 눈동자 속에 잔뜩 겁에 질린 자신의 얼굴이 보인다. 한숨을 내쉬며 은무가 다시 눈을 감았다.

"서현…… 오빠?"

훈에게서 회사 앞 카페에 와 있다는 연락을 받고서 나온 참이었다. 카페에 들어서자마자 익숙한 뒷모습이 눈에 들어와 반가운 마음에 은무의 이름을 불렀다. 하지만 그녀는 아는 체도 하지 않고 고개를 돌렸고 함께 있는 여자에게서 제 이름이 들려왔다.

어디서 많이 본 듯한데 기억이 나질 않았다. 구 부장이 말한 은무의 친구이겠거니 싶어 살짝 고개를 숙여 인사를 했다. 가까이 다가서려 하자 은무의 뒷모습이 난처함을 강하게 내비쳤다. 더 이상 가까이 오지 말라는 경고와 함께.

"서현, 여기다!"

은무의 귓전에 현을 부르는 목소리가 메아리처럼 들려왔다. 유경이도 분명 들었을 터. 유경이 보고 있는 저 사람이 서현이 맞다는 것을 증명해 주는 목소리에 망연자실해질 뿐이었다. 얘는 왜 또 우는 거야.

"봤으면 웃어야지 왜 우냐?"

현이 조금 떨어진 테이블에 앉는 것을 힐끔 본 은무가 유경을 타박했다.

"너무 놀라서……. 채은무, 근데 오빠가 네 이름을 어떻게 알아?"

눈물을 닦을 생각도 못하고 떨리는 목소리를 내뱉는 유경이 안쓰러웠다. 정말 놀라긴 놀란 모양이었다. 근데 뭐라고 설명해야 하나.

"드라마 OST 하기로 했는데 그중 한 곡을 내가 주기로 했어."

사실을 말하고 있으니 양심의 가책 같은 거는 지나가는 똥개나 줘버리자.

"네가?"

가볍게 고개를 끄덕이자 그제야 유경이 뺨 위에 흐르는 눈물을 닦아냈다.

"나한테 뭐 기대하지 마. 곡만 줬을 뿐이야."

"누가 뭐래니?"

금방이라도 서현에게 달려들 것 같았던 유경은 그저 잠잠히 앉아 바라보기만 했다.

유경에게 원데이는 어떠한 실체라기보다는 환상 같은 존재였다. 원데이는 그녀의 삶을 온전히 조정하고 지배했다. 은무에게 부모님이 그러하듯 유경에게는 원데이가 그랬다. 환상이 아닌 실체를 두고도 가까이 가지 못하는 유경이 안타까웠다. 유경의 사랑은 도대체 어떤 모양인 걸까?

은무는 등 뒤에서 일어나고 있는 일들이 궁금했지만 돌아보지 않았다. 현의 시선이 내내 자신에게로 향해 있을까 봐 겁이 났다. 이 무슨 자신감일까? 애꿎은 스트로우만 물어뜯으며 눈만 치켜뜬 채 유경을 살폈다.

"너 그 곡 뭔데? 무슨 드라마? 음원 나오기 전에 나부터 들려줄 거지?"

"소천섭 나오는 드라마. 음원은 사서 들어라."

"쳇! 그래도 대단하네, 우리 은무."

유경은 한 번도 곱게 대꾸해 주지 않는 은무를 향해 눈을 흘기면서도 드디어 곡을 썼다는 것이 기쁘고 기특해 그녀의 머리를 쓰다듬었다. 영영 이런 날이 오지 않을지도 모른다는 생각에 늘 은무가 안쓰럽고 안타까웠던 유경이었다.

유경이 처음 은무를 만났을 때 그녀는 가시 옷을 입은 고슴도치 같았다. 한없이 여리고 약한 마음을 가시로 무장한 채 겉으로는 태연한 척, 강한 척을 해 보였다. 가까이 접근하는 사람을 무관심으로 물리치고는 뾰족한 가시 속에 외로움마저도 감췄다.

제게도 어떤 이유로 한국 땅을 밟게 되었는지는 은무는 말해주지 않았다. 궁금했지만 함부로 물어볼 수도 없었기에 이야기해 줄 언젠가를 기다렸다.

은무가 아끼는 악보집을 우연히 본 적이 있는 유경은 그저 그녀가 작곡자 지망생이라고만 생각하고 있었다.

"장하네. 내 친구."

"장하긴 뭐……."

이제 정말 말해야 하는데. 이상한 여자로 불리는 내가 서현의 매니저라고 말했을 때 유경이 보일 반응이 너무나 두렵다.

미안한 마음에 저녁이라도 같이 먹자는 은무의 말에 라디오 녹음 때문에 방송국으로 가봐야 한다며 유경이 일어섰다. 카페 문을 나설 때까지 현에게서 눈을 떼지도 못하면서 결국 유경은 그에게 가까이 가지도 못하고 눈물을 닦아냈다.

대화에 집중하지 못하고 옆 테이블을 자꾸 힐끔거리는 현의 시선을 따라 고개를 돌린 훈이 작게 휘파람을 불었다. 활동 시작하더니 여자한테 관심도 생겼나?

"누군데?"

"매니저."

"매니저?"

의외라는 듯 훈이 고개를 갸웃거렸다. 전처럼 구 부장이 봐주지는 못할 거라고 생각했지만 앙상한 어깨가 안쓰러워 보이는 저런 여자가 현의 매니저라니. 훈의 시선이 자연스레 은무 앞에 앉은 여자에게로 옮겨갔다.

"와우! 앞에 여자는 모델 이유경 같은데?"

"모델?"

"딱 봐도 모델 포스 작렬이잖아. 우연히 패션쇼에 갔다가 처음 봤어. 환상이더라. 요새는 예능 프로에도 심심찮게 나오고 라디오 디제이도 한다던데?"

다시 보아도 낯이 익었다. 티비를 잘 보지는 않지만 스치듯 봤을지도 모르니 그럴 수도 있겠구나 싶었다.

은무의 친구라는 이유경이 카페를 나가고 한참 동안 미동도 없던 그녀가 일어섰다. 한번쯤 제 쪽을 바라봐 줄 거라 생각했으나 은무는 끝끝내 돌아보지 않고 카페를 나갔다.

아직 내가 카페 안에 있는 거 알고 있으면서. 먼저 간다고 말 한마디 던져 주고 가면 좋으련만.

"나 갈게."

"서현! 형 커피 남았어. 저 자식! 야! 휴대폰 좀 켜둬!"

급히 카페를 나가는 현을 잡지 못한 훈이 멋쩍게 머리를 긁적이며 자리에 앉았다. 목소리가 너무 큰 모양이었던지 사람들의 시선이 모조리 자신을 향해 있어 민망함에 남은 커피를 홀짝거렸다.

선진산업 본부장씩이나 되는 훈의 체면이 말이 아니었다.

"하여튼 까칠한 자식!"

지하로 내려가는 비상구 계단 앞에서야 겨우 은무를 따라잡은 현이 그녀 앞을 막아섰다.

"누구예요?"

"친구요."

"모델?"

"오, 이유경은 알아요? 이유경, 유명하네."

"근데 친구 왜 울어요?"

당신 때문에 우는 거라고, 도대체 당신들이 뭐길래 유경이 인생을 그렇게 만든 거냐고 묻고 싶었지만 은무는 고개를 흔들었다. 기뻐서 우는 거라는데 뭐.

"울고 싶었나 보죠."

계단을 터덜터덜 내려가는 은무를 따라 현도 내려갔다. 반질반질 윤이 나게 잘 닦여진 계단 위로 눈을 밟아 지저분해진 은무의 발자국이 남았다. 자신의 발보다 한참이나 작아 보이는 발자국 위로 조용히 제 발자국을 남겼다. 그렇게 은무의 마음 위로 제 마음의 발자국이 남기를 바라면서.

* 숙고할 시간을 가져라.
그러나 행동할 때가 오면 생각을 멈추고 뛰어들어라.
—나폴레옹 보나파르트

5. 욕심이 깨어날 때

  드라마 '질투하는 남자'가 전파를 타자마자 현이 부른 OST가 각종 음원 차트의 상위권을 차지했다. 매회를 거듭할수록 상승세는 더해져 갔고, 드라마에서 현의 노래가 하나씩 발표될 때마다 그에 대한 찬사는 이어졌다. 인기 배우인 소천섭의 영향으로 드라마 시청률도 동 시간대의 다른 채널 드라마에 비해 월등히 높았다.

  구 부장은 은무가 내놓았던 제안 덕에 현의 복귀가 수월하게 진행되고 있는 것이 무척이나 흐뭇했다. 낯가림 심한 은무와 무뚝뚝하기 짝이 없는 현이지만 서로에게 익숙해져 가는 것 또한 흐뭇하고 신기한 일이었다. 다른 사람과 있을 때는 뾰족하기만 한 은무가 현과 있을 때 보면 조금은 말랑해져 보이기도 하고, 하루 종일 같이 있어도 목소리 한번 듣기 힘든 현이 은무와 있을 때 보면 두

런두런 목소리를 들려주기도 했다.

"거참, 신기할세."

보석은 보석을 알아본다 했던가? 서로에게 득이 될 거라는 걸 참 귀신같이 알아차렸구나 싶어 구 부장이 낮게 탄성을 내질렀다. 은무가 지금보다 조금만 더 용기를 내준다면 故 이영훈과 이문세, 윤일상과 김범수, 윤종신과 성시경을 버금가는 환상의 콤비로 탄생할 수 있을 거라 믿어 의심치 않았다.

반쯤 열린 문으로 직원 하나가 고개를 내밀었다. 그제야 끝이 보이지 않던 생각에서 벗어난 구 부장이 무슨 일이냐며 눈썹을 들어 올렸다.

"구 부장님, 내일 드라마 지원팀 회식하는데 현이 씨랑 은무 씨 참석할 수 있는지 물어봐 달라는데요."

"회식? 글쎄다. 그 두 사람이 그런 회식 같은 데에 가본 적이 있나 싶은데?"

구 부장의 기억으로 원데이 시절에도 멤버들끼리 식사하고 술 마시는 자리를 제외하고는 회식이라 이름 붙은 자리에 현이 참석했던 적이 없었던 것 같았다. 은무는 뭐, 말할 것도 없고.

"이번 기회에 가보라고 해보세요. 다들 기대하고 있는 눈치예요."

"분위기나 망치지 않으면 다행일 텐데 왜들 기대하고 그래?"

"에이, 설마요. 현이 씨 주당이라고 소문났던데요?"

예전 라디오에서 했던 이야기를 기억하고 있는 사람들이 있는 모양이었다. 참 많이들 마셔댔었는데. 승재가 현이 이겨보겠다고…… 아, 승재!

"어디로 가기로 했냐?"

"아직 정하진 않은 것 같아요. 어디 좋은 데 있어요?"

"있어. 거기로 가는 거면 현이도 갈 것 같은데."

구 부장은 오랜만에 승재를 만날 생각에 기분이 좋아졌다. 희망이라는 단어를 보여주는, 그냥 생각만으로도 기분이 좋아지는 녀석이었다.

"두 사람을 회식이라는 곳에 데리고 갈 계획을 한번 세워볼까?"

은무는 엊그제부터 한쪽 머리를 쪼아대는 편두통 때문에 도통 잠을 잘 수가 없었다. 유경에게 털어놓지 못했다는 미안함에 마음이 무거워 생긴 두통이었다. 진통제 세 개를 먹고 나서야 두통은 겨우 나아졌지만 잠을 못 자 무거워진 몸뚱이가 삐걱거렸다.

유경이 알게 되었을 경우 서현의 24시간을 몽땅 은무를 통해 들으려 할 테고 간섭하고 괴롭힐 게 분명했다. 으윽, 생각만 해도 갑갑해진다.

출근하지 않고 좀 쉬고 싶은데 현은 전화를 받지 않았다.

"또 휴대폰 꺼졌나 보네."

현은 이 추운 날씨에도 마당을 서성이며 은무가 오기를 기다리고 있을 게 분명했다. 도착하면 벨을 누를 테니 밖에서 기다리지 말라고 매번 얘기하는데도 현은 일찌감치 나와 그녀를 기다렸다.

"어우, 진짜!"

휴대폰을 켜두지 않은 현에게 따로 연락할 방법은 없었다. 도저히 운전할 자신이 없는 은무는 결국 택시를 잡아탔다.

이동통신 가입자가 오천만을 넘어섰고, 아장아장 걷기만 해도 휴대폰을 갖고 다닌다는 통신 왕국 대한민국에서 휴대폰을 돌 보듯 하는 현을 생각하자 가라앉았던 두통이 다시 오는 것 같아 은무의 얼굴이 사납게 일그러졌다.

이번에도 휴대폰 사용하기를 거부한다면 기필코 봉수대를 만들어 불을 피워 전달하리라 다짐한 그녀가 지끈거리는 머리를 부여잡았다.

약속 시간보다 조금 이른 시간이었다. 매일 은무가 도착하기 전에 나와 있던 현의 모습이 보이지 않았다. 벨을 누를까 망설이다 고개를 빼들고 그동안 자세히 볼 겨를이 없었던 마당을 살피기 시작했다.

화단이라 부르고 잡초 밭이라 쓸 법한 자그마한 공간과 세상 풍파를 혼자 당해낸 것 같은 너덜거리는 파라솔, 그리고 한때는 분명 커다란 개가 살았을 큼지막한 나무 상자가 눈에 들어왔다.

"최영준이 왜 하필 저기에 들어갔을까?"

밤새 개집에 갇혀 있었다던 최영준이 생각나 은무가 쿡쿡 웃었다.

집을 향해 걸어오던 현의 시야에 울타리 너머를 바라보며 뭐가 그리 신나는지 웃고 있는 은무의 모습이 들어왔다. 매일 은무가 도착하기 전 운동 삼아 산책을 하고 느긋하게 그녀를 기다리던 현이었다. 뭘 보면서 웃는 건지, 저런 환한 웃음을 보여준 적이 없었던 터라 신기하기도 하고 왠지 서운하기도 했다. 저렇게 예쁘게 웃으면서 내 앞에서는 왜 한 번도 웃어주질 않았을까.

"일찍 왔네요."

"왜 그쪽에서 와요?"

"뭘 보고 웃는 거예요?"

"휴대폰 어쨌어요?"

상대방의 말을 듣고는 있는 건지, 두 사람은 묻기만 할 뿐 묻는 말에 대한 대답은 할 생각이 없는 듯했다.

"왜 내 앞에서는 그렇게 안 웃어줘요?"

끝내 하고 싶었던 말을 토해내고 만 현의 질문에 은무의 얼굴이 차갑게 굳었다. 웃게 해줘도 모자랄 판에 도리어 웃음을 앗아가 버린 꼴이라니. 더 이상은 다가오지 말아달라는 부탁이 담긴 은무의 눈빛에 현이 씁쓸하게 웃었다.

"차는요?"

"안 가지고 왔어요."

"그럼 오지 말죠. 택시 타고 가면 되는데."

"휴대폰 어쨌냐고요!"

은무가 날카롭게 소리치자 현이 허둥지둥 외투 주머니에서 휴대폰을 꺼냈다. 습관이 되지 않아 배터리가 다 된 줄도 모른 채 주머니에 넣고 다니기 일쑤였고, 녹음하는 동안 혹시나 하는 마음에 꺼두었던 휴대폰은 며칠째 켜질 줄을 몰랐다. 통화만 되었다면 여기까지 오지 않아도 되었을 텐데 미안함에 현의 목소리가 작아졌다.

"미안해요. 휴대폰 생각 못했어요."

찌릿.

은무가 돌아보자 현이 슬쩍 고개를 돌렸다.

"우리 아파트 옥상에 봉수대 하나 만들 예정이니까, 연기 피어

오르는 거 보이면 바로 나한테 전화해요!"

어느새 농담을 던질 만큼 은무의 기분이 나아진 듯 보여 현의 입가에도 미소가 스몄다.

택시를 잡은 그녀가 어서 오라는 듯 현을 향해 손짓한다. 그냥 이렇게 편하게 이야기하고, 같이 밥 먹을 수 있으면 다행이란 걸 안다. 하지만 현의 가슴은 하루가 다르게 욕심을 키웠다. 자신을 바라보게 하고 싶다고, 자신을 보며 웃어주길 바란다고, 웃고 있는 은무의 입술에…… 키스하고 싶다고.

운전석 옆에 앉아 있던 은무가 검지로 양미간을 꾹꾹 눌렀다. 눈을 감으니 어릴 적 놀이동산에서 회전 바구니를 탔을 때처럼 머릿속이 빙글빙글 도는 것 같았다.

"아저씨, 약국 보이면 잠깐 세워주세요."

"왜 그래요? 아파요?"

은무가 돌아보지 않고 고개를 끄덕여 보였다. 좌석에 바짝 붙어 은무의 안색을 살피던 현이 저도 모르게 올라가려는 손을 붙잡았다. 이마를 만져 열이 나는지 확인하고 싶은데 싫어할 게 뻔했다. 택시가 상가 앞에 서자 택시 문을 여는 은무를 현이 붙잡았다.

"내가 다녀올게요. 어디 아파요?"

"다녀올 수 있겠어요?"

"그럼요."

"식당에서 밥도 못 먹는 사람이."

"말해요. 어서."

의자 등받이에 기대어 현을 바라보는 은무의 눈동자가 깊어졌다. 이 사람이 나한테 왜 이러는 걸까. 나에 대해 잘 알지도 못하면서.

"두통약 사다 줘요."

말이 끝나자마자 택시 문을 열고 약국으로 뛰어가는 현의 뒷모습을 보던 은무의 미간에 깊은 주름이 팼다. 날 흔들지 말아줘요.

퇴근시간이 되자마자 지하 스튜디오로 내려온 구 부장이 현의 눈치를 살폈다. 계획을 실행에 옮겨야 하는데 현이 의심 없이 잘 넘어올지가 관건이었다.

"저녁에 승재 카페에 좀 가자."

"승재한테는 왜요?"

"JJ 창립 기념 콘서트에 승재도 참여해야지. 명색이 원데이 멤버인데."

여기까지는 진짜 사실이었다. 그 문제로 한번은 만나야 했기에 조만간 약속을 잡으려던 참이었다. 하지만 승재를 만난 이후가 오늘의 하이라이트다.

"차 놓고 왔다고 했지? 내 차로 움직이면 되니까 문제없고. 두통은 좀 가라앉았냐?"

하루 종일 온몸으로 접근금지를 외치고 다니던 은무를 구 부장이 걱정스레 바라봤다. 자주 두통에 시달리곤 했는데 요새 어째 뜸하다 했더니만 OST 곡으로 신경을 쓴 게 탈이었구나 싶었다.

"아무래도 한의원에 가서 진맥 한번 짚어보게 해야지 안 되겠어. 안색도 나쁘고."

구 부장의 말에 현이 은무를 향해 돌아섰다. 괜찮아졌는지 오전 내내 양미간을 짚고 있던 손가락은 내려온 상태였다. 안색이 나쁘다고? 워낙 투명하고 흰 피부라 안색이 나쁜 건지 좋은 건지 구분이 되질 않았다. 그나마 색이 진한 붉은 입술을 보니 구 부장 말처럼 나쁘진 않은 것 같아 다행이다 싶었다.

구 부장의 말이 마음에 들지 않았는지 은무가 입술을 쭉 내밀었다.

"언제 내 걱정을 그렇게 했다고."

"구시렁거리는 거 보니 괜찮은가 보네."

안심이 되는지 구 부장이 함박웃음을 지으며 현의 어깨를 툭툭 쳤다. 가만 보면 은무 생각을 끔찍이도 하는 구 부장이었다. 얼마 전 구 부장의 짝사랑에 대해 은무가 이야기해 주지 않았더라면 현의 질투로 구 부장의 삶 또한 꽤나 힘들었으리라.

이런 자리인 줄 알았다면 절대 오지 않았을 것이다. 지난번에 인사를 나누지 못했던 은무와 승재가 통성명을 하고 승재의 가벼운 농담에 은무가 슬쩍 웃기도 하는 걸 보니 두통은 완전히 나은 듯 보였다. 편하게 둘이서만 술 한잔하면 좋겠다 싶어 현은 은근히 기대를 하고 있는 중이었다.

그런데 잠시 나갔다 오겠다던 구 부장이 드라마 지원팀에서 이곳으로 회식을 왔다며 호들갑을 떨며 뛰어 들어왔다. 이런 우연이 어찌 있을 수가 있는지 신기해 죽겠노라고 박수를 쳐댈 때 아차 싶었지만, 때는 이미 늦은 후였다.

은무는 자리에 앉자마자 열심히 술을 마셔댔다. 이왕 이렇게 된 거 먹고 보자 싶었는지 이 사람 저 사람이 권해주는 술을 마다하지 않았다. 딱 봐도 보통 주량은 넘어 보였다. 은무가 걱정이 되면서도 의외의 모습에 현은 피식 웃음이 나왔다.

잠시 후 정진수가 모습을 드러냈다. 드라마에 단역으로 출연하기로 되어 있는 진수는 구 부장의 전화에 급히 나온 듯 허름한 차림이었다. 스태프들과 인사를 하던 중 현이 함께 자리한 걸 발견하고는 정진수가 입매를 비틀었다.

"고귀하신 몸이 이런 곳까지 납셨네."

"이런 곳?"

이 카페를 오픈하기 위해 승재가 얼마나 많은 노력을 했는지 알고 있는 현은 승재를 모독하는 것 같아 기분이 나빴다. 그러나 그는 잠시 얼굴만 구기고 대응하지 않았다. 자신의 기분을 상하게 하기 위해 일부러 그러는 거라는 걸 모르지 않기 때문이었다. 이렇듯 마주칠 때마다 얼굴을 붉혀야 한다는 게 너무 괴로웠다.

이런 자리에 나온 적이 없던 현이었기에 당연하듯 모든 관심이 그에게로 쏠아졌다. 앉아 있는 것 하나만으로 분위기를 압도하는 저 도도함. 무엇보다 사람을 상대하는 데 있어서는 꽤나 고단수였다.

"서현 씨, 활동 쉬면서 피부 클리닉 열심히 다녔나 봐요. 남자 피부가 어쩜 그렇게 고와요. 샘나게."

"저 다니는 데 괜찮은데 소개시켜 드려요?"

현이 그런 곳에 다녔을 리 없다는 걸 아는 스태프가 손뼉을 치며 호호 웃었다.

"어머, 현이 씨 농담도 잘한다."

"아니다. 자세히 보니 피부 클리닉 안 다니셔도 될 만큼 피부 좋으신네요?"

"정말요? 호호호호."

저런 면이 있었나? 현이 스태프와 주고받는 이야기를 듣던 은무가 혀를 내둘렀다. 낯가림 따위야 없는 사람인 줄 알았지만 저렇게 능청스럽게 여자들의 이야기를 받아줄 줄은 몰랐다.

"원데이의 왕자 서현. 그 소리 요즘도 많이 듣죠?"

"그 자리 내려놓은 지 오래됐죠."

"무슨. 아직도 이렇게 훌륭한데요, 뭘."

"요즘은 서현 재수 없다, 짜증난다 그 소리를 더 많이 듣는 것 같은데요?"

"누가 서현 씨한테 그런 망발을. 도대체 누구예요?"

찔리는 사람 하나 있겠군. 예상대로 정진수의 얼굴이 눈에 띄게 굳었다.

서현, 뒤끝 작렬. 얼마 전 마주쳤을 때 정진수가 했던 말들을 이런 식으로 되받아쳐 줄 줄이야.

연거푸 술잔을 들어 올리는 정진수의 눈빛이 음산하게 가라앉았다.

이미 만취가 되어버린 구 부장을 대리 기사에게 부탁해 보내고, 2차로 향하는 무리 속에서 빠져나온 두 사람이 택시를 잡기 위해 길에 섰다. 먼저 오는 택시에 은무를 태워 보내려 했던 현이 생각이 바뀌었는지 택시를 향해 손짓을 하는 은무를 붙들었다. 가슴속에 꾹꾹 눌러두었던 욕심이라는 놈이 잠에서 깬 모양이었다.

"우리 한잔 더 안 할래요?"

술 덕분에 뾰족한 가시를 세우던 은무의 눈빛이 조금은 느슨해진 듯 보였다.

"그럴까요? 아, 근데 그럼 내일 출근하기 힘들 텐데. 나 너무 피곤하다고요."

아, 이 여자. 살짝 꼬부라진 말투가 못 견디게 귀엽다. 감정 없이 툭툭 내뱉던 말투가 아닌 한 번도 들어본 적 없는 투정 섞인 말투에 현의 심장이 쿵쿵거렸다.

"이렇게 할까요? 현이 씨 집으로 가요. 거기서 마시고 잠깐 자고 바로 출근하는 거예요. 어때요?"

뭐라는 거야, 미치겠네. 살면서 주량이 센 걸 감사해 본 적이 없었는데 현은 오늘 격하게 감사함을 느끼고 있었다. 이런 상황에 제정신도 올바르지 못했더라면 아마도 돌이킬 수 없는 사고를 쳤을 게 분명했다.

택시를 잡기 위해 손을 흔드는 은무를 바라보며 그녀의 말대로 할 것인가, 말 것인가, 나 자신을 믿는가, 믿지 못하는가로 현은 나 홀로 엄청난 싸움을 벌였다.

하지만 고민하는 사이 어느새 두 사람은 현의 집 앞에 내렸다. 제집인 양 울타리를 넘어 마당에 들어선 은무가 이리저리로 걸음을 옮겼다. 약간 흐트러진 발걸음, 기분 좋아 보이는 눈빛. 술이란 게 늘 나쁘기만 한 건 아닌 것 같았다. 집 안으로 들어갈 생각이 없는 듯 마당을 한참이나 배회하던 은무가 개집 앞에 쪼그리고 앉았다. 그리고는 머리를 숙여 몸을 개집으로 밀어 넣었다.

"뭐 하는 거예요!"

현이 들어가려는 은무를 잡아 빼자 아침에 보았던 해사한 웃음을 그에게 시어 보이며 말했다.

"후후후, 이 안에서 밤을 왜 샌 걸까요?"

"도대체 누가 밤을 샜다는 거예요?"

"최영준이요. 후후."

최영준? 기억을 더듬어보니 작년에 개집에 갇혔던 JJ 직원 이름이 최영준이었던 것 같다.

작년 가을 어느 날, 누군가 개집에 숨어 있다는 걸 눈치챈 현은, 훈에게 연락해 아버지 집에서 키우던 도베르만을 데리고 와달라고 했다.

끈질기게 찾아오던 여러 기획사 관계자 중 하나이거나 지긋지긋한 기자일 거라는 생각에 다시는 오지 못하게 할 요량으로 악마 본색을 드러냈다.

개집 안에 사람이 있다는 걸 훈에게 알린 현은 도베르만이 개집 입구까지 쉽게 갈 수 있도록 줄을 길게 매달라고 했다. 장난기가 발동한 훈은 개집 안에 있는 사람을 보지 못한 척 연기하며 그 주위를 서성였다.

사나운 도베르만 때문에 최영준은 개집 입구 근처로는 가지도 못했고, 다음날 아침 훈이 도베르만을 데리고 돌아갈 때까지 개집에 갇힌 신세가 되었었다.

그나저나, 회사에서 은무가 누군가와 친하게 지내는 걸 본 적이 없었는데 은무가 그 일을 어떻게 알고 있는 건지 궁금했다. 설사 은무가 최영준과 친하다 할지라도 섣불리 말할 수도 없는 창피한 일일 텐데 말이다. 혹시 최영준과 비밀을 만들지 않을 정도로 친한 사이였던 건가? 현에게 소천섭과 더불어 또 한 명의 경계대상이 생기는 순간이었다.

거실로 들어서자 위험을 감지했는지 은무는 밖에 있을 때와는 달리 조신한 채은무가 되어 있었다.

다소곳이 소파에 앉아 두리번거리며 집 안을 살피다가 현이 움직일 때마다 가까이 올까 싶은지 손을 올려 방어 자세를 취하기도 했다. 그런 그녀의 모습이 너무나 귀여워 현은 은무 모르게 쿡쿡 웃었다.

탁자 위에 마른안주와 맥주를 가져다 놓고 마주 앉았다. 은무의 표정이 좀 전과 다르게 침착해 보인다. 술을 마시면 잠재되어 있던 다중이들이 튀어나오는 모양인지 하룻밤 새 은무의 여러 모습을 보고 있었다.

큰 잔에 든 맥주를 한 번에 마셔 버린 은무가 맥주잔을 테이블 위해 탁, 하고 내려두었다.

"나 좋아하죠?"

갑작스런 은무의 물음에 현은 대답할 말을 골랐다. 하지만 그녀는 그에게 대답할 기회조차 주지 않고 곧바로 말했다.

"나 좋아하지 말아요."

현의 눈빛이 까맣게 가라앉는다. 고백도 못했는데 거절부터 당하다니. 허탈한 웃음이 흘러나왔다. 애써 덜컥거리는 마음을 붙잡아 그녀에게 물었다.

"왜요?"

"불편한 관계가 되는 거 원치 않아요."

"왜 불편한 관계가 될 거라 생각해요?"

"내가 서현 씨와 같은 마음이 되지 못할 게 뻔하니까요."

그럴 리 없다고 하면 자존심 강한 저 여자, 이대로 보지 않으려 할지도 모른다는 생각이 들었다.

내 마음도 확인한 지 오래되지 않았으면서 그녀가 나와 같은 마음이 되길 바라는 건 너무 큰 욕심인 건가?

맥주잔을 들어 올리는 은무의 앙상한 손가락이 안쓰러워 보인다.

"난, 사랑 받을 자격 같은 거 없는 사람이에요. 당신을 욕심 낼 만큼 바보도 아니고요."

도대체 왜? 무엇 때문에 자신을 낮추고 보여주지 않으려 꽁꽁 싸매는 건지 현은 이해가 가지 않았다. 하지만 집 밖으로 나오지 않으려 했던 저를 보며 주위 사람들도 그러했을 거란 생각이 들자 은무의 심정이 아주 이해가 가지 않는 것도 아니었다. 은무는 모르겠지만 그녀 덕분에 그가 밖으로 나왔던 것처럼, 자신이 그렇게 도와주면 될 터.

술병에 술이 바닥을 보일 때까지 두 사람은 말없이 계속 마셨다.

그녀가 갈아입을 만한 옷을 가지러 방에 들어갔다가 나온 사이 소파에 앉아 있던 은무가 사라져 보이지 않았다. 현관에 운동화가 그대로 있는 걸 보니 집 안에 있는 것 같아 욕실 문을 두드렸다. 그리고는 욕실 문에 귀를 바짝 대고 안에서 나는 소리에 귀를 기울였다. 그러나 한참이 지나도록 아무 소리도 나지 않았다.

혹시나 하는 마음에 주방으로 간 현은 식탁 다리에 기댄 채 잠이 든 은무를 보고 깜짝 놀랐다. 가스레인지에 불은 대체 왜 켜놓은 거지?

"은무 씨, 은무 씨. 가스레인지에 불은 왜 켜놨어요? 뭐 하려고요?"

"추워서. 하아, 나 추워잉."

아, 이 여자. 현은 터져 나오는 웃음을 참지 못하고 한참 동안 그렇게 미친 듯 웃었다.

은무가 깨지 않도록 조심스레 안아 그의 방 침대에 눕혔다. 제 방 침대에 자신이 아닌 누군가 자고 있는 모습을 보는 날이 올 줄은 상상조차 하지 못했다. 훈이 가끔 자고 가는 날에도 절대로 양보하지 않던 침대였다. 괜스레 자꾸만 웃음이 나왔다.

이제 나가야지. 자는 사람을 몰래 보고 있었다는 걸 은무가 알면 불쾌해할 테니 정말 나가야지 하고 생각만 할 뿐 현은 결국 침대 밑에 주저앉고 말았다.

반듯한 이마와 가지런한 눈썹 사이로 찡그려 움푹 팬 자국이 신경 쓰인다. 슬픈 꿈이라도 꾸는 건지 은무의 얼굴이 슬퍼 보였다. 꿈에서 빠져나오도록 흔들어 깨워야 할까. 그랬다가는 내내 옆을 지키고 있었다는 걸 들키게 될 것 같아 그만뒀다.

어슴푸레하게 동이 터올 때까지 은무 곁에 있던 그가 살며시 방을 빠져나왔다.

마스크에 모자까지 눌러쓰고 밖으로 나온 현이 동네 마트 앞을 서성였다. 셔터 문이 열리자마자 잽싸게 마트 안으로 들어가 마트 안을 헤집었다. 마트 주인이 이상한 눈으로 보고 있다는 것도 의식하지 못할 만큼 현은 콩나물을 찾는 데 집중했다.

생전 처음 들어와 본 곳이긴 해도 그지도 잃은 마트 안이 왜 이리 미로 같기만 한지. 하는 수 없이 마트 주인을 향해 소리쳤다.

"사장님, 콩나물 어디 있습니까?"

"저짝 가운데 냉장고로 가보쇼."

마스크 안에서 웅얼거리는 소리를 용케 알아들은 마트 주인이 턱짓으로 방향을 가리켰다. 은무에게 근사한 아침을 차려주고 싶다는 마음 때문인지 낯선 사람을 마주하는 것이 아무렇지 않았다. 여러 종류의 두부와 포장되어 있는 야채들 사이에서 콩나물을 발견한 그의 입가에 슬며시 미소가 걸렸다.

어렴풋이 느껴지는 소란스러움에 은무가 눈을 떴다. 여기가 어디더라?

킹사이즈는 돼 보이는 널찍한 침대에 누워 두 눈을 끔뻑거리며 방 안을 두리번거렸다. 곧 기억이 떠오르는지 벌떡 일어나 앉은 은무의 얼굴이 난감함으로 일그러졌다. 지난밤의 일들이 머릿속에 모조리 펼쳐졌지만 물을 먹으려고 주방에 갔던 기억 즈음부터는 아무것도 없었다. 현의 방으로 보이는 이곳에 걸어 들어온 기억도, 침대에 누워 잠을 청한 기억도 전혀 떠오르질 않았다. 유경이와 술을 마셔도 기억이 안 날 정도로 마셨던 적은 없었던 터라 난감하기 짝이 없는 상황이었다.

욕실에 들어서서 거울을 바라보며 자신을 향해 삿대질을 해댔다.

"아, 민망해. 서현 씨 얼굴 어떻게 볼 거야? 채은무! 진짜 주책이다!"

그녀가 한숨을 포옥 내쉬었다.

남자 혼자 사는 집이어서 그런지 욕실은 무척 심플했다. 여기저기 살펴보아도 깨끗하게 세탁해 넣어둔 수건과 샴푸, 비누뿐이었다. 꼼꼼하게 빠드득 빠드득 세수할 것같이 생겨서는 흔한 세안제는커녕 면도할 때 쓰는 쉐이빙 크림도 보이지 않았다. 그래도 연예인인데, 트리트먼트 제품도 쓰지 않는다는 게 이상할 따름이었다.

"3급 모텔 욕실 구성도 이것보단 낫겠네."

다행히 욕실 선반 위에 한 번도 쓰지 않은 칫솔이 보여 이를 닦고 세수를 하고는 옷매무새를 정돈하며 안경을 집어 들었다.

거울을 한참이나 들여다보던 은무의 얼굴이 슬픈 듯, 그리운 듯 아련해졌다. 얼른 고개를 흔들고 안경을 쓰고는 머리를 손으로 빗어 넘기며 방문 손잡이를 붙잡았다.

문을 빠끔히 열고 고개를 빼서는 현이 있는지 살폈다. 비릿한 콩나물국 냄새와 시큼한 신김치 냄새가 집 안에 가득했다. 냄새의 근원지를 찾아 은무가 발걸음을 옮겼다.

주방 가스레인지 앞에 수저를 들고 고개를 갸우뚱거리는 현의 뒷모습이 눈에 들어왔다. 검은색 트레이닝 바지에 하얀색 티셔츠를 걸친 현의 모습은 평소와는 많이 달라 보였다. 늘 단정해 보이던 그였는데 어딘가 어수선해 보이고 많이 흐트러진 모습이었다. 살아 있는 마네킹처럼 보이던 그가 이제야 진짜 사람처럼 보인달까?

"뭐 해요?"

"아, 은무 씨. 일어났어요?"

주방 안으로 들어간 은무가 난장판이 된 주방을 보고는 경악을 금치 못했다. 온 집 안에 냄새를 진통케 한 포기김치가 싱크대 위에 널브러져 있었고, 개수대 안에는 각종 야채들이 뜯겨진 채 담겨 있었다. 처참한 몰골들 하고는.

"이 김치 왜 이래요?"

"자르고 있는데 콩나물국이 막 넘치려고 그래서요."

자르려고 김치를 집어 들었다 내팽개쳤던 모양이었다. 은무가 가스레인지 근처로 다가오자 현이 머리를 긁적이며 수저를 건넸다.

"먹어봐요. 콩나물국이 원래 이 맛이에요?"

너무나 진지한 얼굴로 물어오는 현에게 차마 먹기 싫다는 말을 할 수가 없어 은무가 콩나물국 한 수저를 떴다. 그러나 먹기도 전 비릿한 냄새가 확 올라와 얼굴을 찡그리고는 조용히 수저를 싱크대에 던져 넣었다.

"뚜껑 열었다 닫았다 그랬어요?"

"언제 끓나 싶어서요."

"나도 요리 못하지만 서현 씨는 진짜 못하네요."

은무가 고개를 흔들고는 도마 위에 이리저리 흩어져 있는 김치 이파리들을 가지런히 모아 예쁘게 썰어 접시에 담자 현이 마치 대단한 기술이라도 본 것처럼 감탄하며 혀를 내둘렀다.

"와! 은무 씨 엄청 잘하네요. 난 이거 하나씩 자르려고 그랬는데."

아, 이 사람, 혼자 살면서 김치도 안 잘라봤다는 거야? 그런 그를 은무가 딱하다는 듯 바라보자 현이 씩 웃으며 엄지손가락 두 개를 척 내밀었다.

기억나지 않는 시간들 때문에 민망했을지도 모를 위기의 순간을, 어수룩해진 현으로 인해 잘 넘긴 것 같아 은무도 한결 편안해진 기분으로 미소를 지었다.

은무의 해장을 위해 야심차게 준비했던 콩나물국이 실패로 돌아가자 여간 속상한 게 아니었다. 하지만 은무를 위해 뭔가를 하고 있는 제 자신이 스스로도 참 놀랍고 신기했다.

할 수 없이 비릿해 먹지 못하는 콩나물국을 싱크대에 죄다 쏟아버리고 냉장고에 있던 마른반찬 몇 가지와 은무가 잘라놓은 김치를 식탁에 놓고 아침식사를 했다.

전자레인지에 데운 밥인데도 불구하고 은무가 잘 먹는 것 같아 그는 왠지 모를 뿌듯함을 느꼈다. 왜 어머니들이 자식 입에 밥 들어가는 모습만 봐도 배부르다고 하는지 알 것만 같았다.

실제로 입안이 온통 깔깔한데다 마른반찬뿐인데도 은무는 밥이 술술 잘 넘어갔다. 현이 냉장고에서 꺼낸 반찬들은 음식에 대해 전혀 모르는 은무가 보기에도 보통 솜씨로 만들어진 음식들이 아닌 듯했다. 밑반찬일 뿐인데도 모양이나 들어간 재료들이 평범하지 않았고 맛 또한 기가 막혔다. 문득 음식 솜씨가 좋았던 엄마의 반찬들이 생각나 울컥 목이 메어왔다. 혹시나 그런 저를 현이 볼까 싶어 아직 물이 남아 있는 컵을 들고 일어나 정수기 앞에 서서 짐짓 아무렇지도 않은 듯 물었다.

"혼자 산 지 얼마나 됐어요?"

"5년이요."

"그동안은 밥 안 먹고 살았어요?"

"먹었어요. 대충."

"어머님 음식 솜씨 좋으시네요."

현이 대답 없이 어깨를 으쓱였다.

"참, 팬 카페에 '밥 짓는 서나'라는 닉네임을 가진 분이 있는데 그분이 현이 씨 반찬 가져다줬다고 글 올렸던데 그런 팬 있어요?"

밥 짓는 서나. 서나? 혹시 새어머니 조선아?

원데이 팬이라고 늘 공공연하게 이야기하셨기에 그럴 가망성이 없지는 않았다. 다만 팬 카페에 드나들며 글까지 남겼다고 하니 정말 새어머니가 맞는 건지 확신이 서질 않았다.

지금 먹고 있는 이 반찬들이 어쩌면 '밥 짓는 서나' 님께서 보내주신 반찬일지도 모른다고 하면 은무의 표정이 어떨는지.

하지만 새어머니가 아닐 수도 있기에 제대로 이야기하지 못하고 현이 말을 돌렸다.

"카페도 들어가 봤어요? 매니저님 열심이네요."

"팬 카페 관리는 기본이죠. 종종 들어가서 살펴보고 있어요."

은무가 당연하지 않느냐고 말하자 웃음이 터진 현이 수저를 든 채 한참을 깔깔거렸다.

들어가 본 적이 없는 걸 알고 있나?

"흠흠, 여하튼 밥 짓는 서나님 조심해야 할 것 같아요. 스토커일지도 모르니."

푸하하하. 현의 웃음소리가 더 커졌다.

둘이서 먹는 식사에 익숙해진 두 사람은 깻잎 두 장이 딸려 오면 자연스럽게 한 장을 젓가락으로 집어 자기 밥그릇에 놓기도 했고, 덜 잘린 오이소박이를 누군가 집으면 다른 한쪽을 잡아 잘 떨어지도록 도와주기도 했다. 늘 그래 왔던 것처럼 어색하지 않았고, 둘 사이에 그런 어색함이 존재하지 않는 것 또한 의식하지 못했다.

식사를 마친 후 현이 반찬 정리를 하자 은무가 숟가락 두 개, 젓가락 두 개, 물 컵 두 개를 닦았다. 휑한 주방 안에 그나마 모든 식기들이 두 개씩 있는 게 신기했다. 그런 은무의 마음을 읽었는지 현이 다가왔다.

"형이 가끔 와요. 혹시 봤어요? 지난번에 카페에서."

유경이에게 신경 쓰느라 현이 카페에 있었다는 것만 기억할 뿐 누구와 만났는지 보지도, 알지도 못했다. 은무가 고개를 젓자 현이 서운한 기색을 감추고 농담인 듯 툭 던졌다.

"나한테 관심 좀 갖죠? 그래도 매니전데."

알았다는 대답도 없이 돌아서 주방을 나가는 은무를 향해 현이 덧붙였다.

"좋아해 달라고는 안 할게요. 그건 내가 하면 되니까."

그녀를 바라보는 현의 눈동자가 끝을 알 수 없을 만큼 깊어졌다. 욕심을 내보이지는 못했지만 달아나려는 마음만은 붙들고 싶었다.

"내가 알고 있는 그 자리에만 있어줘요. 더 이상 물러나지만 말고."

그의 말이 끝나자마자 고개를 돌린 은무가 듣지 못한 것처럼, 모른 척 현관으로 걸어갔다.

"오늘 아침식사 고마워요. 그럼, 내일 봐요."

잘 가라는 인사도 하지 못한 채 현이 움직이지 못하고 한참 동안 현관문을 바라봤다. 달아나려 한다면 따라가면 될 터. 현은 은무를 향한 마음이 두렵지 않았다.

❖

데뷔앨범을 발표하고 이곳저곳으로 앨범을 홍보하고 다니던 아이돌 그룹 세븐체리 멤버들이 유경이 방송하고 있는 라디오 부스로 찾아왔다. 아직 십대소녀인 멤버들이 유경을 향해 공손하게 인사를 하며 자신들을 소개했다.

"안녕하세요. 세븐체리입니다."

"어서 와요. 반가워."

유경이 한껏 가식을 담아 반갑게 인사를 받아주고는 소녀들의 얼굴을 꼼꼼히 살폈다. JJ에서 오랜 기간 준비해 야심차게 내보낸 그룹이라고 하더니만 소문대로 비주얼들이 막강했다. 세븐체리의 매니저 용호가 유경에게 CD를 건넸다.

"잘 부탁드려요. 부탁하실 일 있으시면 언제든 말씀하시구요."

"대박나길 바라요. 소녀들, 열심히 해."

"네. 감사합니다."

유경의 가식으로 뒤덮인 천사 같은 미소에 순진한 소녀들이 선배님 너무 예쁘세요. 우리나라 연예인 중 제일 예쁘신 것 같아요, 라는 찬사를 쏟아내며 라디오 부스를 빠져나갔다. 만족한 듯 유경이 입꼬리를 늘어뜨리자 그녀의 본색을 알고 있는 작가들이 못 볼 꼴을 봤다며 잔뜩 찌푸렸다.

"아, 맞다!"

유경이 갑자기 떠오른 게 있는지 급히 라디오 부스를 나가 세븐체리를 찾았다. 마침 멤버 중 한 명이 무리와 떨어져 따라가고 있는 게 눈에 띄었다.

"저기, 세븐체리!"

유경이 부르는 소리에 돌아본 소녀가 그녀를 향해 꾸벅 인사했다. 무슨 일로 자신을 부른 건지 몰라 조금은 겁을 먹은 표정이었다.

"다른 게 아니라, 요즘 회사에서 서현 오빠 본 적 있어?"

"서현 선배님이요?"

뭘 되묻고 그래. 한 번에 대답 좀 해라.

"응. 본 적 있어?"

"네. 매일 회사에 나오세요. 그래서 자주 뵈었어요."

그렇구나.

"그럼 그 매니저라는 여자 분은 본 적 있어?"

"채은무 매니저님이요? 그럼요. 바늘 가는데 실 가는 것처럼 따라다닌다고 용호 오빠가 놀리던걸요."

"채, 누구?"

유경은 잘못 들었거나 비슷한 이름의 매니저가 있는가 보다 생각했다.

"은무요, 채.은.무."

친절한 소녀는 한자 한자 또박또박 유경이 잘 들을 수 있도록 볼륨을 높여 소리쳤다.

은무가 갑자기 매니저라고? 그것도 서현의 매니저라니. 말도 안 되는 이야기였다. 그럼 피디가 봤다는 이상한 여자가 은무?

"확실해? 채은무가 서현 매니저 확실해!"

저도 모르게 가식을 벗어던진 유경이 소녀를 노려보며 소리치자 그녀가 금방이라도 울음을 터뜨릴 것 같은 얼굴로 고개를 끄덕였다.

"이게 어디서 대답 없이 끄덕질이야! 말로 해! 확실해!"

기어이 굵은 눈물방울을 뚝뚝 떨어뜨리며 나지막하게 네, 라고 대답한 소녀는 자신에게 갑자기 왜 이런 시련이 닥쳤는지 알지 못한 채 두려움 속에서 떨어야 했다.

"너, 네가 한 말에 책임져야 할 거야! 실없는 소리 지껄인 거면 너는 끝장이다. 알았니!"

공포에 질린 얼굴로 울고 있는 소녀를 향해 거듭 확인을 한 유경이 돌아섰다.

"채은무, 네가 날 속였다 이거지. 하! 내가 사실대로 말하면 잡아먹기를 해, 뭘 해! 이런 배신자!"

갈 곳 잃은 소녀만을 복도에 남겨둔 채 라디오 부스로 돌아온 유경은 방송 시간이 얼마 남지 않았다는 걸 깨닫고, 치밀어 오르는 화를 누르기 위해 심호흡을 했다. 이대로 방송을 시작했다가는 저도 모르게 욕이 튀어나올지도 모르는 일이었다. 가만두지 않으리라! 유경의 부드득 이 가는 소리가 라디오 부스 안에 메아리 쳤다.

은무는 그동안 악보에 써놓았던 곡들을 컴퓨터로 작업하고 편곡하는 일로 하루 대부분의 시간을 보내고 있었다. 하지만 현이 외부로 나가야 할 일이 생기면 하던 작업을 멈추고 따라나서기를 마다하지 않았다.

때때로 작업 중인 은무를 배려해 현이 말하지 않고 나가면 다음부터는 그러지 말라고 신신당부를 하기도 했다. 오늘처럼 현이 본가에 갈 일이라도 생기게 되면 같이 갈 수 없는 곳이라는 게 그녀는 못내 아쉬웠다.

현의 집에서 아침을 먹었던 그날 이후, 은무의 마음속에도 작은 변화가 일어났다. 당황스러운 마음에 아무런 대답도 하지 못하고 도망치듯 현의 집에서 뛰쳐나왔지만 머릿속에서는 더 이상 물러나지만 말라는 그의 말이 녹음기처럼 재생되었다.

좋아해 달라고는 하지 않겠다고 했다. 그러나 그녀에게 그 말은 어떤 족쇄 같았다. 자신을 좋아하는 사람을 보면서 아무렇지 않을 사람이 세상 천지에 어디 있겠는가.

은무는 작게나마 느낄 수 있었다. 현을 생각하는 자신의 마음이 처음처럼 덤덤하지만은 않다는 것을.

늘 혼자였던 스튜디오에 혼자 있는 것이 어느새 익숙하지 않았다. 현이 보이지 않으면 자각하지 않으려 애썼던 외로움이 불쑥 찾아와 아무것도 할 수 없을 만큼 공허하기도 했다.

다만, 노크 없이 불쑥불쑥 들어오는 구 부장은 여전히 못마땅했다.

"그것참, 이유경 그렇게 안 봤는데 사람 참 이상하네."

구 부장의 입에서 유경이 얘기가 나오자 은무가 무슨 일인가 싶어 놀라 돌아봤다.

"이제 막 데뷔한 애가 뭘 알겠어. 좀 못마땅한 게 있어도 처음이니 그런가 보다 하고 잘 타일러 주면 될 것을. 가뜩이나 겁 많고 눈물 많은 애를 얼마나 잡았는지, 왜 그러냐고 묻는데 경기를 일으키더라고. 용호가 이유경이 소리 지르는 거 못 들었으면 애가 괜히 그런다고 그랬을 거야. 내가 속상해서 원."

은무는 구 부장이 하는 이야기를 도통 알아들을 수가 없었다. 아무리 화가 나는 일이 있어도 선, 후배 앞에서는 늘 가식으로 무장한 채 본모습을 감추던 유경이었다. 이제 막 데뷔한 아이들이라면 세븐체리를 말하는 걸 텐데 그런 아이들을 윽박지를 이유가 뭐란 말인가.

"왜 그랬다는데요?"

"묻는 말에 말로 안 하고 끄덕끄덕거렸다고 혼내더란다. 네 친구 왜 그러냐?"

유경이가 정말 그런 일로 화를 냈다고? 은무가 아는 이유경은 절대 그런 사람이 아니었다. 오래전, 화장실에서 모델 후배가 다른 동기에게 유경의 뒷담화를 하고 있는 걸 들었단다. 그런데 유경은 오히려 그 후배에게 그렇게 보였다니 선배로서 면목이 없다며 정말 미안하다고 사과를 했다는 얘기를 들은 적이 있다. 물론 은무에게는 네 가지가 없는 년이라며 그 후배를 향한 쌍욕을 서슴지 않았지만 절대 그런 비슷한 일로 누구에게도 화를 내거나 질타를 한 적이 없었다.

"확실해요?"

"그럼, 용호가 들었다는데."

은무는 어쩐지 어두운 그림자가 자신에게 드리우고 있는 듯한 기분을 떨칠 수가 없었다. 구 부장의 말들을 곱씹을수록 자신과 관련된 일일 것 같다는 꺼림칙함이 서서히 그녀를 잠식해 갔다.

같은 시각, 유경은 라디오 방송을 마치고 은무를 응징하기 위해 JJ 엔터테인먼트를 찾았다. 생각할수록 서운하고 화가 나 방송을 하는 내내 제정신이 아니었다. 보이는 라디오로 진행하고 있음에도 불구하고 화가 난 굳은 표정은 지울 수 없었다. 라디오 게시판에 그런 유경을 걱정하는 글들이 올라왔고 라디오 피디와 작가는 아슬아슬해서 죽을 지경이었다.

검은 아우라를 내뿜고 있는 자신을 이상하게 바라보고 있는 사람들이 있다는 것도 의식하지 못한 채 은무가 있을 지하로 가기 위해 빠른 걸음을 내딛었다.

뛰어 내려갈 요량으로 계단의 경사를 가늠하던 유경이 비상구 앞에서 걸음을 멈춰 섰다. 유경의 눈앞에 서현이 있었기 때문이었다.

현은 지난번 카페에서 보았던 은무의 친구라는 사실을 바로 기억해 내고는 가볍게 목례를 했다.

"은무 씨 만나러 오셨나 봐요."

반응이 없는 유경을 유심히 살피던 현은 기억 속 어딘가에서 유경과 비슷한 얼굴 하나를 끄집어냈다. 병원복 차림에 링거까지 꽂은 상태로 장례식장에 찾아와 하룻밤 내내 통곡하고 혼절하기를 반복하던 여학생. 자신의 기억이 맞는다면 이유경은 영탁이를 좋아했던 그의 팬일 것이다.

유경은 유령이라도 본 것마냥 얼어붙은 채 움직이지 않았고 대답도 하지 않았다. 그렇게 한참을 바라보기만 하던 유경이 별안간 돌아서서 건물 밖으로 급히 걸어나갔다.

"저기요!"

현이 불렀지만 유경은 돌아보지 않았다. 라디오 방송까지 한다면서 벙어리는 아닐 테고. 은무만큼 엉뚱한 사람인 것 같아 피식 웃고는 지하 스튜디오를 향해 내려갔다.

스튜디오로 들어오는 현을 힐끔 본 은무가 별다른 내색을 보이지 않고 하던 작업에 몰두하는 척했다. 본가에 다녀온다고 하더니만 간 지 두 시간도 지나지 않아 돌아온 게 은근히 반가웠다.

"은무 씨, 유경이라는 친구분요."

오늘 유경이 이름이 왜 이리 많이 나오는 거야.

"유경이 왜요?"

"방금 만났어요."

그녀의 눈이 화등잔만 하게 커졌다. 유경이 전화도 없이 왔을 리가 없는데.

"유경이 어디 있는데요?"

"그냥 갔어요. 연락 한번 해봐요."

고개를 끄덕인 그녀가 뭔가를 깊이 생각하는 듯 한참을 멍하니 있더니만 다시 작업에 몰두했다. 급한 일이었다면 그렇게 돌아가지는 않았을 거란 생각에 현도 더 이상 말하지 않았다.

은무가 작업하는 음악을 들으며 소파에 기대앉았던 현이 웃음을 감추려는 듯 두 손안에 얼굴을 묻었다. 왜 이리 기분이 좋은지 모를 일이었다. 그의 얼굴에는 자잘한 주름이 잡힐 만큼 환한 웃음이 떠나질 않았다.

은무는 건반 앞에 앉아 있을 때 굉장히 진지한 모습이 된다. 대강의 코드나 허밍으로 만들어놓은 멜로디도 없이 그저 느낌대로 손가락을 움직였다. 한번 들었거나 자신이 만든 멜로디는 악보가 없어도 쉼표 하나 틀리지 않고 기억을 했고, 그대로 다시 연주를 했다. 본인은 별로 대단한 일이 아닌 양 굴었지만 다른 사람 눈에는 그저 놀라운 일이기만 했다.

"아, 다음 주에 드라마 촬영한데요. 콘서트 장면을 조금 앞당겨 찍을 모양이에요."

은무가 하던 작업을 멈추고 매니저의 모습으로 돌아가 현에게 스케줄을 읊었다.

"그리고요, 수요일 밤에 하는 음악 프로그램인데 얼마 전부터 출연해 달라고 계속 연락이 와요. 지금은 출연할 의사가 없다고 말하고 있는데 좀 끈질겨요. 그 프로 피디 분이 서현 씨 학교 선배라면서요."

뿌리 깊은 유교 사상의 병폐로 우리나라는 학연, 지연, 혈연에 꽤나 얽매이는 사회가 되어 있다. 연예계도 다르지 않았는데 방송국 피디나 드라마 감독, 섭외 담당자들은 단단한 동아줄이라도 되는 것처럼 어떻게든 놓지 않으려 애썼고, 때마다 조커처럼 그런 것들을 내밀었다.

한 프로를 오랫동안 이끌고 있다는 것은 참으로 대단한 일이었다. 원데이 시절에도 그 선배의 요구로 출연을 했었지만 단순히 노래만 부르고 내려오는 자리가 아닌, 진행자와 앉아 이런저런 사적인 이야기들도 나눠야 하는 프로인지라 현은 내키지 않았다. 원데이 때야 영탁이와 승재가 있어 저는 옆에 앉아 웃어주고 박수나 치면 되었지만 지금은 상황이 다르지 않은가.

"음반 나오게 되면 그때 출연한다고 얘기해 줘요."

그럴 줄 알았다는 듯 그녀가 가볍게 고개를 끄덕이고는 다른 스케줄에 대해 이야기하기 위해 다이어리를 넘겼다.

고개 숙인 은무의 작고 동그란 머리를 보고 있는 게 좋았다. 염색하지 않은 갈색 머리카락이 좌르르 쏟아져 내리면 그의 마음도 덩달아 물결을 치곤 했다. 만지면 비단결보다 더 고울 것 같은 머리카락을 은무가 귀 뒤로 꽂으며 현을 바라봤다. 조금 전까지 품었던 마음을 감추며 현이 싱긋 웃어 보였다.

"그리고 앨범이요. 영탁 씨가 생전에 작곡한 곡하고 승재 씨가 노랫말 주기로 한 곡. 그리고 나머지……. 서현 씨 곡만으로 만들 생각은 아니죠? 회사 내에 계시는 작곡자 분들한테 인사드리러 다녀야 할 것 같아요. 무턱대고 달라고 할 수는 없는 노릇이니까."

"나머지는 은무 씨 곡으로 앨범 만들 건데요?"

"말도 안 되는 소리 하지 말아요."

작업을 하고는 있지만 어디까지나 이제 한걸음을 떼었을 뿐, 얼토당토하지 않은 이야기라 생각했다. '질투하는 남자'에 삽입되는 OST도 아직 발표 전이었고, 무엇보다 은무는 자신의 마음이 아직은 온전치 않다 여겼다.

"난 은무 씨 곡으로 앨범 만들기로 결정했어요."

"혼자 결정했으면 끝이에요? 왜 이렇게 이기적이에요?"

"내가 좀 그렇죠?"

빙그레 웃으며 장난스럽게 말하는 현을 보며 은무가 결국 참지 못하고 목소리를 높였다.

"장난하지 말아요. 아직 아무 준비도 안 됐는데 자꾸 밀어붙이면 나보고 어쩌란 말이에요!"

"무슨 준비가 더 필요해요? 지금도 넘치도록 충분한데?"

화가 나 잔뜩 찡그린 은무를 보면서도 현은 얼굴에서 웃음기를 지우지 못했다.

"지금 웃음이 나와요!"

"아, 미안해요. 왜 자꾸 웃음이 나오고 그러지."

더 이상 참기 힘들었는지 휙 돌아서는 은무를 현이 붙들었다. 은무에게서 옅은 시트러스향이 풍겨왔다. 가슴속까지 상쾌해지는 기분.

"너무 기뻐서 그래요."

"한다고 안 했는데 뭐가 기쁘다는 거예요!"

"은무 씨가 쓴 곡들, 전부 내 목소리 생각하면서 쓴 곡이란 거나 알아요."

은무가 당황한 기색이 역력한 얼굴로 현을 향해 고개를 치켜들었다.

"누, 누가 그래요? 난 그렇게 말한 적 없어요."

"내 가슴이 그렇게 얘기하던데요. 이건 네 노래야 하고요."

속삭이듯 말하는 현의 목소리에 은무의 눈빛이 흔들렸다. 아니라 소리쳐야 할 입술은 소리를 만들어내지 못한 채 부들부들 떨었다.

"아니라고 말하지 말아요. 거짓말인 거 이미 다 들통났으니까."

포기한 듯 은무가 어깨를 늘어뜨렸다.

"정규 앨범인데다가 복귀 앨범이잖아요. 이 바닥에서 난 완전 초짜라고요."

현이 은무에게 다가가 그녀의 양어깨를 붙들었다.

"아까 날렸죠? 넘지도록 충분하다고. 우리, 서로를 믿어요. 내가 은무 씨를 믿듯 은무 씨도 날 믿어봐요."

왜 두려움이 없겠는가. 음악을 좋아하는 것만으로 대중 앞에 설수는 없는 일이기에 현 또한 다시 무대에 선다는 것이 두려웠다. 하지만 그를 다시 세상 밖으로 꺼내준 은무의 곡들을 부르고 싶었다. 그녀가 그를 생각하며 만든 모든 노래들을.

"우린 잘할 수 있어요."

그를 향해 있는 은무의 눈동자가 어떤 희망을 본 것처럼 작은 빛을 내뿜었다. 그녀의 눈동자가 자신으로 인해 원래의 빛을 찾을 수 있기를 현은 간절히 바라고 또 바랐다.

* 이 슬픈 세상에서 슬픔은 누구에게나 찾아온다.
슬픔을 완전히 해소할 수 있는 방법은 시간밖에 없다.
사람들은 시간이 지나면 괜찮아질 것이라는 사실을 당장에 깨닫지는 못한다.
그러나 이것은 실수다. 우리는 반드시 다시 행복해진다.
—에이브러햄 링컨

6. 함께 있겠다고 약속해 줘요

"어제 '질투하는 남자' 봤어?"

"봤어, 봤어!"

"대박이지!"

"완전 대박! 강우 너무 멋있어. 소천섭 연기 진짜 잘해. 강우 역으로 다른 사람은 안 돼. 소천섭 자체가 딱 강우야."

"내 말이. 완전 멋있어. 흐흐."

진열대에서 안주로 쓸 오징어를 고르고 있던 은무의 귀가 쫑긋 올라갔다. '질투하는 남자'의 이번 주 방영분을 보지 못한 터라, 궁금했던 내용에 대해 들을 수 있을까 싶어서였다. 하지만 온통 소천섭에 대한 찬사뿐, 드라마 내용에 관해서는 이야기가 나오지 않자 아쉬운 표정으로 은무가 돌아섰다.

"시현이 부른 OST 신짜 너무 좋지 않냐? 난 처음에 서현이 부르는 건지도 몰랐어.”

“서현이 드라마 OST를 부를 줄 누가 알았겠어. 너무 좋더라.”

오호. 반응 좋은데?

몇 주째 실시간 음악 차트 상위권에 현이 부른 OST가 올라가 있어 좋은 반응을 얻고 있다는 건 알고 있었다. 하지만 팬들의 생생한 반응을 직접 듣고 나니 은근히 기분이 좋아져 은무의 입꼬리가 슬쩍 올라갔다.

“목소리 대박! 너무 좋아. 나 초등학교 때부터 서현 엄청 좋아했는데.”

“나두 나두. 원데이에서 서현이 제일 좋았어.”

편의점 안을 떠들썩하게 만들던 여고생들이 밖으로 나가자 은무가 그들의 뒤통수를 쏘아보았다.

“이것들이! 서현이 느이집 개 이름이냐! 말끝마다 서현, 서현! 나이도 한참 많구먼.”

편의점 아르바이트생이 이상한 여자로 보고 있는 줄도 모르고 요즘 아이들 큰일이라며 안주를 고르는 내내 은무는 구시렁거렸다.

캔 맥주와 안주거리가 들어 있는 봉지를 양손에 든 은무가 무겁게 발걸음을 떼어 유경의 집으로 향했다. 유경의 집 앞까지 갔다가 그냥 돌아오기를 몇 번째. 오늘은 기필코 유경의 얼굴을 보고야 말겠다는 각오를 한 후였으나, 여전히 발걸음을 떼기가 어려웠다.

차라리 유경에게서 먼저 연락이 왔다면 좋았을 텐데 어찌 된 일인지 현과 마주쳤다는 그날 이후로 아무런 소식이 없었다. 유경이 진행하는 라디오 방송을 들으며 그녀의 심리 상태를 가늠하던 은무는 왠지 더 씩씩해진 것 같은 유경이 불안하기만 했다.

유경의 집 문 앞에 도착해 잠시 망설이던 은무가 입술에 힘을 주어 앙다물고는 현관 도어락 비밀번호를 누르기 시작했다. 비밀번호의 숫자가 줄어들수록 은무의 손가락이 가늘게 떨렸다.

현관 센서 등이, 어두컴컴한 거실에 우두커니 앉아 있는 형체를 잠시 비추곤 사라졌다.

"이유경."

은무가 들고 있던 봉지를 바닥에 떨어뜨리고 유경을 향해 다가갔다. 베란다 창을 향해 초점 없는 눈으로 멍하니 앉아 있던 유경의 고개가 천천히 은무에게로 향했다.

"왜 이러고 있어."

은무가 거실 등을 켜기 위해 몸을 일으키자 유경이 은무의 손목을 잡아끌며 고개를 흔들었다.

"불 켜지 마."

보자마자 불같이 화를 낼 줄 알았던 유경이 의외의 모습을 보이자 더 불안해졌다. 어떤 방법으로든 볼 수 있다면 유경의 머릿속을 들여다보고 싶은 심정이었다.

"나 아팠어."

유경이 힘없이 내뱉는 말에 은무의 눈이 커다래졌다. 라디오 방송으로는 전혀 눈치채지 못했기에 그저 자신에게 화가 난 거라 생각했었다.

"왜 연락 안 했어. 병원은? 약은?"

"버티는 중이야. 무너지기 싫어."

유경이 라디오를 할 때처럼 차분한 목소리로 이야기를 시작했다.

"처음에는 네가 어떻게 나한테 이럴 수 있나 싶어서 화도 나고 서운하기도 하고 부럽기도 하고, 좀 그렇더라. 그런데 날 잘 아는 너라면 그렇게 하는 게 맞지. 서현 오빠 매니저 한다고 네 입으로 어떻게 말할 수가 있었겠어."

유경이 덤덤하게 은무를 이해한다고 말했다. 예상하지 못했던 상황에 봉착한 은무는 당황스러워 아무 말도 나오지 않았다. 유경의 얼굴을 보고 싶었던 은무가 그녀 가까이에 쪼그리고 앉았다. 어둠에 익숙해진 눈이 그녀의 표정을 읽을 수 있길 바랐지만, 유경은 도통 알 수 없는 표정으로 창밖 어딘가를 응시하고 있을 뿐이었다.

"너무 잘 알아서 때론 힘들기도 하지."

은무는 차마 끄덕이지 못하고 유경의 손을 꼭 잡았다.

"나 그림 그리는 거 너무 싫어했던 거 알지?"

은무가 고개를 끄덕였다. 하숙집에서 살 때, 그림을 관두고 모델 대회에 참가하려는 그녀를 말리기 위해 지방에 사시던 유경의 부모님은 하루가 멀다 하고 찾아오셨다. 때로는 달래기도 하고, 때로는 화를 내기도 하셨지만 딸을 살려야 했기에 결국 포기하셨다. 은무는 그런 부모님이 계신 유경이 늘 부러웠다.

"아빠가, 때로는 엄마가 억지로 끼워 넣으려고 하는 내 삶이 너무 싫어서 죽고 싶었어. 그런데 그때마다 매일 다른 단 하루를 살아가라던 오빠들 말에 오늘만 살자, 오늘만. 그러면서 버텼어. 그렇게 매일매일을 버텼어."

매일 다른 단 하루, 원데이. 원데이의 의미를 이제야 깨달은 은무는, 유경과 똑같은 마음으로 하루하루를 버렸을 현이 생각났다. 어쩌면, 우리 모두 똑같은 마음이었을 테지. 죽지 못해 살았으니.

"네가 모르는 게 있어."

"모르는 거?"

유경에 대해 모르는 게 없다고 생각하며 지내왔다. 5년이라는 그리 길지 않은 시간이었지만 수년을 알아온 친구처럼 편했고 의지했었다. 유경이 오래전부터 마음병인 우울증을 앓고 있다는 것도 알고 있다. 그런 자신이 모르는 것이 있다니. 은무가 침잠된 표정과 눈빛으로 유경을 바라봤다.

"나는 살게 해주고 그렇게 죽어버린 영탁 오빠가 너무 미웠어. 그런데 이상하게도 멀쩡하게 혼자 살아남은 서현 오빠는 더 밉더라."

현을 미워했다는 얘기에 은무의 눈이 커다래졌다. 한 번도 생각해 보지 못했던 이야기였다. 미워한다면서 팬 카페를 운영하고 눈코 뜰 새 없이 바쁜 시간을 쪼개어 팬덤을 하고 있는 유경이 이해가 가지 않았다.

"뭘 놀라. 이런 게 나잖아. 어쩔 수 없어."

조금은 편안해진 표정으로 유경이 팔베개를 하고 옆으로 누웠다. 겨울의 끝자락에 어둠의 색은 더 짙어져 유경의 얼굴을 감춰버렸다. 유경의 표정을 놓치고 싶지 않은 은무가 그녀의 곁에 마주 보고 누웠다.

"그렇다고 해서 원데이를 잃을 수는 없었어. 나를 살게 했으니까. 너를 만나게도 했고."

은무가 한국에 왔던 날 유경이 그렇게 병원에 실려 가는 일이 없었다면 둘 사이가 지금처럼 각별해졌을지 모르는 일이었으니 그녀의 말에 은무 또한 공감했다. 지금 두 사람이 이렇게 괴로워하며 마주 보고 있는 것도 어찌 보면 원데이 때문이었고. 둘 사이에 원데이는 떼려야 뗄 수 없는 껌딱지였다.

"바리바리 싸간 음식이랑 선물 들고 하루 종일 기다려도 고맙다는 말은커녕 얼굴도 안 보여줄지라도, 자기보다 나이 어린 매니저들이 반말 찍찍 해대면서 함부로 대할지라도 한번 담은 마음은 그렇게 쉽게 접히는 게 아니야."

언젠가 유경이 했던 이야기가 생각났다. 어떤 상황에서든 부끄럽지 않은 연예인이 될 거라며 대중 앞에선 절대로 마음병을 앓고 있는 자신의 본모습을 보이지 않을 거라 했다. 그게 자신을 사랑해 주는 팬들에 대한 최소한의 예의라며.

별안간 몸을 일으켜 앉은 유경이 누운 은무를 일으켜 제 앞으로 바짝 당겼다.

"자세히는 모르지만 너랑 오빠랑 어떤 인연이 있는 걸 거야. 서로에게 필요한 존재라 누군가가 그렇게 닿게 해주신 게 아닐까?"

그와 나를 닿게 해준 누군가가 있는 걸까? 유경의 말에 가슴 안쪽에 자잘한 파동이 일었다.

"서현 오빠 잘 부탁해, 은무야."

은무가 팔을 뻗어 유경을 감싸 안았다. 착하디착한 유경에게 마음병이 생긴 것도, 그 때문에 아파하는 것도 유경의 탓은 아니었다. 누군가, 너무 완벽한 유경이를 시샘해서 잠시 저주를 걸어놓은 거라 은무는 생각했다. 백설공주를 살리고 잠자는 숲 속의 공주의 잠을 깨운 왕자처럼 유경의 마음병을 낫게 할 누군가가 반드시 있을 거라 믿었다.

"네가 처음부터 말 안 한 거 이해는 하지만 아주 용서한 건 아니니까 각오해. 엄청 괴롭힐 거야."

은무가 이마를 구기며 찡그리자 유경이 눈을 접어 환하게 웃었다.

"뭐 사온 거야? 나 배고픈데."

"술."

"그래? 먹자, 먹어. 먹고 주정 부려야지. 채은무 괴롭게."

유경의 농담 섞인 말에 은무가 말갛게 웃었다. 유경의 곁에 자신이 있고, 자신의 곁에 유경이 있어 너무 다행이라고 생각하며 그녀를 더 세게 끌어안았다.

"아프지 마, 이유경."

유경이 고개를 끄덕였다.

'질투하는 남자' 촬영하는 날이 되자 현보다 은무가 더 긴장했다. 처음으로 세상 밖에 자신이 만든 곡을 내보낸다고 생각하니 며칠은 다른 일이 손에 잡히지 않을 정도로 불안한 상태였다. 혹여 이런 자신의 모습을 누군가 볼까 싶어 애써 태연한 척했지만 현에게는 통할 리 없었다.

"왜 그렇게 떨어요?"

"추, 추워서요. 여기 왜 이렇게 추운 거예요."

피식.

현은 알면서도 모른 척 은무에게 담요 한 장을 꺼내 건넸다. 대기 시간을 대비해 은무가 준비해 둔 무릎 담요였다.

"이거 현이 씨가 덮어요. 옷도 얇게 입고. 난 점퍼 입었으니까 괜찮아요."

"나야말로 괜찮아요. 춥다면서요."

그녀의 마음이 어떨지 알 것 같은 현은 긴장으로 굳어진 그녀의 어깨에 담요를 둘러줬다.

당초 관객 없이 콘서트장 같은 분위기를 연출해 단독으로 촬영하기로 했던 계획이 이 주 전 강 대표에 의해 바뀌었다. 강 대표는 콘서트장 같은 분위기를 꾸밀 것이 아니라 아예 미니 콘서트를 열라고 지시했다. 시간이 넉넉하지 않은 상황에 너무 무모한 계획이라며 구 부장이 만류했지만 드라마 관계자와 이미 협의를 끝내 버린 강 대표는 무조건 해야 한다며 밀어붙였다. 이런 절호의 기회를 놓칠 리 없는, 강 대표다운 행동이었다. 처음에는 구 부장만큼 당황했던 현은 은무의 곡이 알려지는 데 있어서는 나쁘지 않은 기회라는 걸 깨닫고 흔쾌히 하겠다고 했다.

소극장에 촬영 세트가 설치되는 사이, 무대에 그랜드 피아노가 올라왔다. 시선이 흐트러지는 걸 막기 위해 다른 사운드는 MR로 대체하는 대신 그랜드 피아노로 웅장한 분위기를 연출하고자 했다.

오랜만에 팬들 앞에서 노래를 불러야 하는 현도 긴장되기는 마찬가지였지만 자신보다 더 떨고 있는 은무를 보고 있으니 웃음이 나왔다.

"기분이 어때요?"

무대 위 그랜드 피아노에서 눈을 떼지 못하는 은무를 바라보던 현이 조심스레 물었다. 자세한 사정을 알지 못하는 현은, 구 부장으로부터 은무가 피아니스트를 꿈꾸던 소녀였다는 말만 들은 터였다. 꿈꾸듯 피아노를 바라보고 있는 은무가 혹시나 이루지 못한 꿈에 대한 미련이 남아 있는 건 아닌가 싶기도 했다.

"현이 씨는요? 오랜만에 무대에 서는 거잖아요."

대답을 회피하고 되묻는 은무에게 현은 솔직하게 말하기로 했다.

"덤덤하다고 말하고 싶은데 사실은 떨려요. 혼자 무대에 서는 거 처음이라."

떨린다고 말하는 현의 표정은 그렇지 않은 것처럼 여유로워 보였다. 농담을 하는 거라 생각한 은무가 장난스레 그를 툭 치며 한마디를 던졌다.

"떨리긴. 내가 있잖아요."

"은무 씨가 내 옆에 꼭 붙어 있어줘요."

지금처럼 언제까지나.

"약속 꼭 지켜요."

현이 웃음을 머금은 얼굴로 어깨에 둘러주었던 담요를 여며주며 은근히 약속을 강요했다. 현의 속마음을 알 수 없는 은무는 겁쟁이 서현이라 놀리며 가볍게 고개를 끄덕였다.

"이제 공연 한 시간 남았다. 괜찮지?"

대기실로 자리를 옮긴 현과 은무가 간단한 식사를 마치고 정리를 하고 있을 때 구 부장이 벙싯거리며 들어왔다.

"현아, 어차피 이렇게 된 거 차라리 잘된 거라 생각하자. OST 곡 모아서 콘서트 하는 가수가 어디 있겠어. 네가 세계 최초다."

현이 대답 없이 피식 웃어 보였다. 현의 컨디션이 나쁘지 않은 것 같아 다행이라 생각하며 은무를 바라봤다. 어째 현이보다 더 긴장한 것 같은데?

"공연장에 이유경 왔어. 들어가 보라고 해도 싫다고 하더라. 왜? 니들 싸웠냐?"

"우리가 애예요? 싸우게."

"내가 세븐체리 일로 따지려다 참았어! 어떻게 미안하단 말도 없어!"

구 부장이 생각만으로도 분하다는 듯 머리카락을 거칠게 쓸어 올리며 울분을 토해냈다. 그 이후, 세븐체리의 그 소녀가 홍보를 다니다 비슷한 여자 선배를 볼 때마다 움찔거리는 통에 매니저인 용호가 애를 먹고 있다 했다.

"혼낼 만하니까 혼냈대요. 이제 막 데뷔한 아이 버릇 나빠지게 하고 싶으시면 계속 그렇게 일일이 따지고 참견하고 하시든가요."

은무가 심히 걱정된다는 표정으로 사뭇 진지하게 말하자 머쓱해진 구 부장이 머리를 긁적였다.

"미운 애 떡 하나 더 주고, 예쁜 애 매 한 대 더 친다. 모르세요?"

심오한 이야기를 듣고 있는 듯, 은무의 이야기에 열중하던 구 부장의 얼굴이 불현듯 어두워졌다. 그동안 세븐체리 아이들의 기를 살리기 위해 과하게 우쭈쭈 해준 것이 혹여 독이 된 것은 아닌지 심각하게 고민하고 있는 게 분명했다.

"이제껏 잘하시더니 도대체 왜 그러세요. 아마추어같이."

쐐기를 박듯 한마디를 던지고는 은무가 대기실을 빠져나가자 두 사람의 대화를 듣고 있던 현이 터져 나오려는 웃음을 참으며 구 부장에게 다가갔다.

"왜 그랬어요. 아마추어같이. 큭큭."

구 부장의 축 늘어진 어깨를 토닥거리며 위로하는 척했지만 현은 결국 웃음을 터뜨렸다.

객석에 앉아 있을 유경을 찾아 두리번거리던 은무의 눈이 반짝 뜨였다. 유경의 옆에 소천섭이 앉아 있었기 때문이었다. 유경을 향해 비스듬하게 고개를 숙이고는 연신 뭔가를 얘기하고 있는 소천섭의 표정은 무척이나 즐거워 보였고, 유경은 그야말로 가증의 끝이 무엇인가를 보여주려는 듯 세상에서 가장 예쁜 미소를 짓고 있었다.

'오호. 이유경, 한턱 쏴!'

둘의 모습을 흐뭇하게 바라보고 있던 은무에게로 공연 관계자가 다가왔다.

"저기요. 문제가 생겼어요."

공연 시간이 얼마 남지 않은 상황이었기에 큰 문제는 아닐 거라 생각한 은무가 미소를 지우지 않은 얼굴로 공연 관계자를 바라봤다.

"뭔데요?"

"오늘 피아노 연주하기로 한 반주자요. 올 시간이 지나 전화했는데 안 받더라고요. 나는 운전하느라 그런가 보다 했죠. 기다리다 좀 전에 다시 걸었더니 대한병원 간호사가 받는 거예요. 오는 도중에 배가 너무 아파 병원에 갔는가 봐요. 간호사가 휴대폰 주인 맹장염이라 좀 전에 응급 수술 들어갔다고 하네요. 지금 시간도 없는데 어쩌면 좋죠?"

은무가 휴대폰을 꺼내어 시간을 확인했다. 이제 공연까지 50여 분 정도 남아 있었고 그리 크지 않은 공연장에는 이미 관객들이 하나둘씩 들어오고 있는 상황이었다. 은무가 대기실을 향해 뛰었다.

"부장님! 큰일 났어요. 반주자가 못 온대요. 수술하고 있대요!"

"무슨 소리야! 공연 시간도 얼마 안 남았는데!"

이어폰을 꽂고 있어 상황에 대해 듣지 못한 현이 초조함으로 입술을 깨무는 은무를 보고는 이어폰을 빼내고 다가왔다.

"무슨 일이에요?"

"현아, 당장 어뜩하냐. 촬영만 하는 거라면 촬영 날짜를 미루면 그만인데 그것도 아니고. 밴드도 없는데 피아노도 없이 MR만 틀어놓고 공연하는 건 말도 안 되잖아."

"피아노 연주를 못해요?"

"반주자가 못 온대!"

구 부장이 대신할 누군가가 있는지 급히 회사로 전화를 걸었고 현은 안절부절못하고 있는 은무를 진정시키기 위해 그녀의 어깨에 손을 올렸다. 고개를 들어 현을 바라보는 은무의 눈빛이 불안하게 흔들리고 있었다.

똑똑.

노크 소리가 들리고 대기실로 OST 프로듀서인 태진이 들어왔다. 소식을 듣지 못한 모양인지 태연한 표정으로 전화를 끊으라는 듯 구 부장에게 손짓을 해 보이고는 소파에 털썩 앉았다.

"너 소식 못 들었어!"

회사로 전화했지만 뾰족한 수를 얻어내지 못한 구 부장이 느긋하게 바라보는 태진을 향해 불같이 화를 냈다.

"들었어요."

"들은 놈이 그렇게 여유자적이면 어떡해! 방법을 찾아야지!"

"형, 방법을 바로 옆에 두고 뭘 그렇게 찾아요."

태진의 시선이 은무에게로 향하자 그의 의중을 알아차리고는 그녀를 바라봤다. 잠시 머뭇거리던 구 부장이 어렵게 입술을 뗐다.

"은무야."

구 부장에게서 일 년에 한 번 들을까 말까 하던 자신의 이름을 올해에만 벌써 몇 번째 듣는지 모르겠다. 은무가 구 부장을 향해 돌아섰다.

"전 못해요."

은무가 단호하게 내뱉자 말을 꺼냈던 태진이 당황한 듯 벌떡 일어났다.

"왜 못해요? 은무 씨 곡인데 눈감고도 연주할 수 있을 테고, 다른 곡들 연주하는 것도 은무 씨한테는 식은 죽 먹기일 텐데?"

"누가 그래요? 식은 죽 먹기라고!"

은무가 사나운 얼굴로 노려보자 금세 꼬리를 내린 태진이 슬쩍 구 부장 등 뒤로 숨었다.

"은무야, 지금 이렇게 화만 낼 때가 아니라는 거 네가 더 잘 알 거야. 윤 감독은 우리가 생각하지 못한 걸 얘기해 준 거고 나는 이보다 더 좋은 방법은 없다고 생각한다. 아니, 처음부터 다른 반주자를 찾을 것도 없이 네가 했으면 될 일이었어."

구 부장이 이제라도 그렇게 하게 되어 다행이라는 듯 만족스러운 웃음까지 지어 보였다. 눈을 질끈 감았다 뜬 은무가 이제껏 아무 말도 하지 않고 있는 현을 바라봤다.

큰 한숨을 내쉰 현이 구 부장과 태진에게 잠시 나가줄 것을 부탁했고, 두 사람은 시간이 얼마 남지 않았음을 강조하며 초조한 얼굴로 대기실을 나갔다.

현이 은무에게 눈을 맞추고 불안함으로 떨고 있는 그녀의 어깨를 붙들었다.

"나 때문에 이런 일 겪게 해서 정말 미안해요."

매번 자신 때문에 갈등을 겪고 있는 은무에게 현은 진심으로 미안했다. 결과가 어떻든 간에 고통은 고스란히 은무의 몫임을 알기 때문이었다.

"너무 힘들면 안 해도 돼요. MR로도 공연은 할 수 있어요. 촬영 일정은 다시 잡으면 되고. 그런데, 은무 씨가 후회할 것 같아요. 그런 후회를 나는 은무 씨가 안 했으면 좋겠어요."

공연에 욕심이 생겨 하겠다고 결정했던 게 아니었기에 그에게는 미련 따윈 조금도 없었다. 세상에 처음 선보이게 될 은무의 곡이 조금 더 멋지고 조금 더 훌륭하게 연주되어, 그녀가 들려주고자 했던 이야기들을 자신이 잘 표현할 수 있기만 바랄 뿐이었다.

"은무 씨가 무대 위 피아노를 얼마나 애틋하게 바라봤는지 알아요?"

그랜드 피아노가 무대 위로 옮겨지던 순간, 애써 지우려 했던 시간들을 잊은 채 제 것이 아닌 것에 마음이 들뜨던 자신이 떠올랐다. 당장이라도 만져 보고 쓰다듬고 건반을 두드리고 싶어 먹먹

한 가슴을 몰래 달래야 했다.

하지만 은무는 이내 죽기 직전까지 괜찮다 말하던 엄마의 얼굴을 떠올리고는 고개를 세차게 흔들었다.

"나 때문에…… 부모님이 돌아가셨어요. 내 욕심 때문에……."

은무가 가슴속에 숨겨둔 응어리 한 조각을 꺼내 보였다. 누군가에게도 말하지 못했던 기억들이 한꺼번에 그녀의 가슴속에 몰아쳤다. 꽉 죄어오는 가슴이 너무 아파 숨을 쉬는 것조차 힘에 겨워왔다.

"피아노에 욕심내고 싶지 않아요. 또 그런 일, 만들고 싶지 않아요."

"그런 일 없어요. 절대."

그녀가 자신의 손가락을 내려다본다.

오늘 이 자리를 박차고 나간다면 그의 말대로 분명 후회할지 모른다. 그리고 또다시 홀로 긴 싸움을 하겠지.

은무가 자신의 어깨에 올려진 현의 손을 붙들어 내리고는 그의 손을 꼭 붙잡았다.

"나 정말 자신 없어요. 난 못해요."

"할 수 있어요. 내가 있잖아요. 나랑 같이 무대에 올라가 주면 안 되겠어요? 내 옆에 있어주면, 안 되겠어요?"

침묵에 휩싸인 그녀는 갈등으로 엄청난 마음속 사투를 벌이는 듯 보였다. 현은 자신의 손을 꼭 쥔 채 갈등에서 빠져나오지 못하는 은무를 조용히 기다렸다. 그녀가 못 견디게 안쓰러웠다.

"나를…… 믿어요?"

은무의 말뜻을 알지 못하는 현이 대답을 못하고 바라보자 그녀가 현의 손을 놓고 돌아섰다.

"나는 날 못 믿겠어요. 끝까지 연주할 수 없을지도 몰라요."

"내가 있어요. 그 무대 위에 내가 함께 있잖아요."

돌아선 은무가 무슨 생각을 하고 있는지 몰라 두려워진 현이 그녀의 어깨를 잡아 자신을 향하게 했다. 언제부터 울고 있었는지 그녀의 얼굴은 눈물로 범벅이 되어 있었다.

"피아노가 뭐라고! 도대체 내게 그깟 피아노가 뭐라고! 내 인생이 피아노로 엉망이 돼버렸어……."

쌓였던 분노가 폭발하자 은무의 여린 몸이 바람에 흔들리는 나뭇가지처럼 흔들렸다. 금방이라도 쓰러질 듯 위태로워 보이는 은무를 현이 끌어안았다.

"은무 씨는 피아노 없이 살 수 없어요. 은무 씨가 그래도 버틸 수 있었던 건, 피아노 때문이잖아요. 그래서 다시 시작할 수 있어요. 아니, 은무 씨는 이미 시작했어요. 너무나 훌륭하게 이겨내고 있잖아요. 이제 앞으로 한 발자국 더 나가면 되는 거예요."

차분하게 내뱉는 현의 목소리가 그녀의 마음을 두드렸다. 그의 말대로 이미 시작했는지도 모른다. 인정하지 않으려 했을 뿐.

심장이 피아노 앞에 앉을 때마다 느꼈던 두근거림을 기억하고 기대했다. 건반 위에 닿던 손가락 끝이, 당장 두드리지 못하면 안 될 것처럼 아려온다. 은무가 그런 자신의 이기심에 치가 떨려와 이를 사리물었다.

그에게서 떨어져 눈물을 닦으며 휴대폰을 꺼내 시간을 확인했다. 그리고는 단축번호를 길게 눌러 누군가에게 전화를 걸었다. 그녀의 이성이 제자리를 찾아 돌아오기 시작했다.

"나야, 대기실로 좀 와줘."

누군가에게 와달라는 말을 전하고는 대기실문을 열어 구 부장을 찾았다. 초조하게 서성이고 있던 구 부장이 눈물로 얼룩진 그녀의 얼굴을 걱정스레 바라봤다.

"내가 할게요. 하지만 너무 많은 기대는 하지 마세요. 피아니스트로 무대에 오르는 거 아니고 현이 씨 매니저로서 빈자리를 메우는 것뿐이니까."

잘게 고개를 끄덕이는 구 부장 뒤로 유경의 얼굴이 보이자 은무가 그녀를 데리고 바로 옆 대기실로 들어갔다.

"현아, 어서 준비해. 은무가 한다잖아. 난 은무, 믿는다."

대기실 밖에서 은무가 소리치는 걸 들은 구 부장이 그녀가 믿냐고 물었던 질문에 대신 대답했다.

공연 시간이 다가오자 공연 스태프들과 드라마 스태프들의 움직임이 분주해졌고 상황을 알지 못하는 객석은 기대감으로 술렁거리기 시작했다.

유경과 함께 대기실에서 빠져나온 은무는 입고 있던 푸른색 남방과 베이지색 면바지를 벗어 던지고 조금 전까지 유경이 입고 있던 하얀색 정장을 입고 있었다. 안경을 벗고 화장기 없이 말갛던 얼굴에 옅은 화장을 한 은무는 그동안 보아오던 그녀의 모습과 많이 달라 보였다.

"예쁘네. 우리 은무."

"내가 왜 부장님 은무예요."

예의 그 툴툴거리는 그녀로 돌아와 있는 걸 보고는 반가운 마음에 구 부장이 그녀의 손을 덥석 잡았다.

"은무야, 나는 기억한다. 피아노 앞에 앉아 있던 스무 살의 채은무를."

가슴속 깊숙한 곳에서 무언가 울컥하고 올라오는 걸 애써 막으며 은무가 크게 입술을 내밀었다.

"축축한 손으로 연주하길 바라지 않으신다면, 이 손 좀 놓으세요."

초조함으로 땀이 흥건해진 손바닥을 허벅지에 문지르며 구 부장이 헤벌쭉 웃어 보였다.

대기실에서 나오는 은무를 본 현은 자신의 한계가 극에 다다르고 있다는 걸 직감했다. 공연이 아니었다면 이대로 은무의 손을 잡고 어디로든 달려나갔을지 모를 일이었다. 구 부장을 향해 불퉁하게 내밀어진, 반짝거리는 그녀의 입술에서 현은 시선을 뗄 수가 없었다.

미워하고 사랑하는 마음으로 늘 멀찍이서 바라보기만 했던 서현이 유경의 눈앞에 있었다. 어쩐지 조금은 덤덤하기도 한 게 진짜 서현을 보고 있는 게 맞는지, 저조차도 제 마음을 알 수가 없었다. 하지만 분명한 건 유경에게 원데이는 영원히 원데이일 거라는 거였다. 원데이는 절대 지지 않을 유경의 태양이었다.

현이 너무나 애틋하게 은무를 바라보고 있다는 걸 눈치챈 유경이 입꼬리를 끌어 올렸다. 이 오빠 보시게나. 우리 은무를?

"원데이의 명예가 오빠에게 달려 있어요. 정신 차리시고 공연에 집중하시죠?"

예리한 눈빛으로 자신을 질책하는 유경을 본 현이 피식 웃었다. 하지만 은무를 바라보는 그의 가슴은 어쩔 수 없이 쿵쿵 뛰어댔다.

"공연 5분 남았습니다. 무대로 이동해 주세요!"

스태프의 고함 소리가 들려온다. 긴장한 빛이 역력한 은무가 길게 눈을 감았다 뜨고는 고개를 틀어 현을 바라봤다. 내내 자신을 보고 있었던 듯 그의 눈빛은 고요했다.

그의 입가에 싱그런 웃음이 매달린다. 하지만 그의 웃음도 은무에게 큰 힘이 되지는 않았다. 이제부터는 그녀 자신과의 싸움이 될 터였다.

어두웠던 무대 위에 조명이 환하게 켜지고, 나직한 탄성 소리와 함께 옅은 크림색 니트에 청바지를 입은 현이 무대 위로 올랐다.

모두가 숨죽인 가운데 한적한 밤바람 같은 피아노 반주가 시작되었다. 무대가 아닌 어느 조그만 바에서 노래를 부르는 것처럼 편안한 표정으로 그가 마이크를 잡았다.

눈을 감고 턱을 살짝 들어 호흡을 조절한 후, 피아노를 치고 있는 은무를 향해 조용한 미소를 보냈다. 잔잔한 그의 노래가 시작되고 공연장은 삽시간에 그의 목소리에 사로잡혔다.

무대 밑에서 두 사람을 바라보고 있던 구 부장은 벅차오르는 감동을 주체할 수 없었다. 숨어 있던 두 보석이 드디어 세상 빛으로 더욱더 반짝이는 순간이었다. 은무의 피아노 소리는 구 부장이 처음 미국에서 들었던 그때처럼 여린 듯하면서 터치가 무척이나 섬세했다. 같은 곡이었지만 녹음할 때와는 전혀 다른 분위기로 더욱 아름답게 바꿔놓고 있었다.

세 곡을 연달아 부른 현이 크게 심호흡을 한 후 마이크를 다시 입에 댔다.

"안녕하세요. 서현입니다."

잘 들을 수 없었던 현의 목소리가 마이크를 통해 흘러나오자 관객들의 환호성이 터져 나왔다.

"드라마를 통해 이렇게 오랜만에 여러분을 뵙게 되었습니다. 그동안 원데이를 기억하고 기다려 주신 팬 분들께 진심으로 감사의 인사를 드립니다. 이번 곡은 드라마 OST 네 번째 곡으로 저를 무대에 다시 서게 해준 고마운 분이 쓴 곡입니다. 그분이 이 곡에 담고자 했던 이야기를 제가 잘 표현할 수 있길 간절히 바랍니다."

현의 고갯짓에 은무의 피아노 반주가 다시 시작되었다. 마치, 안개로 뒤덮인 숲 속을 지나 푸르른 호수를 만난 것 같은 청량한 소리들이 무대를 가득 채웠고 중반부를 넘어서자 영롱하고 맑은 음들이 현의 음색과 어우러져 황홀함을 자아냈다. 관객들은 저도 모르게 스르르 눈을 감고 음악 감상을 하듯 그 속에 빠져들었다.

노래가 끝이 나자 아쉬운 듯 팬들의 함성 소리가 커져만 갔다. 오랜만에 무대 위의 현을 본 그의 오랜 팬들은 감격스러움에 눈물을 훔치기도 했고, 길지 않은 공연 시간이었지만 충분히 감동적이고 만족스런 무대였다며 흐뭇한 미소를 감추지 않았다.

피아노 건반 위에 얹어진 자신의 손을 바라보던 은무가 시선을 옮겨 팬들을 향해 고마운 마음을 담아 인사를 하는 현을 보았다.

혼자였다면 절대로 하지 못했을 연주였다. 연주를 하는 동안에도 끊임없이 떨려오는 손가락을 다스리며 제발 무너지지 않기를 기도했다. 마지막 곡을 끝냈을 때 울컥 올라오는 울음을 삼킨 은무가 그 어느 때보다 환하게 빛이 나는 그의 모습을 보며 그제야 웃었다.

언제 다시 피아노를 치게 될지 기대조차 할 수 없었다. 하지만 해냈고 그와 함께였다는 것이 그녀의 가슴을 벅차게 했다.

구 부장이 운전하는 차 안에 나란히 앉아 있는 두 사람은 내내 말이 없었다. 룸미러로 힐끔힐끔 두 사람을 관찰하던 구 부장은 낮은 한숨을 내쉬었다. 성공적으로 마친 무대가 분명한데도 밀려오는 허탈감에 기진맥진할 지경이었다. 자신이 이러한데 무대에 올랐던 두 사람은 더하면 더했지 덜하진 않을 듯 보였다. 더욱이 아무런 준비도 없이 옷까지 빌려 입고 무대에 서야 했던 은무가 아니던가.

"너는 네 곡도 아닌데 어쩌면 그렇게 단박에 피아노로 연주를 하냐."

구 부장이 고요한 정적을 깨뜨리고 입을 열었다. 차창에 비스듬하게 머리를 기대고 있던 은무가 한숨을 내쉬며 말했다.

"대답하면…… 재수 없다고 할 것 같은데요."

현이 시트에 기대었던 몸을 일으켜 은무를 바라봤다. 구 부장과 은무의 대화는 어느 때건 평범하지 않았다. 톰과 제리 같다고 해야 하나?

"왜? 어쨌든 대답해 봐. 재수가 없는지 있는지는 내가 판단할 테니까."

"음, 난 천재니까요?"

"푸하하하하하."

"비웃는 거죠?"

구 부상의 웃음소리에 왜 옛날 일이 떠오르는지 모를 일이었다.

그녀의 엄마는 피아노에 천재적인 소질을 가지고 있던 은무를 누구보다 자랑스러워했다. 손가락 부상으로 피아니스트를 포기해야 했던 자신을 대신해 딸인 그녀가 세계적인 피아니스트가 되어주길 원했다. 그 꿈은 엄마의 바람이기도 했지만, 은무 또한 그것 하나만을 꿈꾸며 열심히 살았다.

그러나 그런 자신을 시샘하는 무리는 어디에든 늘 있었다. 처음 콩쿠르에 입상해 언론에 주목을 받았을 때에도 천재성만 있을 뿐 기교면에서 부족하여 발전 가능성이 없다고 폄하하는 예술단체들도 있었으니 비웃음쯤이야 뭐.

"나 비웃은 거 아니다. 진짜 대단하고 신기해서. 우리 은무 진짜 대단해."

"부장님 은무 아닙니다만."

은무의 퉁명스런 목소리에 구 부장의 웃음소리는 더 커졌고, 그런 두 사람을 지켜보는 현의 눈빛은 짙어진 욕망을 감추어내느라 빛깔을 알아볼 수 없을 만큼 담담했다.

현과 은무의 공연이 담겨 있는 드라마 방송분이 전파를 타자마자 현은 물론 은무에 대한 관심도 집중되기 시작했다. 공연 중 현이 말했던 작곡자가 피아노 반주자였다는 사실이 알려졌기 때문이었다. 은무는 한국에서의 어떠한 이력도 드러나지 않아 베일에 싸인 작곡자로 대중들의 궁금증을 자아내고 있었다.

그러나 그녀는 자신을 향한 과도한 관심이 부담스러웠다. 이런 관심을 얻고자 했던 것이 절대 아니었기에 의도치 않은 상황이 거북했다. 자신으로 인해 현이 피해를 입고 있는 건 아닌지 미안한 마음이 들기도 했다.

"은무 씨, 곡 너무 좋아요. 덕분에 드라마가 멋지게 사네요."

특히 이런 반응, 정말 반갑지 않았다.

요즘 들어 하루에도 몇 번씩 지하 스튜디오에 들락거리는 태진이 은무는 너무나 귀찮았다. 입에 발린 칭찬도 한두 번이지 극찬을 마다하지 않는 태진이 정말 맘에 들지 않았다.

"제가 받을 인사는 아닌 것 같은데요."

은무가 뚱하게 한마디 내뱉자 태진이 끙 하고 신음을 흘렸다. 한마디도 순순히 넘어가는 법이 없다.

은무가 건반 앞에 앉자 태진은 내심 어떤 곡을 들려줄까 싶어 기대감에 두 눈을 반짝였다.

"Les Jours Tranquilles 네요?"

대답이 없다.

"이 곡 좋아해요? 몇 년 전에 드라마 삼순이에 나와서 히트 쳤었는데. 비오는 날 들으면 진짜 좋아요. 은무 씨가 연주하니까 느낌이 다른데요? 감정을 다스려 주는…… 힐링이 되는 느낌?"

은무가 건반에서 손을 떼고는 한숨을 내쉬었다.

"윤 감독님, 제 맘도 힐링 좀 하고 싶은데 계속 계실 거예요?"

"아, 가요. 은무 씨, 그럼 또 봐요."

태진이 아쉬운 듯 느리게 발걸음을 떼어 스튜디오를 나갔다.

혼자가 된 스튜디오를 둘러보던 은무가 소파 위에 현이 놓고 간 mp3를 집어 들었다. OST 곡이 발표된 후 현이 전보다 자주 본가에 가는 이유가 궁금했지만 묻지 않았다. 알려고 들면 한도 끝도 없어질 테니.

목록에서 '채은무'를 찾아 누르고 이어폰을 꽂고는 늘어지듯 소파에 몸을 기댔다.

곡이 끝나자 또 다른 익숙한 곡 하나가 흘러나오기 시작했다.

'이건……'

얼마 전 편곡을 했던 곡들 중 하나였는데 어느샌가 현이 mp3로 옮긴 모양이었다.

매번 허락도 없이 자기 맘대로 갖고 가고 난리야. 입가에 미소가 걸리면서도 괜스레 퉁퉁거리던 은무의 귓가에, 현의 목소리가 담긴 노래가 들려왔다. 편곡된 곡에 가사를 붙여 레코딩까지 했을 줄은 상상도 못했던 일이었다.

내 마음은 꺼질 줄 모르는 불꽃
그대의 작은 숨결로 더 크게 타오르는
이 불길이 난 두렵지 않아요.
그대 마음은 내게 닿지 않는 연기
작은 바람에도 흔적 없이 사라져 버릴 테지만
그대 마음 어디에 있든 이 불꽃은 꺼지지 않아요.
나를 태워, 다시 그댈 찾을 연기를 피울 테니까요.

이어폰을 빼고 흐르는 눈물을 스윽 닦아냈다. 콩콩거리는 심장 박동이 제 것이 아닌 것같이 아득하게만 들렸다.

그녀를 사랑하는 현의 마음이 고스란히 담긴 가사였다. 같은 마음이 아닌 그녀를 책망하지도 않았고 그의 사랑을 숨기려 하지도 않았다.

현은 이렇듯 늘 음악으로 자신의 마음을 흔들어댔다. 이제는 어쩌지 못할 만큼 마음 깊숙이 현이 들어와 있다는 걸 인정하지 않을 수 없었다. 아닌 척했지만 그녀에게 현은 이미 많은 부분을 차지하고 있었다. 어쩌다가 이렇게 되었을까. 어쩌려고 그를 마음에 담아버린 걸까.

쉼 없이 쏟아지는 눈물을 닦아내며 힐끔 문 쪽으로 시선을 준 은무가 투정을 부리듯 얼굴을 찡그렸다.

"오늘은 왜 이렇게 안 와……."

그가 못 견디게 보고 싶었다.

요즘 들어 잦은 호출을 하는 아버지를 못마땅한 얼굴로 바라보았다. 별다른 일이 있어 부른 게 아니라는 걸 알지만 아버지의 심기를 거스르는 건 활동을 시작한 그에게 득이 될 게 없다는 걸 알기에 조용히 침묵했다.

"텔레비전에는 왜 안 나오는 거냐?"

"별로 좋아하지도 않으시잖아요."

"최 상무가 자꾸 묻잖아. 활동 시작했다면서 왜 아무 데도 안 나오느냐고."

"아직은 계획 없습니다."

"JJ하고 다시 계약하는 게 아니었어. 강 대표 그놈, 앞에서는 허허 웃지만 약삭빠르고, 이익 내는 데는 물불 가리지 않는다고 소문이 자자해. 처음부터 그놈 맘에 안 들었단 말이야."

강 대표와 똑같은 분 제 앞에 앉아 계시지 않습니까.

강 대표가 남몰래 어머니를 좋아했다는 사실을 알게 된 날,

아버지가 분노하던 모습을 기억한다. 감히 네까짓 게 누굴 넘봤던 거냐며 돌아가신 어머니에 대한 소유욕을 강하게 드러내던 아버지였다. 그때부터 강 대표는 아버지에게 공공의 적이었다.

"현아, 저녁 먹고 갈 거지? 네가 주말에 시간이 없다고 그래서 오늘 아니면 안 될 것 같아 스케줄 다 취소하고 들어왔어. 밥 먹고 가. 응?"

조선아는 현의 얼굴을 흐뭇하게 바라보며 반가운 기색을 숨기지 않았다. 그러나 현에게는 아직도 여전히 낯설기만 한 분이라 조선아를 마주 보며 웃을 수는 없었다.

"보내주신 반찬들 잘 먹고 있어요. 감사합니다."

바쁜 와중에도 손수 만든 반찬들을 보내주고, 소소한 것들을 챙기려 하는 마음이 고마우면서도 아직 한 번도 고마움을 표현하지도 못했던 현이 용기를 내었다.

"아들 반찬 챙겨주는 게 무슨 대수라고. 잘 먹었다니 내가 고마워."

서슴없이 아들이라 말하는 선아 때문에 조금 당황스러웠지만 현은 내색하지 않았다.

현의 아버지 서국 회장이 흠흠 헛기침을 하며 자리에서 일어나 서재로 사라지자 선아가 목소리를 낮추어 현에게 말했다.

"아버지가 요즘 기분이 너무 좋으셔. 말씀은 안 하셨어도 내내 네 걱정뿐이셨나 봐. 너 음악 한다고 했을 때 많이 반대했다고들 하던데 요즘 보면 그런 것도 아닌 것 같아. 내가 이번에 나온 OST 들려드렸더니 현이 목소리가 날 닮아서 이렇게 좋은 거야 하시더라. 호호호."

여전히 못마땅해하고 계신 줄로 알고 있었는데 그런 게 아니라니 한결 마음이 놓였다. 아마도 아버지의 마음을 바꿔놓은 건 자신이나 훈이 아니라 늘 옆에서 이런저런 이야기들을 흘린 선아 덕분일 터였다. 현을 처음 만날 날, 원데이 팬이라며 사인을 부탁하던 분이 아니던가.

"밥 짓는 서나……."

현이 끝까지 말을 못하고 말끝을 흐리자 선아가 깜짝 놀라 입을 막으며 서재 쪽을 기웃거렸다. 혹시나 아버지에게 들릴까 봐 눈치를 보고 있는 듯했다.

"어머! 어떻게 아니? 팬 카페 들어가 봤어? 원래 그렇게 들어가고 그러니?"

눈빛을 빛내며 물어오는 선아는 이미 어머니가 아닌 현의 열혈 팬이 되어 있었다. 좋아하는 연예인이 팬 카페에 들어와 자신의 글을 봤다는 것만으로도 기뻐 어쩔 줄 모르는 그런 모습이었다.

"그 카페 매니저 너무하지 뭐니. 내가 콘서트 표 좀 받으려고 글을 얼마나 많이 올렸는데 나는 뽑아주지도 않고. 못 가서 아쉬워 혼났어, 애."

진심으로 아쉬웠던 듯 금세 풀이 죽어 어깨를 떨구는 모습을 보니 죄송스런 마음이 들었다. 다시 콘서트를 하게 된다면 꼭 표를 보내 드려야겠다는 생각을 했지만 선아에게 말하지는 않았다.

저녁 식사를 끝낸 후, 선아가 챙겨주는 반찬들을 차에 싣는데 그의 아버지가 대문 밖으로 모습을 보였다. 늘 오라 가라 하는 아버지였지만 한 번도 돌아가는 그를 배웅한 적이 없던 분이었다.

흠흠, 헛기침을 몇 번 하고는 트렁크 문을 닫는 그에게 다가왔다. 뭔가 긴히 할 말이 있는 것처럼 보여 현이 긴장을 한 채로 아버지 앞에 섰다.

"현아, 이제 어머니라고 좀 불러주면 안 되겠냐? 내색은 안 하는데 내가 마음에 걸려서."

아버지가 이런 분이셨나? 늘 막무가내이셨던 분이라 이런 모습의 아버지는 낯설기만 했다.

"내가 너 자꾸 오라고 하는 것도 저 사람 때문이야. 어찌나 우리 현이, 우리 현이 하는지 내가 네 아버지라 결혼한 것 같다니까. 흠흠, 내가 무슨 얘기를 하고 있는 거야."

분명 아버지가 맞는데 어째 형이 얘기하고 있는 것 같은지. 민망함에 잘 가라는 인사도 없이 정원으로 쏙 들어가 버리는 아버지를 보며 현이 낮게 한참을 웃었다.

시간이 너무 늦어져 스튜디오로 들어가는 발걸음이 급하기만 했다. 은무가 기다리지 않고 퇴근했을 가능성이 크지만 혹시나 하는 마음에 들른 길이었다. 전화로 확인하면 될 일이지만 현이 아는 은무라면 가지 않으면서도 갔다고 할 게 뻔했다.

스튜디오 문을 조심스레 잡아당기자 문틈으로 은무의 새하얀 손이 보였다. 안심이 되고 반가운 마음에 큰 걸음으로 성큼성큼 다가갔다.

"은무 씨."

소파에 기댄 채 잠이 들었던 건지 은무가 힘겹게 눈꺼풀을 들어 올렸다.

"왜 이제 와요. 내가 얼마나 기다렸는데."

잠이 듬뿍 들어 있는 목소리로 기다렸다고 하는 그녀의 말에 어쩌면 하는 기대감이 생겨났다. 현의 가슴이 세차게 뛰며 크게 부풀었다.

"이거!"

은무의 손에 달랑거리듯 매달려 있는 mp3를 본 현의 눈이 커다래졌다. 집에 놓고 왔다 생각했는데 스튜디오에 두고 갔던 모양이었다. 혹시 들었나?

"왜 내 허락도 없이 파일 훔쳐가고 그래요! 악보도 훔쳐가더니 이번엔 파일까지!"

기대감으로 부풀었던 가슴이 바람 빠지듯 피시식 소리를 냈다. 뭘 기대했던 걸까.

"들었어요?"

"들었어요. 당신 자꾸 이럴 거예요!"

"미안해요. 완성되면 말하려고 했는데 은무 씨가 먼저 듣게 될 줄은 몰랐어요. 정말 미안해요."

고개를 숙인 은무가 세차게 고개를 흔들었다. 용서를 받아주지 않겠다는 건가.

미안하고 난처한 마음으로 어쩔 줄 몰라 하는데 별안간 은무가 서 있던 현의 허리를 끌어안고는 울음을 터뜨렸다.

"은무 씨?"

"날 왜 이렇게 흔들어요. 내가 사랑을 하다니. 어떻게 이래요."

"……!"

끌어안은 팔을 풀어내고 허리를 숙여 은무의 뺨을 두 손으로 감싸고는 그녀아 눈을 맞췄다. 눈물을 잔뜩 머금은 눈동자 속에 그녀를 간절히 바라는 한 남자가 있었다. 욕망에 들뜬 자신을 언제까지 감출 수 있을지 자신하지 못하는 보통의 남자가 말간 그녀의 눈 속에 담겨 있었다.

"미안해요. 그동안 당신 마음 모른 척하고 아프게 해서."

"정말…… 이에요?"

"내 마음 당신 옆으로 간 지 한참 되었는데 아닌 척했어요."

피시식 바람이 빠지던 가슴이 다시금 부풀어 올랐다. 금방이라도 터져 버릴 것같이 빠르게, 빠르게 부풀었다.

"고마워요. 더 기다리게 했으면 내가 은무 씨 힘들게 했을지도 모르는데. 막무가내로 몰아붙였을 테니까. 이렇게."

은무의 얼굴을 감싸고 있던 손에 힘이 느껴졌다. 어느새 현의 입술이 그녀의 입술에 닿았다. 미끄러지듯 천천히 움직여 입술을 살짝 깨물고는 눈물과 섞인 달콤함을 즐기는 듯 입가에 웃음을 머금었다.

뺨에 닿은 그의 손이 미미하게 떨리고 이내 그의 혀가 은무의 입술을 갈랐다. 농밀하고 진하게 그녀의 입안을 헤집으며 감춰두었던 욕망의 서막을 드러냈다.

한참 동안, 촉촉한 소리가 스튜디오를 가득 채웠다.

> * 인생에 있어서 최고의 행복은
> 우리가 사랑 받고 있음을 확신하는 것이다.
> ─빅터 위고

7. Ghost of time

드라마 종영이 얼마 남지 않았다. 순차적으로 발표한 OST가 꾸준히 차트 상위권에 머물며 서현의 건재함을 알렸다. OST 앨범으로는 이례적으로 현의 라이브 공연이 담긴 리패키지 앨범까지 발매가 되자 강 대표의 얼굴에는 웃음이 끊이질 않았다.

강 대표의 강압적인 제안으로 내키지 않는 저녁식사를 하던 현은 적응되지 않는 분위기에 못마땅함이 가득한 얼굴로 앉아 있었다.

"내가 이런 자리를 진작 마련했어야 했는데 너무 무심했지. 창립 콘서트 때문에 정신이 있어야 말이지. 이렇게 중요한 시기에 현이까지 있으니 얼마나 든든한지 몰라."

강 대표는 JJ 엔터테인먼트에서 우위를 점령하고 있는 특급 연예인들에 들러싸여 이보나 좋은 수는 없다는 표정으로 이 사람,

저 사람에게 술을 권했다.

늘 스케줄에 쫓기어 살아가는 터라 같은 회사 소속인데도 불구하고 이렇게 얼굴을 마주하는 일은 극히 드물었다. 더군다나 분야가 다른 가수와 배우 사이는 더더욱 그럴 수밖에 없었는데 현은 그래서 더 불만스런 자리였다.

강 대표가 어깨동무를 한 채로 상석으로 이끄는 바람에 은무와 떨어져 앉게 되었다. 그의 주변으로 여자 배우들이 모여들었고, 은무의 주변으로는 그녀의 곡을 받기 원하는 남자 가수들이 몰렸다.

가뜩이나 은무를 둘러싼 남자들이 신경 쓰여 밥이 제대로 넘어가지 않던 차에 뒤늦게 합류한 소천섭이 은무 옆에 앉는 걸 본 후로는 주위의 어떤 소리조차 들리지 않았다.

혹시나 하는 마음으로 현에게 말을 붙여보려던 여자 연예인들은 찬바람이 쌩쌩 부는 그의 얼굴에 목을 움츠려야 할 정도였다.

은무를 바라보며 벙글거리고 있는 소천섭을 보는 현의 눈빛은 종이를 벨 것처럼 날카로웠다. 도대체 무슨 이야기를 하고 있는 건지. 자신에게는 눈길 한번 주지 않는 은무가 야속할 지경이었다. 무슨 수로 소천섭을 떼어내야 할는지. 현의 머릿속이 복잡하게 돌아갔다.

지난번 공연 때 유경과 천섭의 사이가 범상치 않아 보인다 했더니만 둘은 어느새 목하 열애 중인 모양이었다. 천섭은 은무를 보자마자 유경이에게 이야기를 들었다며 반갑게 인사를 했고, 그녀가 인사를 끝내자마자 본격적으로 유경에 대해 묻기 시작했다. 유경이 좋아하는 음식은 뭔지, 좋아하는 영화는 뭔지, 좋아하는 색은 뭔지. 은무가 기억하지 못하는 것까지 물어와 그녀를 난처하게 만들었다.

바쁜 드라마 촬영 때문에 만날 수 있는 시간이 극히 드문데다 만난다 하더라도 사람들의 시선을 피해 데이트를 해야 하는 상황이 짜증나고 힘들 수도 있건만 그런 것들조차 그저 아름답고 즐거운 추억인 듯 행복한 미소를 짓고 있었다.

소천섭도 수다쟁이였어.

소천섭이 잠시 전화를 받기 위해 자리를 뜨자 부리나케 일어선 현이, 천섭이 앉아 있던 방석을 끌어당겨 은무 옆에 바짝 앉았다.

현이 은무 곁에 앉자 그녀가 의아한 눈으로 그를 바라봤다. 왜 벌써 왔느냐 하는 눈빛이었다.

"밥 다 먹었어요?"

"다 먹었어요. 은무 씨는요?"

"대충요."

은무의 밥그릇은 아직 다 비워지지 않은 상태였다. 아마 소천섭과 이야기를 나누느라 먹을 틈이 없었던 모양이었다. 밥도 못 먹게 하고, 이런 날라리 같은 놈!

통화를 마치고 들어온 천섭이 자신의 자리를 찾았지만 이미 현이 앉아 있자 마땅한 자리를 찾지 못하고 그의 옆을 비집고 들어와 앉았다.

차마 은무를 부르지는 못하고 또 뭔가를 얘기하려는 듯 천섭이 몸을 움직이자 그가 등을 세워 그녀를 보지 못하도록 이리저리 막았다.

그런 현의 의도를 알지 못하는 은무는 자리가 불편하여 그런 모양이라 생각하며 자리를 옮기기 위해 일어났다.

"왜 일어나요?"

여전히 은무를 천섭의 시야에 들어가지 못하도록 막은 후 현이 물었다.

"불편한 것 같아서요."

"우리 그냥 나갈까요?"

현이 속삭이자 은무가 슬쩍 주위를 보며 작게 끄덕였다. 화장실에 가는 척 은무를 먼저 밖으로 내보낸 후, 강 대표와 구 부장의 시선이 자신에게 오지 않은 틈을 타 현 또한 밖으로 나오는 데 성공했다.

시원하고 청량한 바람이 불어왔다. 모자를 푹 눌러쓴 현이 회식이 한창인 식당 쪽으로 시선을 두고는 으드득 이를 갈았다.

오늘은 그냥 넘어가지만 소천섭 또 한 번 접근한다면 가만두지 않겠어. 소천섭의 속사정을 모르는 현은 그에 대한 분노를 삭이며 은무가 기다리는 주차장으로 발길을 옮겼다.

어느 날부턴가 현이 은무를 바래다주는 일이 많아졌다. 은무는 한사코 자신이 운전하겠다고 했지만 그는 절대 그럴 수 없다며 늘 운전대를 잡았다.

은무의 아파트 단지 안에 들어서자 그녀가 현을 붙들었다.

"잠깐 올라갔다 갈래요?"

한 번도 그런 제안을 했던 적이 없던 터라 현의 입꼬리가 길게 늘어졌다.

"그래도 돼요?"

"차 한 잔 마시고 가요."

은무의 집으로 올라가기 위해 엘리베이터에 올랐다. 1층에서부터 함께 엘리베이터에 오른 여학생이 힐끔힐끔 두 사람을 바라보았다. 긴가민가하던 여학생의 표정이 확신한 듯 놀라움으로 바뀌는 걸 본 은무가 스마트폰 사진기를 작동시키려던 여학생의 손을 조심스럽게 저지했다.

"사진은 안 돼요. 미안."

아쉬운 듯 휴대폰을 움켜쥐는 여학생이 현에게로 향한 시선을 떨어뜨리지 못하고 떨리는 목소리로 물었다.

"네. 죄송해요. 근데 서현 오빠, 맞아요?"

아무래도 그저 그런 중소형 아파트 엘리베이터에서 마주친 사람이, 현이 정말 맞는 건지 의심스런 모양이었다.

"맞아요."

은무가 대답을 하자 좋아서 어쩔 줄을 모른다. 공부 잘하게 생긴 모범생 스타일의 여학생은 좀처럼 입이 다물어지질 않는지 신기한 듯 그를 보고 또 보았다. 그런데 이 남자, 어쩜 저렇게 태연할까. 낯선 사람 만나는 거 좋아하지도 않는 사람이 별거 아니라는 듯 아무렇지 않아 보였다. 오늘따라 엘리베이터가 너무 더딘 것 같아 은무가 조용히 한숨을 삼켰다.

"그럼 언니는 그때 연주하던 그 언니 맞죠? 매니저라는?"

은무의 존재까지 정확히 알고 있는 걸 보면 꽤나 관심이 많은 여학생인 것 같았다. 한 번도 현과 함께 이런 상황에 부딪힌 적이 없었던 그녀는 조금 당황스러웠다. 그래도 어쩌랴. 매니저인걸.

나오지 않는 웃음을 억지로 짜내어 웃어 보였다.

"흐흥, 알아봐 줘서 고마워요."

"근데 어디 가세요?"

참 궁금한 것도 많구나. 어쩌자고 현에게 올라갔다가 가라고 했을까.

머뭇거리는 사이 엘리베이터가 멈춰 섰다. 엘리베이터 문이 열릴 때까지도 은무는 마땅한 대답을 찾지 못해 데구루루 눈만 굴려 댔다.

"집에."

현의 목소리에 여학생보다 은무가 더 얼었다. 현이 생글생글 웃으며 엘리베이터에서 내리자 은무가 어색하게 하하, 또 봐요, 라는 말을 남기며 따라 내렸다. 엘리베이터 문이 닫히기 직전까지 목을 빼서 두 사람을 바라보던 여학생의 얼굴에는 금방이라도 따라 내리고 싶다는 간절함이 가득 담겨 있었다.

문득 유경이 생각났다. 은무가 보지 못했던 어린 유경도 저 여학생과 비슷하지 않았을까.

엘리베이터가 올라가는 걸 확인한 은무가 현을 향해 어이가 없다는 표정을 지어 보였다.

"집에?"

"집 맞잖아요."

"저 여학생 맨날 우리 집 앞에 죽치고 있게 생겼네. 어쩔 거예요?"

"이사하면 되지. 우리 집으로."

아무렇지 않게 툭 내뱉는 그를 보니 자신을 다중 씨라 부르며 오밤중에 막무가내로 승재의 카페로 불러냈던 사진빨 씨가 떠올랐다. 그런데 이 사람 언제부터 이렇게 다정해졌던 걸까?

거실로 들어선 현은 이리저리 둘러보느라 은무가 지난 시간들을 되짚어보고 있다는 사실을 알지 못했다.

서른 평 남짓한 아파트는 은무의 성격대로 그냥 심플했다. 아기자기하게 꾸며져 있을 보통 여자들의 집과는 사뭇 다른 분위기였다. 흔한 액자 하나도 없이 벽은 휑했고 금방이라도 떠날 사람처럼 어느 곳 하나 흐트러져 있지 않았다. 커다란 책장에 빼곡히 들어 있는 책이 좀 의외랄까?

"책 많이 봐요?"

"그런 편이었죠. 책 한번 잡으면 시간 가는 줄도 모르고."

"책 보고 있는 거 한 번도 못 봤는데?"

"매니저 시작하고는 본 적 없어요. 당신이 볼 틈을 안 줬잖아요."

후훗. 현의 나지막한 웃음소리가 듣기 좋았다. 현과 함께 있으면 저도 모르게 과거의 자신으로 돌아가 종알거리기도 하고, 웃기도 많이 웃었다. 나는 언제부터 이렇게 된 걸까?

현이 이어폰 한쪽을 은무의 귀에 꽂아주고 다른 한쪽을 자신의 귀에 꽂았다.

"궁금한 게 있어요. 도대체 이 곡 악보는 왜 갖고 갔던 거예요?"

은무가 그동안 무척이나 궁금했을 거란 걸 안다. 아마도 이 곡에 대한 이야기가 하기 힘들어 물어보는 것조차 꺼렸던 걸 테지. 이 곡이 원데이의 다음 앨범에 실릴 뻔했던 걸 알고는 있을까?

"동숙이 형 만나러 왔다가 은무 씨 악보 파일을 발견했어요. 너무 좋은 곡이라 나도 모르게 그랬나 봐요. 이 악보 5년 전에 본 적 있거든요. 딱 한 번 연주도 해봤고."

"5년 전에요? 그럼 그때 이 곡을 앨범에 넣으려 했었다는 가수가……."

"우리였어요. 원데이."

은무는 한 번도 상상하지 못했던 이야기라 많이 놀라고 있었다. 유경이 인연이라고 말했던 게 생각이 났다. 그 곡이 자신과 현을 이어주었다는 것이 믿어지지 않았다.

곡을 만들었을 당시의 기억을 떠올린 은무가 설마하며 그에게 물었다.

"혹시 덴버에 간 적 있어요?"

그가 고개를 끄덕였다. 오래전 훈과 함께 덴버로 스키 여행을 갔던 적이 있었다. 스키 타는 걸 무척 좋아하는 훈은 몇 년에 한 번씩 스키여행을 가곤 했는데 아버지의 허락을 얻어내기 위해서 항상 현을 이용했다. 그땐 무슨 거짓말을 했었더라?

"언제였어요?"

"학교 다니던 때였으니까 7~8년 전쯤?"

원데이로 데뷔하기 전이니 그쯤 될 듯했다. 은무의 동공이 작게 흔들렸다. 뭔가를 기억해 내려는 듯 눈을 가늘게 뜬 은무가 다시 물었다.

"덴버 알타 스키장 갔었어요?"

자주 갔던 곳이었다. 그곳에서 훈은 하루 종일 스키를 탔고 현은 숙소에 틀어 박혀 기타를 치며 노래를 부르곤 했었다.

"갔었어요. 그런데 왜요?"

은무가 믿을 수 없다는 듯 고개를 내저었다.

"이 곡 만들게 했던 그 목소리…… 당신이었나 봐요."

각종 콩쿠르를 휩쓸고 있던 즈음, 가족들과 스키장에 갔던 그녀는 자신의 방으로 가기 위해 복도를 지나다가 한국말로 부르는 노래를 듣게 되었다. 한국말도 듣기 힘든 곳에서 노래를 듣는다는 게 너무 신기해 가던 길을 멈추고 한참을 서 있었는데 집으로 돌아가서도 그 목소리가 잊혀지지 않아 이 곡을 만들었다. 기억 속에서 튀어나온 그때 그 목소리가 현의 목소리 위에 내려앉는다. 같은 목소리였다.

은무의 이야기를 들은 현은 그녀보다 더 놀란 듯했다.

"그때 들었던 노래, 기억해요?"

그녀가 고개를 끄덕였다. 한국 가요에 대해서는 통 알지 못하던 그녀가 며칠 동안 인터넷을 검색해 알아냈던 터라 정확히 기억하고 있었다.

"소나기."

"소나기."

동시에 내뱉은 노래 제목에 서로를 바라보며 활짝 웃었다. 현은 영탁이 말한 인연을, 은무는 유경이 말한 인연에 대해 떠올렸다. 그들의 시간 어딘가, 서로를 알지 못했던 그때에도 그렇게 함께했었음이 믿을 수 없을 만큼 놀라웠다. 이런 일이 정말 있을 수도 있구나 믿어지지 않았지만 그만큼 행복했다.

"이 곡 제목 만들어줘요."

설레는 마음으로 은무가 현에게 부탁했다.

"채은무."

"그거 말고요."

"난 채은무가 좋은데."

"나도 채은무가 좋긴 한데 딴 거 없어요?"

현이 후후 웃더니만 고민을 하는 듯 눈썹을 찡그렸다.

"음······. Ghost of time 어때요?"

"시간의 영혼?"

"은무 씨와 나의 시간들을 묶어준 곡이잖아요. 서로에 대해 알지 못했던 긴 시간을 엮어준, 영혼이 깃든 곡."

"Ghost of time. Ghost of time."

그녀가 몇 번이나 되뇌며 입가에 웃음을 머금었다.

시간에 영혼이 있다면 지금 이 시간들을 기억해 주길 바랐다. 고통스러운 순간이 닥칠 때마다 행복했던 지금을 떠올리며 가뿐히 이겨낼 수 있도록.

이른 아침, 강 대표의 서슬이 시퍼런 눈빛이 천천히 태진을 훑고 지나갔다.

"채은무 곡을, 누가 뭘 해?"

태진이 꼴깍 하고 침을 삼켰다. 정의롭게 사는 건 역시나 사람을 피곤하게 만드는구나 하는 생각이 머리를 스친다. 그렇지만 아무리 생각해도 그냥 넘어갈 수는 없는 일이었다.

"윤태진, 조용히 넘어갈 일이지 왜 일을 이 지경으로 만들어!"

눈을 질끈 감았다 뜬 태진이 어렵게 입술을 움직였다.

"그게……."

"이건 조용히 넘어갈 일 아닙니다, 대표님. 태진 형 아니었으면 그대로 음원 나왔을 거고, 그럼 일이 더 힘들어졌겠죠."

무슨 말을 해야 할지 몰라 난감했던 태진은 현이 입을 열어준 게 너무 고마웠다.

댄스 가수인 진수가 난데없이 직접 작곡한 곡으로 앨범을 내고 싶다고 했을 때 태진은 정말 웬일인가 했다. 늘 누군가에게 기대려고만 하던 진수가 스스로 뭔가를 하려고 한다는 것이 너무나 기특했다. 더군다나 댄스 가수로 활동하던 그가 곡을 만들었다는 것이 참으로 기뻐 격려하기 위해 녹음실을 찾아갔다.

원데이는 물론이고 진수의 연습생 시절을 모두 보아왔던 태진은 그가 만들었다는 곡이 너무나 궁금했고 부푼 기대감을 갖고 디지털 싱글 앨범에 수록될 진수의 곡을 듣기 시작했다.

그러나 태진은 이내 고개를 갸웃거려야 했다. 분명 처음 듣는 곡인데 이상하게 귀에 익었다. 얼마 전 지하 스튜디오에서 들었던 은무의 곡과 아주 비슷하다는 걸 태진은 알아냈고, 아무 말 없이 녹음실을 빠져나왔다.

처음 태진에게서 이 이야기를 전해 들었을 때 현은 말도 안 된다고 생각했다. 이미 5년 전에 만든 곡인데 누가 누구의 곡을 표절했다는 것인가. 음원이 나온 상태에서 표절 시비를 걸었다가는 이름도 없는 신인 작곡자가 벌인 해프닝으로 마무리가 되어 끝끝내 진실은 밝혀지지 않을 터. 현은 절대 그렇게 둘 수 없었다.

"어떤 경로로 진수가 그 곡을 알게 되었는지는 모르겠지만 진수가 작곡한 곡 아닙니다."

"증거 있냐? 이 종이 쪼가리 갖고는 아무 소용이 없다고 몇 번을 말해!"

"한두 마디도 아니고 모든 연속적 전개방식이 똑같아요. 이 곡은 5년 전에 구 부장님도 그리고 원데이 멤버들도 들었던 곡이에요. 제가 얼마 전에 편곡도 했고요. 그런데 진수가 곡을 완전 저질로 만들어놨어요. 후, 어찌 되었든 이건 표절입니다."

"그래, 표절이지. 진수가 채은무 곡을 표절했는지, 채은무가 진수 곡을 표절했는지 알 수는 없어도 누군가는 베꼈다고 봐야겠지. 그런데, 서로 아니라잖아. 아니라는데 뭐로 확인할 거냐고. 도대체 뭐로!"

"음원 발매일만 미뤄주세요. 만약, 그냥 발매된다면 가만있지 않을 겁니다."

현이 자리를 박차고 일어나 사무실을 나갔다. 강 대표의 고함소리가 그의 등에 날아와 꽂혔다.

"이 자식! 왜 네가 채은무 곡에 이 난리야!"

사무실 문을 닫은 현의 눈빛이 베일 듯 날카로웠다. 무슨 일이 일어나도 그냥 넘어갈 수 없다. 곡을 훔쳐가 함부로 난도질한 정진수, 절대로 용서하지 않을 것이다.

"그러게 고장난 도어록 좀 손봐달라 했잖아요!"

은무의 날카로운 목소리에 구 부장은 아무 대꾸도 하지 못했다. 누군가 들어와 은무의 건반이나 악보에 손을 댔다면 충분히 일어날 수 있는 일이었다. 그런데 그 누군가가 진수일 수도 있다는 사실이 못 견디게 가슴 아팠다.

"은무야."

왜 또 저렇게 부르시나.

"진수 참 불쌍한 애다. 영탁이, 승재, 진수 이렇게 셋이서 연습생부터 데뷔할 때까지 함께 한 시간만 4년이었어. 거기서 자기만 쏙 빠졌으니 얼마나 힘들고 속상했겠냐. 대신 다른 팀에 들어갔는데 얼마 못 가 소리 소문도 없이 팀 자체가 없어졌어. 그런데 그렇게 만든 게 나라서 내가 진수 앞에만 서면 죄인이다."

구 부장이 고개를 숙이며 한숨을 내쉬었다. 때마다 챙기고 있지만 진수는 운도 더럽게 없었다.

"진수가 무명이었을 땐데, NBD 우리 고향 만세에 농촌 할아버지들 잃어버린 꿈 찾아드리는 코너가 새로 생겼다면서 리포터 섭외가 들어왔었어. 가수든 연기자든 상관없대서 일이 없던 진수를 넣어줬지. 내 생각은 가수 포기하고 그냥 그런 방송일이나 하라는 거였어. 그런데 진수가 그 코너에 합류하고 처음으로 섭외한 할아버지가 삼 일 촬영하고 돌아가셨어."

안 듣는 척 제 할 일을 하던 은무가 심드렁하게 물었다.

"촬영하다가 사고 났어요?"

"사고 났지. 할아버지 꿈이 경마 기수래서 삼 일 내내 진수가 승마장에서 말똥도 치우고 할아버지 심부름도 하고 그랬더라고. 그런 일은 죽어도 싫다던 놈이 살아야겠는지 했나 보더라. 근데 문제는 얘가 말을 탈 줄을 몰랐던 거야. 할아버지랑 시합을 하는 콘티가 있어서 배워본다고 말 탔다가 말에서 그냥 떨어져서 어깨뼈 금 가고……."

"어머나. 아팠겠다. 그럼 할아버지도 말 타시다 돌아가셨어요?"

어느새 은무는 구 부장의 이야기에 심취해 다쳤던 진수를 안타까워했다.

"아니. 할아버지 말 타는 솜씨가 보통이 아니셨대. 촬영도 잘 마치고 집에도 잘 들어가셨는데 다음날 동네 뒷산에 가셨다가 실족사 하셨단다. 유가족이 촬영 분 방송을 반대해서 진수는 고생만 엄청 하고 방송에도 못 나가고 결국 그 코너는 없어졌지."

"저런."

진수에게 이런 일들은 비일비재했고 반복될수록 누군가를 향한 원망은 커져 갔으리라.

"안 풀린다, 안 풀린다 그래도 애처럼 안 풀리지는 않을 거다. 아이고, 후……."

구 부장의 한숨이 더 깊어졌다.

"아무리 그래도 곡을 훔친 건 용서 못해요."

스튜디오 문을 거칠게 열고 들어온 현이 구 부장을 향해 단호한 목소리를 냈다. 움찔, 현과 눈이 마주칠세라 구 부장이 눈을 내리깔았다.

현의 이런 표정은 본 적이 없다. 조용하고 차분한 그에게 이런 무시무시한 표정이 숨어 있을 줄이야. 괜스레 쿡쿡 웃으며 은무가 가볍게 말했다.

"나도 용서 못하지만 정진수 씨, 안목은 있는 사람 같아요. 탐이 날 정도로 내 곡이 좋았던 모양이니까."

"그, 그래. 진수가 보는 눈이, 아니, 듣는 귀가……."

"형."

현의 목소리가 음산하다. 구 부장이 훔친 것도 아닌데 그의 멱살이라도 잡을 기세였다. 구 부장이 얼른 방향을 바꿔 진수를 타박했다.

"잘못을 따지자면 진수가 백번 잘못한 게 맞지. 어디 훔칠 게 없어서 남의 곡을!"

구 부장의 그런 모습에 은무가 고개를 흔들었다. 구 부장의 입장 또한 이해하지 못하는 바는 아니었다. 정 많고 여린 구 부장 성격에 진수의 인생을 자신이 망쳐 놓은 것 같아 오랫동안 남몰래 죄책감에 시달렸을 테니까. 누구의 편도 들 수 없는, 안타까운 상황에 처한 구 부장이 불쌍했다.

"우선 진수 씨와 이야기를 나눠보는 게 좋겠어요. 억울하지만 정말 그 사람이 작곡한 걸 수도 있으니까."

"말도 안 되는 소리 하지 말아요! 그게 가능하다고 생각해요? 은무 씨가 어떻게 작곡한 곡인데!"

은무에게 큰 소리를 낸 적이 없던 터라 소리를 지른 그도, 그녀도 놀랐다. 두 사람 가운데 서 있던 구 부장이 슬그머니 자리를 피하기 위해 스튜디오 문을 열었다.

"형, 가능한 한 빨리 진수 만나게 해줘요."

나지막한 현의 목소리에 구 부장이 고개를 끄덕이며 밖으로 나갔고 잠시 후 현도 스튜디오를 나갔다.

요란하게 돌아가던 공기 청정기가 멈춰 섰다. 도통 작업이 되질 않아 건반만 바라본 채 한참을 멍하니 앉아 있기만 했다. 적

막해진 스튜디오 안에 위—잉 하고 울리는 건반 잡음 소리가 거슬렸다. 은무가 건반 스위치를 끄고 소파에 털썩하고 주저앉았다.

놀라긴 했지만 화가 난 건 아니었다. 이러지도 저러지도 못하는 저를 대신해 현이 화를 내준 게 차라리 고마웠다.

오히려 미안해진 건 은무였다. 곡 관리를 잘못해 이런 일을 만들어 여러 사람을 곤란하게 했으니 말이었다.

이런저런 생각으로 또 한참이 지나고 이윽고 스튜디오 문이 열렸다. 굳은 얼굴로 스튜디오에 들어온 현이 은무를 바라봤다. 그녀가 반사적으로 몸을 일으키고는 커피를 마시려고 일어났다는 듯 커피머신 앞에 서서 그에게 물었다.

"어디 있다가 오는 거예요? 커피 줘요?"

현이 자신을 보고 있을 거라 생각하자 괜스레 커피 잔을 드는 행동조차 어색해졌다.

"저기, 나도 너무 속상하긴 한데요. 그 곡 어차피 발표하려고 했던 곡도 아니고 진수 씨 사정이 많이 딱하기도 하니까……. 아니, 뭐 그 곡을 발표한다고 해서 무조건 히트 칠 것도 아니고……. 어우, 진짜 내가 무슨 말을 하는 거야."

"은무 씨."

어느새 가까이 다가온 현이 등 뒤에서 그녀를 감싸 안았다. 그가 그녀의 어깨에 턱을 묻고는 나직하게 속삭였다.

"미안해요. 나 때문에 이런 일 생기게 해서."

돌아서서 현의 얼굴을 마주 바라보았다. 좀 전까지 칼날 같던 그의 얼굴이 아파 보이고 슬퍼 보인다.

"왜 현이 씨가 미안해요. 파일 관리 잘못한 건 난데."

"진수, 내 곡인 줄 알고 가지고 간 것 같아요."

"이 건반을 현이 씨 건반으로 알고요?"

그가 고개를 흔들고는 주머니 속에서 mp3를 꺼내 보였다.

"지난번에 승재 카페에 갔을 때 이거 안 보여서 잠깐 찾았던 거 기억나죠?"

기억하고 있다. 다행히도 복도에 떨어져 있는 걸 카페 손님이 주워 카운터에 가지고 왔고, 늘 현이 지니고 다니는 거라 그의 것임을 알아본 승재가 건네주었었다.

"에에? 그럼 그때 진수 씨가 그런 거라고요? 근데 정말 잠깐이어서 mp3에서 어딘가로 음악을 옮길 시간이 없지 않았을까요?"

"없어진 걸 알고 찾기까지는 잠깐이었지만 언제부터 나한테 없었는지는 몰라요. 실은, 그날 답답해서 밖에 잠깐 나갔다가 진수가 차에 앉아 있는 걸 봤어요."

실내등을 켜놓은 채 뭔가를 하고 있는 진수를 본 그는 부딪히고 싶지 않아서 카페 안으로 들어갔었다. 아마 그날이었을 거다.

주차장 CCTV 중, 스튜디오로 들어가는 복도를 비추는 카메라가 있을 것 같아 확인하러 갔었던 현은 여러 달 동안 구 부장과 태진 외에는 스튜디오를 드나든 사람이 아무도 없었다는 것을 알게 되었다. 그렇다면 은무의 곡이 들어 있는 다른 매체. 자신의 mp3 밖에는 없다.

"아니, 왜요? 현이 씨 곡인 줄 알았다면 일이 더 커질 걸 알았을 텐데 도대체 왜요?"

"날 자극하고 싶었을 거예요. 보란 듯이."

현에 대해 잘 알고 있는 진수는, 그가 작곡한 곡을 확정 전까지는 누구에게도 들려주지 않는다는 걸 알고 있었다. 그 때문에 그 곡을 들은 이가 아무도 없을 거라고 확신했을 터였다. 아직 태진이 진수에게 아무 이야기도 하지 않은 상태였으므로 음원이 발표되었을 때 보일 현의 반응을 기대하고 있을 것이다. 현이 표절 시비를 보였을 때 대중이 보일 반응까지도.

"내가 작곡한 곡이 아니라 은무 씨가 작곡한 곡이라는 증거만 있어도 진수는 포기할 거예요. 나에 대한 증오심으로 그러는 거니까."

구 부장이 그토록 걱정하고 안쓰러워하는 이유도 그 때문이겠지. 진수가 구제불능에 쓰레기 같은 인간이었다면 차라리 맘이 더 편했을까.

"미안해요. 매번 은무 씨 힘들게 하네요."

진심으로 미안하단 얼굴로 현이 그녀의 얼굴을 쓰다듬었다.

"내가 뭘 어떻게 해야 하는지 잘 모르겠어요. 발표된 곡도 아닌데 무조건 내 거라고 외칠 수도 없는 노릇이고. 창작물이라는 게 나 혼자 평생 쓰다듬고 있어봐야 남들이 그래, 그건 네 거야 하고 인정해 주는 건 아니잖아요."

"미안해요, 정말."

늘 자신감에 넘쳤던 그가 불안해 보인다. 그런 그를 보니 곡을 되찾지 못할 수도 있겠구나 하는 생각이 스쳤다.

"곡을 잃는다면……."

"그런 일, 없어요."

그 곡이 아니라 자신이 작곡했던 많은 곡들 중 하나였다면 어떤 거라도 상관없었다. 하지만 그 곡은 절대 안 된다. 서로를 알지 못했던 시간 중에 은무가 그의 목소리만을 떠올리며 쓴 곡이었고, 그를 세상 밖으로 끌어내 결국은 그녀를 만나게 한 곡이었다.

"절대 그렇게 되도록 두고만 보지는 않을 거니까."

Ghost of time. 서로를 알지 못했던 시간의 영혼이 그 곡에 있다. 절대로 잃을 순 없었다.

"이번에도 서현 편만 드시는 겁니까? 그렇겠죠. 뭘 해도 안 되는 저 같은 놈, 편들어 뭐 하겠어요."

한껏 비꼼을 담은 진수의 말투에 구 부장의 이마가 점점 일그러졌다.

"정진수 너 이 자식!"

정진수, 꼬여도 단단히 꼬여 있다.

"너 힘든 거 내가 모르겠냐? 그래도 이건 정말 아니지. 네가 쓴 곡이 아니라는 걸 하늘이 알고 땅이 안다!"

"하늘이 알고 땅이 알아도 대중은 몰라요. 형하고 현이 자식은 알아도 강 대표님은 모르는 것처럼."

본인이 쓴 곡이 아니라는 걸 자백은 할지언정 포기는 안 하겠다는 거였다.

"현이 올라올 거다. 그 곡이 그렇게 마음에 들면 음원 나오게 해 달라고 차라리 사정을 해라. 그러는 편이 너한테 나아."

"미쳤습니까? 내 곡인데 왜 그 자식한테 사정을 합니까?"

이 자식! 하늘이 알고 땅이 안다는 걸 인정하더니만 금세 말을 뒤집는다. 단단히 마음먹은 모양인데 이를 어찌니.

구 부장이 한숨을 푹푹 쉬어대는 사이, 현이 그의 사무실로 들어왔다. 현의 얼굴을 보자마자 진수가 입술을 비틀며 낮게 욕설을 내뱉었다.

"이 자식이! 여기가 어디라고 욕지거리야!"

진수가 내뱉는 욕설에도 아랑곳 않고 현이 그의 앞에 마주 앉았다.

"형, 자리 좀 비켜줘요."

"어, 그래. 현아, 저기……."

그가 고개를 흔든다. 아무 말도 하지 말라는 거겠지. 누구의 편도 들지 말라는 말일 터. 단호한 그의 표정에 구 부장이 고개를 끄덕이며 사무실을 나갔다.

음악에 대해 이젠 뭘 좀 알 것 같다는 자만심이 하늘을 찌르던 무렵, 그가 고집스레 솔로로 데뷔하지 않겠다고 했던 이유는 음악을 좋아하는 친구들을 만나 새로운 음악에 도전해 보고 싶다는 생각이 들어서였다.

강 대표는 솔로로도 충분히 승산이 있는 현을 그룹에 끼워 넣었다가 자칫 그의 가치를 떨어뜨리는 건 아닐까 노심초사했지만 현의 고집을 꺾을 수는 없었다.

그렇게 해서 만나게 된 친구들이 영탁이와 승재였고 그들은 원래 한 팀이었던 것처럼 금세 원했던 음악들을 만들어냈다. 세 사람은 24시간을 함께 했고 데뷔 전까지는 집 밖으로 나가지도 않은 채 음악에 파묻혀 살았다.

자신보다 그들과 더 오랜 시간을 함께 한 진수가 있었다는 사실을 알게 된 건 원데이라는 이름으로 데뷔를 하고 난 후였다.

"영탁이와 네가 싸우는 걸 보고 나서야 난 내가, 내 자리가 아닌 곳에 들어왔다는 걸 알았지. 영탁이와 승재는 물론이고 나 또한 네게 늘 미안했었다."

"쓸데없는 소리 할 거면 집어치워! 그딴 말이 이제 와서 무슨 소용인데!"

자신에게만 잔인했던 지난 세월을 떠올린 진수가 사납게 소리쳤다.

억울했다. 왜 나만, 이라는 자격지심에서 벗어날 수 없었다. 오랜 시간 함께 해온 친구들을 빼앗긴 것도 부족해 꿈까지 짓밟혔다. 자신만 늘 제자리걸음인 것이 못 견디게 싫었다. 결국은 모두 서현 때문이었다. 서현만 아니었으면 원래대로 영탁, 승재와 함께 그룹을 만들어 데뷔했을 테고, 서현이 있던 그 자리에 자신이 있었을 터였다.

"억울하냐? 넌 내 자리를 그렇게 훔쳐가 놓고 그깟 곡 하나 비슷한 게 그렇게 억울해!"

"그 곡, 내 곡 아니야. 아무 잘못도 없는 작곡자에게 상처 입히지 않았으면 좋겠다."

듣는 순간 서현의 곡이라고 확신했던 진수는 현이 거짓말을 한다고 생각했다.

"서현도 거짓말하냐? 그깟 곡 하나 때문에 서현이 거짓말을 하네."

그깟 곡이라 말하는 진수의 입을 찢어버리고 싶다는 충동이 인다. 부들부들 떨리는 주먹 쥔 손을 다른 손으로 거머쥐고 진수를 노려봤다.

"너한테는 승재네 카페도 이런 곳이고, 그 곡도 그깟 곡인 거냐!"

"뭐야 인마!"

무엇 하나 무겁게 생각하지도 않으면서 빼앗겼다고만 생각하는 진수를 더 이상 이해하고 싶지 않다. 안쓰럽다, 안됐다, 불쌍하다 여겼던 게 진수에게는 독이 되었는지도 모른다.

네가 내 소중한 것들을 폄하한다면 나 또한 그렇게 갚아주는 수밖에.

"너 따위가 손댈 만한! 그런 곡 아니니까 마음 접는 게 좋을 거야. 네가 연예인으로 이 바닥에 남아 있고 싶다면 말이지."

"어디 한번 해볼까? 내가 진다 해도 난 잃을 게 없지만 넌 잃는 게 엄청 많겠지? 서현의 깨끗한 명성이 그깟 곡 하나로 곤두박질치는 거 한번 보고 싶네."

진수의 야비한 목소리와 눈빛이 현에게 날아와 박혔다. 은무에게 자신했지만 현은 어디서부터 움직여야 할지 사실 암담했다. 뭐가 옳은 방법인지도 판단이 서질 않는다.

사무실을 빠져나가는 진수의 뒷모습 뒤로 검게 드리워진 그림자를 보며 현이 눈을 감았다.

진수는 오랫동안 준비해 온 사람처럼 빠르게 움직였다.

어느 음악 방송 인터뷰에서 이번 일이 일어날 걸 알고 있었다는 듯 표절에 대한 자신의 생각을 언급했다.

요지는 그러했다. 누구에게나 곡을 작곡하는 데 영감을 주는 작곡자와 곡은 있기 마련이고, 준비하고 있는 이번 곡에 영감을 준

건 미국 가수인 Lionel Richie의 you are라는 것.

"you are를 표절했다고 말한다면 어쩔 수 없지만 자신은 영향을 받았을 뿐 결국 표절은 아니다? Lionel Richie? you are? 이 자식 분위기 비슷한 곡 찾아내느라 애썼어 애썼어. 아, 이 자식 진짜!"

현과 함께 방송을 보던 승재가 어이없다며 머리를 거칠게 쓸어 넘겼다.

"근데 이 방송 네 선배라는 사람이 피디 아냐?"

가수로 활동이 미미하던 진수가 꽤 잘나간다는 음악방송에 출연할 수 있었던 건, 방송 출연을 고사한 서현 때문이었을 것이다. 서현과 진수의 관계를 알고 있는 피디는 방송을 통해, 현을 포함해 대중에게 얼굴 보여주길 기피하는 연예인들에 대한 경멸을 드러내고 싶었던 모양이었다. 계속된 질문 속에 은근하고 교묘하게 서현에 대한 폄하가 들어가 있었다.

"야, 장난 아니다. 저 MC 질문하는 것 좀 봐. 인터뷰, 방송 출연 없이 곡만 발표해 돈만 벌려고 하는 가수가 있다라니⋯⋯."

이런 게 자업자득이라는 건가? 현은 그동안 인간관계에 무심했던 자신에 대해 깊이 반성을 해야 할 때라는 걸 절실하게 깨닫는 중이었다.

방송이 끝난 후, 후폭풍은 대단했다.

"진수가 만들고 있다는 곡이 어떤 곡인지 얼른 들어보고 싶다는 여론이 압도적인데? 이 자식 정말 제대로 일 쳤네."

대중은 표절에 대해 관대함을 나타내는 것도 모자라 곡에 대한 궁금증을 호소하고 있었다. 일각에서는 진부한 노이즈 마케팅일 뿐이라며 표절에 대한 본질을 흐리기도 했지만 그것 또한 곡의 궁금증을 더하는 데 한몫하고 있기는 마찬가지였다.

"현아, 이 일을 정말 어쩌냐. 차라리 먼저 곡을 발표하는 게 어때?"

Gohst of time은 발표하고자 했던 곡이 아니다. 은무 또한 그럴 생각은 추호도 없다고 했고.

"아니다. 이대로 은무 씨 곡 발표했다가는 오히려 뭇매 맞겠다. 휴우……."

현의 눈빛이 깊이를 알 수 없는 우물 속만큼 어두워졌다.

그의 성격을 제대로 알고 있는 사람은 많지 않았다. 얼마나 독한지, 얼마나 칼날 같은지. 선처도 구하는 사람에게만 주어지는 법. 진수에게 더 이상의 기회는 없었다.

강 대표와 마주 앉은 구 부장은 내내 좌불안석이었다.

진수가 출연한 음악 방송이 전파를 타자마자 방송에서 여러 번 언급했던 이가 서현임을 눈치챈 기자들은 옛일을 들추어내며 두 사람의 악연에 대해 쏟아냈다.

사실 진수의 음원 발표 날짜를 늦추는 건 아무런 문제가 되지 않았다. 주목 받는 톱 가수도 아니고 한물간 댄스 가수의 신곡 발표가 무슨 대단한 일이라고 고집을 부리겠는가. 하지만 이 일에 현이 나서고 있다는 게 문제였다. 표절 같은 민감한 사안에 현의 이름이 오르내리는 것 자체가 강 대표는 마음에 들지 않았다.

"구 부장, 확실히 채은무 곡이 맞는 거지?"

"네. 확실해요. 진수를 포기시키……."

"이런 문제가 터지면 누가 손해를 보는지 알고 있지? 강자보다는 약자에게 동정표가 가는 건 당연해. 하지만, 늘 변수는 있어. 대중이 결국 누구의 편을 들어줄지 아무도 모른다는 거지."

이제 겨우 다시 대중 앞에 선 현이를 또다시 사라지게 할 수는 없다. 강 대표의 머릿속에서 진수는 이미 사라졌다. 무슨 생각을 하는지 눈빛을 빛내던 강 대표가 입술 끝을 끌어 올렸다. 어쩌면 좋은 기회가 될 수도 있을지 모른다는 생각에서였다.

"현이가 어떻게 해결할지 두고 보자."

"네에?"

"이런 거 해결하라고 소속사가 있는 건데 처음부터 진수가 맘대로 움직였으니 별수 있나. 지켜보는 수밖에."

방금 전까지 화가 났었던 사람이라고 하기에는 어쩐지 강 대표의 기분이 좋아 보인다. 강 대표의 속을 알 수 없는 구 부장이 가늘게 눈을 떴다. 확실한 건 강 대표의 수는 늘 틀리지 않았다는 것.

"진수 어디 있는지 소재 파악해 놓고 우선 지켜봐."

"네."

"기분도 그런데 나가서 술 한잔하자."

강 대표가 껄껄 웃는다. 기분이 그렇다는 게 기분이 좋다는 뜻인 모양이었다.

'원데이의 신부'라는 인터넷 카페는 회원수 20만 명을 자랑하는 원데이의 팬 카페였다. 서현의 복귀와 함께 여기저기에 흩어져 있던 원데이 팬 카페를 통합한 유경이 운영자를 맡고 있었고, 연예인 팬 카페 중에서는 다섯 손가락 안에 드는 대형 카페였다. 팬클럽 회장인 유경의 탁월한 능력이 아니라면 그 누구도 할 수 없었던 일이었다.

그 카페에 서현이 나타났다.

─안녕하세요. 서현입니다.

복귀 후, 조금 더 일찍 인사를 드렸어야 했는데 너무 늦은 것 같습니다.

원데이를 잊지 않고 기다려 주신 팬 분들에게 죄송하고 고마운 마음을 이 자리를 빌려 전합니다. 정말 감사드립니다.

요즘 새로운 음반 준비를 하고 있는데요, 제게 이 음반은 많은 의미가 있습니다. 다시 가수로 복귀하는 첫 솔로 앨범이어서 그렇기도 하지만, 영락이, 승재 그리고 저의 진한 우정이 담길 거라는 데에 더 큰 의미를 두고 싶습니다.

영락이가 새로이 시작해 보려 했었던 음악들과 승재가 하고 싶었던 이야기들이 담길 예정입니다.

그리고 또 한 사람. 제 삶의 은인이기도 한 어느 작곡자의 곡들이 수록됩니다. 저희가 사고를 당하지 않았다면 아주 오래전에 그분의 곡을 불렀을 거예요.

시간의 영혼은 그분과 원데이를 또 한 번 이어주었고 이번 앨범으로 다시 만나게 되었습니다.

어쩌면 그분의 곡을 들어보신 분이 있을지도 모르겠습니다. 사고 나기 전날, 홈페이지에 제가 그분의 곡을 연주하는 동영상을 올린 적이 있거든요. 안타깝게도 지금은 그 영상이 어느 곳에도 존재하질 않습니다. 영탁이가 마지막으로 찍어준 동영상인데 말이에요.

다시 한 번, 원데이를 기다려 주신 팬 분들에게 진심으로 감사 인사를 전합니다.

좋은 곡으로 곧 찾아뵙겠습니다. 사랑합니다.

서현 드림.

카페에 서현이 나타났다는 소식은 금세 20만 회원에게 퍼져 나갔다. 믿기지 않는 듯 정말 서현이 맞느냐고 묻는 수백 개의 덧글이 순식간에 달렸고, 카페 운영자인 유경으로부터 서현이 맞다는 확답을 들은 카페 회원들은 그의 방문에 열광했다.

그리고 곧, 5년 전 홈페이지에 올라왔었다는 동영상을 본 사람이 있었는지에 대한 회원들 내의 자체 수사가 시작되었다. 자신들이 보유하고 있는 원데이의 과거 동영상을 게시판에 올리며 현이 말한 영상이 나오기를 고대했다.

"와, 동영상 진짜 많다. 품. 이때 현이 씨, 정말 예뻤네요. 여자라고 해도 믿겠어."

현과 함께 게시판에 올라온 영상을 확인하던 은무가 현의 과거 모습을 보며 낄낄댔다.

"놀리는 거죠?"

"아니요. 그럴 리가요. 그런데 이때 현이 씨 만났으면 우린 좀 힘들었겠네요."

웃음이 잔뜩 담긴 은무의 목소리에 현이 이마를 찡그렸다. 이래 봬도 원데이에서 비주얼 담당이 나였는데 이 무슨 섭섭한 말씀이실까.

"나보다 이쁜 남자를 어떻게 만나겠어요. 창피하게."

"그럼 지금은 아니란 얘기네요?"

"내가 말했었잖아요. 사진빨이었네요? 하고."

"그때 그 말 진심이었던 거예요?"

"나 몰라요?"

잘 안다. 농담 같은 건 절대로 못하는 여자지. 기분이 좋아야 하는 건지 나빠야 하는 건지 갈피를 잡을 수가 없다. 어쨌든 지금 이렇게 잘 만나고 있으니 잘된 거 맞겠지? 현이 머리를 긁적이며 다른 동영상을 확인했다.

"이유경?"

"유경이 글 올라왔어요? 갖고 있는 거 다 올리려고 그러나?"

유경이 이름으로 되어 있는 게시글이 잠깐의 시간차를 두고 계속해서 올라왔다. 유경이라면 보유하고 있는 동영상이 수백 개, 아니, 수천 개는 될 터였다.

자신의 머릿속에는 이제 남아 있지도 않은 기억들이 게시판을 통해 재생될 때마다 현의 가슴속에서 울컥울컥 눈물이 쏟아졌다. 그립고 또 그리운 시간들. 그리고 내 친구.

"현이 씨. 찾은 것 같아요!"

화면 속 영탁이를 향해 손을 뻗던 그에게 은무의 외침이 들려왔다.

은무가 가리킨 게시물은 유경이 올린 동영상이었다.

현이 연주를 한 동영상이 올라왔던 홈페이지는 하루에 수만 명씩 드나들던 곳이었다. 정말 잠깐이었지만 팬들 중 누군가는 영탁이 올린 동영상을 봤을 터였다.

카페를 통해 그때의 이야기를 흘리면 팬들의 움직임이 있을 거라 생각했던 현의 예상은 적중했고 기적처럼 은무의 음악이 담긴 동영상을 찾아냈다.

"와, 역시 이유경. 진짜 대단하다. 어쩜 이걸 이렇게 녹화했을까."

동영상이 재생되고 있는 컴퓨터 화면을 다시 디지털 카메라로 촬영한 영상이었다. 공유가 되지 않는 동영상이라 유경이 찾아낸 방법은 이것이었던 모양이다.

화질이 그다지 선명하진 않았지만 음질만은 어떤 곡인지 충분히 확인할 수 있을 만큼 또렷했다. 은무의 곡이 분명했다.

구 부장이 건넨 태블릿 PC에서 동영상을 확인하던 강 대표가 눈을 가늘게 떴다.

"이건 또 뭐야? 서현?"

"네. 옆모습이지만 현이가 아니라고 말하는 사람이 아무도 없는 걸 보면 현이가 확실하겠죠."

'서현 피아노'라는 검색어로 실시간 1위를 달리고 있는 이 영상은 순식간에 엄청난 조회수를 보이고 있었다. 영상을 확인한 네티즌들은 대부분 처음 듣는 곡이지만 너무 좋다, 라는 반응을 보였고, 아울러 새 앨범에 수록될 곡인지 궁금해하기도 했다.

"이 곡인가?"

"네. 은무 곡 맞습니다. 원데이가 사고 나기 전날, 영탁이가 마지막으로 현이를 촬영했던 영상으로 알려지면서 조회수가 더 늘고 있다고 합니다. 화질이 처음에는 이렇게 선명하지 않았거든요. 근데 요즘 기술이 워낙 좋아져서. 네티즌 중에 누군가가 이렇게 선명한 화면으로 다시 만들어서 올려줬다고 하네요."

"허허허. 나 원 참. 허허허."

시원하게 웃지도 않고 헛웃음을 흘리는 강 대표를 보며 구 부장이 혀를 내둘렀다. 모든 것이 강 대표가 원했던 시나리오대로 이루어졌기 때문이었다. 진수의 디지털 싱글 앨범과 현의 정규 앨범에 대한 홍보가 손 하나 까딱하지 않고 성공적으로 진행되고 있었다.

강 대표는 두 마리 토끼를 다 잡았다는 기쁨에 한참을 그렇게 웃었다.

퇴근하기 위해 사무실을 나서는 구 부장의 앞을 태진이 막아섰다. 며칠 동안 씻지도 못했는지 태진의 몰골은 한마디로 처참했다. 웃음이 나오는 걸 꾹 참으며 구 부장이 태진을 향해 물었다.

"아직도 진수가 Lionel Richie의 you are라는 곡과 비슷한 곡을 만들어달라고 떼를 쓰고 있단 말이야?"

태진이 머리를 벅벅 긁으며 자신의 처지를 하소연했다.

"아, 진짜! 이 자식 진짜 진드기 같아요. 하루에도 열두 번씩 전화를 해서 사람 피를 말린다니까요. 뭐, 곡이 하루 이틀에 뚝딱 하고 나온답니까? 내가 천재도 아니고 말이야!"

대한민국 국민 중 5명에 한 명 꼴로 보았다는 '서현 피아노' 동영상에 의해 진수는 결국 백기를 들었다. 그리고는 처음 이 사실을 폭로했던 태진에게 모든 원망을 돌렸다. 대중과 약속을 했으니 어떻게든 자신이 말한 그 곡이 나와야 한다며 태진을 밤낮 없이 협박했다. 더군다나 강 대표까지 꼭 해내라고 으름장을 놓고 있으니 태진은 그야말로 뭐 밟은 기분이었다.

작곡에서 손을 뗀 지 오래된 터라 아무리 쥐어짜 내도 원하는 곡은 나오지 않았다. 오선지에 음표를 잔뜩 그려놓고 괜찮다 싶어 연주해 보면 새로운 곡이 아닌 그냥 you are였다.

"왜 표절을 하는지, 왜 표절을 할 수밖에 없는지 그 심정을 이해하겠다니까요. 도저히 진수가 인터뷰에서 말한 그런 곡, 못 만들겠어요. 난 못해!"

태진이 소파에 드러누워 두 다리를 흔들었다. 구 부장이 생각해도 태진에게 이러는 건 아닌 것 같았다. 한편으로는 안타까웠지만 결국은 모두 진수가 저질러 생긴 일 아니던가.

"그래. 그만해. 진수는 지 팔자지 뭐. 누가 남의 것 훔쳐다가 그렇게 하랬나? 못난 놈. 으이구. 진짜 못난 놈."

"그럼 나오기로 한 음반은 어떻게 해요? 진짜 시간도 얼마 없는데."

"연기해야지. 진수보고 천천히 직접 만들어보라고 할 거야. 저도 느낀 바가 있을 테니 노력하겠지. 너는 네 할 일 봐."

착한 태진이 정말 그래도 되는 건지 걱정하는 눈빛을 보냈다. 막상 안 해도 된다고 하니 마음이 놓이질 않는 모양이었다.

"정 걱정되면 좀 도와주던가. 네가 곡 고르는 선 살아니까."

태진이 고개를 끄덕였다.

그로부터 한 달 뒤 정진수의 디지털 싱글 앨범이 발표되었다. 곡명은 The thieves로 자신의 잘못을 참회하는 마음이 담겨 있었다.

* 성숙하다는 것은
다가오는 모든 생생한 위기를 피하지 않고 마주하는 것을 의미한다.
—프리츠 쿤켈

8. 기억을 헤집다

　추위가 지긋지긋해질 즈음이면 누구에게나 어김없이 봄이 찾아
온다. 한 계절을 힘들게 보낸 이들에게 찾아오는 새로운 계절은,
언제나 그렇듯 설렘과 기대감을 안겨주었다. 하지만 단 한 사람,
누군가에게 설렘이 되어줄 계절이 왔음에 절망하는 이가 있었다.

　오늘부로 짝사랑에 종지부를 찍어야 하는 구 부장은 오후 내내
책상 위에 놓인 청첩장을 아스라이 보고 또 보는 중이었다. 쿵하
고 떨어진 심장이 그대로 굳어버렸는지, 숨을 쉬는데도 가슴이 답
답하게 죄어왔다.

　처음 '홍만수, 이영순 배상'이라고 적힌 글자를 본 구 부장은
별스럽지 않게 생각했다. 누가 또 결혼을 하는가 보다 생각을 했
고 바쁜 나머지 봉투에서 청첩장을 꺼낼 생각조차 하지 않았다.

　그러다 갑작스럽게 미림의 부모님 이름이 홍만수, 이영순이었

다는 걸 기억해 냈다. 미림에 대해 자세히 알고자 그녀의 인사 기록 카드를 수시로 보아왔던 터라 그의 기억은 틀림이 없었다.

구 부장의 마음은 만 갈래로 쪼개지기 시작했다. 한번 놓칠 뻔하고도 정신을 차리지 못해 허망하게 다시 놓쳐 버렸으니 이 원망을 누구에게 할 수 있으랴.

구 부장이 힘없이 일어나 터벅터벅 걸어나가자 복도에서 그를 마주친 사람들은 흠칫흠칫 놀라며 피해가기 바빴다. 곰같이 커다란 몸뚱이가 금방이라도 자신을 향해 쓰러질 것만 같았기 때문이었다.

"무슨 일이에요?"

스튜디오로 내려오자마자 소파와 한 몸이 되어버린 구 부장을 유심히 살피던 은무는 뭔가 심상치 않은 일이 벌어졌음을 직감했다.

"부장님?"

멍한 눈을 들어 은무를 바라본 구 부장이 두꺼운 입술을 힘겹게 떼며 물었다.

"홍미림 오늘 봤어?"

"미림 씨요? 못 봤어요. 요즘 엄청 바쁘잖아요."

결혼 준비를 해야 하니 바쁘겠지. *끄덕끄덕*하며 고개를 떨어뜨리고는 한숨을 길게 내쉬었다.

"그러게 진작 좀 잘하시라니깐."

폼을 보아하니 뭐가 잘 안 되는 모양이다 싶었다.

고개를 숙이고 있는데도 두터운 입술을 실룩실룩거리는 게 보여 은무가 피식 웃었다. 어지간히 좋은가 본데 어쩜 저렇게 숫기가 없을까. 나이가 많은 게 무슨 흠이라고 말 한번 제대로 붙여보질 못하는 건지, 그런 구 부장이 안쓰럽기만 했다.

"토요일 결혼식이요. 현이 씨가 도움 많이 받았다고 가야 한다던데요? 부장님도 가실 거죠?"

그 결혼식에 가서 그녀의 결혼을 축복할 생각은 추호도 없다. 구 부장은 세차게 고개를 흔들었다.

그런데 가만, 원데이 데뷔할 때 미림이 무슨 도움을 줬었더라? 미림도 원데이 팬이었나? 에잇. 그런 걸 따질 때가 아님을 떠올린 구 부장이 큰 손바닥으로 얼굴을 벅벅 문지르며 소파에 더 깊이 몸을 묻었다.

현의 분위기는 확실히 달라져 있었다. 추위가 사라진 덕분에 옷차림이 가벼워졌고, 그 때문에 마음 또한 가벼워졌는지 식사를 하는 내내 그에게서는 푸실푸실한 웃음들이 자꾸 새어 나왔다.

"야, 서현! 너 적응 안 되게 자꾸 그렇게 웃을래?"

"언제 웃었다고."

끝내주게 맛있는 한정식 집에 같이 가자고 문자를 넣었을 때 너무나 빨리 알았다는 대답이 돌아와 깜짝 놀랐던 훈이었다. 밖에서 같이 식사를 했던 게 7, 8년도 지난 까마득한 옛날 일이라 살짝 설레었던 것도 사실이었다. 동생과 밖에서 밥 한 끼 먹는 게 무슨 대수라고 자신이 이렇게 들떠 있는 건지 어이가 없기도 했다.

그런데 지금, 자신의 눈앞에 있는 저 사람이 정녕 서현이 맞나 싶을 정도로 그의 동생은 기이한 행동들을 보이고 있었다. 그렇게 휴대폰 좀 만들라고 사정할 때는 들은 척 만 척하더니만 이제는 손에서 한시도 떨어뜨리질 않는다. 숟가락질 한 번에 문자질 한 번, 젓가락질 한 번에 또 문자질 한 번. 이건 밥을 먹는 건지 마는 건지. 문자를 넣어놓고 답이 오질 않으면 어째 표정이 영 불안해 도 보인다.

"너 뭐 하냐."

"노랫말 때문에."

"무슨 문자로 노랫말을 만들어?"

그사이 화면에 문자창이 뜨자 입가를 길게 늘이고는 제 얘기에 대꾸도 하지 않는다. 노랫말 만든다는 핑계로 밀담을 나누고 있는 게 분명했다. 누군가 있기는 있는 모양인데 물으면 대답해 줄 리 는 절대 없을 테고 무슨 수로 알아내야 하나. 궁금한 눈초리로 훈 이 슬쩍 현의 휴대폰을 건너다보았다.

"형!"

"치사하게."

눈앞에 산해진미가 펼쳐져 있는데도 궁금증에 음식들이 전부 그저 그랬다. 갈 곳을 못 찾고 이리저리 헤매던 젓가락을 훈이 결 국 탁 하고 내려놓았다.

"에잇! 입맛 떨어져."

그제야 휴대폰에서 시선을 뗀 현이 아직 반이나 남은 훈의 밥공 기를 확인했다.

"뭐야, 끝내주게 맛있는 한정식 집이라더니."

"네가 안 먹잖아."

"나 다 먹었는데?"

어라, 어느새 현의 밥공기는 깨끗하게 비워져 있었다. 이 자식, 젓가락 한번 드는 적 없이 먹는 둥 마는 둥이더니만 밥만 퍼먹었나.

다시 젓가락을 든 훈의 시선이 잘 구워진 더덕구이에 닿았다. 새빨갛게 양념이 발라진 더덕구이를 보는 순간 지난주에 선봤던 우국전자 둘째딸이 생각났다. 더덕 두들겨 놓은 것마냥 울퉁불퉁 넓대대한 얼굴에, 입술은 어찌나 새빨갛게 칠했던지. 차라리 두들기기 전, 날씬하고 뽀얀 더덕 같은 얼굴이라면 좋으련만.

"나 선봤다. 우국전자 사장 둘째 딸."

"좋네. 우국전자."

"서현! 형은 위로가 필요하다! 연애 한번 제대로 못해본 형이 이렇게 팔려가야겠냐!"

팔려간다는 말에는 살짝 어폐가 있긴 하지만 완전히 틀린 말은 아니었으므로 형이 살짝 측은해 보이기는 했다. 하지만 연애 한번 제대로 못해봤다는 건 순 뻥이다. 현이 기억하기로 초등학교 때부터 훈이 사귀자고 덤볐던 그 당시 꼬맹이들까지 모두 세어본다면 적어도 50명은 넘을 거였다.

"요즘 누구 안 만나?"

"아버지가 싹 다 차단하고 계신다. 관리 들어가셨어."

울 것 같은 얼굴로 시린 듯 옆구리를 매만지는 형의 모습이 진심으로 안쓰러워 보였다. 봄이 왔으나 훈에게는 온통 세상이 흙빛일 터.

"니 좋나? 연애하니까!"

끄덕끄덕.

이 자식, 무슨 연애냐고 펄쩍 뛸 줄 알았더니 순순히 대답하네. 역시나 분위기만 바뀐 게 아니었다. 그럼 더 물어볼까?

"누군데? 연예인이야? 언제부터 만난 거야?"

호기심을 가득 담은 훈의 얼굴이 제 앞으로 쑤욱 다가온다. 더덕구이 한 점을 집어 훈의 입에 우겨 넣으며 그의 입을 막았다.

"소개할게, 곧."

우적우적 더덕구이를 씹던 훈의 입이 쩍 벌어졌다. 소개한단다. 그것도 무려, 곧이란다.

"진짜지? 우와, 내 이런 날이 올 줄 꿈에나 생각했었겠냐?"

"오버 좀 하지 마."

"너랑 밖에서 밥 먹는다고 내가 얼마나 좋아했게. 근데 난생처음 네가 여자까지 소개한다는데 내가 오버 안 하게 생겼어?"

"언론에 새어나가면 범인은 형밖에 없는 거야. 알아서 해."

"이 자식 웬일인가 했지. 그러니까 혹시나 새어나가면 나보고 잘 막으라 이거야!"

바뀌긴 개뿔. 아버지만큼이나 더럽게 계산적인 자식!

은무가 현의 매니저라는 이유 때문에 두 사람이 언제 어디에 함께 나타나더라도 하등 의심을 하는 사람은 없었다. 작곡가라는 사람이 무슨 이유로 현의 매니저를 하고 있는지에 대한 의문들은 늘 따라다녔지만 그런 것들을 무시한 채 두 사람은 늘 같이 움직였다.

원체 말이 별로 없는 현인데다가, 말 붙였다 좋은 소리 듣기 어려운 은무이기에 의도하지 않아도 두 사람 근처에 사람이 모이는 일은 없었다. 아직 외부 활동이 많지 않았고 대부분의 시간들을 스튜디오에서 작업하는 데 보내고 있었기에 딱히 숨기려 하지 않아도 비밀 연애는 유지되었다.

두 사람은 좋아하는 음악을 함께 듣고, 떠오르는 악상들을 파일로 옮겨 들려주며 소소한 일상들을 나눴다. 원데이 시절 작곡과 작사를 해왔던 현은 편곡에 필요한 아이디어를 주며 은무의 작업을 돕기도 했다.

곡 작업만 해오던 은무에게 노랫말을 만드는 건 쉬운 일이 아니었다. 작사는 짧은 영화를 제작하는 것과 마찬가지였다. 주제도 정해야 하고 전개 방식을 구상하고, 그에 따른 스토리도 만들어야 했다. 힘들어하는 은무에게 편하게 이야기하듯 떠올려 보자고 현이 제안했다. 툭툭 떠오르는 이야기들을 적고 곡에 붙여보기도 하면서 몰랐던 서로의 이야기들을 노랫말을 통해 들었다. 그다지 웃기지 않는 얘기에도 괜스레 웃음이 났고, 별로 신날 일이 없는데도 두 사람은 늘 즐거웠다.

활동을 하지 않는 동안 작업해 두었던 곡들이 꽤 되었지만 현은 묻어두기로 했다. 솔로 첫 앨범은 오로지 은무의 곡으로만 채우고 싶었다. 다시 앨범을 만들 수 있게 해준 이가 은무이므로.

현과 함께 작업을 하다 보니 은무는 엄마를 떠올리는 일이 잦아졌다. 아직은 따끔따끔거리는 가슴이 기억에서 떠올리지 말라고 경고하기도 했지만 힘들게 피하지는 않았다.

엄마는 은무를 딸이라기보다는 똑같은 목표를 가진 친구처럼 대해주었다. 한 번도 은무의 행동에 길다를 안 적이 없었고 가르

치려 하지 않았다. 피아노를 연주하는 데에 있어서 어떠한 정답도 존재하지 않는다며 은무만의 스타일을 존중해 주었다. 지금 옆에 있는 현처럼.

하지만 지금은 자신이 현을 존중해 주어야 할 때라고 생각했다. 작곡자는 단순히 곡을 만들고 프로듀싱만 하는 사람이 아니기 때문이었다. 가수의 심리적인 부분까지 캐치하고, 녹음 때 좋은 컨디션을 책임지는 것도 작곡자의 몫이라고 은무는 생각했다.

편곡해 놓은 곡들을 몇 번이고 다시 들어보고, 또다시 편곡을 해보고 있지만 현보다는 자신의 스타일이 너무 강한 것 같아 우려가 되었다. 원데이 시절 현이 부르던 스타일과는 많이 달라진 곡들이 주를 이루는 것 같아 악보를 정리하며 무심한 듯 은무가 한마디를 던졌다.

"나한테 맞추려고 하지 말아요. 당신이 부를 곡인데."

"원데이 곡 들어봤어요?"

들어보기만 했을까. 귀에 딱지가 앉을 지경이었던 시절이 있었건만.

"유경이 알죠? 유경이랑 3년을 함께 살았어요. 유경이한테 세상 음악은 원데이 노래뿐이에요."

원데이 곡들은 부드럽게 귀에 착착 감기는 멜로디가 인상적인, 편안한 락 발라드가 대부분이었다. 중역대에 펼쳐져 있는 승재의 허스키한 목소리와 이를 받쳐 주는 부드럽고 절제감 있는 현의 목소리 그리고 간간이 울려주던 영탁의 묵직한 저음의 조화가 잘 이루어졌었다.

"그때 그 곡들이랑 장르도 너무 다르고. 아무래도 편곡은 다른 편곡자에게 맡겨야 했던 게 아닌가 싶어요. 당신 장점을 잘 살려 줄 그런 편곡자."

은무의 마음을 모르는 건 아니지만 현에게는 중요하지 않은 이야기였다. 현이 헤드폰을 벗어 목에 걸고는 은무의 두 손을 잡아 제 가슴께로 끌어당겼다.

"어렸을 때는 잘 몰랐는데 나이를 그나마 조금 먹으니 알 것 같아요. 장르를 구분하는 게 중요한 것이 아니라는 걸요. 은무 씨가 만든 곡을 머리로 외워 이해하려고 하면 같은 느낌으로 곡을 들을 수도, 해석할 수도 없어요. 은무 씨가 들려주고 싶은 이야기를 내가 느낀 대로 부를 거예요. 그러니까 그런 거 신경 쓰지 말아요."

음악을 만드는 사람 입장으로 그의 말이 완전히 이해가 가지는 않았다. 하지만 이제까지 그가 보여준 모습들만으로는 충분히 가능한 이야기였다.

"난 작곡자 채은무의 마음을 잘 표현하는 가수가 될 거예요."

한 사람만 잘 안다고 제대로 된 음악이 탄생되는 건 아닐 터. 은무가 그를 향해 진지한 표정으로 말했다.

"나도 그런 거 느껴보고 싶어요."

"가수 서현의 마음이요? 음, 그럼 들어볼래요?"

현이 건반 앞에 앉아서도 한참을 웃자 놀리는 거라 생각한 은무가 눈을 세모꼴로 떴다.

"왜 웃어요? 나도 알고 싶다고요."

은무를 향해 싱긋 미소를 보인 그가 건반을 두드리기 시작했다. 회오리치듯 강렬한 느낌의 음률들이 한순간도 잔잔함 없이 몰아 쳤다. 숨을 내뱉을 여유조차 주지 않는 빠른 그의 연주가 가슴을 두근거리게 했다. 현의 짧은 연주가 끝이 나자 고요한 스튜디오 안에 두 사람의 심장 박동 소리만이 크게 울렸다.

"느꼈어요? 내 마음이 지금 이래요. 은무 씨가 눈앞에 있으면 마음에 폭풍우가 쳐요. 만지고 싶어서, 안고 싶어서, 입 맞추고 싶어서."

은무의 손을 잡아당겨 제 무릎 위에 앉히고는 그녀의 귀 뒤로 흘러내린 머리카락을 넘겨주었다. 담담히 제 눈빛을 받아내는 은무의 이마에 입을 맞추고 투명한 그녀의 볼을 쓰다듬었다.

"내 심장이 이렇게나 세게 뛸 줄은 몰랐다니까."

조심스레 손을 올려 그의 가슴에 대었다. 손바닥에 전해지는 쿵쿵거림이 온몸에 전율을 일게 했다. 제 마음도 다르지 않음을 설명하려 했지만 차마 입이 떨어지질 않는다. 대신 이런 자신의 마음을 표현해 줄 노래를 만들어야겠다고 은무는 다짐했다.

어두컴컴한 침실 침대 위에 커다란 형체를 감싸 안은 듯 보이는 이불 더미가 조금씩 꿈틀대기 시작했다. 몸을 동그랗게 말고는 미동도 없이 누워 있던 구 부장이 이불을 세차게 걷어내고는 한숨을 내쉬었다.

뜬눈으로 밤을 지새운 그가 결단을 내린 듯 침대에서 일어나 욕실로 들어갔다. 일주일 동안 자라난 덥수룩한 수염을 깎고 묵은 때까지 말끔하게 씻어냈지만 얼굴은 그도 어쩌지 못한 그늘로 가득했다.

구 부장은 병가를 내어놓은 채 일주일째 회사에 출근하지 않았다. 일체의 전화를 받지 않았고 급한 일들은 문자로 지시했다. 그동안 가벼운 몸살 한번 앓지 않았던 터라 그의 병가 소식에 모두들 의아해했다.

은무에게 문자를 넣어 결혼식장 위치를 확인하고, 지갑을 열어 깊숙이 넣어두었던 미림의 사진을 꺼냈다. 몸매를 돋보이게 하는 원피스를 입고, 가슴은 한껏 내민 데다 고개를 살짝 젖힌 그녀의 모습에 구 부장의 눈빛이 어둡게 가라앉았다. 일주일간 누워 있었지만 구 부장은 그 어떤 정리도 하지 못한 상태였다. 그저 더 보고 싶기만 할 뿐이었다.

주차장에 도착하고도 선뜻 올라가지 못하고 서성거리는 구 부장을 발견한 은무가 빠른 걸음으로 다가왔다.

"부장님, 괜찮아요?"

"으응. 뭐."

"그러게 술 좀 작작 드시지. 얼굴이 이게 뭐예요."

안타까운 마음에 은무가 질책하는 사이 차에서 내린 현이 다가왔다.

"형 괜찮아요?"

끄덕끄덕.

일주일새 까칠해진 얼굴이 얼마나 아팠었는지를 보여주는 듯해 두 사람이 걱정스레 구 부장을 바라봤다.

식장에 들어선 구 부장이 신랑으로 보이는 남자의 뒷모습을 발견하고 으드득 이를 갈았다. 으산한 표정으로 두 주먹을 힘주어 말아 쥐고는 남자 곁에 바짝 섰다. 금방이라도 남자의 목을 조를 것같이 꿈틀거리던 손이 조금씩 남자를 향해 움직였다. 내게서 미림을 빼앗아간 죽일 놈.

그 순간 남자가 어떤 낌새를 알아챘는지 획하고 돌아섰다.

히끅.

올라가던 손을 얼른 내려 허벅지에 붙이던 구 부장의 눈이 커다래졌다.

"부장님! 오랜만이에요."

"너, 너는……."

"저번 주에 회사에 갔다가 부장님 안 계셔서 현이만 보고 왔어요. 책상에 청첩장만 놓고 왔는데 이렇게 와주셔서 감사해요."

이놈은 홍정완. 오래전, 원데이의 첫 음반 프로듀싱을 해주었던 프로듀서로 지금은 독립 기획사를 만들어 운영하고 있었다. 그렇다면 미림이 홍정완과 결혼을 한다는 말인가?

"구 부장님 오셨어요?"

정리되지 않은 그의 머릿속에 꿈에 그리던 목소리가 들려왔다. 목소리의 방향을 따라 고개를 돌리자 자신을 향해 방긋 웃는 미림이 보였다. 그런데 오늘 결혼식을 한다던 미림의 옷차림이 이상했다. 저런 원피스 차림으로 결혼식을 한다는 건가?

"홍미림?"

미림이 종종거리며 그를 지나쳐 홍정완에게 다가갔다.

"오빠, 새언니가 잠깐 신부대기실로 와달래."

"부장님, 우리 미림이 아시죠? 잘 부탁드립니다."

우리 미림이라니.

"둘이 뭐야?"

"부장님 모르셨어요? 미림이 제 동생이에요. 하하하."

가만, 홍정완과 홍미림. 그렇다면 오늘은 미림의 결혼식이 아니라는 거다. 구 부장의 얼굴에 급 화색이 돌기 시작했다. 청첩장의 겉봉투만 보고 미림의 결혼식이다 판단한 후, 꺼내 보지도 않았던 자신이 한심해 죽을 지경이었다.

"현이 씨랑 은무 씨 저쪽에 앉으셨네요. 얼른 들어가세요."

미림이 까닥 인사를 하고는 신부대기실 쪽으로 사라졌다.

"으하하하하하하."

결혼식에 온 하객들의 시선이 미친 사람처럼 웃어대는 구 부장에게로 향했다. 하지만 구 부장은 개의치 않고 더 큰 소리로 웃어댔고, 딱딱하게 굳어버렸던 그의 심장은 다시 뛰기 시작했다.

홍정완과는 일면식이 없었던 은무는 결혼식에 참석한 하객들을 보고 깜짝 놀랐다. 현에게 프로듀서라는 말만 듣고 왔기에 이렇게 유명한 사람인 줄 모르고 있었다.

간혹 현에게 눈인사를 건네는 가수들과 배우들도 있었지만 그의 옆에 앉아 있는 은무에게는 아무도 관심을 두지 않았다. 그렇게 편안한 마음으로 결혼식을 지켜보던 그녀에게 옆 테이블에서 나누는 이야기가 들려왔다.

"정완이 형 발도 진짜 넓어. 저기 앉은 저 사람, 피아니스트 민지호 맞지? 저런 사람이 다 참석을 했네."

"정완이 형 줄리어드 출신이잖아."

이야기를 나누는 사람들의 시선을 따라 고개를 돌린 은무와 민지호의 눈이 마주쳤다. 은무의 가슴이 쿵쿵 소리를 내기 시작했다. 뒤늦게 고개를 돌려 현의 옷자락을 붙들었다.

"현이 씨, 나 먼저 내려가 있을게요."

핏기 없이 창백해진 은무의 얼굴을 본 현이 놀라 눈을 크게 뜨며 그녀를 붙들었다.

"왜요?"

"모르는 사람 결혼식에 앉아 있으려니 불편해서요."

조금 전까지 두리번거리며 신기해하던 그녀가 갑작스레 불편해졌다는 게 이해가 가지 않았다. 불안해 보이는 그녀를 혼자 내려보낼 수 없다.

"같이 가요."

"아니에요. 현이 씨는 사진도 찍고 인사도 하고 와요."

은무를 따라 일어서려는 그의 어깨를 지그시 누르고 억지로 웃어 보인 후 최대한 자신의 얼굴이 드러나지 않도록 고개를 숙인 채 급한 걸음으로 식장을 빠져나갔다.

못 알아봤을 거야. 안경도 썼고 시간도 오래 지났고.

엘리베이터 앞에 선 은무가 내려가는 버튼을 누르는 찰나 우려했던 일이 일어났다. 언제 따라 나온 건지 가까이에 민지호가 서 있었다.

"채은무?"

다급하게 버튼을 누르던 은무의 손이 일순간 멈춰 섰다.

"맞지? 채은무."

그런 사람 아니라고 해. 사람 잘못 봤다고 어서 말해.

은무가 억지로 고개를 돌려 남자를 바라보았지만 입이 차마 떨

어지지 않았다. 삐뚜름한 웃음을 입에 걸고 있는 남자의 시선이
은무를 훑고 지나갔다.

"너, 한국에 있는 줄 몰랐다."

아니, 알고 있었을 거다. 무척이나 기뻤겠지. 내가 없는 그곳은
너에게 천국이었을 테니. 은무가 남자의 눈길을 피하지 않고 안경
을 벗었다.

방금 전까지 피하고 싶었던 마음이 남자의 웃음을 보고 난 후
달라졌다. 제가 없는 사이 빳빳하게 세워진 남자의 어깨를 밟아주
고 싶은 욕심이 솟아오르기 시작했다.

그래, 내가 채은무야.

그를 바라보는 은무의 눈빛이 순간 서늘하게 빛났다.

"왜 일어나세요?"

식장을 빠져나가는 은무를 따라 나가기 위해 일어서자 그의 앞
을 누군가가 가로막았다. 은무 뒤를 따라 나가는 남자를 발견했던
터라 현은 짜증이 일었다. 상대의 얼굴을 확인하고는 건성으로 인
사했다.

"안녕하세요."

오래전부터 현과 인터뷰를 하기 위해 접촉을 시도하던 잡지사
기자였다.

"예식 끝나고 잠깐 말씀 좀 나눌 수 있을까요?"

"제가 급한 일로 지금 가는 길이에요. 다음에 뵙죠."

또 다른 누군가 현을 부르는 것 같았지만 무시한 채 은무가 간
방향으로 몸을 들었다. 얼마 지나지 않아 엘리베이터 앞에 서 있

는 은무를 발견했다. 그녀 곁에는 호리호리한 체격을 가진 처음 보는 남자가 서 있었다.

창백했던 은무의 얼굴은 어느새 담담해져 있었다. 한 치의 흐트러짐 없이 서 있는 듯했지만 현은 보았다. 안경을 쥔 그녀의 손이 미세하게 떨리고 있다는 것을.

"은무 씨."

"왜 나와요."

따라 나올 줄 몰랐던 듯 은무가 미간을 찌푸렸다. 곁에 선 남자가 누구인지 궁금했지만 신경 쓰이지 않는 척 엘리베이터에 올라탔다. 엘리베이터 문이 닫힐 때까지 남자는 자리를 뜨지 않은 채 은무를 보고 있었고, 그녀의 시선은 남자를 비켜나 있었다.

은무가 운전석에 오르려 하자 현은 말없이 그녀를 보조석으로 이끌어 앉게 한 후 몸을 기울여 안전벨트를 매주었다. 서로의 눈을 바라보던 두 사람이 잠시 정적에 휩싸였다.

늘 그렇듯 은무에 대한 배려가 먼저인 사람이었다. 먼저 말하지 않는 한 어떤 것도 묻지 않을 터였다.

"아까 그 사람, 피아니스트예요. 민지호라고. 별로 만나고 싶지 않은 사람인데 구해줘서 고마워요."

은무의 말에 현은 그런 것 따위 하나도 궁금하지 않았다는 얼굴을 해 보였다. 그저 눈빛으로 괜찮냐 물을 뿐이었다. 은무가 작게 고개를 끄덕이며 입술 끝을 늘여 보인다. 괜찮다, 괜찮다 마음속으로 수없이 되뇌며.

운전석에 올라탄 현이 시동을 걸고 그녀의 습관대로 라디오를 켰다. 위태로워 보이는 은무의 표정을 다시 한 번 살피고 손을 들어 그녀의 얼굴을 가만히 쓰다듬어 준 후 부드럽게 액셀을 밟았다.

한적한 도로 위를 빠르게 달려가는 차창 밖으로 희미하게 흩어지는 사물들을 의미 없는 눈으로 바라봤다. 분노로 잠시 흔들렸던 마음을 은무는 그렇게 추스르고 있었다.

민지호에게 이런 감정을 갖고 있는 것조차, 제 마음을 편해지게 하기 위함임을 모르지 않는다. 그가 직접적으로 자신에게 잘못을 가한 적은 없으니까. 자격지심과는 다른 그런 감정이었다.

잠에서 깨어났고 일어나 한 발자국 걸었으니 본래의 자리를 찾아야 함을 알고 있다. 그런데 한 발자국을 떼자마자 낭떠러지를 만난 것처럼 아득한 기분이 들었다. 어디서부터 어떻게 다시 시작해야 할지 모르는 막막함이 그녀를 무섭게 짓눌렀다.

저녁은커녕 점심도 먹지 못했던 터라 은무가 집에 들어서자마자 저녁식사를 준비했다. 현의 집에 있던 반찬들과는 비교도 되지 않는 저녁상이었다. 하지만 은무가 끓여놓은 김치찌개가 세상에서 제일 맛있는 음식인 것마냥 현은 열심히 먹었다.

커피를 내려 거실로 나온 은무가 테이블 위에 커피잔 두 개를 나란히 올려두었다. 소파에 기대어 앉은 그의 손에 은무의 안경이 들려 있었다. 집에 들어오며 아무렇게나 던져 놓은 안경을 주워 든 모양이었다.

"도수 없는 거예요. 나 눈 엄청 좋거든요. 아빠 닮아서."

저도 모르게 아빠 얘기를 꺼내놓고 깜짝 놀랐다. 꽤 오랫동안 불러보지 못했던 터라 아빠라는 단어가 내내 혀끝을 맴돌았다.

"난 엄마를 너무 많이 닮았어요. 날 보고 있으면 엄마가 떠올라서 거울 한참 보는 건 못해요. 그게 내가 화장을 안 하는 이유예요. 그런데 아무리 안 보려 해도 문득문득 내 얼굴을 봐야 하는 일이 생기더라고요. 하는 수 없이 안경을 쓰기 시작했죠. 이렇게라도 가려보려고요."

현이 은무에게 다가가 앉아 그녀의 머리를 자신에게 기대게 하고 부드럽게 감겨오는 머리카락을 쓰다듬었다. 늘 내뱉지 못하는 은무의 상처가 어떤 건지 궁금했지만 그는 묻지 않았다. 언젠가 기억에서 편해지는 날, 부디 다른 사람이 아닌 자신에게 기대어주길 현은 바랄 뿐이었다.

"채은무라는 인간이 얼마나 이기적인지, 오늘 민지호를 만나고 나서 깨달았어요. 내가 왜 한국으로 왔는지 무엇 때문에 긴 시간 동안 피아노를 멀리했는지 잊고 있었더라고요. 당신과 함께 하는 시간이 그저 행복하기만 해서 그냥 다 잊고 싶었나 봐요."

"행복하다니 너무 고마운데요?"

현이 부러 더 크게 웃으며 은무를 위로했지만 은무의 얼굴은 금방이라도 울 것처럼 일그러졌다.

"나 행복해요. 이래도 되나 싶을 만큼 행복해요. 그런데 아빠, 엄마를 그렇게 돌아가시게 해놓고 나만 이렇게 행복해도 되는 건지 정말 모르겠어요."

담담하려 애쓰던 그녀가 끄집어내야 하는 기억 앞에서 금세 무력해지고 말았다. 울지 않으려 애쓰는 듯 두 눈을 힘주어 감았다 뜨고는 입술을 파르르 떨었다.

"말하기 힘들면 말하지 말아요. 조금씩 하면 돼요. 힘들지 않게 조금씩 해요, 우리."

은무가 그럴 수는 없다는 듯 고개를 흔든다. 울컥울컥거리는 가슴을 진정시키기 위해 커피 한 모금을 마시고 후, 하고 한숨을 내뱉었다.

"나, 더 이기적이고 싶어요. 이런 나를 아빠 엄마가 나쁜 딸이라고 욕해도 이젠 다 내려놓고 싶어."

민지호를 마주치기 전까지 잊고 있었던 감정들이 그녀의 머릿속을 지배했다. 최고가 되고 싶었던 열망과 그렇게 되기 위해 노력했던 열정들. 그리고 민지호와 경쟁했던 긴 시간들. 그 많은 것들을 되찾고 싶었다.

"이제 기억에서 벗어나고 싶어요. 평생 날 용서하지 못하더라도 조금만 편안해지고 싶어요. 나 좀 도와줘요."

그녀가 단단히 닫혀 있던 빗장을 열고 그에게 손을 내밀었으나 고통스러운 듯 벌겋게 달아오른 그녀의 얼굴을 보니 힘들면 그만하라고 말하고 싶었다. 하지만 힘들고 아플지라도 한 번은 넘어야 할 고비라는 생각이 스쳤다. 현은 은무와 맞잡은 손을 더 세게 잡아주며 도와줄 준비가 돼 있음을 보여주었다.

그해, 덴버의 겨울은 무척이나 추웠다. 몇십 년 만의 폭설이 은무가 살고 있던 지역을 강타해, 도로가 마비되고, 항공기가 결항되는 사태가 일어났다.

모스크바에서 열리는 차이코프스키 국제 피아노 콩쿠르에 참가하기 위해 덴버 공항에 도착한 은무는 망연자실한 상태였다. 오랜 시간 동안 넘성난 닌납을 선녀내며 우능반을 기내꼈있기에 침가

조차 하지 못하게 되는 상황이 일어나리라고는 상상조차 하지 못했었다. 줄리어드 동기인 민지호가 출전하는 이번 콩쿠르는 그녀에게 다른 어떤 대회보다 중요했다.

민지호와는 어릴 때부터 여러 대회에서 마주쳤고, 끝내는 줄리어드까지 같은 해에 입학해 피할 수 없는 라이벌 관계가 되었지만 그보다 은무가 몇 수 위임을 인정하지 않는 사람은 아무도 없었다.

큰 대회에서 그다지 큰 부각을 드러내지 않던 민지호가 주목을 받기 시작한 건 그의 아버지가 국제피아노음악협회 부위원장을 맡게 되면서부터였다.

쇼팽 국제 콩쿠르에서 마지막 연주 직전, 갑작스럽게 구토를 동반한 심한 두통으로 인해 연주를 포기해야 했던 은무는 그 대회에서 민지호가 우승을 차지했다는 사실이 무척 못마땅했다. 일각에서는 그의 아버지 명성 덕에 우승을 했다는 수군거림도 있었고, 그의 아버지가 서슴지 않는 로비 액이 어마어마하다는 이야기들도 쏟아졌다.

하지만 국제피아노음악협회 부위원장이라는 그의 아버지에게 함부로 반기를 드는 사람은 아무도 없었다. 음악계에 몸담은 이상 그렇게 해서 자신에게 이로울 일이 전혀 없다는 걸 알기 때문이었다.

이미 여러 대회에서 우승을 한 바가 있기에 더 이상의 우승은 그녀에게 큰 의미가 없었다. 연주 활동을 다니는 것만으로도 얼마든지 그녀의 위상을 떨칠 수 있었기 때문이었다. 하지만 천재성만 있을 뿐이라고 자신을 폄하하는 무리 속에 그의 아버지가 포함되어 있다는 사실을 알고 있는 은무는 이번 대회에서 민지호와의 실력 차이를 극명하게 드러내 주고 싶었다.

그런 이유로 준비해 온 콩쿠르였는데 공항에 발이 묶여 참가하지도 못하는 상황이 되어버리자 은무의 심리적 압박감은 최고조에 다다르고 있었다.

그녀의 부모님은 초조한 마음으로 항공기가 다시 운행되기를 기다렸다. 입술을 잘근잘근 씹으며 불안한 기색을 지우지 못하는 딸을 지켜보던 엄마의 마음은 은무보다 더 새카맣게 타들어갔다.

눈 폭풍은 여전히 그치지 않고 몰아쳤고, 점점 시간이 촉박해지자 콩쿠르를 포기해야 할지도 모른다는 두려움이 은무를 고통스럽게 했다.

"은무야, 이번 대회는 포기해야겠다. 대회는 또 있으니까."

"안 돼요! 나 어떻게든 가야 해요. 아빠, 나 꼭 가고 싶어요. 꼭 가야 해요."

은무의 욕심을 아빠는 그저 간절함이라 생각했다. 고민에 고민을 거듭하던 그녀의 아빠가 힘든 결정을 내리고는 자신의 아내와 은무를 바라봤다.

"위치토까지 차로 가보자."

은무는 갈 수 있을지도 모른다는 희망에 들떴지만 그녀의 엄마는 미끄러운 빙판길을 떠올리고는 고개를 흔들었다.

"여보, 도로가 엉망이어서 너무 위험할 거예요."

"조심히 가면 돼. 내 운전 실력 알지?"

아빠는 아내와 딸이 안심하길 바라는 마음으로 애써 밝은 표정을 지었다.

출발하고부터 내내 불안하던 마음이, 기온이 조금 오르고 눈발이 약해지면서 안정이 되어가고 있었다. 산을 깎아 만든 도로에 접어들었을 때 덴버의 변덕스런 날씨답게 눈이 내리는 데도 햇빛이 강해 눈으로 둘러싸인 산이 예쁘게 반짝반짝거리기까지 했다.

"비행기 시간이 빠듯하겠어요."

"이 도로만 지나면 속도를 낼 수 있을 거야."

엄마의 걱정스런 얘기에 아빠가 걱정 말라는 듯 다독였다. 룸미러로 보이는 아빠의 미소에 힘겹게 웃음을 지어 보이던 그때, 은무가 저만치 앞에서 일어나고 있는 눈사태를 발견하고 소리쳤다.

"아빠! 차 세워요!"

미끄러운 도로에서 급정거는 어림없는 일이었기에 브레이크를 밟은 차가 뱅그르르 돌았고 은무와 엄마의 비명 소리에 차 안은 아수라장이 되었다.

쿵!

눈 깜짝할 사이에 무너져 내린 눈 더미가 운전석을 덮쳤고 은무는 또 다른 눈 더미가 자신들이 타고 있는 차를 향해 무서운 속도로 내려오는 걸 보았다.

"아악!"

강한 충격이 차 위를 강타했다. 정신을 차렸을 때 차 위로 무너져 내린 눈 더미를 온몸으로 견뎌내느라 고통으로 일그러진 엄마의 얼굴이 눈에 들어왔다.

"엄마!"

"은, 무야."

눈 더미가 차를 덮치는 순간 은무 쪽으로 몸을 틀어 그녀를 감싸 안고는 죽을힘을 다해 버텨내던 엄마의 머리와 어깨에서는 피가 흘러내렸다. 차가운 눈이 차 안으로 계속해서 밀려 들어왔고 엄마의 얼굴은 고통으로 점점 더 일그러졌다.

"엄마!"

"괜…… 찮아. 엄…… 마 괜…… 찮아."

은무에게 엄마의 마지막 모습은 그렇게 남았다.

회상하듯 이야기를 하던 은무가 참아내던 눈물을 떨어트렸다. 룸미러를 통해 보았던 아빠의 미소와 고통으로 일그러진 엄마의 얼굴이 그녀가 기억하는 부모님의 마지막 모습이었다.

"내가 정신을 차렸을 때는 병원이었어요. 아빠, 엄마는 더 이상 곁에 계시지 않았고 난, 난……."

현이 흐느낌으로 요동치는 은무의 어깨를 더 세게 끌어안았다.

"아까 결혼식장에서 만났던 민지호요. 처음에는 그 사람, 죽이고 싶을 만큼 원망했어요. 그 사람만 아니었으면 그렇게 무리해서 가려고 하지 않았을 테니까. 누군가를 원망해서 좀 편해지려고 했던 거예요. 그런데 시간이 지나니 모든 게 내 욕심이 빚어낸 일이라는 걸 깨닫게 되더라고요. 피아노를 향한 내 욕심 때문에 부모님을 잃었어요. 나 때문에……."

문득 떠올리는 것조차 못 견뎌했던 그 기억들을, 현에게 전하는 것이 힘에 겨웠던 듯 은무는 많이 지쳐 있었다. 흘러내리는 눈물을 닦아주고 울어 붉어진 그녀의 눈가를 어루만져 주며 현이 나지막한 소리로 말했다.

"은무 씨 욕심 때문에 그렇게 된 거라고 생각하지 말아요. 욕심이 아니에요. 그저 간절한 바람이고 꿈이었던 거예요."

영탁을 그렇게 잃은 것도 과도한 스케줄을 소화하려 했던 욕심 때문이었는지 모른다. 하지만 그 당시 세 사람은 속도를 내야 하는 그 상황을 감사해했고 행복해했었다. 그 순간들을 욕심으로 치부하기에는 너무 아름다웠던 기억으로 남아 있다. 하지만 그런 그도 이러한 생각들을 갖기까지 오랜 시간이 걸렸고 은무가 아니었으면 깨닫지 못했을 터였다.

현이 은무의 어깨를 감싸 안았던 팔을 풀어 내리고는 그녀의 손에 깍지를 끼고 그 모습을 가만히 내려다보았다. 새하얗고 가느다란 손가락이 길쭉한 제 손가락과 얽혀 있었다. 짧게 자른 손톱, 약해 보이기만 하는 가느다란 손가락. 하지만 이 손가락으로 얼마나 힘 있게 건반을 터치하는지 알고 있는 그는, 그녀가 갖고 있는 피아노에 대한 열망 또한 얼마나 강한지 알고 있었다.

"다시 피아노 앞에 앉아보려고 안 했던 건 아니었어요. 제 상태를 무시한 채 무작정 공연을 잡았어요. 하지만 번번이 끝까지 연주하지 못하고 무대를 내려왔죠. 난 더 무너졌고 모두들 그런 날 비난했어요. 채은무는 이제 끝났다면서."

그녀의 이모가 막무가내로 식구들을 몰고 집으로 들어왔을 때 구 부장에게 받았던 명함을 떠올렸던 건 어쩌면 다행이었는지도 모른다.

"왜 그 명함이 떠올랐는지는 모르겠어요. 받아서 지갑 속에 넣어두고는 정말 잊었었는데."

"영혼이 깃든 시간이 그랬겠죠. 은무 씨와 날 만나게 해주려고."

현의 말에 눈물을 그렁그렁 매단 채 은무가 희미하게 웃었다.

"한국에 처음 왔을 때 스튜디오에 있는 낡은 건반 주위를 몇 년 동안은 서성거리기만 했어요. 그러다 어느 날, 겨우 건반 하나를 누르고 그 다음날 또 하나를 누르고…… 그렇게 조금씩 소리를 만들기 시작했어요. 어차피 완전히 놓지도 못할 거면서 피하는 척만 했던 거예요."

"은무 씨 어머님이 그렇게 지켜주신 손이었는데 함부로 놓지 않아서 다행이에요. 그렇게라도 건반을 찾았던 게 정말 다행이에요."

뿌옇게 흐려진 눈빛으로 은무가 현을 더듬었다. 다행이라고 말하는 그의 얼굴을 자세히 보고 싶은데 가득 고인 눈물 때문에 흐릿하게 보였다. 그에게 잡히지 않은 다른 손을 들어 눈물을 쓱 닦아내고 후, 한숨을 내쉬었다.

그가 몸을 틀어 그녀와 얼굴을 마주하고 닦아내지 못한 눈물들을 닦아주었다. 닦아내도, 닦아내도 흘러내리는 눈물에 현의 마음이 저려왔다. 그동안 고통스러웠을 은무의 시간들이 현을 잠식해 그 또한 고통스러웠다.

"부모님은 피아노 앞에 다시 앉을 은무 씨를 기다리셨을 거예요. 은무 씨가 행복하면 돼요. 그럼 행복했던 어머님 얼굴을 은무 씨 얼굴을 통해 다시 볼 수 있지 않겠어요?"

정말 그럴 수 있을까? 눈물이 가득 담긴 그녀의 눈빛이 크게 일렁거렸다.

"그 건반 내가 쓰던 거라고 말했었나요?"

은무가 눈을 둥그렇게 뜨고 고개를 흔들었다.

"난 영탁이를 잃고도 음악을 놓지는 못했어요. 나 스스로 살길을 찾았던 거겠죠. 스튜디오에 갔던 날 그 건반을 보고 나서야 내가 얼마나 영탁이에게 큰 죄를 짓고 살고 있는지 깨달았어요. 살아보겠다고 음악을 놓지는 못했으면서 영탁이와 함께 했던 소중한 시간들과 함께 만든 음악들을 모른 척했었으니까."

내게 닥친 일이 너무 슬프고 아파서 더 큰 걸 놓치고 말았던 긴 시간들이 후회스럽다.

"우리 더 이상 그 어떤 것도 놓치지 말아요. 아프고 힘들다고 외면하면 더 슬퍼하실 부모님을, 꼭 기억해요."

오랜 시간 꾹꾹 참아왔던 은무의 눈물들이 봇물처럼 터졌다. 눈물로 얼룩진 그녀의 얼굴에 입을 맞추며 현은 다짐했다. 은무의 행복을 반드시 지켜주겠노라고.

강 대표가 은무를 찾는다는 연락을 받았다. 음반 작업 현황에 대해 듣고 싶어 찾는 거라 생각한 그녀는 자리를 비운 현에게 알리지 않은 채 대표 이사실로 올라갔다. 벌써 5년 넘게 회사에 나오고 있었지만 대표 이사실 근처에는 한 번도 오지 않았던 터라 그녀가 긴장감에 몸을 움츠렸다.

"어서 와요. 요즘 많이 바쁘지?"

강 대표가 사람 좋아 보이는 웃음을 보이며 반갑게 은무를 맞이했다. 회식 때 처음 보았고 이제 두어 번, 오며 가며 인사를 한 게 다인지라 낯가림이 심한 그녀는 강 대표와의 독대가 영 불편했다.

이럴 줄 알았으면 현이 올 때까지 기다리는 건데.

"채은무 씨 가까이서 보니 엄청난 미인이었네. 이런 미인이 매니저를 하고 있었다니 이런 손실이 어디 있나. 이제라도 제자리를 찾았으니 얼마나 다행인지. 허허허허."

무슨 이야기를 하고 싶어서 이러는 건지 알 수 없는 은무가 어색한 미소를 지으며 이어질 다음 말을 기다렸다.

"내가 공연 영상을 보고 깜짝 놀랐어. 구 부장한테 대충 이야기는 들었지만 피아노 실력이 굉장하더구먼. 그래, 앞으로의 계획은 있는 건가?"

앞으로의 계획? 아직도 혼란스러운 상태인 그녀에게 계획이라는 게 있을 리 없었다.

"현재는 서현 씨 앨범 작업 말고는 다른 생각을 할 겨를이 없는데요."

강 대표가 회심의 미소를 지었다. 구 부장의 기세에 눌려 차마 알아보지는 못하고 있지만 보통 인물은 아닐 거라 생각이 들었다. 공연 영상이 나가자마자 현 못지않게 연주자에게 향한 반응이 뜨거웠단 사실을 알고 있는 까닭이었다. 아직은 때가 아니라고 자꾸 미루고 있는 구 부장이 알게 된다면 펄쩍 뛰고도 남을 일이지만 그냥 이렇게 있다가 놓쳐 버리는 건 아닌지 조바심이 일기 시작했다.

"무슨 사연으로 한국에 온 건가?"

구 부장도 한번 묻지 않았던 일을 강 대표가 물어오자 너무나 당황스러웠다. 은무는 정신을 바짝 차리기 위해 큰 숨을 내쉬었다.

"제가 말씀을 드리지 않으면 서현 씨 앨범 작업에서 절 빼실 생각이신가요? 그렇다면 빠지겠습니다."

오히려 당황스러운 건 강 대표가 되고 있었다. 하루라도 빨리 제대로 계약을 체결하여 채은무에 대한 독점권을 가지려 했었으나 잘못하면 이대로 잃을 수도 있겠구나 싶었다.

"무슨 말을 그렇게 하나. 지난번처럼 곡을 잃을 수도 있는 일이 생기기 전에 보호하는 차원으로……. 뭐, 하기 곤란한 이야기라면 안 해도 되네. 그저 나는 채은무 씨의 울타리가 되어주고 싶어서 그런 거니까. 구 부장이 언제까지 그리 대해줄 수는 없는 노릇이고. 구 부장도 좀 곤란하지 않겠나."

은무는 그제야 아차 싶은 생각이 들었다. 구 부장이 그동안 큰 배려를 해주고 있음은 알고 있었다. 하지만 저로 인해 그가 곤란할 수도 있겠다는 생각은 해본 적이 없었다. 왠지 많이 미안한 마음이 들었다.

"구 부장님과 상의를 해보겠습니다."

강 대표의 얼굴에 떨떠름한 미소가 떠올랐다. 눈앞에 대어를 두고도 낚지 못하는 안타까움을 지울 수가 없기 때문이었다.

"더 하실 말씀이 없으시다면 이만 내려가겠습니다."

"어, 그래. 그럼 수고하게."

은무가 인사를 하고 나가자 강 대표가 쓰게 웃으며 구 부장을 잘 구워삶을 묘안을 짜내기 위해 머리를 굴리기 시작했다.

소리도 없이 스튜디오 문이 열렸다. 은무의 발걸음이 평소보다 무거워 보였다. 그녀를 따라 저절로 무거워지는 현의 표정을 본 은무가 그를 향해 샐쭉 웃어 보이며 별일 아니라는 듯 어깨를 으쓱였다.

"어디 다녀와요?"

"대표님이 보자고 하셔서요."

여우 같은 강 대표가 그녀를 보자고 했다면 이유는 단 하나였다.

"계약하자고 하던가요?"

"그렇게 구체적으로는 말씀 안 하셨는데 그러자고 부르신 것 같긴 해요."

차라리 계약을 하고 JJ 소속으로 안정된 생활을 하는 게 나을지도 모른다. 하지만 은무가 무슨 생각을 가지고 있는지 알지 못하는 현은 그녀에게 아무 말도 하지 않기로 했다. 지금 당장은 힘든 마음을 추스르는 게 먼저였다.

"이거 뭐예요?"

테이블에 놓여진 종이가방을 가리키며 은무가 물었다. 현이 은무의 손을 잡아 소파에 앉히고는 종이가방에서 죽 그릇을 꺼내어 뚜껑을 열었다.

"이거 사러 다녀왔어요? 이젠 제법이네요. 혼자 이런 것도 사올 줄 알고."

쿡쿡 웃는 그녀의 손에 아직 뜨거운 김이 모락모락 나는 죽을 한 수저 떠 쥐어주었다.

"먹어요. 먹어야 하는 거 알죠?"

기억을 끄집어내는 게 생각만큼 힘든 일이었음을 통감하고 있었다. 몸이 음식을 거부하고 자꾸 밑으로 가라앉으려 했다. 하지만 신기하게도 그 어느 때보다 마음은 평온했다. 문득 문득 한번 끄집어낸 기억들이 마구잡이로 머릿속을 헤집었지만 견디지 못할 정도로 아프지는 않았다. 그렇게 조금씩 무뎌지려는가 보다 싶었다.

뜨거운 죽을 후 불어 조금씩 입안으로 밀어 넣었다. 옆에서 지켜보는 현을 생각해서라도 어서 기운을 차려야 했다.

은무는 무언가에 신경을 쓰면 두통이 오는 모양이었다. 집으로 돌아오는 차 안에서 내내 얼굴을 찡그리고 있어 병원에 가자고 했지만 그녀는 한사코 괜찮다며 가지 않아도 된다 고집을 부렸다.

"미안해요. 자꾸 신경 쓰게 만들어서."

"내가 은무 씨 신경 쓰이게 한 거에 비하면 아무것도 아닌데요? 은무 씨는 봉수대도 만들 뻔했잖아요."

현이 장난스런 표정으로 은무의 미안함을 덜어주자 그녀가 한결 편안해진 얼굴로 침실로 향했다.

"좀 자요."

침대 말고는 아무것도 없어 썰렁한 침실 안으로 은무를 들여보내고 차마 따라 들어가지 못한 현이 어정쩡한 모습으로 문 앞에 섰다.

"가야죠."

"은무 씨 잠들면."

방 안으로 들어오지도 못하면서 잠들면 가겠다는 현을 보며 은무가 웃음을 터뜨렸다.

"자라는 거예요, 뜬눈으로 밤을 새라는 거예요? 현이 씨 문 앞에 세워두고 난 저기서 자라고요?"

은무가 가리키는 침대로 눈길을 돌리자 미묘한 느낌에 가슴이 떨렸다. 이성에 이제 막 눈을 뜨는 사춘기 소년도 아니고 이깟 침대가 뭐라고 가슴이 뛰는 건지. 되지도 않게 순진한 척을 하는 제 가슴을 현이 한껏 비웃었다.

그런데 말간 눈으로 바라보고 있는 은무의 머릿속이 갑자기 궁금해졌다. 이 여자는 지금 아무 느낌도 없는 걸까?

"나 괜찮으니까 얼른 가요."

현이 돌아가기 전에는 침대에 눕지 않을 것처럼 은무가 문 앞에 고집스레 섰다. 하는 수 없이 짐짓 태연한 척을 하며 은무를 지나쳐 방 안으로 들어갔다. 얼른 누우라는 듯 침대를 퉁퉁 두드리고 그녀가 침대 가까이로 오길 기다렸다.

은무와 좁은 공간에 단둘이 있었던 게 한두 번이 아니건만 침실이라는 이름이 붙은 곳은 이렇듯 그의 이성을 흩트려 놓았다. 쭈뼛거리며 침대에 올라선 그녀가 이마를 찡그리며 모로 누웠다. 두통이 여전한 모양이었다.

어색함을 지우고자 이런저런 생각들을 떠올리던 현이 불현듯 떠올랐는지 은무에게로 몸을 돌렸다.

"그런데 전에 만났던 민지호라는 사람, 은무 씨 좋아했던 거 아니에요?"

은무가 이마 위에 올려두었던 팔을 내리며 눈을 동그랗게 떴다.

"무슨 말이에요?"

민지호가 어떤 모습과 어떤 표정으로 은무를 바라보고 있었는지 기억을 더듬어내던 그가 별안간 얼굴을 구겼다.

"은무 씨 보는 눈빛이 예사롭지 않았던 것 같은데."

농담이 섞이지 않은 진지한 말투에 그녀가 어이없다는 표정을 지어 보였다.

"아아, 나 웃기지 말아요. 골 울려."

두 손으로 양미간을 꾹 누르며 두통을 호소했지만 입가에 스며든 웃음까지는 지우지 못했다. 그런 그녀와 반대로 현의 얼굴은 점차 어둡게 가라앉았다. 정말 심각하게 고민을 하고 있는 것 같았다.

"그 사람 한국에 내내 있는 거 아니죠?"

본래 한국에서 살고 있는 사람이 아닌데다가 연주를 다니느라 늘 바쁜 사람이었다. 모르긴 몰라도 1년 치 스케줄이 꽉 차 있을 게 분명했다. 혹여 한국에서 연주가 있더라도 그리 긴 기간 동안 머물지는 못할 터였다.

"아닐걸요."

어두웠던 표정을 살짝 지우며 그럼 다행이고, 라고 중얼거리던 현이 은무 옆에 벌렁 누웠다.

"생각했더니 나도 머리 아파요. 좀 누웠다 갈래."

둘이 눕기에는 좁은 싱글 침대인 데다가 뒤척거리다 바짝 다가온 은무의 체취에 얼굴이 확 달아올랐다. 처음부터 이 좁은 방 안으로 들어오는 게 아니었는데. 이성이 날아가기 전에 일어나야 한다는 걸 알면서도 몸은 말을 듣지 않는다.

"불편하지 않아요? 얼른 집에 가요."

현이 들은 척도 하지 않고 눈을 감았다. 자신을 향해 내뱉고 있는 그녀의 숨결을 모조리 마셔 버리고 싶은 욕망이 꿈틀댔다. 중

간에 멈출 수 있는 자제력 따위가 자신에게 없음을 알고 있기에 폭주하는 두근거림을 애써 무시하며 몸을 일으켰다.

"우리 집으로 이사 안 올래요?"

시답잖은 농담이라 여긴 은무가 눈도 뜨지 않고 고개를 흔들었다.

"내가 매일 밥해줄게요. 이제 김치도 잘 써는데."

아무런 반응도 보이지 않는 그녀를 한참이나 바라보던 현이 은무의 이마에 입술을 누르고는 일어났다.

조심스레 방문이 닫히는 소리를 들은 은무가 눈을 떴다. 설마 프러포즈한 건 아니겠지? 무슨 프러포즈를 이사 오라는 말로 대신한단 말인가. 현의 엉뚱함에 피식 웃음을 흘린 은무가 현관문 도어락 잠김음 소리에 다시 눈을 감았다.

기댈 수 있도록 늘 어깨를 빌려주는 그에게 새삼 고마운 마음이 들었다. 그에게 자신도 그런 연인이 되길 은무는 바라고 또 바랐다.

> * 내게 가장 필요한 것은
> 내가 할 수 있는 일을 하게끔 용기를 불어 넣어주는 바로 그것이다.
> ―에머슨

9. 블랙 카리스마

이른 봄부터 시작한 앨범 작업이 막바지에 이르렀다. 강 대표는 가을이 오기 전에 앨범을 발표해야 한다고 닦달이었지만 현과 은무는 느긋했다. 자신들의 음악은 가을이라는 계절에 어울리지 않는다는 게 그 이유였다. 강 대표를 설득하기 위해 그런 이유를 대긴 했지만 사실 어떠한 계절에도 상관없었다. 그저 시간에 구애받고 싶지 않을 뿐이었다.

현이 얼마 전부터 앨범이 아닌 다른 것과 극심한 신경전을 벌이고 있는 터라 마지막 작업이 더디게 흘러가고 있었다. 마무리 마스터링 작업과 앨범재킷 촬영을 앞두고 있었지만 모든 것에 의욕이 없는 듯 차일피일 미뤘다. 미리 공개해야 하는 티저 영상 촬영까지 해야 했기에 하루 이틀에 끝나지 않는다는 것이 더 큰 문제였다. 이대로 가다가는 강 대표에게서 불벼락이 떨어질 게 분명했고, 그 불벼락은 고스란히 자신의 몫이 될 거라는 걸 알고 있는 구 부장은 내내 좌불안석이었다.

테이블에 놓아두었던 은무의 휴대폰이 진동하자 현의 표정이 눈에 띄게 굳었다. 헤드폰을 쓰고도 온통 신경은 그녀의 휴대폰에 가 있었던 모양이었다. 은무가 통화를 위해 휴대폰을 들고 밖으로 나가는 모습을 눈으로 좇던 현이 거칠게 헤드폰을 벗어 던져 버렸다.

"너 요즘 왜 그러냐. 앨범이 성에 안 차? 그래서 그러는 거야?"

"그럴 리가요."

잇새로 내뱉는 목소리에서 얼음이 뚝뚝 떨어진다. 강 대표와 현 사이에서 안 그래도 죽을 지경인 구 부장은 또 한 번 가슴에 참을 인을 새겼다. 무슨 일인지 빨리 알아내야 내가 살 텐데.

통화를 마친 은무가 다시 스튜디오 안으로 들어오자 표정을 지운 그가 다시 헤드폰을 쓰고는 그녀의 움직임을 멀거니 바라봤다. 얼굴을 반이나 가리던 안경을 쓰고도 예뻤던 그녀는 이제 누가 봐도 다시 돌아볼 만큼 아름다워져 있었다. 투명하다 못해 창백했던 피부는 연한 메이크업 하나만으로도 생기가 돌았고, 안경으로 가려져 있던 동그란 눈매는 얇게 그린 아이라인으로 고혹한 느낌을 자아냈다. 무언가를 생각하는지 입술에 검지를 사뿐히 얹고 몽환적인 눈빛으로 허공을 바라보는 그녀는, 미치게 섹시하면서도 청초했다.

후…… 저도 모르게 한숨이 나왔다. 저런 변화는 바람직하지 못하다. 자신보다 먼저 은무의 매력을 알아봤던 자가 있다는 것을 알게 된 이상 더 이상의 날파리들은 사절이었나.

드라마 촬영이 끝나고 끈덕지게 구는 소천섭의 접근을 막느라 얼마나 힘들었는데! 은무가 그 사실을 알게 된다면 자신의 집요함에 학을 뗄지도 모를 터.

요리조리 눈치를 보던 구 부장이 슬쩍 은무에게 다가갔다.

"이거 좀 잠깐 봐줘. 이거 왜 계산을 할 때마다 다르게 나오는 거야."

"뭔데요?"

구 부장이 건넨 서류 파일을 펼친 은무의 눈이 잠시 동그랗게 뜨였다.

—현이 왜 그래?

서류 파일 사이에 쓰인 쪽지를 확인한 은무가 모른 척 계산기에 숫자를 입력하고는 몰라요, 라고 적어 구 부장에게 전했다. 은무에게 받아 든 파일을 펼친 구 부장이 찡그린 얼굴로 고개를 끄덕이고 현의 눈치를 살피며 스튜디오 밖으로 나갔다.

내내 은무에게서 시선을 떼지 못하던 현이 그녀와 눈이 마주치자 허둥지둥대며 컨트롤러를 작동시켰다.

삐이—

무언가를 잘못 건드렸는지 헤드폰으로 잡음이 새어 나왔다. 그 소리가 어찌나 큰지 은무에게까지 들릴 지경이었다. 한껏 인상을 쓴 채 컨트롤러를 끄고 헤드폰을 벗어낸 현이 깊은 한숨을 뱉어냈다. 자신에게 또 다른 한계가 오고 있음을 느끼고 있었다. 자신이 이렇게 솔직하지 못하고 소심한 사람이었는지 한심하기 짝이 없었다. 하지만 어쩔 수 없는 일이었다. 은무에 관한 일에 자신은 늘 다른 사람이 되었기에.

"현이 씨."

대답 없이 은무에게 향한 눈빛이 스산했다.

"부장님이 걱정하던데 많이 힘들어요?"

OST 곡이 오랜 공백기를 지울 만큼 성공적인 반응을 이끌어냈다 해도 정식 음반을 발표하는 것은 부담이 되는 듯했다. 음반 발표 시기를 더 늦춰야 하는 건가? 매니저이기 이전에 그의 연인으로 힘들어하는 현을 보는 게 마음 아팠다.

또다시 진동하는 휴대폰을 멀뚱히 바라보던 은무가 휴대폰 배터리를 분리해서는 주머니 속에 넣어버렸다. 그런 은무를 보던 현이 천천히 일어나 테이블에 벗어두었던 모자를 집었다.

"은무 씨, 오늘은 나 먼저 갈게요."

"왜요? 어디 안 좋아요?"

현이 고개를 젓고는 은무를 향해 희미한 미소를 지어 보였다. 더 많이 사랑하는 사람이 약자라고 했던가? 걱정하게 하고 싶지는 않지만 사랑에 취한 남자는 연약할 수밖에 없었다. 아름다운 그녀의 얼굴을 동그랗게 어루만지며 한참이나 바라보던 그가 한껏 명랑함을 담아 말했다.

"그런 거 아니에요. 걱정하지 말아요."

현의 밝은 목소리에도 의심을 지우지 못한 은무가 걱정스레 그의 표정을 살폈다.

"그럼 같이 갈래요? 형 만나러 가는 건데. 괜찮겠어요?"

"형이요? 아, 아니에요. 다음 기회에. 우우."

"형이 은무 씨 보고 싶어 하는데 난 사실 보여주기 싫어요. 나만 보고 싶어."

"으휴. 현이 씨, 닭살."

환하게 웃는 은무에게 인사를 하고 스튜디오를 나오는 그의 눈빛이 이내 검게 가라앉았다.

선진산업개발 본사로 들어가던 현은 자신을 향해 인사를 해오는 직원들에게 어색하게 화답하며 엘리베이터에 올랐다. 퇴근 시간을 피해서 왔는데도 오가는 사람이 워낙 많다 보니 여간 신경이 쓰이는 게 아니었다. 훈의 사무실로 들어서자 그의 비서가 현이 오기로 한 걸 알고 있었던 듯 상냥한 미소를 보이며 안내했다.

"오래 살고 볼 일이다. 네가 회사로 다 오고."

"그러게 바쁜 척을 왜 하고 그래?"

"척이 아니라 진짜 바쁘거든."

아닌 게 아니라 훈의 얼굴은 무척 수척해 있었다. 잦은 출장으로 사흘이 멀다 하고 비행기를 타고 있다 하더니만 요즘 들어 제대로 쉬지도 못하고 있는 모양이었다. 회사 일에는 전혀 관심이 없는 현이 주워들은 바로 말레이시아에 교량건설 수주를 받아 건설 중에 있으며 선진산업개발의 기술력을 알리는 데 기여를 하고 있는 중이라 했다.

사무실을 죽 둘러본 현은 생각만으로도 답답한 듯 고개를 흔들었다. 이런 곳에서 밤낮 없이 일하고 있는 훈은 왠지 그가 알고 있던 사람과는 다른 사람 같아 보였다. 본부장 명함을 아무에게나 달아줄 아버지가 아니니 어련할까.

"기사는 잘 막았다던데 뭐가 잘못된 거야?"

딱히 잘못된 것은 없다. 단지, 날파리가 꼬였을 뿐.

지난봄, 홍정완의 결혼식에서 만난 잡지사 기자가 문제였다. 현이 은무를 감싸 안고 엘리베이터를 타는 모습을 본 기자가 그 장면을 몰래 찍어 친한 신문기자에게 건넸다. 그런데 그 두 기자는 그 사진 속 민지호의 표정이 심상치 않자 제멋대로 셋을 삼각관계로 만들어 기사로 올리려고 했고, 다행스럽게도 선진산업개발 홍보실에서 미리 발견해 막았던 일이 있었다.

하지만 그 기자들은 그대로 물러서지 않았다. 한국에서의 활동이 비교적 많지 않았던 민지호에게 접근해 인터뷰를 요청했고, 피아니스트 민지호에 관한 내용을 잡지에 실을 것으로 알고 있었던 그는 이런저런 얘기 끝에 줄리어드 시절 라이벌 관계였던 은무의 이야기까지 흘린 모양이었다.

그들은 현과 함께 엘리베이터에 올라타던 여자가 민지호가 말한 라이벌임을 알아냈고, 그녀가 현재 현의 매니저이자 작곡자인 것까지 알아내 베일에 싸여 있던 은무에 관해 또 한 번 기사를 올리려고 했다. 훈이 미리 지시를 해놓았던 덕분에 선진의 홍보실이 움직였고 그들이 아니었다면 기사를 막기 힘들었을 걸 알기에 표현은 안 했지만 많이 고마워하고 있었다.

이 같은 사실을 은무에게 전하지 않은 현은 이 일이 이대로 묻히길 바랐다. 조금씩 마음을 진정시키고 있는 그녀가 기사로 인해 다시 힘들어하는 일이 생길까 싶어 걱정스러웠다.

그런데 의외의 복병은 기사가 아니라 민지호였다. 그가 근래에 은무에게 잦은 연락을 취하고 있다는 사실을 알게 된 건 우연히 그녀의 휴대폰에서 보았던 문자 한 통 때문이었다.

「전화 안 받을 건가? 그럼 받을 때까지 하지. 민지호.」

날파리 같은 놈!

"앞으로도 잘 막아줘. 부탁 좀 할게."

소속사에 알리지 않고도 막을 수 있는 건 선진 홍보실의 정보력뿐이니, 현재로선 믿을 구석은 훈밖에 없다. 혹여 강 대표까지 알게 되어 일이 더 꼬여 버리게 되는 걸 원하지 않았다.

"오호. 웬일이냐. 네가 부탁이란 걸 다하고."

어릴 때부터 어떤 일이든 알아서 했고 간섭받는 걸 질색했던 현이었다. 차라리 협박을 할지언정 부탁 따위는 하지 않았던 동생이 꽁꽁 숨기며 보호하려는 여자가 도대체 어떤 여자인지 궁금증만 더해갔다. 음악에는 조예가 깊지 않은 훈이 보기에도 현의 공연 영상 속 연주자의 실력은 상당해 보였다.

"채은무, 삭제시킨 기사에서 이름 보고 어디서 봤더라 한참 생각했잖냐. 그때 그 악보, 맞지?"

"응."

이름 하나 내뱉었을 뿐인데 입가에 웃음은 왜 짓는 거니? 그런 현의 표정에 어이가 없지만 그런 마음은 감춰야 했다. 궁금한 게 많았으므로.

"민지호라는 피아니스트는 뭔데?"

"날파리."

날파리? 멀쩡한 사람 하나를 곤충으로 만든 현의 눈빛은 타오를 듯 이글거렸다.

　다른 사람은 모르는 현의 똘끼를, 훈을 포함한 가족들은 알고 있다. 평소에는 착하기만 한 그의 동생이 간혹 고집을 부리기 시작하면 모두들 고개를 절레절레 저을 정도였다. 눈빛 하나로 수십 명의 이사진들을 호령하는 그의 아버지조차도, 앞에서는 욕을 퍼부을지언정 결국은 현이 원하는 대로 들어주고는 했다. 고집이 아니라 근성이라고 칭찬하는 팬들도 있었으나 본데, 입 다문 호랑이 새끼가 숨겨둔 발톱이 얼마나 날카로운지 당해보지 않은 사람은 아무도 모른다.

　'쯧, 불쌍한 날파리 하나 곧 타 죽겠군.'

　분리해 두었던 휴대폰의 배터리를 끼워 넣자마자 휴대폰이 진동하기 시작했다. 요즘 시도 때도 없이 전화가 오는 통에 짜증이 슬슬 밀려오고 있었다. 휴대폰 번호를 물어다 줬다는 홍정완 씨, 만나면 가만두지 않으리!

　"여보세요."

　[나야. 민지호.]

　대놓고 퉁명스럽게 받았으나 돌아오는 목소리에는 반가움이 듬뿍 담겨 있다. 미국에 있을 때 한번이라도 살갑게 대화를 나눈 적이 있었다면 이러는 민지호가 이상할 리 없겠지만 아무리 기억을 되짚어봐도 자신에게는 원망의 대상이기만 했던 터라 적응이 되지 않는다.

"싫다고 했지."

[싫다고 하지만 말고 생각을 잘 해보라니까.]

"너랑 내가 그게 가능할 것 같니? 너 이것 때문에 또 한국에 왔다는 거야?"

[전화로 이러지 말고 좀 만나자. 시간이 많지 않아서 내가 좀 초조하다.]

"싫어."

내가 널 얼마나 원망했는데 네 얼굴을 마주하고 싶겠니?

[후.]

웬 한숨. 한숨은 내가 쉬어야 할 판이거든!

[부탁한다.]

"나이 먹더니 변해도 너무 변했네. 너 정말 민지호 맞니?"

음악 영재 중에서도 상위 6%만 입학한다는 줄리어드에서는 누구든 자신의 경쟁상대가 되었고 정상에 있다 하더라도 잠시 훈련을 게을리하는 순간 그 자리를 빼앗기고 마는 치열한 곳이었다. 그렇다 해도, 물론 인간애는 존재하고 사랑도 피어난다. 하지만 민지호라는 인간은 그런 것과는 거리가 먼 사람이었다. 정상에 서지 못했을 때에도 그의 콧대는 하늘을 찔렀고 타고난 건방짐은 몸에 늘 장착이 되어 있었다. 대대로 음악만을 해온 뼈대 굵은 집안이기에 중압감이 심했던 만큼 자존심도 강했던 그였다.

은무의 물음에 당황한 듯 대답이 없던 그가 이내 확고하게 말했다.

[내일 네가 다닌다는 회사로 간다. 전화기 꺼놓지 말고 기다려.]

딸각.

대답도 듣지 않고 끊긴 전화를 멍하니 보던 은무가 하늘에 있는 누군가를 향해 삿대질을 해댔다.

"나한테 왜 이래요! 난 현이 씨 앨범 하나만으로도 벅차다고 요!"

다음날 오후, 미루고 미루던 음반 재킷 촬영이 진행되었다. 실내 스튜디오 촬영을 위한 현의 메이크업이 시작되었고 그를 지켜보는 은무는 내내 즐거운 표정이었다. 왜 처음 현을 봤을 때 사진발이라는 망발을 했던 건지 미안할 지경이었다. 은무 못지않게 즐거운 표정으로 메이크업 중인 오미영 실장은 연신 감탄사를 쏟아냈다.

"어머, 웬일이니. 작은 얼굴, 또렷하고 카리스마 있는 눈매, 빛어놓은 것 같은 오목조목한 코, 매력적인 뚜렷한 입술선까지. 정말 환상이다."

계속되는 오 실장의 수다에도 현은 눈을 감은 채 묵묵부답이다. 그럼 좀 민망해질 법도 한데 오 실장은 전혀 그런 기미가 없었다.

"현이 씨 거울로 자기 얼굴 보면서 매일 놀라지? 너무 잘생겨서? 호호호호호."

조금 떨어진 곳에서 그를 바라보던 은무는 현의 눈썹이 살짝 삐딱해지고 있는 걸 보았다. 웃고 떠들며 사용할 화장품을 고르느라 오 실장은 전혀 눈치채지 못한 모양이었지만 현의 심기가 불편해지고 있음을 은무는 느낄 수 있었다.

풉. 은근 성격 있다니깐.

미남자 같기만 하던 현의 얼굴이, 짙은 스모키 화장과 무표정한 표정이 어우러져 블랙 카리스마를 발산했다. 검정색 민소매 차림으로 카메라를 응시하고 있는 그가 숨을 내쉴 때마다 보일 듯 말 듯 하는 탄탄한 가슴 근육 때문에 촬영장에 있는 여자 스태프들의 앓는 소리가 끊이지 않았다.

"얼굴이 너무 작아서 몸도 야들야들할 줄 알았더니 저런 근육이 숨겨져 있었을 줄이야."

"남자 섹시미의 결정체네. 어우, 미치겠다. 흐흐."

벨트 부분을 잘라내 엉덩이에 아슬아슬하게 걸려 있는 청바지가 신경이 쓰인다. 아니나 다를까, 스태프들의 시선 또한 그의 허리춤에 가 있었다. 거참, 거슬리네. 눈길 좀 그만 거두시지.

은무의 찌릿한 시선을 느꼈는지 헛기침을 내뱉으며 스태프들이 자신의 위치로 흩어졌다. 아마도 고약한 매니저라고 뒤에서 욕하고 있을 것이 분명했지만 뭐, 상관없었다.

띵동.

문자 알림음이 울려 확인을 한 은무가 오만상을 찌푸렸다.

「네 회사 앞. 시간이 많지 않아. 오래 기다리지 않았으면 좋겠다.」

그럼 그렇지. 문자 몇 글자 안에 그의 오만방자함이 모두 들어 있는 듯했다. 어디 하나 예쁜 구석이 없으니 글자도 밉상이구나.

촬영이 한창인 현을 흘깃 보던 은무가 살짝 밖으로 나왔다. 그녀의 작은 움직임도 놓치지 않는 현이, 밖으로 나가는 자신의 모습을 눈으로 좇고 있다는 것을 은무는 알지 못했다.

대중 매체가 아닌 공연을 통해 대중과 소통을 하는 피아니스트는 활동의 제약이 비교적 적었다. 물론 매스컴에 자주 등장한다면

얘기는 달라지지만 해외 활동을 주로 하는 민지호는 어느 곳에서
든 거리낌이 없었다.

제 구역이 아닌데도 저런 자신감은 어디서 나오는 건지. 다리를
꼬고 앉아 있는 모습이 거만하기 짝이 없었다. 역시, 그냥 사람으
로서도 호감이 가지 않는 인물이다.

"너 정말 뭐니?"

그의 얼굴을 보자마자 뾰족한 물음으로 인사를 대신하며 별로
만나고 싶지 않았음을 강력하게 표현했다. 전화로는 꽤나 급한 척
을 하더니만 표정을 보아하니 여유가 넘쳤다. 무슨 이유로 이러는
건지 궁금하기도 했으므로 은무가 마음을 가라앉히고는 자리에
앉았다.

"내가 네 의도를 불순하게 보고 있다고 하면 넌 기분 나쁘겠지
만 내 생각은 현재 그래. 네가 나한테 그런 걸 제의할 이유가 없잖
아."

민지호가 그의 전매특허인 뻬뚜름한 웃음을 지으며 은무를 올
곧게 바라봤다. 그는 언제나 은무의 저러한 당당함이 부러웠다.

자신은 음악적 재능 중 타고난 것이 아무것도 없는 데다 피아노
를 썩 좋아하는 편도 아니었다. 그저 피아노를 치는 것이 그의 집
안에서 태어난 이상 피할 수 없는 숙명이라 생각했기에 큰 반항을
하지 않았을 뿐이었다.

줄리어드 시절, 천재라는 타이틀을 가지고 있으면서도 늘 훈련
하는 그녀가 못마땅했다. 자신이 아무리 날고 뛰어봐도 그녀와의
거리는 항상 이만큼씩 벌어져 있었고, 결과가 나올 때마다 아버지
의 실책이 가슴을 후벼 팠다.

그러던 어느 날, 그에게 기회가 왔다. 쇼팽 국제 콩쿠르에서 은무가 건강상 이유로 파이널 라운드를 포기했고 출중한 실력자가 없던 상황에 아버지의 입김이 조금 가해지자 우승은 자신의 것이 되었다. 온갖 매체들이 신예 탄생을 축하해 주었고 한동안 우쭐감에 빠져 지냈던 것도 사실이었다. 하지만 자신의 한계가 거기까지라는 걸 깨닫는 데는 그리 오랜 시간이 걸리지 않았다.

오래전, 은무가 공연 중 돌연 포기하고 사라졌다는 소문을 들었다. 그 일로 일각에서는 아까운 천재를 잃었다며 우려의 목소리를 내보냈지만 그는 은무가 피아노를 쉽게 포기하지는 않을 거라고 생각했다.

그러나 한참이 지나도록 은무의 공연 소식은 들리지 않았고 서서히 그녀는 잊혀져 갔다.

그리고 지난겨울, 짧은 공연 영상을 보며 은무의 존재는 역시 사라지지 않았다는 걸 깨달았다. 그녀의 피아노 실력 역시 우월했고 아직도 자신과의 격차는 이만큼 벌어져 있음을 통감했다.

"지난겨울에 했었다는 네 공연 영상 봤다. 서현이라는 가수 공연."

"근데?"

길지도 않은 공연 하나로 여러 사람이 귀찮게 하는구나 싶어 은무는 저절로 삐딱한 웃음이 흘러나왔다.

"오랫동안 연주 안 한 거치고는 나쁘지 않더군."

사실 나쁘지 않은 정도가 아니었다. 그녀의 실력은 당장 훔치고 싶을 정도로 탐이 났고 무슨 방법을 써서라도 그녀와 함께 공연을 하고 싶을 만큼 출중했다.

그래서 생각해 낸 것이 듀오 리사이틀이었다. 무척이나 정확한 대중의 귀는 은무의 연주를 기쁘게 반길 테고, 두 사람의 리사이틀은 100% 성공할 게 분명했다. 은무는 자신의 명성을 이용하면 되고, 자신은 은무의 실력을 이용하면 될 터.

"왜 이래, 나 채은무거든?"

꼿꼿해 보이던 민지호의 어깨가 조금 처져 보이는 게 착각일까? 은무는 여전히 거만하지만 어쩐지 분위기가 달라 보이는 민지호를 날카롭게 응시했다.

"너처럼 당당해지려고 무던히도 노력했지."

"네가 언제는 안 당당했다는 거야?"

민지호가 콩쿨 우승을 한 후 대놓고 말하지는 않았어도 불만스런 눈빛들이 그를 향해 있었다. 그는 아무렇지 않게 그 눈빛들을 받아냈고 크게 신경 쓰지 않는 듯 보였다. 그런 것 따위에 기가 죽을 민지호가 아니었다.

"Win—Win. 지금 너에게는 내가 필요하고, 나에게도 뭐, 네가 필요하다고 해두자."

"난 너 안 필요해."

얼굴 마주하는 것조차 거북스러운데 언감생심 필요라니. 많은 말들을 섞고 싶지 않은 은무가 쓸데없는 말들을 입안으로 삼켰다.

"홋. 우리가 줄리어드에 있을 때 좀 더 친하게 지냈으면 좋았을 텐데."

동기 중 한국인이 많지 않았던 터라 누군가 먼저 손을 내밀었다면 친해질 수도 있었을 것이다. 하지만 두 사람 다 서로를 견제하기에만 바빴을 뿐, 그런 용기를 내볼 여유 따위는 없었다.

"그래서 지금부터라도 친하게 지내보자, 뭐 그런 거니?"

"그렇게 된다면 더 좋고."

피아노 듀오 리사이틀 공연을 함께 해보자고 제의하는 민지호의 꿍꿍이를 알 수가 없다. 5년이나 연주를 하지 않았던 그녀가 갑작스런 그의 제안을 받아들이기 어려울뿐더러, 자신은 지금 현의 앨범 작업 외에는 다른 것에 신경을 쓸 여유가 없었다.

"뭐가 되었든 난 싫어. 너 많이 바쁘다며. 괜히 시간 낭비 하지 말고 이제 그만 전화해. 다른 연주자 찾아."

더 이상 볼일이 없다는 듯 테이블에서 일어나자 그가 그녀의 손을 붙들었다.

"채은무, 그러지 말고……."

우당탕.

"너 뭐야!"

은무는 순식간에 일어난 상황에 놀라 순간 아무 생각이 나지 않았다. 블랙 카리스마가 가득한 얼굴로 무시무시한 표정을 짓고 있는 저 사람, 서현 맞지? 근데 왜 갑자기 민지호의 멱살을 잡고 있는 거지?

"싫다잖아! 너 때문에 얼마나 큰 곤혹을 치를 뻔했는지 알아!"

정신을 차린 은무가 멱살을 쥐고 있는 현의 손을 붙잡아 내렸다. 어찌나 세게 쥐고 있었는지 뼈마디가 툭툭 불거져 나올 정도였다. 소란스러워진 테이블 주변으로 사람들의 시선이 몰려들었다. 혹시나 사진을 찍히고 있는 건 아닌가 싶어 은무가 주변을 훑고는 한숨을 내쉬었다. 회사 내에 있는 커피숍이어서 그런지 앉아 있는 사람들이 모두 회사 직원들이었다. 이럴 줄 알고 그랬던 건 아니었는데 길 건너 커피숍까지 가는 시간을 아끼고자 회사 내에 있는 커피숍으로 온 게 다행이다 싶었다. 아니다. 현이 이렇게 뛰어내려 올 줄 알았다면 그냥 길 건너 커피숍으로 갔어야 했다. 은무의 한숨이 늘어졌다.

쥐고 있던 멱살을 풀어냈지만 스모키 화장을 한 그의 얼굴이 여전히 무시무시하게 민지호를 향해 위협을 가하고 있었다. 마른 듯 보였던 몸이 감춰 있던 팔뚝을 드러내자 그녀가 알고 있던 그와는 전혀 다른 사람같이 보였다. 다정하기만 하던 서현의 모습은 어디에도 없었다.

잡아당겨진 넥타이를 매만지며 민지호가 현에게 고개를 까딱였다.

"인사가 참 과격하시네요. 악수는 안 받으실 테고. 민지흡니다."

당연히 현은 그의 인사를 받고 싶은 생각이 없다. 싫다는 은무에게 무슨 수작을 부리고 있었던 건지가 중요할 뿐.

현은 지금 자신의 차림새가 어떠한지 아무런 자각을 하지 못했다. 촬영 도중 은무가 밖으로 나가는 모습을 봤다. 금방 들어올 거라 생각한 그녀가 들어오지 않아 궁금해질 무렵 스태프 중 하나가 트레이에 담긴 커피를 들고 들어오며 아래 커피숍에 피아니스트 민지호가 있더라는 얘기를 전했다. 유난히 피아노 공연에 관심이 많던 스태프는 눈빛까지 반짝이면서 민지호가 회사와 계약을 하기 위해 온 것 아니냐며 호들갑을 떨었다.

민지호가 회사까지 왔다.

카메라 플래시가 터지고 있는데도 자리를 박차고 뛰어 내려온

길이었다. 커피숍에 들어섰을 때, 은무가 자리에서 일어서고 있었기에 조용히 그녀를 데리고 다시 올라갈 생각을 하고 있었다. 그러나 곧, 민지호의 손이 그녀의 하얀 손을 잡아채는 걸 본 순간 그는 이성을 잃었다. 더 볼 것도 없이 달려들어 멱살을 잡아챘으나 이내 그는 민지호의 날카로운 눈빛을 마주해야 했다. 두려움이 없는 눈빛. 이 자식 왜 이렇게 건방져!

마주 앉은 세 사람은 각자의 생각으로 분주했다. 은무를 어떻게든 설득해 피아노 듀오 리사이틀을 하고 말겠다는 민지호, 날파리같이 생긴 저 녀석을 다시는 은무 눈에 띄지 않게 해야겠다고 다짐하는 현, 그리고 빨리 올라가 촬영을 마무리해야 했기에 앉은 자리가 가시방석인 은무였다.

"그냥 매니저와 가수 사이라고 들었는데, 아닙니까?"

지난번에도 느꼈지만 오늘 보니 확실해 보였다.

"맞아."

"아닙니다."

은무와 현이 동시에 내뱉은 말이 다르자 민지호가 그럴 줄 알았다는 듯 입술을 비틀었다. 그가 현의 대답은 무시한 채 은무에게만 시선을 두고는 다시 물었다.

"매니저 따위를 왜 하고 있는 건데?"

금방이라도 일어서 또다시 그의 멱살을 잡을 것처럼 현이 주먹을 세게 쥐자 은무가 그의 팔을 붙들었다.

"말 그따위로 할래?"

은무 또한 그냥 한 대 쥐어박고 싶단 표정이다.

"다 그만두고……"

은무가 민지호의 말을 막으며 테이블 위로 손바닥을 내저었다. 가만두면 현이 있는 자리에서 모조리 다 이야기할 기세였다. 하나 마나 한 이야기를 현까지 들을 필요는 없었다.

"됐어. 민지호, 네 얼굴 그만 좀 보게 해주라."

시간을 더 지체했다가는 그 원성이 자신에게 돌아올 걸 아는 그녀가 현의 팔을 붙들어 일으켰다. 민지호의 시선이 따라붙는 걸 느꼈지만 무시하고는 현을 붙든 손을 놓지 않은 채 출입문으로 향했다.

"채은무, 다시 연락할 거다. 전화 피하지 마."

자꾸만 돌아서려는 현을 잡아끌어 엘리베이터 앞까지 다가간 은무가 들리지 않는 한숨을 집어삼켰다. 보지 않아도 현의 표정이 어떨지 알 것 같았다. 그리고 미안했다. 분명 말도 안 되는 오해를 하고 있을 테니 설명을 기다리고 있을 터였다. 하지만 지금은 중단된 촬영이 먼저였다.

"현이 씨, 촬영 끝나고 얘기해요."

그에게서는 아무런 대답도 나오지 않았고 은무도 더 이상 어떤 말도 하지 않았다.

현은 떨리는 주먹을 움켜쥐고 분노를 삼켰다. 자신이 그녀에게, 그저 관리해야 하는 가수 이상은 아니었구나라는 생각이 들자 돌아버릴 것만 같았다. 그런 의미로 대답한 건 아닐 거라고 머리로는 이해하지만 가슴으로는 받아들여지지 않는다. 은무의 얼굴을 마주하면 설명을 바라는 표정이 드러날 것 같아 애써 그녀를 외면한 채 촬영 스튜디오로 들어갔다.

뛰쳐나갔다가 들어오는 현에게 한마디씩 하려던 스태프들이 조용히 입을 다물었다. 무뚝뚝하긴 해도 함부로 인상을 쓰거나 화를 내는 걸 본 적이 없었기에 얼음이 뚝뚝 떨어지는 싸늘한 현의 표정에 슬금슬금 눈치를 보고 있었다. 그를 보며 좀 전까지 하하 호호 하던 오 실장도 차마 화장을 고치자는 말을 건네지 못하고 주위를 서성거려야 했다.

보다 못한 은무가 이대로는 도저히 안 될 것 같다는 생각에 사진작가에게 양해를 구했다.

"죄송해요. 현이 씨가 몸이 많이 안 좋은 것 같아요. 좀 전에 막 토하고, 막 음, 하여튼 오늘 촬영이 힘들겠어요."

사진작가가 힐끔 현을 바라보았다. 저 얼굴이 아픈 사람 얼굴이라고? 눈에서 레이저 나올 것 같구만.

"흠흠. 그래, 알았어. 저 상태로는 오늘 힘들겠네. 야! 촬영 접자. 정리해."

세팅되었던 조명 기구들과 소품 정리를 시작하자 현이 스튜디오를 빠져나갔다. 은무에게 못 볼꼴을 보인 것 같아 기분이 더 착잡해졌다.

화장을 지워야 한다며 따라오는 스태프에게 직접 하겠다는 말을 남기고 스튜디오로 내려왔다. 왜 이리 못났을까, 왜 이렇게 점점 더 못나지는 걸까. 은무의 일에 대범하지 못한, 자신을 향한 자책이 꼬리에 꼬리를 물고 이어졌다.

소파에 기대어 눈을 감고 있던 그는 살그머니 문이 열리는 소리와 자신에게로 다가오는 자그마한 발자국 소리를 듣고 있었다. 곧이어 가까운 곳에서 익숙한 향이 느껴졌고 늘 그렇듯 그 향에 몸이 반응했다. 팔을 뻗어 그녀를 품 안에 가두고 싶다는 생각에 감은 눈이 파르르 떨려왔다.

차가운 무언가가 그의 얼굴에 닿았다. 그녀가 조심스레 화장을 지우고 있었다. 꼼꼼하지만 부드러운 손길이 얼굴을 스쳐 지나갔다.

꿀꺽. 갈증이 일어 견딜 수가 없는 현이 눈을 떠 은무의 눈과 마주했다. 자신을 바라보는 그녀의 고요한 시선에 아슬아슬하게 남아 있는 이성을 붙들었다. 손끝이 저릿해지고 한숨이 터져 나오려는 순간 은무의 입술이 그에게 닿았다. 수줍게 살짝 닿았다 떨어지려는 그녀의 뒤통수를 한 손으로 고정시키고는 단번에 혀끝을 입술 사이로 밀어 넣었다.

두 사람의 입술이 얽히고 숨이 얽혔다. 잠깐 동안 불안했던 마음을 보상받으려는 듯 현의 입맞춤은 집요하게 계속되었다. 뭉쳐 있던 가슴속 무언가가 스르르 녹아내리는 것 같은 느낌에 비로소 입술을 떨어뜨리고 은무를 품에 안았다.

"미안해요."

"현이 씨가 왜요."

가쁜 숨을 몰아 내쉬며 그의 품 안에서 은무가 고개를 흔들었다. 벗어나려는지 자꾸만 바르작거리는 은무를 더 세게 끌어안고 현이 쓴웃음을 지었다. 이렇게 안고 있는데도 불안하고 초조한 자신을 어쩌면 좋을까.

은무는 달리 해명하지 않기로 했다. 그에게 해명을 해야 할 만한 그 어떤 일도 일어나지 않았을뿐더러 공연히 하지도 않을 리사이틀 이야기까지 꺼내고 싶지 않았다.

"촬영은 조만간 다시 하기로 했어요. 공개하기로 한 티저 영상,

날짜 미룬다고 하면 대표님께 좋은 소리 못 들을 테니 그 날짜 안에 다 해야 해요."

현이 그녀의 손가락을 만지작거리며 고개를 끄덕였다. 자신 때문에 스케줄이 꼬여 버렸을 스태프들에게 뒤늦게 미안한 마음이 들었다. 개인적인 일로 그들에게까지 피해를 줘버렸으니. 본래의 저였다면 상상도 못했던 일이었다.

만지작거리던 은무의 손을 잡아당겨 다시 그녀의 입술을 빨아당겼다.

은무로 인해 날아간 내 이성은 언제 돌아오는 걸까.

서현을 만나기 위해 민지호가 그의 형이라는 서훈을 찾아갔다. 은무를 설득시킬 사람은 서현밖에 없을 것 같다는 판단에서였다. 약속이 되어 있지 않으면 만날 수 없다던 그의 비서에게 이름을 이야기하고 돌아 나오려는 찰나 그의 방에서 서훈으로 보이는 남자가 나왔다.

"누구시라고요?"

"서훈 씨 되십니까?"

외부에 볼일이 있어 나가려던 차에 문틈으로 낯선 목소리가 들려왔다. 누구의 것인지 기억을 되살리고 있던 훈은 '민지호'라는 이름이 들려와 깜짝 놀라 문을 연 참이었다. 기사에서 보았던 민지호라는 사람이 자신을 찾아온 이유를 알 수가 없어 의심의 눈초리를 세웠다.

"네. 제가 서훈입니다."

민지호가 안주머니에서 명함첩을 꺼내 들었다. 부탁을 하러 온 참이니 허리를 숙이는 게 맞을 터.

"민지호라고 합니다."

명함을 건네받은 훈이 '피아니스트 민지호'라고 적인 글자를 뚫어져라 보았다. 정말 민지호였다. 기사를 막은 일로 따져 물으러 온 것인가? 그런 거라면 얼마든지 할 말은 있다. 현에게 관련된 일이라면 회사에 무관하다고 할 수 없으니.

"무슨 일이십니까? 민지호 씨가 저를 찾을 이유가 뭔지 떠오르질 않는군요."

"죄송하지만 시간 좀 내어주실 수 있으시겠습니까. 금방이면 됩니다."

공손하게 부탁을 하는 듯 보이지만 딱 부러지는 말투가 왠지 강압적으로 느껴진다. 품위와 격식이 몸에 배어 있는 듯 상대방의 말을 기다리는 자세 또한 범상치가 않았다. 만만한 상대가 아니라는 생각에 훈이 마음을 다잡았다.

"들어오십시오. 제가 시간이 많지는 않습니다."

"네, 그럼 실례하겠습니다."

훈이 문을 조금 더 열어 민지호를 들여보낸 후 비서에게 차를 부탁했다. 어쨌든 찾아온 손님이니 박대할 수는 없는 노릇이었다.

누구나 낯선 곳에 들어오면 두리번거리게 되기 마련이지만 민지호는 그런 기색이 전혀 없었다. 곧장 걸어와 소파 앞에 섰고 훈이 앉자 이내 맞은편에 앉았다.

서현의 형이라고 하더니 그와는 생김새가 많이 나른 사람이었다. 당연히 연예인인 그와는 생활하는 것 자체가 다르니 그럴 수도 있겠지만 형제가 맞을까 싶을 정도로 닮은 구석이 전혀 없었다. 냉철하게 번뜩이는 눈빛이 영락없는 사업가인 듯 보였다. 어쨌든 자신이 상대할 사람은 앞에 앉아 있는 서훈이 아니라 서현이었다. 서현을 만나야 했다.

"시간이 없다고 하시니 본론부터 말씀드리겠습니다. 번번이 저에 대한 기사를 막았던 게 선진이었다는 얘기를 들었습니다. 그래서 조금 알아보니 서현 씨와 관련이 있으시더군요."

역시.

훈이 기대었던 몸을 앞으로 기울이고 두 손에 깍지를 꼈다. 너의 이야기에 내가 호의를 보이고 있다는 제스처쯤은 보여주고 시작해야 했다.

"동생입니다. 기사 때문에 오신 겁니까."

"아니요. 사실이 아닌 기사 따위에는 관심 없습니다."

사실이 아닌 기사라.

"서현 씨를 좀 뵙고 싶습니다."

훈의 눈이 크게 뜨였다. 현을 만나고 싶다면 이곳으로 찾아올 게 아니라 JJ로 갔어야 한다. 무슨 이유로 저에게서 현을 찾는 건지 아무런 이유가 떠오르질 않았다. 훈은 사업을 할 때처럼 모든 관계와 공통분모를 찾았다. 현과 민지호의 공통분모. 그렇다면 채은무 때문인가?

"무슨 일이신지 모르겠지만 잘못 찾아오셨습니다. JJ로 가셨어야……."

"갔었습니다만, 그곳에서는 대화가 이루어지질 않았습니다. 은무 일로 다시 좀 뵙고 싶은데 아시다시피 그쪽 회사에서는 은무 때문에 쉽지 않을 것 같아 부탁을 드리러 찾아왔습니다."

친근하게 은무라 칭하고 있었다. 아시다시피라고 했지만 훈은 그녀에 대해 아는 것이 아무것도 없었다. 이럴 줄 알았으면 어떻게든 알아냈어야 하는 건데.

"연락처를 드릴 수는 없고, 지금 제가 연락을 한번 해보겠습니다. 괜찮으시겠습니까?"

민지호의 표정이 눈에 띄게 반가움을 나타내고 있었다.

"그래 주시면 정말 감사하겠습니다."

현의 휴대폰으로 전화를 걸었다. 요즘은 기사 때문인지 그의 전화를 제법 잘 받고 있었다. 현의 변화에 채은무라는 여자가 지대한 영향력을 미치고 있다는 건 알고 있다. 분명 그녀의 일이라면 두말 않고 달려올 게 뻔했다.

신호가 두어 번 가자 현의 목소리가 들렸다.

[무슨 일이야?]

"현아, 회사로 손님이 널 찾아오셨어. 은무 씨 일이라는데."

[누군데?]

현의 목소리가 급격히 작아지고, 있던 곳에서 밖으로 나가는지 문이 닫히는 소리가 들려왔다.

"민지호 씨."

현에게서 아무런 대답이 없었다.

"현아."

[금방 간다고 전해줘. 미안한데 형 사무실 잠깐 빌릴게.]

"그래, 알았다. 나는 나가야 하니까 손님 너무 오래 기다리시지 않게 해라."

대답 없이 현의 전화가 끊겼다.

민지호에게 상황을 설명하자 그가 예의 바르게 감사하다는 인사를 했다. 아버지까지 함께 가는 시찰이 아니라면 시간을 변경하고서라도 무슨 일인지 알아냈어야 하는 건데. 무척이나 아쉬운 표정으로 훈이 사무실을 나갔다. 제 사무실인 것마냥 훈을 배웅하고 사무실 문을 열어두는 모습을 힐끔 바라본 훈은 다시 한 번 만만한 상대가 아님을 되뇌었다.

훈의 사무실에서 마주한 두 사람은 지난번보다 더 팽팽한 긴장감에 휩싸여 있었다. 현이 사무실로 들어오는 모습을 보고 잠시 일어나 목례를 해 보이던 민지호는 지극히 예의가 넘치는 모습이었다. 하지만 이내 예의 그 거만한 모습으로 현을 향해 본론을 꺼내놓았다.

"은무, 매니저 그만두게 해주십시오."

"왜 그래야 합니까!"

현의 날 선 목소리가 사무실 공기를 갈랐다. 은무의 일에는 낯선 사람이 돼버리는 저를 알고 있는지라, 한 톤 높아진 저의 목소리에 민지호 모르게 한숨을 내뱉었다.

"은무와 피아노 듀오 리사이틀 공연을 계획하고 있습니다."

리사이틀? 생각지도 못했던 단어가 그의 입에서 흘러나오자 현이 눈썹을 그러모았다. 자신이 예상했던 단순한 이유로 은무에게 접근했던 게 아니라는 얘기였다.

"리사이틀을 은무 씨와 하겠다는 겁니까?"

자신이 한 말을 똑같이 되묻는 현에게 민지호가 조소를 보냈다. 분명 외면하지는 못할 것이다. 은무를 바라보던 서현의 눈빛을 정확하게 간파했던 그였다. 아마 지난날 그녀가 꾸던 꿈도 잘 알고 있을 터.

"은무가 한국에서 매니저 일 따위나 하고 있을 사람이 아니라는 거, 알고 계실 거라 생각됩니다만."

모른다. 아니, 모른 척했다. 그녀가 감추어두었던 천재적인 재능을 보았고, 혀를 내두르는 실력에 감탄했으며 최고임을 인정했다. 그리고 존경해 마지않았지만 그게 다였다. 더 이상은 다른 생각을 한 적이 없었다. 그저 자신의 곁에서 노래를 만들고 피아노 연주를 하며 그렇게 차츰차츰 이름을 알려 나가면 될 거라 생각했다. 그런데 민지호는 지금 그 이상을 말하고 있었다.

"한국에서 하는 리사이틀이 아닌 겁니까?"

"물론 한국에서도 할 겁니다. 그리고 미국, 유럽 등을 돌며 순차적으로 공연을 할 생각입니다."

현이 지그시 눈을 감았다. 자신이 새하얀 유리병 위에 그려오던 은무와의 미래가 산산이 깨어지려 하고 있었다. 하지만 이기심으로 그녀를 붙들어둘 수 없다는 것을 알고 있다. 그녀의 미래를 막아설 자격이 자신에게 없음도 알고 있다.

"은무가 제안을 계속해서 거절하고 있습니다."

구차하지만 물어보고 싶었다. 거절하는 이유가 뭐였느냐고. 현의 그런 마음을 들여다본 것처럼 민지호가 싸늘하게 말했다.

"그 이유는 서현 씨에게 있겠죠."

현이 감았던 눈을 떠 민지호를 바라봤다. 마음에 들기 않았던 거만한 모습과 형형한 눈빛이 자신을 향해 있었다.

"은무가 완전히 무너진 거라 생각했었습니다. 그런데 아니었더군요. 아직도 채은무는 제가 넘어야 하는 존재입니다. 부탁드리겠습니다. 은무, 리사이틀 반드시 해야 합니다."

민지호가 고개를 숙여 부탁을 하고는 사무실을 나갔다.

"후……"

괴로운 듯 마른세수를 하며 현이 자리에서 일어섰다. 은무가 못 견디게 보고 싶었다.

스튜디오로 돌아왔을 때 그녀는 없었다. 휴대폰을 만지작거리던 현이 문자를 찍어 넣기 시작했다.

「어디예요?」

띵동.

「6층이요. 어디예요?」

그녀가 눈물 나게 보고 싶다.

「스튜디오.」

띵동.

「금방 가요.」

그녀가 자신에게로 오고 있다. 그녀를 언제까지 붙잡을 수 있을까?

스튜디오로 내려온 그녀의 손에는 앨범의 메인 재킷 시안이 들려 있었다. 현이 오케이 하면 확정될 마지막 시안이었다. 그가 오기만을 기다렸다는 듯 보자마자 활짝 웃어 보였다. 시안을 바라보는 눈빛에 만족스러움을 듬뿍 담고는 현에게 건넸다.

"어때요? 지난번보다 글씨체도 훨씬 괜찮은 것 같죠? 지난번에는 지나치게 딱딱했는데 이건 딱딱해 보이면서도 부드러운, 딱 당신같이 나왔어요."

은무가 좀처럼 하지 않는 애교스런 말투까지 지어 보이는 걸 보니 어지간히 맘에 들었던 모양이었다.

"맘에 들어요?"

"너무 맘에 들어요. 당신은요?"

현이 괜찮다는 듯 고갯짓을 크게 해 보이자 은무가 고개를 숙여 그의 얼굴을 들여다보았다. 외출하기 전에는 밝아 보였던 그가 목소리에도 힘이 없고 피곤한 듯 지쳐 보이기도 했다.

"아버지랑 무슨 일 있었어요?"

그가 고개를 내저으며 은무를 당겨 안고는 쓸쓸한 미소를 지었다.

"은무 씨가 너무 보고 싶어서 힘들었거든요."

"그런 말 하지 말아요. 난 적응 안 된다고요."

은무가 곱게 웃으며 현의 가슴을 동동 두드렸다. 분명 세게 두드리는 게 아닌데 가슴이 너무 아팠다. 눈앞에 두고도 이렇게 아픈데 그녀를 보내놓고는 숨이 쉬어질 것 같지 않았다.

"시안 이걸로 오케이 넣고 금방 올게요."

신이 난 듯 보이는 은무가 스튜디오를 빠져나갔다. 돌아서는 그녀를 바라보던 현은 가슴 사이로 바람이 빠져나가는 것 같은 느낌에 시린 한숨을 내뱉었다.

그녀의 꺾여 버린 날개를 다시 펴게 해줄 사람은 자신이 될 거라고 늘 생각했었다. 하지만 자신은, 고작해야 꺾인 날개를 펴는 것밖에 해주지 못할 것이다. 하지만 민지호는 활짝 편 날개로 세상을 날게 해줘야 한다고 말한다.

서늘하던 현의 눈빛이 서서히 침잠해졌다.

현은 벌써 6시간째 연습실에서 꼼짝도 하지 않고 있었다. 타고난 실력도 실력이지만 옆에 있는 사람이 질릴 때까지 부르고 또 부르고 또 부르는 게 서현이란 사람이란다. 원데이 시절부터 현은 연습벌레로 유명했다며 구 부장은 별스럽지 않게 생각하는 듯했다.

은무가 조용히 연습실 문을 열어 빈 물병을 치워내고 새 물병을 밀어 넣어주었다. 땀이 흥건히 배어 있는 그의 등이 안쓰러워 그만하면 안 되겠느냐고 말하고 싶었다. 하지만 그러면 안 될 것 같아 조용히 문을 닫았다.

연습실 밖으로 나온 은무가 다시 헤드폰을 썼다. 좀 전까지 들리던 그의 목소리가 들리지 않았다. 고개를 들어 연습실 안을 살폈지만 어느새 나갔는지 현은 보이지 않았다. 이내 따라 나갔지만 어디로 갔는지 찾을 수가 없었다. 문자를 넣어 볼까 휴대폰을 만지작거리던 은무가 스튜디오로 발길을 돌렸다. 아무래도 잠시 그를 혼자 두는 게 나을 것 같다는 생각이 들었다.

요즘 들어 그는 혼자 딴생각에 잠길 때가 많았다. 은무가 부르면 금방 빙그레 웃어주었지만 이내 공허한 눈빛을 보이곤 했다. 셋이 하던 활동을 혼자 새로이 시작하는 그가 부담을 많이 느껴

그러는 게 아닌가 싶었다.

원데이 나머지 멤버의 공백을 자신이 전부 메워줄 수 없음에 마음이 아팠다. 그를 지켜보는 은무에게서 안타까운 한숨이 흘러나왔다.

> * 만나고, 알게 되고, 사랑하고, 그리고 헤어져 버리는 것이,
> 하고많은 인간의 슬픈 사연이다.
> ─콜리지

10. 바닷길

거울 앞에 앉은 지 꽤 오랜 시간이 흐른 것 같다. 연한 화장을 하고 머리를 빗어 내린 후 습관적으로 안경을 쓰려던 은무가 쓰게 웃고는 안경을 내려놓았다. 습관이 얼마나 무서운 건지. 현에게 엄마와 닮은 자신에 대해 이야기를 했던 이후로 매일 아침 반복되고 있는 일이었다. 안경을 아예 안 보이는 곳에 놓아두면 될 터인데 혹시나 하는 불안감에 차마 그렇게 하지 못하는 자신이 한심스러웠다. 한 번씩 엄마가 꿈에 나타나던 날 유난히 힘들었던 자신을 잘 알기 때문이었다.

"내가 꿈에서 엄마를 보면 힘들어서 그래? 왜 이제 꿈에도 안 오는 거야."

거울 속 얼굴을 들여다보며 혼잣말을 내뱉었다. 또다시 힘들어 하지 않을 거라 자신할 수는 없지만 그렇게라도 엄마를 만나고 싶었다. 안경을 집어 들고는 서랍을 열었다. 기억을 떠올리더라도 전처럼 아프지 않았으면 하는 간절함을 담아 깊숙한 곳에 넣었다.

준비를 끝낸 그녀가 휴대폰을 들고 앉아 도착했다는 현의 연락이 오기를 기다렸다. 가볍게 콧노래를 흥얼거리며 스케줄을 확인했다. 앨범 준비는 거의 끝이 났고 앨범 홍보를 위해 각종 인터넷 뉴스 사이트와 연예 잡지사에 보도 자료를 넘기고 있는 중이었다.

현으로부터 문자가 도착했다는 알림음이 울리자 내용을 확인하지도 않고 재빠르게 1층으로 내려갔다.

"어? 어디 갔지?"

항상 도착해 기다리고 있던 자리가 텅 빈 채 보이지 않자 그제야 은무가 문자를 확인했다.

「감기가 왔나 봐요. 심하지 않으니까 걱정하지 말아요. 오늘 급한 스케줄은 없죠? 은무 씨도 쉬어요.」

당연히 도착했다는 문자일 거라 생각했던 터라 감기에 걸렸다는 그의 문자에 가슴이 덜컥 내려앉았다. 걱정하지 말라고 했지만 마음이 놓이질 않아 택시를 타기 위해 은무가 도로를 향해 달렸다.

그의 집 앞에 도착해 한참이나 벨을 눌렀지만 현관문은 열릴 기미를 보이지 않았다. 이미 울타리를 넘어선 그녀가 혹시나 하는 마음에 베란다를 기웃거렸다. 하지만 두꺼운 암막 커튼으로 가려진 창은 작은 틈도 없이 꽉 닫힌 상태였다.

"현이 씨!"

현관문을 두드리는 은무의 손길이 다급했나. 벨소리를 든지 못할 정도로 깊은 잠에 빠진 거라면 다행이었지만 혹여 너무 아파서 정신을 잃은 건 아닐까 하는 생각이 스치자 마음이 바빠졌다.

"은무 씨?"

그녀를 부르는 목소리에 깜짝 놀라 뒤를 돌아보았다. 처음 보는 사람이 자신의 이름을 부르며 울타리를 넘어 걸어 들어오고 있었다.

"누구세요?"

"이렇게 만나게 되네요."

누군데 남의 집에 막 들어오느냐고 말하려던 은무가 자신을 향해 너무나 반가운 미소를 짓고 있는 남자 때문에 말문이 막혔다. 기자인가 싶었지만 반듯하게 양복을 차려입은 남자는 얼핏 보기에도 그런 일을 하는 사람은 아닌 것 같았다. 생글생글한 웃음이 누군가를 닮은 것 같기도 해 의아한 눈으로 남자를 바라보았다.

"절 아세요?"

"네, 알 것 같은데요?"

은무를 향해 한 발자국 더 다가오는 남자의 손에는 '밝은약국'이라 쓰여진 약 봉투가 들려 있었다. 저벅저벅 현관문 앞까지 걸어간 남자가 주머니에서 무언가를 꺼내더니만 현관 도어락에 갖다 댔다. 남자가 하는 행동을 멍하니 바라보던 은무가 그제야 그가 주머니에서 꺼낸 것이 자석키였다는 걸 깨달았다.

띠리릭, 하는 소리와 함께 현관문이 열렸고, 남자는 문을 열어 은무가 들어갈 수 있도록 살짝 비켜섰다. 어찌하여 현의 집 자석키를 가지고 있는 것이며 익숙한 이 행동은 뭔지 불쾌해지기 시작했다.

"잠시만요. 대체 누구세요! 누군데 남의 집 문을 함부로 열고 그러시는 거예요!"

"글쎄요. 제가 누굴까요?"

이 남자 뭐라는 거야? 은무가 이마를 구기며 인상을 쓰자 귀여운 아가씨였네 하며 낄낄거렸다.

"문 앞에서…… 뭐 하는 거야?"

심하게 갈라져 힘겹게 내뱉는 현의 목소리에 두 사람의 시선이 그에게 닿았다.

"현이 씨 괜찮아요?"

"괜찮다니까…… 왜 왔어요."

현을 발견한 은무가 남자가 서 있다는 것도 잊은 채 집 안으로 뛰어 들어갔다. 현의 상태는 많이 나빠 보였다. 밤새 앓았는지 입술은 바싹 말라 갈라져 있었고 열이 올랐는지 얼굴이 벌겋게 달아올라 있었다. 현의 이마에 손을 갖다 댄 은무가 놀란 얼굴을 해 보이자 힘겹게 미소를 지으며 이마에 닿아 있는 그녀의 손을 떼어 내렸다.

"이게 괜찮은 거예요?"

그녀의 얼굴이 거의 울기 직전인 듯 일그러졌다. 항상 밝았고 씩씩했던 그였다. 자신보다 더 많이 웃었고 감싸 안아주던 그였기에 그의 이런 모습에 안쓰러움이 밀려왔다. 혼자서 얼마나 아팠던 건지 속상함에 은무의 눈가가 붉어졌다.

"아프면 얼른 연락을 했어야죠. 이게 뭐예요. 속상하게."

힘겨워 보이는 그를 방으로 이끌던 은무가 그제야 생각난 듯 붉어진 눈의 습기를 스윽 문지르며 남자를 바라봤다.

"여기 속상한 사람 하나 더 있습니다."

장난스런 미소를 가득 매달고 있는 남자는 신발도 벗지 못한 채 아까부터 현관에 서 있었던 듯했다.

"형…… 안 갔어?"

형? 놀란 은무가 현을 부축하던 손을 슬그머니 내렸다. 조금 전 울타리를 넘어온 남자를 향해 혹시 욕을 했던 건 아니었는지 은무 는 기억을 더듬어야 했다.

"출근하기 바쁜 사람한테 약 사오라고 전화할 때는 언제고. 뭐? 안 갔냐고? 하여튼 얄미운 자식이라니까."

너스레를 떠는 남자의 얼굴에는 여전히 미소가 가득 담겨 있었 다.

"은무 씨…… 형이에요."

현은 이런 상황에 부딪힌 게 마땅찮은 얼굴로 소개했지만 훈은 은무를 보게 된 것이 반갑고 기쁘기만 했다. 금방 소개를 해줄 것 같아 보였던 현이 이 핑계, 저 핑계를 대며 미루고 있는 통에 인내 심에 바닥이 나고 있던 참이었다. 어떤 여자일지 궁금해 따로 알 아볼까도 싶었지만 현이 사랑하는 여자이니 그건 예의가 아닐 것 같아 그만두었다. 현이 알게 되면 가만있지 않을 게 뻔했고. 아무 리 동생이지만 현은 그에게 만만한 놈이 아니었다.

"안녕하세요. 채은무라고 합니다. 아까는 실례를……."

"반가워요. 서훈입니다. 실례는 제가 했지요. 은무 씨를 만난 게 너무 반가워서."

인사를 한 훈이 신발을 벗으며 거실로 들어오려고 하자 현이 힘 든 걸음을 떼어 그를 막아섰다.

"형, 출근해야 하잖아."

"어? 아, 알았어 알았어. 잠깐 차만 마시고 갈게."

막아선 그를 뚫고 지나가려던 훈은 아파서 찌푸린 건지, 화가 나서 찌푸린 건지 알 수 없는 현에 의해 한걸음도 내딛지 못하게 되자 아쉬운 듯 머리를 긁적거렸다. 하여튼 까칠한 자식이라니까.

"에잇. 간다, 가. 약이나 받아라. 은무 씨 다음에 또 봐요. 현이 잘 부탁합니다."

좀 전과는 다르게 경계심을 푼 고요한 눈빛으로 목례를 하는 은무를 보는 훈의 입가에 웃음이 스몄다. 현이를 세상 밖으로 꺼내준 사람이 은무일 거라는 확신이 들어서였다. 아픈 몸을 하고서도 그녀를 바라보던 현의 얼굴에는 그녀에 대한 사랑이 그대로 드러나 있었다. 민지호와 만났던 일이 궁금해 물어보려고 했던 훈은 아쉬움을 접고 현관문을 나서야 했다.

"왜 왔어요. 괜찮다니까."

"한 번만 더 괜찮다고 해봐요. 진짜 확 가버릴 거니까."

화가 난 듯 뽀로통하게 대꾸했지만 그를 침대에 눕히고 이불을 여며주는 은무의 손길이 다정했다. 욕실에서 젖은 수건을 만들어와 열이 오른 얼굴을 닦아주고 다시 새 수건을 적셔 그의 이마에 얹었다. 하루 사이에 까칠해진 얼굴에 왈칵 눈물이 터질 것 같았다. 여기서 울어버리면 아픈 그가 자신을 또 토닥여야 할 것 같았다.

"죽이라도 끓여야겠어요."

금방이라도 떨어질 것 같은 눈물을 감추며 그녀가 급한 걸음으로 방을 빠져나갔다.

　은무가 방을 나가자 현이 감았던 눈을 떠 그녀가 사라진 방문을 멀거니 바라봤다. 겨우겨우 붙들어 버텨내던 날카로운 신경 끈이 민지호를 만난 후 툭, 끊어진 모양이다.

　그를 만난 후, 며칠은 그런대로 아무렇지도 않은 척하며 평소대로 지냈다. 보내야 한다는 걸 알지만 그의 마음이 자꾸 하루만, 하루만을 외쳤다. 그렇게 하루가 가고 이틀이 가자 피가 마르기 시작했다.

　그리고 어제, 민지호에게 다시 연락이 왔다. 현이 나서주지 않는다면 강 대표를 만나볼 생각이라고 했다. 그렇게 되도록 둘 수는 없었다. 그건 은무에게 날개가 아니라 족쇄가 될 거라는 걸 알기 때문이었다. 고민에 고민이 더해져만 갔다.

　그렇다고 이깟 일에 이렇게 드러눕게 될 줄은 상상도 못했다. 그래 이깟 일인 거다. 영탁이 보내고도 숨 쉬고 살았는데 다시는 볼 수 없는 것도 아니고 살아 있는 한 마음만 먹으면 볼 수 있다. 밤새 그렇게 자신을 다독이며 보낼 수 있다고, 아니, 보내야 한다고 똑같은 생각을 수천 번 해봤지만 얻은 건 병뿐이다. 남자답지 못하게 아픈 모습이나 보여주고, 그녀에게 걱정이나 끼치고 그런 자신이 한심해 죽을 지경이라 몸이 더 아팠다.

　금방 돌아오지 않는 그녀를 기다리며 현은 까무룩 잠이 들었다.

　―앨범 발매 일주일을 앞둔 서현은 5일부터 수록곡 '타임파티'를 첫 번째 티저로 공개한다. 이후 모든 수록곡의 티저 등 정규앨범에 관한 정보를 순차적으로 공개할 계획이다. 5년 만에 활동을 재개하는

서현은…….

　앨범 발매일이 얼마 남지 않자 인터넷 연예 뉴스에는 그에 대한 기사가 끊임없이 올라왔다. 대부분 호의적인 기사들이었지만 개중에는 그렇지 않은 것들도 있었다. 인터뷰에 인색하고 사생활에 대해서는 일절 함구하던 그였기 때문에 일부러 악의적인 글을 써 올려 불만을 표출하기도 했다.

　서현의 연관 검색어 ‘원데이’를 클릭해 두문불출하던 현에 관한 기사들과 뮤지컬배우로 활약 중인 승재에 관한 일련의 기사들을 차례대로 읽어 내려갔다. 한참 동안 다음 페이지를 클릭하던 은무의 얼굴이 순간 아프게 일그러졌다. 사고가 일어났던 참혹한 당시의 상황과 영탁의 장례식 기사가 이어지고 있었다.

　사망과 중태라는 큰 피해를 입은 두 멤버와는 달리, 비교적 가벼운 찰과상을 입고 병원에 입원했다 퇴원하는 그의 모습이 담긴 기사도 보였다.

　“참 나쁘다. 이렇게 힘들어하는 모습을 사진으로 꼭 찍었어야 했을까?”

　사진 속 그를 보는 은무의 눈빛이 안타까움으로 물들었다. 자신과 다르지 않았을 그의 마음을 엿본 듯했다. 소중한 사람을 잃은 심정을 누구보다 잘 알고 있는 그녀는 그동안 자신에게는 내색하지 않았던 그의 마음이 너무나 슬펐다. 내 마음만 아프고 슬퍼 현의 아픔을 위로하지 못했던 게 못내 미안하기도 했다.

　몸을 돌려 침대에 잠들어 있는 현을 바라보던 은무가 그의 얼굴을 가만히 보듬었다. 열이 내려가긴 했지만 여전히 많이 아파 보였다. 그가 그녀에게 하듯 위로를 가득 담아 조심스레 매만졌다. 이 사람이 아니었다면 난 지금 어땠을까? 여전히 두렵고, 여전히 죽을 듯 아파하며 답답한 창고 같은 곳에서 시간을 죽이며 하루하루를 버텨내야 했겠지.

그렇게 한참을 그의 곁에 있던 그녀가 조금씩 밝아지는 창밖을 바라보고는 자리에서 일어섰다. 돌아갔다가 옷을 갈아입고 다시 와야겠다는 생각에서였다. 테이블 위에 쪽지를 써놓고 현에게 다시 다가가 이불을 끌어 당겨 주고 돌아서려는 찰나 그녀의 손이 붙들렸다. 어둑해져 선명하게 보이지 않는 서로의 얼굴을 안쓰러운 듯 바라보았다.

"깼어요?"

한참 동안 은무의 얼굴을 응시하던 현이 잔뜩 잠긴 목소리로 말했다.

"우리 여행 갈래요?"

현의 뜬금없는 제안에 은무가 눈을 동그랗게 떴다. 이렇게 아파보이는 얼굴을 해가지고는 무슨 여행을 가자는 건지 그녀가 걱정스런 눈빛으로 현의 이마를 짚었다.

"아픈 사람이 무슨 여행이에요? 아직 미열이 남았는데."

은무가 곁에 있으니 몸은 아프지 않았다. 그저 마음이 아플 뿐.

"다 나았어요. 이제 정말 괜찮아."

침대에서 일어나 욕실로 들어가는 현을 말없이 바라봤다. 왠지 그가 위태로워 보였다.

현의 은근한 고집 때문에 싫다는 말도 하지 못하고 그를 따라나섰다. 서울 시내 외에는 다녀본 적이 없는 터라 차를 두고 가자는 그의 말에 반대도 할 수가 없었다. 현 역시 운전을 할 수 있는 상태는 아닐 것 같았기 때문이었다.

단지 입구를 지나자, 그가 모자를 고쳐 쓰고 들고 있던 선글라스를 썼다. 처음 만났을 때보다 조금 더 길어진 머리카락 때문인지, 앓은 탓에 핼쑥해져 그런 건지 그의 작은 얼굴이 더 작아 보였다. 현이 내민 손 위에 은무가 손을 얹자 자연스레 그의 손가락이 그녀의 손가락을 얽었다. 현의 따뜻한 미소에 불안했던 마음을 조금 털어버리고 이끄는 대로 그를 따랐다.

터미널에 도착해 버스 시간을 확인한 현은 첫차 시간을 조금밖에 남겨두지 않았음에 안도했다. 다행스럽게도 평일인데다 이른 새벽이라 그런지 오고 가는 사람들이 많지 않았다. 하지만 워낙 눈에 띄는 외모를 갖고 있는지라 흘깃거리는 사람들의 시선을 피할 수는 없었다. 표를 끊고 대기실 의자에 앉아 있는 은무에게 다가갔다.

"어디 가는 거예요?"

답답하리만치 회사와 집밖에 몰랐던 은무는 서울을 벗어나는 게 한국에 온 후 처음 있는 일이었다. 딱히 특별할 것이 없는데도 그녀는 주변을 둘러보느라 정신이 없었다.

"무창포, 들어봤어요?"

"무창포? 들어본 적 없어요. 우리 거기 가는 거예요?"

"바다 보러 가요, 우리."

끄덕이며 기쁜 미소를 감추지 않는 그녀를 보고 있노라니 밤새 끙끙거렸던 시름이 언제였나 싶게 기분이 좋아졌다. 충동적으로 나선 길이었지만 잘했구나 싶기도 했다. 배차 시간에 맞추어 들어올 버스를 기다리며 둘레둘레 주변을 살피는 그녀를 등 뒤에서 현이 끌어안았다. 폐부 깊숙이 그녀의 향기가 스며들었다. 행복한 이 순간을 기억하면 된다. 이걸로도 충분했다.

도착하기까지 두 시간여의 시간 동안 은무는 그의 어깨에 기대어 잠에 빠져 있었다. 현이 밤새 뒤척이는 동안 그녀도 잠깐밖에 눈을 부치지 못했던 터라 많이 피곤했던 모양이었다. 조금 더 잘수 있도록 먼 곳으로 갈 걸 그랬구나 싶기도 했다. 차마 깨우지 못하고 몇 명 되지 않는 승객들이 모두 내릴 때까지 현은 그녀를 안쓰럽게 바라보았다. 버스 기사가 다 내렸을 거라 생각하고 좌석을 둘러보다 두 사람을 발견하고서는 어서 내려요, 라고 작게 얘기한 후 자리를 피해줬다. 현은 기사분의 작은 배려조차도 너무나 고맙기만 했다.

"은무 씨, 다 왔어요."

"어…… 정말요? 하나도 못 봤어."

오는 내내 보게 될 풍경을 기대했던 은무가 아쉽다는 듯 칭얼댔다.

"더 멋진 거 많이 볼 거예요. 돌아갈 때 또 보면 되고."

은무를 감싸 안고 버스에서 내려선 현이 택시를 타기 위해 승강장을 찾았다. 등교를 하기 위해 삼삼오오 무리를 지어 지나가는 학생들 중 누군가가 떠드는 소리가 들려왔다.

"저기 서현 아냐?"

"설마, 서현이 여길 왜 오냐? 앨범 곧 나온다는데."

"근데 완전 똑같이 생겼다. 그치?"

저희들끼리 아니라 단정 지은 후 빠른 걸음으로 두 사람을 스쳐 지나가는 학생들을 보며 은무가 한숨을 내쉬었다. 바쁜 아침 시간이라 더 자세히 보려 그에게 몰려들지 않은 게 다행이다 싶었다. 그런 그녀를 보던 현이 씁쓸한 웃음을 흘렸다. 언제부터인가 은무는 더 이상 그에게 짐덩어리가 아니었다. 어느 매니저보다 능력이 출중했고 세심했으며 위기에 대처하는 능력 또한 뛰어났다. 어느 때든 철저하게 매니저라는 걸 잊지 않는 듯했다. 하마터면 자신이 그렇게 은무를 얽어매고 있을 뻔했다는 사실에 또 한 번 고개를 흔들었다. 은무가 넓은 세상으로 날아가도록 해주어야 했다.

　택시를 타고 무창포까지 가는 데에는 30분 정도의 시간이 소요되었다. 창밖에 펼쳐진 추수를 앞둔 황금 들녘을 바라보던 은무에게서 때때로 감탄사가 흘러나오기도 했다.

　"이런 들녘 본 적 없어요. 콩쿠르 때문에 많이 돌아다니긴 했지만 시간이 없어서 이런 모습을 맘껏 보지는 못했거든요. 그러고 보니 참 심심하게도 살았네요."

　중얼거리듯 읊조리는 그녀의 손을 꼭 잡았다.

　"와!"

　무창포에 도착해 바다와 마주한 은무가 크게 환호성을 내질렀다. 가을이 깊어가는 이른 아침의 바닷가에는 사람이 많지 않다.

　"비디기 열린대요, 무창포는……."

　"바다가 열려요? 홍해처럼?"

희미하게 웃어 보이며 현이 모래사장으로 은무를 이끌었다. 짭조름하지만 선선한 바닷바람이 시원하게 불어왔다. 신발을 벗어들고 철벅철벅 걷는 은무의 발걸음을 조용히 따라갔다.

"현이 씨! 저기 봐요! 바다가 열리는가 봐요!"

사실은 바다가 열리는 게 아니라 숨어 있던 갯벌이 나타나는 것이었지만 그녀는 신기한 광경에 아이처럼 신이 나 있었다.

달을 좋아하고 평생 달만 따라다니는 바다는, 달이 차고 기우는 것을 따라서 저 멀리 아득한 곳까지 가버리기도 하고 이만큼 가다가 되돌아오기도 한다. 그중 쟁반처럼 달에 살이 차오르거나 또 달이 완전히 사라져 버리는 그믐 때에 물은 다시는 돌아오지 않을 것처럼 멀리멀리로 가버려 물속에 숨어 있던 바다 저 너머로 가는 길이 생겨났다.

몇몇의 사람들이 호미를 들고 바닷길로 들어갔다.

"뭐 하는 거예요?"

"조개 같은 거 캐러 가는 거 같은데요?"

"조개요? 우와. 신기하다."

조개를 발견해 작은 환호성을 내지르는 사람들 사이를 지나 '석대도'까지 한참을 걸어갔다. 그들의 머리 위로 갈매기 한 쌍이 날아갔다. 은무는 처음 보는 것처럼 신기해하며 갈매기를 향해 두 손을 흔들어 보였다.

앞서 걷던 그녀가 쪼그리고 앉자 현이 그녀의 곁으로 다가와 앉았다. 그녀의 손바닥 위에 새끼손톱보다 더 작은 게 한 마리가 놓여 있었다.

"후후, 얘 물구나무서기도 해요. 귀여워."

은무의 조용한 웃음소리를 듣는 동안은 아무런 근심도 떠오르지 않는다. 바라만 보아도 행복한 순간들이, 밀려드는 밀물에 바닷길이 사라지듯 그렇게 지나갔다.

"은무 씨."

석대도까지 걸어갔다 되돌아 나오기 위해 돌아서던 그녀가 고개를 들어 그를 바라봤다. 조금 전까지 함께 웃어주던 그의 눈빛이 어둡게 가라앉은 듯 보여 철렁 하고 가슴이 내려앉았다.

"왜 그래요? 몸 안 좋아요? 그럼 얼른 나가요."

열린 바닷길을 나가려는 은무의 팔을 잡아끌어 당겨 가슴에 안았다.

"사랑해요."

귓가에 나직하게 그의 목소리가 들려왔다. 달콤한 말이건만 왜 이리 무겁게 내리누르는지 모를 일이었다.

"현이 씨, 무슨 일 있죠? 말해봐요."

"사랑한다고 말해줘요."

"사랑해요. 많이 사랑해요."

품 안에서 벗어난 은무가 그의 얼굴을 자세히 보기 위해 까치발을 들었다. 아직 완벽하게 낫지 않은 몸으로 먼 곳까지 오는 게 아니었다. 창백해진 그의 얼굴을 쓰다듬으며 걱정스레 다시 물었다.

"말해요, 얼른. 무슨 일이에요?"

그렇게 힘들게 마음을 다잡았는데도 쉽게 내뱉지 못하고 목에 걸린 가시처럼 아프게 찔러댔다. 한번 내뱉고 나면 주워 담을 수 없음을 안다. 하지만 그녀를 보내주어야 했다.

"은무 씨, 리사이틀 해요."

놀란 은무의 눈이 커다랗게 뜨였다. 현이 리사이틀에 대해 어떻게 알고 있는 걸까. 범인은 단 한 사람이다. 왜 민지호가 현을 찾아갈 수도 있을 거란 생각을 못했던 걸까. 진작 현에게 이야기를 했어야 했다. 그랬다면 민지호와 그가 만나는 일 따위는 만들지 않았을 텐데.

"민지호 만난 거죠?"

민지호, 만약 그 사람이 은무에게 딴 맘이라도 품고 그런 제의를 한 거라면 무슨 수를 써서라도 막을 수 있다. 하지만 그는 피아니스트 채은무를 원하고 있었다.

"그 사람이 당신한테 뭐라고 했는지 모르지만 난 안 해요. 그게 뭐 힘든 말이라고. 그냥 할 거냐, 안 할 거냐 물으면 되죠. 아니, 물으나 마나예요. 난 안 해요."

아무 일도 아니라는 듯 웃음을 매단 은무가 안 한다는 말을 던져 놓고 바닷길을 되돌아가기 위해 돌아섰다. 또다시 현이 은무를 잡아 세웠다.

"은무 씨 해야 돼요. 나 때문에 망설이는 거라면 그럴 필요 없어요. 나 은무 씨 없어도 활동 잘해 나갈 수 있어요."

섭섭함에 은무의 얼굴이 일그러졌다. 함께 작업해 놓고 이제 다 끝났으니 필요 없다고 하는 것 같았다. 괜한 생각이라는 걸 알면서도 슬프고 서러운 마음에 눈물이 밀려 올라왔다.

날 이렇게 밀어내려 하지 말아요. 이제 와 이러면 날보고 어쩌라는 거예요. 당신이 먼저 시작했잖아. 그래 놓고 이러는 법이 어디 있어.

뱉을 수 없는 말들을 가슴에 묻고 마음에도 없는 말을 그에게 던졌다.

"알았어요! 필요 없어졌다는데 물러나야죠."

"그런 말이 아니라는 거 알잖아요!"

현은 잔인한 이 시간에서 어서 빨리 벗어나고 싶었다. 그녀를 바라보는 눈빛이 아팠다.

"마음 같아서는 이 바닷길 안에 은무 씨를 가둬놓고 나만 보고 싶어요! 은무 씨가 나 만나기 전에 어떤 사람이었든 지금부터는 나만 보라고 하고 싶어요! 그런데 그러면 안 되잖아. 내가 은무 씨한테 그런 사람이 되면 안 되는 거잖아요."

현이 내뱉는 한마디 한마디가 은무의 가슴에 켜켜이 쌓였다. 서로를 바라보는 시선이 엉켜들고 아프게 할퀴어댔다. 너무나 애틋해서, 너무나 가슴 아파서.

멀리서 그들을 부르는 소리가 들려왔다.

"어서 나와요! 물 금방 들어와!"

물은 빠르게 빠르게 밀려오고 있었다.

모래사장 위에 앉아 먼 바다를 바라보는 은무의 눈빛이 스산했다. 두 시간 남짓이 지나자 언제 그랬냐는 듯 바닷길은 모습을 감췄다. 있다가도 없고 없다가도 나타나는 바위들만이 유독 까치발을 하고 수면 위로 빼꼼빼꼼 올려다보고 있었다.

"아까도 너…… 거기에 있었니?"

바위를 향해 공허한 한마디를 내뱉었다. 바닷길 속에 행복했던 순간을 다 두고 온 듯 가슴 한구석이 싸늘하기만 했다. 꿈이었나?

자꾸만 가물가물해졌다.

멀리서 은무의 가냘픈 뒷모습을 바라보던 현이 고개를 떨궜다. 가을인데도 차가움을 머금은 바닷바람이 사납게 불어왔다.

"안 추워요?"

아무것도 깔지 않은 모래 위에 철퍼덕 앉고는 따뜻한 커피 하나를 건넸다. 은무의 시선이 따라붙는 걸 모른 척하며 그녀의 어깨를 감싸 안았다.

"뭐 보는 거예요?"

은무의 시선이 다시 바다를 향했다. 바람이 세게 불어 파도가 제법 크게 밀려왔다가 사라졌다.

"저기 저 바위. 아까는 못 본 것 같은데 자꾸 봐달라고 얼굴을 내미네요."

은무는 커피를 다 마실 때까지 보일 듯 말 듯 하는 바위만 바라봤다.

"다음에 다시 오면 우리가 저 바위를 기억할까요? 그럼 또 저렇게 나 여기 있어요, 하고 얼굴을 내밀겠죠. 그럼 우린, 바위가 저기 있었나? 그럴 거예요."

자신은 저 바위처럼 이미 잊혀진 피아니스트일 터였다. 갑자기 나타나 나 여기 이렇게 있노라고 소리치면, 누가 뭐래니? 하며 콧방귀를 뀌며 돌아설지도 모른다. 돌아갈 용기가 없음을 비웃는 그녀의 마음이 가슴 끝을 찔러온다.

"난 저 바위처럼 되고 싶지 않아요."

"은무 씨는 돌아서면 잊혀질 저런 바위 따위가 아니에요. 은무 씨가 얼마나 대단한 피아니스트였는지 모두들 기억하고 있어요.

당신 연주를 기다리는 수많은 사람들이 있다는 걸 왜 모른 척해요. 당신이 있던 그 자리로 돌아가요."

돌아가야 함을 알지만 두려움이 자꾸만 막아선다. 그런데 이 사람은 어디가 끝인지도 모르는 그곳에 자꾸만 가라고 한다.

"당신 옆 내 자리는요? 이제 내 자리는 거기란 말이에요!"

현의 머릿속에서는 끝날 것 같지 않은 싸움이 벌어졌다. 한 녀석은, 가고 싶지 않으면 가지 말라고 말하라고, 서로에게 상처가 되는 일 따위 안 하면 그만이라고 한다. 그런데 또 다른 녀석은 그러면 안 된다고, 은무를 일으켰으니 끝까지 책임을 지고 날게 하라고 한다.

현이 깨질 것 같은 머리를 흔들며 은무를 바라봤다.

"내 옆은 항상 은무 씨 자리예요. 누구도 그 자리를 차지할 수는 없어요."

누구에게도 내주지 않을 것이다. 어느 누구도 은무를 대신할 수는 없을 걸 알고 있다. 은무로 인해 일어섰던 자신이었다. 그녀가 돌아간 후 자신 또한 어떻게 될지 확신할 수 없지만 자신은 은무와 이미 이만큼의 길을 걸어왔다. 이제 그녀의 길을 걸어가게 해주어야 했다.

"은무 씨가 꿈꾸던 세상으로 날아가요. 내 옆자리 따위가 은무 씨 꿈은 아니었잖아요. 그렇게 날아가도 내가 여기 있다는 것만 잊지 않으면 돼. 그러면 돼요."

평생 달만 따라다니는 바다.

현은 달처럼 가득 차올라 환하게 빛이 나는 그녀를 위해 바다가 되기로 했다. 지금은 잠시 멀리 떨어지지만 그녀가 힘에 겨워 자신을 찾을 때 그 자리로 달려가면 될 터였다.

"힘들면 내가 여기 있다는 걸 기억해요. 내가 항상 은무 씨 가까운 곳에 있을게요. 늘 그렇게 당신 곁에 있을 테니 아무 걱정 하지 말아요."

그녀의 눈동자가 흔들렸다. 아득한 낭떠러지로 떨어질지라도 그가 있다. 그가, 내 곁에 있다.

현의 앨범 발매일이 얼마 남지 않은 상황에 사라진 두 사람을 찾아다니던 구 부장은 기진맥진이 된 상태였다. 훈에게 연락했으나 그의 비서를 통해 훈은 오늘 해외로 출국했다는 대답만 돌아왔다. 강 대표가 알기 전에 무슨 수를 써서라도 찾아야 했다.

사실 구 부장은 은무가 더 걱정이었다. 두 사람이 같이 있다면 다행이지만 그렇지 않다면 은무를 어디서 다시 찾는단 말인가.

"은무야, 어디로 간 거야."

꺼져 있는 휴대폰으로 쉴 새 없이 전화를 걸며 안절부절못하는 그에게 미림이 다가왔다. 이렇게 심각한 순간에도 미림을 보니 가슴이 세차게 뛴다. 심장은 분명 제 것인데도 그의 통제가 불가능해진 지 오래였다.

"부장님, 잡지사에서 홍보실로 오전부터 계속 연락이 왔었거든요. 안 계신다고 그랬는데…… 통화 한번 하셔야 할 것 같아요."

"무슨 일…… 인데?"

그녀의 표정을 보니 분위기가 심상치 않았다. 미림이 자신의 휴대폰 SNS를 눌러 사진 한 장을 보여주었다. 누가 봐도 연인인 듯 보이는 현과 은무였다.

"이거 누가 보냈다고?"

"잡지사 기자가요. 제가 추적해 보니 처음 올린 건 보령에 사는 어떤 학생이더라고요. 서둘러 내리고는 있는데 잡지사 기자가 이미 본 후라……."

아프다는 사람이 은무를 데리고 보령에는 왜 간 걸까.

두 사람이 연인 사이가 되었다는 걸 눈치챈 건 그리 오래되지는 않았다. 처음부터 이렇게 될지도 모른다고 생각했었던 터라 그리 놀랍지도 않았다. 상처가 많은 두 사람이 서로에게 의지하는 모습이 너무나 예뻐서 그저 흐뭇하기만 했을 뿐 후에 어떤 일이 벌어질지까지 생각하고 싶지 않았다.

"미림 씨, 두 사람 예쁘지?"

함께 있는 것만으로도 빛이 나는 두 사람이었다. 사진에서 눈을 떼지 못하던 구 부장이 미림을 향해 물었다.

"네. 너무 잘 어울려요. 두 분 행복하셨으면 좋겠어요."

앨범이 발매가 되기도 전에 대중들에게 가십거리를 먼저 던져 준 셈이라 현에게는 무척 좋지 않은 상황이 되어버렸지만, 구 부장과 미림에게 그런 것은 중요하지 않은 듯 보였다.

홍보실에 연락해 정식 보도 자료를 돌리기 전까지는 어떤 기사도 허락하지 않겠다고 강경하게 나가라고 지시했다. 그리고 다음은, 다음은 뭐를 해야 하지? 은무에 대한 걱정이 사라져 한시름을 놓자마자 자꾸만 달콤한 미림의 향기가 풍겨와 집중력이 흩어졌다. 돌아선 그녀의 굴곡진 몸매와 허리까지 내려오는 웨이브 진 긴 머리카락이 그의 눈앞에서 넘실거렸다.

꿀꺽.

구 부장이 마른침을 삼키자 두툼한 목울대가 올라왔다 내려갔다. 그를 향해 돌아선 미림이 더 할 말이 있느냐는 듯 눈썹을 치켜올리며 두 눈을 반짝였다.

그 숱한 세월 동안 미림을 똑바로 바라보지 못했던 구 부장이 용기를 내기 위해 큰 숨을 내쉬었다. 현이와 은무 못지않은 사랑을 하고 싶었다. 그 누구에게도 빼앗기지 않을 것이다. 홍미림은 내 거야!

"저, 홍미림 씨, 주말에 시간 좀 내줄 수 있나?"

미림의 입꼬리가 슬쩍 올라갔다. 회사 내 모든 사람들이 알고 있는 사실을 그녀가 모를 리가 없었다. 구 부장이 자신을 마음에 두고 있다는 걸 알았을 때, 기분이 썩 좋지는 않았다. 띠 동갑의 나이 차이인데다 유학파인 저와는 학벌 차이도 많이 나기 때문에 감히, 라는 생각을 했던 것도 사실이었다.

하지만 딱 하나, 그녀의 마음에 드는 게 있었는데 그건 바로 그의 외모였다. 어릴 때부터 god의 김태우 같은 남자가 좋다고 노래를 불렀던 미림은 구 부장의 넉넉한 몸매를 볼 때마다 안기고 싶은 욕망에 휩싸이곤 했다. 누가 봐도 김태우보다는 심하게 넉넉한 몸매였지만 그녀의 눈에 똑같이 보인다는데 아니라 한들 무슨 소용일까.

그러나 나 홍미림. 기다렸다는 듯이 폴짝 안길 수는 없잖아? 드디어 용기를 낸 구 부장을 향해 당장이라도 몸을 날리고 싶은 마음을 숨긴 채 안타까운 표정을 지으며 미림이 말했다.

"주말이요? 저 그날 엘.리.스.호.텔. 1층 커피숍에서 맞선 보는데. 정말 맞선 같은 거 보고 싶지 않은데 나이가 나이인지라 부모

님이 하도 성화여서요. 그런데 무슨 일이신데요? 중요한 일이예
요?"

눈꼬리가 금세 축 처지는 구 부장의 얼굴이 깨물어주고 싶을
정도로 귀여워 보였다. 제발 미끼를 물어요. 내가 당장 낚아줄 테
니.

늘 그의 앞에서 약한 척, 순진한 척을 해야 했던 미림은 가면을
벗어 던질 날이 얼마 남지 않았음에 가슴이 뛰었다.

무창포에서 돌아온 후 은무는 아무 말 없이 현의 앨범 발매 마
무리를 도왔다. 그녀가 돌아가기로 결정했음을 느낀 현도 더 이상
의 이야기를 꺼내지 않은 채 평소대로 그녀를 대했다.

현과 은무의 스캔들 기사를 빌미로 접근하는 기자에게는 결혼
을 전제로 비밀 연애를 하고 있던 이유경과 소천섭의 러브 스토리
를 넘겨주었다. 고맙게도 두 사람은 흔쾌히 허락했고 곧 결혼날짜
를 잡을 예정이라며 오히려 기자회견 준비를 부탁하기까지 했다.
덕분에 촬영차 모든 스태프들과 무창포에 갔었던 것으로 무마되
어 더 이상의 별다른 잡음은 생기지 않았다.

앨범 발매가 시작되고 현이 성공적으로 첫 방송을 마치자 은무
가 떠날 준비를 하기 시작했다. 그러나 이미 모든 걸 마련해 두었
던 민지호에 의해 모든 준비는 너무나 간단히 끝이 났다.

민지호와의 리사이틀이라는 게 끝까지 맘에 들지 않았지만 피
아니스트 채은무로 복귀하는 데 그보다 빠른 길은 없을 거란 판단

에 현은 체념했다.

떠나기 며칠 전, 민지호가 현을 찾아왔다.

"고맙다는 인사를 하려고 왔습니다. 은무, 설득하기 쉽지 않았을 텐데 정말 고맙습니다."

민지호의 감사 인사 따위, 전혀 반갑지 않았다. 더욱이 은무에 대해 잘 아는 것처럼 행동하는 민지호에게 못 견디게 화가 났다.

"은무 씨가 설득 같은 걸 당할 사람으로 보이십니까? 본인 스스로 선택한 겁니다."

까칠한 현의 말투에도 승자의 미소를 짓고 있는 민지호와는 더이상 마주 서 있고 싶지 않았다. 은무를 잘 부탁한다는 말 같은 건 하지 않을 생각이었다. 은무에게 신세를 져야 하는 사람은 민지호가 될 테니까.

은무가 출국하기로 되어 있는 날이 하루 앞으로 다가왔다. 현과는 아직까지 제대로 된 작별 인사도 나누지 못했다. 현도, 은무도 매일 아무렇지 않은 것처럼 행동했고 둘 중 누구도 작별에 대해서는 말하지 않았다.

지하 스튜디오를 둘러보는 은무의 눈빛이 처연했다. 손을 뻗어 그녀가 매일같이 앉았던 건반 위를 쓸었다.

살기 위해서 도망치듯 한국으로 왔을 때 다시는 피아노 앞에 앉지 못할 거라 생각했었다. 그런데 이곳에서 현을 만나 그를 위한 노래를 만들었고, 현 때문에 피아노를 다시 연주했다. 바람 빠진 풍선처럼 텅 비어버렸던 피아노에 대한 마음이 이제는 어쩌지 못할 정도로 부풀어 오른 건 모두 서현 때문이었다.

피아노와 현, 둘 중 하나를 골라야 한다면 무얼 골라야 하나. 뜬금없이 든 쓸데없는 생각에 피식 웃음이 흘러나왔다.

"뭐가 좋다고 그렇게 웃고 있어?"

"왔어?"

유경이 화가 잔뜩 난 얼굴로 스튜디오에 들어왔다. 소천섭과의 결혼을 앞두고 한껏 부풀어 있던 유경은 갑작스런 소식에 무척이나 힘들어했다.

"여기 떠나는 게 그렇게 좋아?"

"그럴 리가."

"진짜 너 나빴어. 이렇게 갑자기 간다는 게 말이 돼?"

은무가 코끝을 찡그리며 미안한 기색을 보이자 유경이 금세 눈물을 글썽거렸다.

"현 오빠 서운해할 텐데."

"현이 씨 가끔 보러 와줘. 너 결혼한다고 원데이 팬클럽 정리하고 그럴 건 아니지?"

"나 이유경이야. 원데이 아니면 내가 살 수나 있겠니?"

"천섭 씨 들으면 서운하겠다."

소천섭에 대한 이야기가 나오자 유경이 눈물을 닦고 입술을 삐죽였다.

"쳇. 서운하긴. 세븐체리를 얼마나 좋아하는지. 그 사람도 세븐체리만 있으면 살걸?"

"뭐야. 싸운 거야?"

"싸우긴. 나 아직 천섭 씨하고 본모습 감추는 사이야."

품. 알 만했다.

"앞으로 천섭 씨가 고생 좀 하겠네."

"너 누구 편이야? 천섭 씨가 하도 세븐체리, 세븐체리 그래서 맘 상했단 말이야. 내가 세븐체리하고 좀 그렇잖아."

"그러길래 왜 애꿎은 소녀를 붙들고 그 난리를 쳤어?"

"이게 다 너 때문이잖아!"

유경이 그때의 일을 빌미로 또 화난 척을 해 보였다. 일부러 그런다는 걸 모르지 않는 은무가 유경의 손을 붙들었다.

"너 진짜 갈 거야?"

"응. 갔다 올게."

"내 결혼식이라도 보고 가지. 이렇게 갑자기……."

훌쩍거리던 유경이 결국 눈물을 터트렸다. 유경이 아니었으면 낯선 한국 생활을 어떻게 견뎠을까. 유경이에게는 고마운 것뿐이었다.

"고마웠어. 내 친구 결혼 정말 축하해."

"채은무 이 나쁜 기집애!"

사랑하는 사람을 만났으니 유경이의 마음병이 싹 낫기를 은무는 바라고 또 바랐다.

텅 비어버린 아파트가 어색했다. 이 벽지 색이 원래 이런 색이었나? 몇 년을 살았건만 벽지 색조차 새삼스러웠다. 떠날 날이 이렇게 빨리 오게 될 줄은 상상도 하지 못했다.

조금 전, 괜찮다는 데도 부득불 집 앞까지 바래다주고 돌아간 구 부장을 떠올린 은무가 눈물을 흘리지 않기 위해 눈을 깜박였다.

돌아가겠다고 했을 때 말없이 어깨를 두드려 주며 격려해 주던 구 부장이 집 앞에서는 끝내 눈물을 흘렸다. 아빠처럼, 때론 오빠처럼 긴 시간을 묵묵히 기다려 준 구 부장에게 고맙다는 말도 차마 할 수가 없었다. 구 부장에게 진 빚이 너무 많아 말로는 그 고마움이 표현되지 않을 것 같았다.

뾰족한 가시를 세워놓고, 누구에게도 가까이 가지 않았고 다가오는 이들을 애써 외면했던 그녀가 현을 만난 이후, 그 짧은 시간 동안 꽤나 많은 사람들과 가까워져 버렸다는 걸 깨달았다.

자신도 모르는 사이, 직원 식당 주방 아주머니들과 농담도 하고 가족의 안부를 묻는 사이가 되어 있었고, 현과의 사이를 알고 있는 홍보실 직원들과는 비밀을 공유하는 사이가 되어 있었으며, 여러 분야의 프로듀서와는 하나의 앨범을 탄생시키기 위해 같은 목표를 세웠던 돈독한 사이가 되어 있었다. 모두들 그녀가 떠남을 아쉬워했고, 잘할 수 있을 거라고 격려했다.

구 부장과 은무의 작별 인사를 멀찍이 떨어져서 지켜보던 현이 그녀를 따라 들어왔다.

오지 않았으면 했던 시간이 닥쳐오자 하루 종일 멍한 상태로 지내야 했던 현이, 은무가 내뱉는 한숨 소리에 그녀에게 다가가려다 멈춰 섰다. 떠나야 하는 사람도, 보내야 하는 사람도 견디기 힘든 밤이었다.

한참을 서 있던 은무가 돌아섰다. 현에게 가까이 다가가지도 않고 그를 원망스런 눈빛으로 바라봤다. 희미하게 옆집 아이가 웃는 소리가 들려왔다. 또 한 번 한숨을 내뱉은 은무가 정적을 깨뜨리고 입을 열었다.

"나 가지 말라고 안 할 거예요? 이대로 정말 가요?"

현은 아무 말도 하지 못했다. 입을 여는 순간 애써 참았던 수많은 말들을 쏟아내고 말 거라는 걸 알기 때문이었다.

"당신이 원하는 대로 철웅 씨와 함께 갈게요. 대신 내 부탁 들어 줘요."

그가 고개를 끄덕였다.

"휴대폰 두고 갈 거예요."

은무가 휴대폰을 건네기 위해 그에게 다가왔다. 작년 겨울, 무슨 일이 생기면 매니저인 자신에게 연락을 하라며 휴대폰을 건네던 그녀가 떠올랐다. 짐덩어리 같았던 그녀가 자신의 연인이 될 줄 짐작이나 했을까? 아니, 연인이 된 후 이렇게 헤어져야 함을 상상조차 했을까?

"대신 이동할 때마다 엽서 보낼게요. 답장은 하지 말아요. 서로의 소식은 철웅 씨에게 듣기로 해요."

훈에게 믿음직한 비서를 한 명 보내달라고 부탁했다. 보디가드를 해주어야 하니 무술 실력도 있어야 하고, 운전도 해주었으면 한다는 말에 훈이 얼굴을 찡그렸지만 동생의 부탁을 거절하지 못하는 그는 선진의 유능한 비서인 철웅을 보내주었다. 월급은 몇 배로 두둑이 줘야 한다고 으름장을 놓으면서도 철웅이라면 안심해도 된다며 훈은 걱정하는 현을 달랬다.

"내가 못 견뎌서 당신 만나러 오기 전까지는 나 만나러 오지도 말아요. 당신 만나면 약해질지 모르니 그냥 버틸래요."

틈이 날 때마다 그녀에게로 날아가려 했었던 그는 마지못해 고개를 끄덕였다.

"당신이 얼마나 힘들어하는지 알아요. 그럼에도 나를 보내주는 이유도 알고요. 그래서 더 이 악물고 할 거예요. 그러니까 내가 됐다고 할 때까지 지켜봐 줘요."

현이 은무의 손을 잡아당겨 끌어안았다.

"은무 씨 부탁대로 할게요."

은무의 눈물이 그의 어깨를 적셨다. 은무처럼 울어버리고 싶은 걸 꾸역꾸역 참아내며 그가 비통한 울음을 삼켰다.

"잃어버렸던 내 꿈 찾으라고 말해주고, 할 수 있다고 용기 줘서 고마워요. 당신 아니었으면 나, 평생을 후회하며 살았을지도 몰라요. 그런 내 모습 아빠, 엄마가 보시지 않게 해줘서 정말 고마워요. 오래 기다리게 안 할게요. 나, 잘할 자신 있어요."

어깨를 들썩이며 흐느끼던 은무가 그를 더 세게 끌어안았다.

"성공적으로 복귀한 거 축하해요. 내가 만든 노래, 멋지고 훌륭하게 불러줘서 고마워요. 당신에게는 고마운 것투성이라 말로는 다 못 할 것 같아서…… 여기에 담았어요. 채은무 story."

은무가 자신의 휴대폰에 녹음된 음악을 재생시켰다.

롤러코스터를 타듯 아찔한 음들이 이어지고 무창포 밤하늘에 알알이 박혀 있던, 별처럼 빛나는 음들이 이어졌다. 갈피를 잡을 수 없었던 그녀의 마음이 현으로 인해 순식간에 바뀌었음을, 그리고 어리둥절할 만치 정신없었지만 싸늘했던 가슴이 어느새 따뜻해져 있음을 은무는 음악으로 나타내고 있었다.

은무가 눈물을 훔치고 그를 향해 고개를 들었다. 슬픔과 감동으로 얼룩진 현의 얼굴이 그녀의 눈에 담겼다. 바르르 떨리는 그녀의 입술 위로 뜨겁고 단단한 그의 입술이 닿았다. 뜨거운 숨결이 오고 갔고 서로를 향한 손길이 뜨거웠다. 지금이 아니면 영영 이 순간이 오지 않을 것처럼 다급했지만 마음대로 되지 않는 서툰 손짓에 신음 섞인 한숨을 뱉어냈다.

데일 것같이 뜨거운 가슴과 가슴이 맞닿아 서로의 심장을 두드렸다. 슬픔에 잠긴 그의 눈이 그녀의 하얀 나신을 애달프게 바라봤다. 그의 입술이 앙상한 어깨에서부터 가느다란 손목을 지나 길고 아름다운 그녀의 손가락을 스쳤다. 또다시, 한 줌도 되지 않을 것 같은 허리를 지나 배꼽 근처를 배회하던 입술이 한숨을 내뱉었다.

"이 밤 잊지 말아요. 어디에 있든, 무얼 하든 내 입술 잊지 말아요."

은무가 고개를 끄덕이며 그의 어깨를 감싸 안았다. 서로를 간절히 원하는 눈빛으로 상대를 탐하고 만졌다. 어쩔 줄 모르는 두 다리가 어지러이 얽히고, 심장 소리와 신음 소리가 텅 빈 방 안을 가득 메웠다.

너무나 절실하고 애틋해서 가슴 아픈, 그들의 하룻밤이 너무나 빠르게 지나갔다.

슬프게 사랑을 나눈 후 힘에 겨웠던 듯 그녀가 그의 팔을 베고 잠들어 있었다. 잠든 그녀가 불편하지 않도록 조심히 팔을 빼내고는 이불을 끌어 당겨 덮어주었다.

잠도 오지 않을뿐더러 잠자기에는 너무나 아까운 시간이라 은무 옆에 누워 아픈 눈으로 그녀를 바라봤다. 다시 만날 날이 언제가 될지 모르는, 약속되지 않은 시간만이 있을 뿐이라 어떻게 견딜지 막막하기만 했다.

그녀의 부드러운 살결을 쓰다듬고, 그녀가 내뱉는 숨결에 귀 기울이며 조심히 감싸 안았다. 느릿한 겨울 해가 오늘따라 부지런을 떨고 있는 듯 창밖이 환해지는 걸 바라보던 현의 눈에서 결국 눈물이 떨어졌다.

> * 그리움이란 멀리 있는 너를 찾는 것이 아니다.
> 내 안에 남아 있는 너를 찾는 일이다.
> 너를, 너와의 추억을 샅샅이 끄집어내 내 가슴을 찢는 일이다.
> 그리움이란 참 섬뜩한 것이다.
> ──신경숙

11. 아름다운 그들의 시간

　서현의 복귀 앨범 판매량이 60만 장을 넘어섰다. 하지만 여전히 꾸준한 판매수를 보이고 있어 총 판매량은 80만 장이 넘을 것으로 예상하고 있었다. 타이틀곡 외에도 앨범에 수록되어 있는 15곡들이 음원 차트 50위 안에 고루 포진되어 있어 그의 복귀는 가히 성공적이었다.

　눈코 뜰 새 없이 바쁜 시간들을 보내고 있는 현은 주위 사람들이 깜짝 놀랄 정도로 달라져 있었다. 세 명이 함께 할 때에도 음악 프로 외에는 어떤 방송출연도 하지 않던 그가 조금씩 활동 범위를 넓혀가기 시작했다. 발매 당시, 앨범 홍보를 위한 토크쇼나 버라이어티 프로그램에 출연하기도 했고 각종 잡지사 인터뷰 요청에도 성심껏 임했다.

　그런 그의 변화를 두고 대부분은 반색하며, 자신의 프로그램으로 모셔가기 위해 혈안이 되어 있었다. 그러나 개중에는 혹시 쉬는 동안 금전적으로 어려워졌던 게 아니냐며 비아냥거리기도 했다. 그동안 철저히 사생활을 비밀에 부쳤던 터라 현이 선진그룹의 둘째 아들이란 사실을 아는 사람이 많지 않았다.

현이 각종 방송 출연을 결심한 건 강 대표 때문이었다. 갑작스런 은무의 출국에 강 대표는 펄쩍 뛰며 서둘러 계약을 하지 않았던 구 부장에게 갖은 욕을 해댔고, 구 부장은 이렇다 할 변명을 하지도 못하고 그의 화를 고스란히 받아내고 있었다. 그런 구 부장이 안쓰러웠던 현은 강 대표의 관심을 자신에게로 돌리기 위해 한 번도 생각한 적이 없었던 방송 출연을 감내하고 있었다.

"형, 내일은 8시에 모시러 올게요. 미리 나와 계시지 마시고 벨 누르면 나오세요. 아셨죠?"

스케줄을 마친 그를 집 앞에 내려주며 매니저인 정민이 신신당부를 했다. 알았다며 고개를 끄덕여 주고는 차에서 내렸다. 정민이 차를 타고 사라지자 울타리를 넘어 마당으로 들어선 현이 혹시나 하는 생각에 우체통을 들여다보았다. 그러나 우체통이 비어 있는 걸 확인하고는 이내 고개를 떨어뜨리며 마당을 가로질러 집 안으로 들어갔다.

은무는 약속대로 이동할 때마다 엽서를 보내왔는데, 첫 번째 엽서는 그녀가 덴버의 집에 도착했을 때 보낸 듯했다. 별다른 이야기가 쓰여 있지 않았지만 이모네 식구들이 피아노를 망가뜨리지 않아 다행이라며 환하게 웃는 얼굴을 그려 보냈다. 그리고 두 번째는 스위스 국립박물관 사진이 들어 있는 엽서였는데 공연하기로 한 곡들의 곡명만 적혀 있을 뿐 다른 이야기가 아무것도 없어서운했었다. 그 후에도 사소한 안부조차 묻지 않는 딱딱한 내용이 다인 엽서들이었지만 현에게는 어떤 것보다 반가운 그녀의 선물이었다.

물을 마시기 위해 주방에 들어간 그가 식탁 위에 놓인 도시락을 보고 웃음을 흘렸다. 그가 선진그룹의 둘째 아들이란 사실이 알려지지 않다 보니 그의 새어머니가 건강한 슬림푸드 열풍을 일으켜 각종 프로그램의 러브콜을 받고 있는 요리연구가 조선아라는 사실을 알고 있는 사람도 거의 없었다. 때문에 간혹 방송국에서 마주치는 일이 생겨도 가벼운 목례만으로 인사를 대신하고 지나쳐야 할 때가 많았다. 그런 가운데에도 조선아는 바쁜 방송 활동을 하는 그를 위해 도시락을 항상 챙겼고, 늘 메시지로 응원을 해주었다.

방송 중이라 꺼두었던 휴대폰을 켜고는 식탁의자에 앉았다. 도시락 뚜껑을 열어 까끌까끌한 입안에 음식을 밀어 넣자 문자가 도착했다는 알림 음들이 연달아 울려댔다. 확인하기 위해 창을 내리던 그가 기다리던 문자가 와 있는 걸 보고 얼른 편지 봉투 모양의 버튼을 눌렀다.

「스위스 공연을 마치고 독일로 이동하셨습니다. 23일 공연이 시작되는데 현재 심한 감기로 건강이 좋지 않습니다. 민지호의 접근을 막기 위해 지시하신 대로 튼튼한 룸메이트를 고용했습니다. 그녀가 잘 간호하고 있으니 걱정하지 않으셔도 됩니다.」

은무를 위해 보낸 보디가드 겸 비서인 철웅에게서 온 문자였다. 그녀의 건강이 좋지 않다는 글자에 가슴이 철렁 내려앉았다. 그녀가 떠나기 전날 해온 당부가 아니었다면 당장이라도 달려가고 싶었으나 그럴 수 없음에 답답하기만 했다.

잃었던 감을 되살리기 위해 밤낮없이 연습을 하는 은무 곁을 민지호가 한시도 떠나지 않더라는 이야기를 전해 들은 현은 초조함에 밤잠을 이루지 못할 정도로 예민한 상태가 되었다. 철웅이 항상 지키고 있었기에 민지호가 함부로 행동을 하지는 못할 터였지만 혹시라도 그가 눈에 거슬리는 행동을 하면 은무의 부탁이고 뭐고 다 팽개치고 날아갈 기세였다.

다행히도 민지호가 안쓰러워 보일 정도로, 그를 대하는 은무의 태도가 싸늘하다는 이야기를 듣고는 조금은 마음을 놓을 수 있었다. 하지만 그는 결국 은무 곁에 아주 튼튼하고 건장한 여자 룸메이트를 구해 집요함의 극치를 보여줬다.

철웅에게서 온 문자를 보고 또 보던 현이 거실로 향했다. 노트북을 켜 오스트리아에서 민지호와 첫 번째 듀오 리사이틀을 개최했던 동영상을 찾아 클릭했다. 검은색 쉬폰 드레스를 입은 그녀의 앙상한 어깨가 좌우로 흔들리고, 매 순간 세심하게 상대의 연주에 귀를 여는 모습에 마음이 뭉클했다. 모차르트(Sonata D Major KV 448)를 연주하는 두 사람은 두 대의 피아노로 완벽한 하모니를 보여주고 있었다.

첫 듀오 리사이틀 이후 세계 평론가들은 돌아온 천재 피아니스트 채은무에 관한 글들을 쏟아내기 시작했다. 천재성만 있고 기교는 없다고 폄하하던 비평가들조차도 '탁월한 리듬감이 돋보인 그녀의 연주는 생명력과 즐거움을 한껏 뽐내듯 생기를 뿜어냈다' 라고 극찬하고 있었다.

그녀에 관한 기사들을 흐뭇한 얼굴로 훑던 현은 바로 전 스위스 공연 후 민지호가 인터뷰한 기사를 발견하고는 가늘게 눈을 떴다. 민지호는 은무와의 오랜 우정을 기념하기 위해 공연을 기획했다고 했다. 아픔을 겪은 그녀가 이번 공연을 통해 성장할 수 있도록 힘껏 도울 생각이라고도 되어 있었다. 혹시 은무와 연인 사이가 아니냐는 질문에 '노코멘트' 라고 대답했다는 부분을 읽고는 분을 삭이기 위해 심호흡을 했다. 민지호의 의도대로 이 인터뷰 기사를 읽은 독자들은 자신이 원하는 대로 상상할 게 분명했다.

"날파리 같은 자식!"

유난히도 은무를 향한 그리움이 짙어지는 날이었다.

독일에서의 공연을 앞둔 어느 날, 독일의 피아니스트인 클라라 슈만(Clara Schumann, 1819.9.13.~1896.5.20. 유명한 독일의 작곡가 로베르트 슈만의 아내)의 195번째 생일 기념 파티에 초대를 받았다.

독일을 비롯한 세계 각지의 피아니스트들이 한자리에 모인 파티였다. 그중에서도 며칠 후 이곳에서 듀오 리사이틀을 개최할 동양인 피아니스트 채은무와 민지호에게 많은 관심이 쏟아졌다. 특히나 이미 두 차례의 공연으로 피아노 세계 협회와 평론가들을 놀라게 한, 돌아온 천재 피아니스트 채은무를 향한 찬사가 이어지고 있었다.

과도한 관심과 인사치레가 불편해진 은무가 두통이 오는지 얼굴을 찡그렸다. 이런 자리가 익숙하지 않은 은무와는 달리 민지호는 무척이나 신이 난 듯 보였다. 이 많은 피아니스트들과 하루 만에 안면을 익힐 수 있는 자리가 그리 흔하게 있는 일은 아니었으니 그에게는 당연할 듯했다. 그런 민지호를 바라보던 은무가 아무래도 안 되겠는지 자리를 뜨기 위해 불편한 드레스 자락을 치켜들고 급히 파티장을 나왔다.

차 안에서 기다리던 철웅이 그녀가 나오는 걸 발견하고는 얼른 차 밖으로 나와 아무것도 묻지 않고 차 문을 열었다. 차에 앉자마자 양미간에 손을 짚는 걸 보니 두통이 온 듯 보였다.

"강당으로 갈게요."

철웅은 아픈 그녀가 숙소로 갔으면 했지만 말해봐야 본전도 찾지 못할 것을 알기에 강당이 있는 곳으로 차를 운전하기 시작했다. 몇 달을 두고 본 결과, 은무는 상당한 고집을 지닌 까칠한 피아니스트였다. 특히나 늘 그녀의 곁을 어슬렁거리는 민지호에게는 한 치의 틈도 보이지 않았고, 항상 거리를 두고 있다는 걸 느낄 수 있었다. 만만치 않기는 민지호도 마찬가지여서 연습 중 뭔가가 마음에 들지 않을 때 두 사람이 내뿜는 냉기에 코가 시릴 정도였다.

"고마워요. 저 오래 걸릴 것 같은데 기다리지 마시고 들어가세요. 기다리고 계시면 저 연습 잘 안 되는 거 아시죠? 내일은 스케줄 없으니까 푹 쉬시고요."

고개를 숙여 보이며 인사를 한 은무가 강당 안으로 사라지자 철웅이 주머니에서 휴대폰을 꺼내 들고 메시지를 입력하기 시작했다.

「클라라 슈만 생일 기념 파티 도중 두통으로 먼저 나오셨는데 숙소로 가지 않고 연습을 하러 강당으로 들어가셨습니다. 두통이 자주 있으신 것 같습니다.」

역시나 기다리고 있었다는 듯 현에게서 금방 답장이 날아왔다.

「민지호가 강당으로 올지 모르니 조금만 지키고 계셔주십시오. 부탁드립니다.」

안 그래도 그럴 생각이었지만 그에게 온 문자에 철웅이 피식 웃음을 흘렸다. 자세한 사정은 모르지만 이렇게 절절한데 어떻게 8개월이 넘는 시간 동안 서로의 목소리조차 듣지 않고 지내고 있는 건지 이해가 가지 않았다. 안타까움에 혀끝을 차던 철웅이 강당 문 앞에 의자를 끌고 와 앉고는 휴대폰을 켜 드라마를 재생시켰다.

'이유경 진짜 예쁘네. 소천섭 땡 잡았고만. 쩝.'

아쉬운 듯 입맛을 다시며 철웅은 드라마에 빠져들었다.

"뭐 합니까?"

드라마에 빠져 발소리도 못 들었는데 어느새 제 앞에 서 있는 민지호의 목소리를 듣고 들리지 않을 욕지거리를 내뱉었다. 올 줄 알았으나 전혀 반갑지 않은 인물이었다.

철웅이 고개도 들지 않고 민지호를 힐끗 쳐다보고는 대답 없이 드라마에 집중했다. 하필이면 이유경이 물에 빠지는 중요한 장면에 와서는. 물에 흠뻑 젖은 그녀의 몸매를 다시 보기 위해 플레이바를 앞으로 조금 당겼다.

"비키시죠."

민지호가 그를 향해 낮게 뇌까리자 철웅이 엉덩이를 슬쩍 들어 의자 뒤로 더 붙인 후 힘주어 쿵 하고 앉는 시늉을 보였다. 이럴 때는 비키지 않겠다는 의사를 말 대신 몸으로 보여주는 게 상책이다. 힘으로는 당해내질 못한다는 걸 이미 여러 차례 보여줬으니 제풀에 지쳐 돌아갈 게 뻔했다.

민지호가 머리를 거칠게 흩트리며 화를 내고는 혹시나 다른 문이 열려 있지는 않은지 옮겨 다니며 문을 흔들어보기 시작했다.

"실컷 해봐라. 열리나."

이미 확인을 했던 철웅이 느긋하게 드라마를 시청했다. 지난번 돌아간 줄 알고 잠깐 자리를 비웠다가 들어가는 그를 막느라 힘을 좀 썼던 걸 떠올리고는 다시금 엉덩이에 힘을 주었다. 은무가 원할 때가 아니면 절대 가까이 가게 해서는 안 된다.

"은무 연습 끝나면 전화 좀 달라고 해주시죠. 한국 공연에 대해 상의할 게 있습니다."

끄덕끄덕.

철웅이 휴대폰에서 눈을 떼지도 않고 고개를 끄덕였다. 연습이 언제 끝날지 알 수 없으니 민지호가 돌아간 게 확인되면 얼른 이야기를 전해야겠다고 생각했다. 며칠 전 한국 공연 때문에 두 사람이 말다툼을 벌인 터라 상의할 이야기가 뭔지 철웅이 더 궁금해 죽을 지경이었다.

민지호가 건물 밖으로 나가자 철웅이 확인하기 위해 주차장 쪽으로 고개를 죽 뺐다. 민지호의 비서가 문을 열자 그가 차에 올랐고 이내 출발을 했다.

철웅이 강당 문 앞을 버티고 있던 의자를 옆으로 치우고 강당 안으로 들어갔다. 단상 위 피아노 앞에 우두커니 앉아 있는 은무가 눈에 들어왔다. 연습이 잘 안 되는 모양이라고 생각한 철웅이 그녀에게 가까이 다가갔다.

"민지호 씨 왔었습니다."

제 가까이로 걸어오는 철웅을 본 은무가 의자에서 일어나 가방을 집어 들었다. 밖에서 들리는 민지호의 목소리를 들었던 터라 알고 있었다는 듯 그녀가 고개를 끄덕였다.

"근데 지금 가시게요?"

가방을 어깨에 둘러매는 은무를 본 철웅이 반가워 묻자 그녀가 피식 웃었다.

"왜 웃으세요?"

"집에 간다니까 철웅 씨가 너무 좋아해서요. 그러게 들어가시라니깐."

은무가 발걸음을 옮기자 철웅이 머리를 긁적이며 그녀의 뒤를 따라나섰다. 두통이 가라앉은 듯 표정이 편안해 보였다.

이미 자정을 넘긴 터라 주위가 고요함에 물들어 있었다. 강당에서 그들의 숙소까지는 걸어서 5분 정도의 거리였다. 철웅이 차를 그대로 둔 채 은무를 따랐다.

"민지호 씨가 서울 공연 문제로 상의할 게 있다며 전화하라고 하던데요."

쳇, 처음부터 내 말대로 할 것이지.

민지호가 은무에게 듀오 리사이틀을 처음 제안했던 그쯤, 그는 은무에게 확답도 듣지 않고 이미 1년의 공연 일정을 잡아놓은 상태였다. 그중 한국 공연은 내년으로 계획되어 있었는데 은무가 다음 공연은 무조건 한국에서 하겠다고 고집을 피우고 있는 중이었다. 그렇지 않으면 독일 공연을 하지 않겠다고 협박을 해놓았으니 꽤나 애를 태우고 있을 터였다.

은무는 처음부터 민지호와의 공연을 위해 한국을 떠난 게 아니었다. 민지호와의 듀오 리사이틀은 그녀에게 단순히 동기부여를 했을 뿐 결정하는 데 있어서는 어떤 의미도 되지 않았다. 물론 재기하는 데 도움을 준, 공연을 할 수 있었던 건 민지호 덕분이지만 그녀 덕에 민지호 역시 주목을 받고 있으니 누구에게 더 이득이 되고 있는지는 따져 봐야 할 문제였다.

절대로 민지호와 함께, 오래도록 공연할 생각은 추호도 없었다.

은무가 콧방귀를 뀌며 승리의 미소를 짓자 철웅은 더욱 궁금해지기 시작했다.

"무슨 일인데요?"

"우리 이번 공연 끝나면 한국 갈 거예요. 그렇게 알고 계세요."

다음 공연지를 러시아로 알고 있었던 철웅의 눈이 크게 뜨였다. 이제 겨우 세 나라에서 각각 한 번씩 총 세 번을 개최했을 뿐이었다. 더군다나 그중 한번은 며칠 후에 있을 예정인데 네 번째 공연지가 한국이라니. 생각보다 빨리 한국으로 돌아갈 수 있음에 철웅은 너무 기뻤다.

은무가 씨익 웃는 철웅을 보고는 미소를 지었다.

"기쁘세요?"

은무는 철웅이 기쁠 수밖에 없는 이유를 잘 알고 있었다. 덩치는 산만 해서 돌이라도 씹어 먹을 것처럼 생긴 사람이 어찌나 음식에 까탈을 부리는지 이동할 때마다 그의 입맛에 맞는 식당을 찾으러 다녀야 할 정도였다.

"푹 쉬세요. 저도 내일은 좀 쉴래요."

은무가 들어가는 걸 확인한 철웅이 아래층에 위치한 숙소로 가기 위해 계단에 섰다. 이 기쁜 사실을 현에게 빨리 알려야 하는 건지 깜짝쇼를 위해 참아야 하는 건지 갈등이 일기 시작했다. 왜 서울에 알려라, 알리지 마라 가타부타 말이 없는 거야. 휴대폰을 꺼내 들고 한참을 고민하던 철웅이 문자를 찍어 넣기 시작했다.

「숙소로 들어가셨습니다. 두통은 가라앉은 듯합니다.」

깜짝쇼를 선택한 철웅의 입꼬리가 스윽 올라갔다.

—가수 서현의 솔로 복귀 후 첫 콘서트가 티켓 오픈과 동시에 예매 사이트를 마비시켰다. 5년 만에 솔로 앨범을 발표한 서현은 각종 음원 차트에서 1위를 휩쓸고 음반 판매량 연속 20주 1위라는 기염을 토하고는, 콘서트에서도 티켓 파워를 과시했다. 지난 5일 솔로 복귀 후 첫 콘서트의 시작을 장식할 서울 콘서트의 티켓을 오픈하자마자 예매처 사이트 홈페이지를 마비시켰다. 예매 사이트는 1시간이 지난 이후에야 가까스로 정상 운영되었고, 그제야 2만 석 모두가 매진되며 22만 트래픽이 동시에 몰린 서현 콘서트 대란에 마침표를 찍었다. 같은 시각, 포털 사이트에는 '서현 콘서트 티켓'이 실시간 검색어 1위에 오르며 화제가 되었다. 특히 이번 콘서트는 앨범에 수록된 전 곡을 라이브로 들을 수 있는 최초의 자리가 될 것으로 알려져 팬들을 더욱 열광케 하고 있다.

서현의 콘서트 기사가 실린 인터넷 뉴스를 보던 구 부장이 입가에 흐뭇한 미소를 달고는 자판을 두드리기 시작했다.

"부장님, 대표님이 빨리 올라오시라는데요."

"왜? 무슨 일인데?"

구 부장이 부리나케 사무실을 빠져나가고 조금 후 미림이 그의 사무실에 들어섰다. 얼마 전부터 구 부장과 연인 사이가 된 미림은 수시로 구 부장의 사무실을 들락거렸다.

아무도 없는 사무실에 우두커니 앉아 있던 그녀가, 지루함을 견디고자 인터넷 쇼핑을 하기 위해 그의 책상으로 다가갔다.

"현어 씨 기사네? 뭐야. 품, 하하하하하하."

혹시 현을 비방하는 덧글이 쓰여 있을까 싶어 확인하기 위해 스크롤바를 내린 미림이 웃음을 참지 못하고 폭소를 터뜨렸다. 한참을 웃던 미림이 휴대폰이 울리자 웃음이 채 가시지 않은 목소리로 전화를 받았다.

"품…… 여보세요? 부장님? 큭큭큭. 옥상이요? 품, 알았어요."

현의 기사 덧글에는 현을 향한 구 부장의 애끓는 사랑이 그대로 표현되어 있었다.

—닉넴 : 동슈기

콘서트 갈 생각에 잠이 안 와요. 얼마나 기다렸는지 몰라요. 서현은 영원한 내 사랑. I LOVE YOU. ♥

콘서트 티켓이 모두 동이 났다는 소식에 콘서트 준비를 하던 스태프의 긴장감이 고조되기 시작했다. 음악, 퍼포먼스, 연출, 패션 모든 면에서 그 어떤 콘서트보다 나은 무대를 만들어야 한다는 생각으로 모든 스태프들이 밤낮 없이 구슬땀을 흘리고 있었다.

공연에 흠뻑 취하면 몸이 먼저 들썩거려 가만히 앉아 있을 수 없다는 팬들의 의견을 반영해 지정석 외에 스탠딩 석을 마련하기로 했다. 앨범에 수록되어 있는 곡과 원데이 시절의 히트곡들을 승재와 함께 부르기로 한 현은 매일 쉴 새 없이 연습에 매진 중이었다.

문득, 은무와 함께 했던 공연이 떠올라 멍해지기도 했지만 그녀의 곡들인만큼 더 잘 불러야 한다는 생각으로 마음을 다잡고는 했다. 나중에 돌아왔을 때 그런 자신을 보며 그녀가 환하게 웃을 수 있다면 그걸로 족했다.

콘서트 연습으로 분주한 시간을 보내던 그가 생각난 듯 휴대폰을 꺼내 들었다. 철웅에게서 여러 날째 메시지가 오지 않고 있었다. 혹시나 정신없던 나머지 확인을 하지 못했던 건 아니었나 싶어 메시지함을 샅샅이 살펴보았다. 독일에서의 공연을 무사히 마쳤다는 메시지 이후로는 도착한 메시지가 아무것도 없었다. 설마 무슨 일이 생긴 건 아닌지 걱정스러운 마음에 메시지를 넣었다.

「어디세요? 은무 씨 별일 없는 거죠?」

메시지를 보내놓고 답장이 왔는지 확인하느라 휴대폰을 손에서 놓질 못하는 현에게 구 부장이 다가왔다. 무슨 좋은 일이 있는지 살짝 벌게진 얼굴로 헤벌쭉 웃으며 콘서트 준비 마무리 사항에 대해 물었다. 대답을 하는 현도, 물어놓고 대답을 듣는 구 부장도 마음은 딴 곳에 있는 듯 보였다.

한참 만에 도착한 철웅의 메시지를 읽어 내려가던 현이 고개를 갸우뚱거렸다.

「아무 일 없으니 걱정하지 마시고 몸 관리 잘하세요. 거사를 치러야 하실 분이 몸이 부실하면 안 되잖아요.」

거사? 콘서트를 말하는 건가 싶어 현이 답장을 찍어 넣었다.

「콘서트 준비하느라 메시지 확인이 안 될 수도 있습니다. 중요한 일이면 서훈 본부장께 연락해 주세요.」

「콘서트 하세요? 축하드립니다. 기대가 아주 큽니다.」

뭐지? 콘서트 하는 것도 모르면서 거사 어쩌구 한 건가? 은무와 함께 있으면서 철웅도 비슷해지는 모양이라 생각하며 혼자 피식 웃었다.

현는 은무가 현재 어디에 있는지 확인하지 못했다는 것도 망각한 듯했다. 귀여웠던 그녀의 행동을 떠올리기 바쁜 그의 얼굴에는 오랜만에 미소가 가득했다.

인천공항 입국 게이트 문이 열리자 썬그라스를 낀 남자 하나가 고개를 빼꼼히 내밀고는 주위를 둘러보고 있었다. 뭔가 들키면 안 되는 일이 있는 듯 행동 하나하나가 매우 조심스러웠다.

"뭐 하세요?"

먼저 나간 줄 알았던 철웅이 게이트를 빠져나가지 않고 두리번거리자 그의 뒤에 선 은무가 왜 그러나 싶어 밖을 내다보았다. 생긴 모습과는 달리 엉뚱한 데가 많은 사람이라 무슨 일을 벌이고 있는 건 아닌가 싶어 은무가 눈을 가늘게 떴다.

"무슨 꿍꿍이예요?"

철웅은 자신의 계획이 차질 없이 진행되고 있다는 사실에 쾌감을 느끼고 있었다. 은무에게도 현에게도 잊지 못할 하루를 만들어 주고 싶었다. 지켜보는 사람의 마음이 다 절절할 정도인 두 사람의 사랑을 위해, 자신이 할 수 있는 한 최선을 다하겠노라 다짐까지 했던 철웅이었다.

은무의 질문에 대답을 하지 못하고 철웅이 우물쭈물거리자 그녀가 채근하기 시작했다.

"뭔데요? 뭔데요오."

한국 비행기를 타기 전 은무에게는 콘서트 준비로 바빠 현과 연락이 잘 되지 않아 한국에 들어온다는 말을 전하지 못했다고 했다. 실제로 연락이 잘 닿지 않기도 했기에 완전히 거짓말을 하고 있는 것은 아니었다.

"에잇. 제가 두 분 짜잔 하고 재회시켜 드리려고 했는데 왜 자꾸 물으시는 거예요."

"재회요?"

"네. 오늘 콘서트 하잖아요. 콘서트 끝나고 제가 예약해 둔 호텔로 두 분을……"

"오늘 콘서트 하는 날이라고요?"

은무가 철웅의 말을 막고 다그치듯 묻자 뭔가 심상찮은 분위기를 감지한 철웅이 어깨를 움츠렸다.

"네에. 오늘이 콘서트 하는 날인데."

"왜 그 얘길 지금 하시는 거예요! 몇 시에 하는 건데요? 아직 시작 안 했죠? 어서 가요. 빨리욧!"

은무가 카트를 끌어당기며 뛰자 철웅도 뛰기 시작했다.

각종 인터뷰와 행사 참여로 바쁜 민지호를 두고 먼저 한국으로 들어오는 길이었다. 은무에게도 공연을 개최했던 나라들의 언론사에서 인터뷰 요청이 쏟아졌지만 한국 공연 이후로 모두 미루어 놓았다. 공연에 집중하고 싶다는 핑계를 댔지만 사실은 하루라도 빨리 한국에 들어와 그를 보고 싶은 마음뿐이라 만사가 귀찮기만 했다.

"내가 피아노 연주해 주고 싶었는데 철웅 씨 때문에 다 망치게 생겼어요. 어떡할 거예요. 책임져요!"

"언제냐고 물어보지도 않아 놓고."

잘해보려던 자신의 마음도 몰라주고 타박만 하고 있는 은무에게 억울한 마음이 생겨 혼잣말로 중얼거렸다. 하지만 이내 은무의 매서운 시선을 느끼고는 입을 다물어야 했다.

공항 문을 나서자 예전 한국에 처음 들어왔던 날의 기억이 떠올랐다. 막막하고 두려워 어둡기만 했던 그때와는 달리 자신을 기다리고 있는 누군가가 있다는 기쁨이 그녀를 감싸 안았다. 자신을 위해 바다가 되어주겠다던 넉넉한 그의 품으로 가기 위해 은무가 뛰었다.

이제 곧 그를 만난다.

콘서트가 열리는 올림픽 체조경기장 입구에 수많은 팬들이 스탠딩 석 입장을 위해 기다리고 있었다. 공연 시간이 아직 많이 남아 있었지만 조금 더 무대와 가까운 곳에 서고자 하는 관객들의 열기로 벌써부터 후끈하게 달아올라 있었다.

대기실에서 마무리 분장을 하고 있는 현에게 구 부장이 다가왔다.

"현아, 기분이 어때?"

눈을 감고 있던 현이 괜찮다는 뜻으로 가볍게 고개를 끄덕였다. 떨리지 않는다면 거짓말이지만 기분 좋은 긴장감이 가슴을 설레게 했다. 다만, 함께 하지 못하는 은무가 너무나 보고 싶었다. 콘서트 하는 걸 알고 있을 텐데, 잘하라고 전화라도 한번 주면 좋으련만 야속한 그녀에게서는 아무런 연락이 없었다. 엽서라도 보내주지, 현에게서 서운한 한숨이 흘러나왔다.

관객 입장이 시작되고 어느새 스탠딩 객석을 비롯한 지정석 객석이 관객들로 가득 찼다. 관객들은 설렘과 기대감이 가득한 표정으로 어서 공연이 시작되기만을 기다리고 있는 듯했다.

"공연 5분 전입니다!"

공연 스태프의 우렁찬 목소리가 대기실에 울려 퍼지고 나머지 스태프들은 각자의 위치에서 자신의 책임을 다하기 위해 대기했다.

"자자! 이제 시작입니다. 모두들 최선을 다해서 콘서트를 진행해 주시기 바랍니다. 하나, 둘, 셋 파이팅!"

현과 함께 손을 포개고 있던 스태프들이 구 부장의 구령에 맞춰 파이팅을 외쳤다.

어두웠던 무대에 조명이 들어오고 공연 시작을 알리듯 전광판에 객석이 비춰졌다. 밴드의 연주가 시작되고 무대에 현이 등장하자 관객들의 함성 소리로 콘서트장이 들썩들썩거렸다. 흰색 민소매티 위에 캐주얼한 검은색 베스트를 겹쳐 입고, 검은색 스키니바지를 입어 섹시함을 강조한 그의 모습에 관객들은 까무러칠 듯 소리를 질러댔다.

첫 곡을 끝낸 현이 관객들을 향해 손을 흔들며 인사를 했다.

"안녕하세요! 서현입니다! 오늘 공연장 분위기 너무 좋네요! 팬분들과 조금 더 가까운 곳에서 함께 호흡할 수 있어 더 즐거운 것 같습니다! 그럼 신나게 놀아볼까요!"

데뷔 후 건반 치는 모습만을 보여주었던 현이 기타를 둘러매고 그동안 보여준 적이 없었던 기타 실력을 한껏 뽐내며 다음 곡을 열창하자 열기는 점점 더해져만 갔다. 여러 곡이 이어져도 스탠딩 석의 관객들은 지칠 줄 모르는 체력을 가지고 있는 듯 연신 들썩거리며 콘서트 분위기를 압도했고, 중앙무대와 돌출무대를 오가며 노래를 열창하던 현은 작렬하는 태양보다 더 뜨거운 무대를 선사하고 있었다.

공연이 클라이맥스로 달려가고 승재가 무대에 오르자 함성 소리는 극에 다다랐다. 승재가 불편한 다리임에도 불구하고 연신 무대 위를 점핑하며 분위기를 고조시켰고 특유의 일렉트로닉 사운드와 현과의 환상의 하모니로 관객들을 매료시켰다.

부드러운 발라드 곡을 부르며 다 같이 불러요! 라고 외치자 관객들이 황금색 야광봉을 흔들며 후렴구를 따라 부르기도 했다. 무대와의 거리를 좁히고 관객과 하나가 된, 뜨거운 열정이 살아 있는 초절정 공연에 관객들은 열광의 도가니로 빠지고 있었다.

이제 막 도착한 은무가 객석의 후미진 곳에서 진정되지 않는 가슴을 부여잡고 현의 공연을 보았다. 최고의 무대를 만들기 위해 혼신의 힘을 다하고 있는 그의 모습에 눈물이 핑 돌았다. 은무가 들려주고 싶은 이야기를 자신이 느낀 대로 부르겠다던 현은, 그녀의 느낌 그대로 곡을 해석하고 있어 감동이 밀려오게 했다.

너무 늦지 않아 다행이라고 생각한 은무가 아는 스태프가 없는 지 주위를 둘러보기 시작했다. 마침 지난번 OST 공연 때 음향을 맡았던 스태프가 은무를 알아보고는 알은체를 해왔다.

"은무 씨! 이게 얼마 만이에요! 공연 떠났다고 하더니 온 거예요?"

음악 소리에 자신의 목소리가 들리지 않을까 싶었던 스태프가 그녀의 귀에 대고 큰소리로 말했다. 고개를 크게 끄덕이며 웃어주고는 은무가 큰 소리로 물었다.

"구 부장님 여기 계세요?"

"네! 저쪽에요!"

스태프가 가리킨 곳에는 현의 공연에 신이 나 덩실거리고 있는 구 부장이 있었다. 그리고 그의 옆에는 현의 노래를 따라 부르고 있는 미림이 있었는데 둘은 손을 꼭 잡은 채였다.

드디어 부장님이 용기를 내셨나 보네요.

은무가 흐뭇한 미소를 지으며 그들을 바라보다가 공연이 거의 막바지로 흐르고 있는 것을 깨닫고는 공연을 진행하는 스태프를 찾아 나섰다.

헤드폰을 낀 채 누군가와 쉴 새 없이 무전으로 이야기를 하고 있는 스태프가 눈에 들어왔다. 처음 본 사람이지만 분명 진행을 맡고 있는 사람일 터였다.

"저기, 안녕하세요."

"어? 채은무 씨?"

제 이름을 알고 있어 놀랐지만 시간이 얼마 남지 않은 것 같아 은무가 대뜸 본론을 이야기하기 시작했고 그녀의 이야기를 듣고 있는 그의 눈은 난감함과 놀람으로 점점 커져 가고 있었다.

　마지막 두 곡을 남겨두고 현이 무대에서 내려왔다. 그사이 무대 위에 그랜드 피아노가 올려졌다. 마지막 두 곡은 앨범에 수록되어 있지 않은 은무의 두 곡으로 채울 계획이었다. 한 곡은 앨범에는 수록되어 있지 않지만 이미 어마어마한 동영상 조회수로 유명해진 'Ghost of time'이었고, 또 한 곡은 그녀가 떠나기 전 그에게 전하고 싶은 이야기를 담아 들려주었던 '채은무 story'였다.
　은은한 조명만이 현이 서 있는 자리를 밝히고, 그랜드 피아노 쪽으로는 조명이 전혀 비추어지지 않은 채 피아노 연주가 시작되었다. 들어보지 못했던 생소한 곡이 흘러나오자 관객들은 귀를 쫑긋 세우며 기대감을 내비쳤다.
　하지만 반주가 계속될수록 현의 표정은 조금 전과 달리 점점 어두워져 갔고 결국에는 노래를 시작해야 하는 타이밍을 놓치고 말았다. 어리둥절한 관객들이 웅성거렸고, 당황한 스태프들이 현을 향해 무슨 일이냐며 손짓 발짓을 해 보이며 상황을 수습하려 애썼다.
　정신을 차린 현 또한 당황한 듯 보였지만 이내 관객들을 향해 박수를 유도하며 미안함을 전했다. 관객들은 더 큰 박수와 함성소리로 그를 응원했고 마음을 가다듬은 그가 보이지 않는 피아노 연주자를 향해 시작하라며 고갯짓을 해 보였다. 현은 피아노 쪽이 보이시 않아도, 피아노를 연주하고 있는 피아니스트는 그가 보일 터였다.

다시 피아노 연주가 시작되었고 현은 거세게 요동치는 가슴을 진정시키느라 관객 모르게 심호흡을 해야 했다. 뭘까, 이 두근거림은. Ghost of time이 끝나고, 두 번째 곡의 연주가 시작되자 그의 가슴은 더 크게 뛰어댔다.

연습을 할 때와 너무 다른 느낌이야. 지금 연주하는 피아니스트는, 은무다.

알 수 없는 감정의 소용돌이가 그의 안에서 거세게 일어났다. 현은 당장 달려가 확인하고 싶은 마음을 누르고 두 번째 노래를 시작했다.

그녀가 현을 진심으로 사랑하는 마음을 담은 노래였다. 조금 떨어진 곳에서 자분자분거리던 그가 어느새 마음 안으로 들어와 이제는 벗어날 수 없게 되었다는 그녀의 감정을 나타내고 있었다. 차분하게 시작된 피아노가 후렴에서는 밴드와 어우러져 밝고 경쾌하게 연주되었다.

노래가 끝이 나자 은은했던 무대 위에 밝은 조명이 켜지고 피아노에 앉은 익숙한 실루엣이 그의 눈에 들어왔다. 건반을 바라본 채 고개를 숙이고 있던 그녀가 천천히 그를 향해 일어섰다. 그는 믿을 수 없는 광경을 목격한 듯 얼어붙은 채 움직일 수가 없었다.

멋진 공연의 여운이 가시지 않은 듯 벅찬 감동을 안은 관객들이 콘서트홀을 빠져나가고 텅 빈 객석에는 고요함이 내려앉았다. 세 시간 동안 열정이 가득했던 무대 위는 어느새 정리하려는 분주한 손길들만이 오고 가고 있었다.

대기실로 돌아온 현은 믿어지지 않는 듯 구 부장에게 묻고 또 물었다.

"그냥 갔을 리가요. 인사도 못했는데 그냥 갔을 리가 없어요."

"그러게 나도 그렇게 갈 줄은 몰랐지. 대기실로 온 줄 알았는데 안 왔다니 나도 당황스럽네."

관객들에게 마지막 인사를 하는 동안에도 피아노 앞에 서 있을 은무 생각뿐이었다. 무대의 조명이 꺼지고 달려가 그녀를 안고 싶은 마음으로 돌아섰는데 피아노 앞에는 아무도 없었다. 혹시나 하는 마음으로 대기실로 달려왔지만 이곳에도 그녀는 보이지 않았다. 무대에 오르기 전 구 부장에게 인사를 했다는 은무는 연주 후 연기처럼 사라져 버렸다.

온몸에 힘이 빠져 버린 듯 현의 무릎이 털썩 꺾였다.

"내 휴대폰. 내 휴대폰 누가 갖고 있어요!"

현이 목소리를 높여 소리치자 누군가가 '여기' 하며 가져다주었다. 얼른 메시지함을 확인한 그가 안도의 한숨을 내쉬며 얼굴을 쓸어 내렸다. 철웅의 휴대폰으로 온 포토메일이었지만 보낸 이는 은무였다. 그의 휴대폰에는 그녀가 자신의 집 울타리를 넘어 마당에 선 채 환하게 웃고 있는 사진이 떠 있었다.

그녀가 그에게로 돌아왔다.

"신부님, 어쩜 이렇게 예쁘세요. 제가 지금 웨딩 일만 8년째 하는데 신부님처럼 예쁜 신부는 처음 봐요."

웨딩 도우미가 웨딩드레스 자락을 붙잡으며 매번 똑같이 읊조리는 말들을 앵무새처럼 내뱉었다.

"곧 식이 시작될 텐데 신랑님은 아까부터 신부 대기실 앞에서 꼼짝을 안 하시네요. 신부님이 너무 예쁘셔서 눈을 못 떼시는가 봐요."

문 앞에 서 있는 남자를 힐끔거리며 웨딩 도우미가 깔깔거리자 신부가 부끄러운 듯 얼굴을 붉히며 신랑을 향해 어서 가라며 손짓을 해 보였다.

"신랑님, 어서 가세요. 식 시작하잖아요."

예식 진행 요원이 신랑을 찾아 헤맸는지 툴툴거리며 그를 잡아끌었다. 신부를 대기실에 두고 가는 게 아쉬운지 고개를 돌리지도 못하고 끌려가는 신랑을 본 사람들에게서 폭소가 터져 나왔다.

"신부님도 준비하실게요."

다소곳이 일어나 한발 한발을 내딛던 신부는 드디어 대어를 낚았다는 뿌듯함에 눈물이 날 지경이었다. 그녀의 얼굴이 행복함으로 방긋 피어올랐다.

예식이 시작되고 나란히 선 두 사람을 바라보는 하객들은 잘 어울리는 한 쌍이라며 흐뭇해하며 지켜보고 있었다.

"남자가 복이 많게 생겼지? 어쩜 저렇게 늠름할까."

"체격 우람한 것 좀 봐. 신부가 밤에 고생 좀 하겠어. 쿡쿡."

옆 테이블 아주머니들의 대화를 듣던 은무가 터져 나오는 웃음을 참지 못하겠는지 고개를 숙이고 어깨를 들썩였다. 갑작스레 웃어대는 이유를 알지 못하는 현은 그저 은무의 기분이 나아진 것 같아 다행이라 생각했다.

사건의 발단은 은무의 연주 여행을 따라나서겠다고 한 현 때문이었다. 다음 앨범 준비를 위해 활동을 쉬고 있었기에 단독 첫 공연을 하는 은무를 따라가는 게 당연하다고 현은 생각했다. 하지만 그녀는 이유도 말하지 않고 무조건 안 된다고만 했다. 예식이 끝나면 다시 한 번 이야기를 꺼내야겠다고 마음먹고는 살며시 은무의 어깨를 감싸 안았다.

은무는 구 부장과 미림의 결혼식이 꿈만 같았다. 무슨 수로 구 부장이 미림의 마음을 사로잡았는지 신기할 따름이었다. 입을 귀에 달고 다닌다는 말이 허언이 아님을 구 부장을 통해 제대로 알게 되었을 정도로 그는 매일이 싱글벙글이었다.

"다음은 두 사람의 앞날을 축복하기 위한 축가가 있겠습니다. 한국 최고의 가수 서현 씨와 세계적인 피아니스트 채은무 씨를 소개합니다!"

사회자가 마치 밤무대 가수를 소개하듯 그들을 소개하자 여기저기에서 웃음이 터져 나왔다. 현이 신랑 신부와 마주 섰고 은무가 피아노 앞에 앉았다. 하객들은 마치 공연의 한 장면을 보는 것처럼 떨리는 마음으로 두 사람의 축가를 들었다.

은무의 피아노 반주에 맞춰 현의 감미로운 노래가 시작되었다. 현은 구 부장과 미림의 결혼을 축하하며, 아울러 자신과 은무의 앞날에도 축복이 깃들기를 바라는 간절한 마음으로 축가를 불렀다.

예식이 끝나고 그의 집으로 돌아온 현이 은무를 끌어안고는 손가락 마사지를 시작했다. 거실에 들어서자마자 틀어놓은 오디오에서 그녀의 피아노 연주곡과 그의 앨범에 수록되어 있는 곡들이 연이어 흘러나왔다.

민지호와 약속되어 있던 듀오 리사이틀을 끝낸 은무가 한국에 머물며 다음 연주회를 준비하고 있었다. 거의 매일, 6시간 이상을 피아노 앞에서 지내는 그녀는 연습벌레로 불리는 현이 혀를 내두르를 정도로 지독하게 훈련을 했다. 현재는 최고라 할지라도 도태되는 것은 한순간이라며 끊임없이 자신을 다독이는 그녀를 통해 현은 많은 것을 배우고 있었다. 그 또한 그 자리에 머물지 않기 위해 새로운 것을 시도하고 철저하게 자신을 관리했다.

은무의 손가락을 주무르던 현이 아무렇지 않게 한마디를 던졌다.

"철웅 씨랑 둘이 다니는 게 편해서 그러는 거죠?"

"무슨 말이에요?"

은무가 현이 말하는 의도를 알아채지 못하고 되묻자 그가 은무의 손가락을 놓으며 불퉁하게 내뱉었다.

"연주 여행에 나 못 가게 하는 이유가 그거 아니에요?"

그제야 그녀가 현의 말을 이해하고는 난감한 눈빛을 보였다. 집요함의 끝판왕 서현의 실체를 보게 되면 정나미가 떨어질지 모른다던 훈의 이야기가 떠올랐다.

"그런 거 아니에요."

"그럼 이유를 말해요."

"당신 못 견뎌요."

못 견딜 게 뭐가 있단 말인가. 사랑하는 그녀와 하루 종일 함께할 수 있다면 견디지 못할 일은 그에게 있을 수가 없었다. 벌써 몇 개월째 헤어졌다 함께하기를 반복하고 있어 현의 인내심도 바닥을 드러내고 있었다. 이제는 그녀의 살내음을 맡지 않고는 잠을 이루지 못할 지경이라 또다시 떨어져 지내야 하는 건 상상하고 싶지도 않은 일이었다.

"못 견딜까 봐 그런 거라면 걱정 말아요. 그럴 일 없으니."

후. 한숨을 내쉰 은무가 현의 손을 붙들어 자신의 볼에 가져다 댔다. 따뜻한 온기가 온몸으로 퍼져 가는 느낌이 좋아 눈이 스르륵 감겼다.

"당신도 알다시피 나 공연 전에는 피아노 앞에서 꼼짝도 안 해요. 철웅 씨는 자기 일에 철저한 사람이니까 일이라고 생각하고 그런 날 지켜보는 거지만 당신에게는 고문일 거예요. 그런 고문, 당신이 당하게 할 수는 없어요."

은무는 진심으로 그가 걱정되었다. 그리고 혹여 그런 자신에게 질려 그가 돌아가 버리면 견딜 수 없을 것 같은 자신도 걱정되었다. 그럴 바에야 처음부터 함께 가지 않는 게 낫다고 생각했다.

"고문 아니에요. 하루 종일 은무 씨 연주를 듣는 게 어떻게 고문이 될 수 있어요? 영광인 거죠. 그리고 나도 내 일 할 거예요. 작곡도 할 거고 음악 공부도 할 거예요. 은무 씨 말처럼 도태되는 가수는 되지 않을 거니까."

감았던 눈을 뜨고는 그의 손을 꼭 붙든 그녀가 심각한 얼굴로 그를 바라봤다.

"그럼 약속해요. 절대로 혼자 돌아가지 않는다고. 아니, 각서라도 써요. 혼자 돌아가면 평생 설거지는 당신이 하는 거예요."

품. 현이 은무의 엉뚱함에 웃음을 터뜨렸다. 평생 그녀와 밥을 먹고, 그녀와 잠을 자고, 그녀와 소소한 일상을 나누는 꿈을 다시 그리는 중이었다.

"아버님이 결, 결혼 언제 할 거냐고…… 매일 전화하세요."

"정말이에요? 그 얘길 왜 이제 해요."

"그야 당신이 아무 말을 안 하니까. 내가 말하긴 쑥스럽잖아요."

현이 싱긋 웃으며 그녀를 품에 안았다.

"아버지가 내 프러포즈를 다 망쳤네요."

"당신 프러포즈 벌써 했잖아요."

"내가? 언제요?"

웅얼거리는 은무의 이야기가 들리지 않자 그녀를 품에서 떼어놓고는 그가 다시 물었다.

"내가 프러포즈를요?"

"그때…… 당신 집으로 이사 오라고."

"아……."

자신은 진심이었지만 은무는 농담으로 생각할 거라 여겼는데 그게 아니었던 모양이었다. 그녀가 그의 뜻을 정확히 파악하고 있었다는데 기분이 너무 좋아진 현이 입술을 길게 늘였다.

"그럼 프러포즈에 대답해 줄래요?"

은무가 머뭇거리자 현이 재촉하듯 그녀의 손등에 입을 맞췄다.

"이사…… 올래요."

그의 얼굴이 행복으로 젖어들었다. 그녀의 얼굴을 감싸 쥐고 이마에 키스를 하고는 천천히 입술을 내려 그녀의 입술을 머금었다. 마주한 입술 사이로 행복한 웃음이 떠나지 않고 흘러나왔다. 따뜻한 서로의 숨결을 느끼며 지나간 시간들을 떠올렸다.

단 하루도 그들에게 소중하지 않은 날이 없었음을 깨닫는다. 그녀와 만난 순간부터, 아니, 만나기 이전부터 그들의 시간은 그들을 위해 돌고 또 돌았으므로.

* 행복은 입맞춤과 같다.
행복을 얻기 위해서는 누군가에게 행복을 주어야만 한다.
—디어도어 루빈

에필로그

"지금 이곳에 특별한 손님 두 분이 나와 계세요. 한국에 머무는 시간이 얼마 안 되시는 걸로 알고 있는데 한낮의 애창곡 청취자 분들을 위해서 특별히 나와주셨답니다. 한류 스타 서현 씨와 세계 적인 피아니스트 채은무 씨입니다. 두 분, 안녕하세요?"

"안녕하세요. 채은무입니다."

"안녕하세요. 서현입니다."

두 사람의 인사에 유경이 눈을 찡긋해 보였다. 유경의 말마따나 이 방송을 마친 후 곧바로 공항으로 가야 하는 두 사람은 매일매 일 살인적인 스케줄을 이어가고 있었다. 다행인 건, 이제는 앙상 한 어깨가 아닌 둥글고 섹시한 어깨를 가진 은무가 되었다는 사실 이었다. 어깨가 드러나는 드레스를 입을 때 조금 더 예쁘게 보이 기 위해 은무가 얼마나 많은 노력했는지 안다면 다행이라고 말할 수도 없을 테지만 말이었다.

"정말 너무나 보고 싶었습니다. 은무 씨는 한국에 오신 게 2년 만이신가요?"

"네. 2년 만이에요. 서현 씨 공연 때문에 들어온 거라 일정이 짧아서 너무 아쉬워요."

정말 아쉬운지 은무가 유경의 손을 꼭 잡았다.

"이번 서현 씨 공연에도 은무 씨가 피아노 연주를 해주셨다고 하던데 굉장했겠네요."

여전히 방송에서는 말이 없는 현을 향해 대답을 구하는 듯 유경이 눈을 깜박였다. 피식 웃음을 흘린 현이 마이크 가까이에 다가갔다.

"물론 굉장했습니다. 사실 저는 한국에, 은무 씨는 미국에 있어서 서로 맞춰볼 시간도 없이 공연을 시작했거든요. 하지만 완벽했던 것 같아요. 늘 음악에 대해 이야기를 나누다 보니 이젠 눈빛만 봐도 분위기를 맞출 수 있으니까요."

은무의 입꼬리가 스윽 올라갔다. 대답이 마음에 들었다는 얘기였다.

"환상의 호흡을 자랑하는 부부 아니랄까 봐 이렇게 자랑을 해주시네요. 정말 멋지십니다. 두 분과 이야기 나누고 싶으신 분들 많으실 텐데요, 청취자 한 분과 전화 통화 연결해 볼게요. 연결됐나요? 여보세요?"

[안녕하세요. 유경 언니.]

"안녕하세요. 어디에 사시는 누구신가요?"

[가평에 사는 강미루라고 합니다.]

"가평이요? 멋진 곳에 사시네요. 두 분과 인사 나누세요."

[안녕하세요. 서현 오빠, 은무 언니.]

"네, 안녕하세요."

"목소리가 너무 예쁘세요. 실례지만 나이가?"

[스물아홉이요.]

"목소리만 들어서는 이십대 초반인 줄 알겠어요. 미루 씨, 두 분께 궁금한 점 있으시면 질문하세요."

[어제 서현 오빠 공연 갔었거든요.]

"어머, 정말요?"

[네. 제 애인이······.]

"애인이 있으시구나."

[네. 표 구하기 힘들었을 텐데 저 모르게 준비했더라고요.]

"와, 정말 멋진 애인이시네요."

[어제 공연에서 불러주신 Ghost of time 제가 제일 좋아하는 노래인데요. 오늘 혹시 라이브로 불러주실 수 있어요?]

"라이브로요?"

갑작스런 청취자의 요청에 유경이 당황하자 현과 은무가 괜찮다는 듯 손가락으로 오케이 사인을 보냈다.

"두 분께서 흔쾌히 불러주신다고 하시네요. 미루 씨, 오늘 전화 감사드리고요. 멋진 애인분과 오래오래 행복하시길 바랄게요."

[네, 감사합니다. 세 분도 행복하세요.]

전화 연결이 끝나고 곧바로 두 사람의 무대가 시작되었다. 보이는 라디오를 통해 은무가 연주하는 건반에 맞춰 노래를 부르는 현의 모습을 지켜본 청취자들에게서 찬사의 덧글이 이어졌다. 서로에게 눈을 맞추고 끊임없이 미소를 지어주는 모습은 보는 사람들의 입가에도 흐뭇한 미소를 짓게 했다.

"와, 정말 감사합니다. 오늘 두 분 덕분에 우리 방송이 고품격 음악 방송으로 재탄생하네요. 한국에 오실 때마다 종종 부탁드릴게요."

"네, 얼마든지요."

은무가 크게 고개를 끄덕였다. 은무가 가는 곳이라면 현 또한 빠지지 않을 터이니 은무의 허락만으로도 충분했다.

"얼마 전에 은무 씨 좋은 일 하셨더라고요. 영국에서 공연하신 공연 수익금 중 일부를 보트피플 구호하는 데 기부하셨다고요."

은무가 얼굴을 찡그리며 고개를 흔들었다. 그 이야기는 하지 말라는 거였다.

"아니에요, 은무 씨. 이제는 기부 활동이나 자선 활동을 남몰래 할 때가 아니라고 생각해요. 나눔을 실천하는 분들의 이야기가 많이 전해져야 감동받으신 또 다른 분이 똑같이 나눔을 실천하시잖아요."

"사실 현이 씨가 먼저 시작한 거라 제가 칭찬을 받기가 너무 쑥스러워요. 현이 씨는 몇 년째 그렇게 해오고 있거든요. 어제 공연도 마찬가지였고요. 제가 방법을 몰라서 머뭇거리고 있었더니 현이 씨가 보트피플 구호하는 데 힘을 보태어보자고 제안했어요."

"역시 멋진 분들이십니다. 아마 두 분의 이런 모습들을 보시고 함께 동참하시는 분들 많으실 거예요. 나눔의 시작은 사랑이니까요. 작은 것에서부터 시작하셔도 좋을 것 같습니다. 노래 한 곡 들을게요. 얼마 전에 나온 새 앨범에 수록된 곡인데요. 지금과 딱 어울리는 것 같아요. 서현이 부릅니다. 사랑의 시작."

노래가 나가는 동안 유경이 은무의 손을 집고 흔들었다. 금세 헤어져야 하는 게 아쉬운 모양이었다. 은무와 이야기를 나누던 유경이 헤드폰을 쓰고 음악을 듣고 있는 현을 힐끔 돌아보고는 고개를 내저었다.

"오빠는 어쩜 저렇게 늘 똑같니. 요즘은 공연밖에 안 하니까 오빠 얼굴 보기가 너무 힘들다고 다들 난리야. 복귀하고 얼마 동안은 예능에 나오기도 했잖아. 비록 목소리보다는 얼굴만 보여주고 들어가긴 했었지만."

자신 때문에 원치 않던 방송을 해야 했던 현을 알기에 은무는 늘 미안했다. 옆에서 살뜰하게 챙겨주지 못하는 아내인데도 싫은 내색을 한 번도 내비친 적이 없던 현이었다. 오히려 자신의 공연 때문에 은무를 따라가지 못하는 걸 미안해했다.

"여전히 서현 팬이 단단한 거 다 네 덕이야. 현이 씨가 많이 고마워해."

"고맙기는 뭘. 대신 네가 천섭 씨 드라마에 우정 출연도 해줬잖아. 세계적인 피아니스트 출연에 집까지 공개해 줬다고 여기는 난리가 났었어. 갑작스러웠는데도 너무 쉽게 허락해 줬다고 천섭 씨가 엄청 고마워하던걸."

몇 달 전 미국에 드라마 촬영차 방문했던 천섭이 은무의 공연장을 찾아왔다가 드라마 출연을 부탁했다. 남자 주인공이 옛 연인을 미국에서 우연히 만나는 장면이었는데 엑스트라로 대사 없이 가려던 장면이 은무가 출연을 허락하면서 한 회 분량으로 늘어나게 되었다. 갑작스레 촬영에 쓰일 집을 구하지 못하는 스태프에게 은무가 자신의 집까지 내어주어 한참 화제가 되기도 했다.

하지만 딱 한 사람 서현만은 격하게 반대했다. 겉으로는, 매일

분 단위로 시간을 쪼개어 쓰는 은무가 촬영 때문에 쉴 수 있는 시간을 빼앗긴다는 게 이유였지만 사실은 천섭과 옛 연인이라는 설정이 마음에 들지 않는 거였다.

"그때 나 너무 재밌었어. 내가 연기를 너무 못한다는 게 함정이었지만."

"아, 네 이모 식구들은 어떻게 된 거야? 천섭 씨 말로는 너 혼자 지내고 있다고 하던데."

"이모 식구들 이사 갔어. 사촌동생 학교 문제도 있고 해서."

"그랬어?"

은무가 공연을 시작하면서 제일 먼저 한 건 이모와의 사이를 좁히는 거였다. 하나밖에 남지 않은 혈육인데 잘 지내는 게 좋지 않겠냐는 현의 충고 때문이었다. 처음에는 은무의 그런 행동을 대중에게 보이기 위한 가식으로 생각하던 이모가 차츰 진심으로 받아들이게 되었고, 나중에는 어린 은무를 돈으로만 보았던 것에 대해 용서를 구하기도 했다.

은무와 유경이 신나게 떠드는 동안 노래가 끝이 났다.

"현이 씨 곡은 유려한 멜로디와 문학적 감수성 짙은 노랫말로 유명하잖아요. 지금 들은 이 곡도 직접 쓰신 것 맞죠?"

"네. 은무 씨가 만들어준 곡에 제가 가사를 붙였어요."

"너무 좋아요."

"은무 씨가 만든 곡은 늘 좋죠. 덕분에 제가 많은 분들에게 사랑을 받고 있습니다."

유경이 엄지손가락 두 개를 치켜들며 은무에게 공을 돌리는 현을 칭찬했다.

"어느 잡지에 보니 좋아하는 색을 설명하며 '퍼플은 우울의 물증, 갈색은 고독의 외피'라고 읊으셨던데 은무 씨와 떨어져 지내는 시간 때문에 힘드신 건 아닌가 걱정했어요. 어떠세요?"

유경은 진심으로 현이 걱정되었다. 1년에 6개월 이상은 떨어져 지내는 터라 늘 그리움에 목말라 하는 두 사람을 알기 때문이었다.

"아, 그건 우리 두 사람의 암호예요. 참기 힘들 정도로 보고 싶고 그리우면 은무 씨는 보라색 옷을, 저는 갈색 옷을 입고 사진을 찍어 보내기로 했어요. 그럼 그 순간 가능한 사람이 무조건 달려가기로 했죠."

"어머 정말이요? 지금 두 분 보라색 옷, 갈색 옷 입고 계신데 이 상황은 뭔가요?"

고개를 숙여 서로의 옷을 확인한 두 사람이 웃음을 참지 못하고 터뜨렸다.

오늘 아침, 라디오 방송이 끝나면 은무가 미국으로 돌아가야 한다는 사실 때문에 두 사람 모두 우울했다. 하지만 각자의 스케줄이 있는 터라 더 이상의 시간을 낼 수가 없는 상황이었다.

준비를 마치고 서로의 옷 색깔을 확인한 두 사람은 이대로 헤어질 수 없다는 결론을 내리고 스케줄을 조정하기 위해 분주히 전화를 걸었다. 그리고 기적적으로 하루라는 시간을 얻어냈다.

"어머머, 그래서 오늘 미국 안 가…… 요?"

저도 모르게 디제이가 아닌 은무의 친구가 될 뻔한 유경이 눈을 동그랗게 뜨고 물었다.

"네. 안 가요. 우리 바다 보러 갈 건데 유경 씨도 같이 갈래요?"

"진짜?"

방송이라는 것도 잊고 기뻐하는 유경을 보며 현과 은무는 한참을 웃어댔다. 소천섭과 통화를 하기 위해 현의 노래를 연달아 두 개 틀어놓은 유경이 부스 밖으로 나갔다.

"천섭 씨, 오늘 시간 돼? 안 돼? 갑자기 그럴 일이 생겼어. 그거 오늘 꼭 찍어야 돼? 은무는 미국 가야 되는 것도 미뤘단 말이야. 알았어, 알았어. 내가 내년 안으로 꼭 둘째 낳아줄게. 진짜라고. 알았어. 얼른 방송국으로 와. 사랑해."

통화를 마친 유경이 함박웃음을 지으며 들어왔다.

"천섭 씨도 갈 수 있대. 신난다."

박수를 치며 좋아하는 유경을 따라 은무도 기뻐했다. 한 번도 따로 시간을 내어 여행다운 여행을 간 적이 없었던 터라 두 사람 다 무척이나 들떠 보였다.

노래가 끝이 나자 언제 그랬냐는 듯 유경이 디제이의 모습으로 돌아왔다.

"마지막으로 제가 사적인 질문 하나 해도 될까요?"

노래가 나가는 사이 나눈 대화가 모두 사적인 것들이었는데 무슨 사적인 질문을 공개적으로 한단 말인가?

"두 분, 언제쯤 저를 이모 만들어주실 건가요?"

유경의 질문에 현의 눈빛이 더 반짝인다. 말은 못했어도 무척이나 기다리고 있었던 모양이었다.

"음, 오늘 밤?"

"진짜요?"

현의 목소리가 유경보다 빨랐다. 금방이라도 은무를 안고 달려나갈 것처럼 이글거리는 현의 눈빛을 보며 유경이 참았던 웃음을 터뜨렸다.

"풉, 제가 괜한 질문을 드렸나 봅니다. 두 분 진정하시죠. 우리 방송을 미성년자청취불가 방송으로 만드실 건가요?"

"그러니까 사적인 질문은 사석에서만 해주세요."

은무의 말에 유경이 두 손을 들며 패배를 인정했다. 은무의 이런 점을 매력으로 생각하는 현만이 그녀를 사랑스러운 눈으로 바라볼 뿐이었다.

"두 분 앞으로의 활동 계획 어떻게 되시나요?"

"저는 며칠 후 있을 인천 공연을 끝으로 1년간 계속 진행해 온 전국 투어를 마칩니다. 그리고 당분간은 은무 씨 공연을 도울 예정이에요."

"예전 은무 씨가 서현 씨 매니저 일을 해준 것처럼 말인가요?"

"네. 은무 씨처럼 유능한 매니저는 못 되겠지만요."

"제가 다 기쁘네요. 그럼 당분간은 퍼플색과 갈색 옷을 입은 두 분을 보기는 힘들겠네요."

"그렇게 되지 않을까요?"

생각만으로도 행복한지 두 사람의 얼굴에서는 미소가 떠나지 않았고 그런 두 사람을 보는 유경의 입가에도 미소가 가득했다.

"마지막으로 한낮의 애창곡 청취자 분들에게 인사 말씀 해주시죠. 서현 씨 먼저?"

"네. 한낮의 애창곡 청취자 여러분, 원데이를 잊지 않고 늘 사랑해 주셔서 정말 감사드립니다. 피아니스트 채은무의 남편으로 그리고 오늘 밤 생길지 모르는 한 아이의 아빠로 살다가 더 행복한 모습으로 다시 돌아오겠습니다. 감사합니다."

풉. 은무와 유경이 폭소를 터뜨렸다.

"은무 씨도 인사하세요."

"제가 한국에 없는 동안 한낮의 애창곡 디제이인 유경 씨 잘 부탁드려요. 늘 응원해 주시고요. 안녕히 계세요."

"두 분 안녕히 가세요. 우린 있다가 다시 만나요."

한 시간 가까이 진행된 방송이 끝이 났다. 여전히 방송은 힘들다는 얼굴로 현이 라디오 부스를 나섰다. 그러면서도 현은 은무를 먼저 살핀다.

"힘들었죠? 고생했어요."

"나야 유경이랑 떠들다 나온걸요. 현이 씨가 힘들었죠."

서로를 토닥거려 주는 두 사람에게 라디오국 스태프들이 내지르는 야유 소리가 들려온다.

"천섭 씨 왔다. 이유경! 우리 얼른 바다 보러 가자."

은무의 목소리가 라디오국 복도를 가득 메웠다.

"오케이. 가자!"

유경은 간절히 바랐다.

Ghost of time. 시간의 영혼이 두 사람에게 영원히 함께 하길. 어떤 시련으로도 막을 수 없었던 두 사람의 인연을 꼭 기억해 주길.

—The END☆

작가 후기

작년 겨울, 어떤 가수의 슬픈 사연 하나를 듣게 되었습니다.

활동 중 사고로, 함께 하던 멤버를 잃고 공황장애와 우울증을 앓으며 대중 앞에 서지 못하던 그가 결국 장애를 극복하고 다시 대중 앞에 선 이야기였습니다.

그 사연은 이 글을 쓰게 된 계기가 되었고 서현과 채은무라는 아픔 많은 주인공을 만들어냈습니다.

이 글에는 두 사람만이 기억하는, 그들만의 시간이 있습니다. 기적에 가까운 시간과 인연일지 모르지만 그런 것들이 드라마나 책에서만 존재한다고는 생각지 않습니다. 누구에게나 일어날 수 있는 일이며, 이미 나도 모르게 사랑하는 사람을 만나며 겪었는지도 모릅니다. 저와 남편의 시간 속에도 분명 둘만이 공유하는 무언가가 있을 테니까요.

아픔을 이겨낸 사람들을 보며, 누군가는 용기를 얻기도 하고 누군가는 희망을 보기도 합니다.

현과 은무가 저에게는 물론 아픔을 겪고 있는 많은 분들께 용기와 희망이 되길 바라봅니다.

또 한 번 책으로 엮어주신 예원북스와 유경화 실장님께 감사를 드립니다.

서로의 아픔을 보듬어주는 건강하고 따뜻한 겨울이 되길 기도합니다.

2014년 10월
황유나 드림

예원북스에서는
로맨스 작가님의 소중한 원고를 기다립니다.

투고해 주실 메일 주소는
yewonbooks@naver.com 입니다.
많은 관심 부탁드립니다.